NEW ROMANCE®

UNTIL *the* END

LAURA S. WILD

Hugo Roman

AVERTISSEMENT

Ce roman est une fiction. À ce titre, il vise à proposer une expérimentation littéraire sur la manière dont des sentiments peuvent naître et se développer malgré une situation extrême. Auteure et éditeur encouragent le lecteur à garder un regard critique sur la relation entre les deux personnages principaux, étant entendu que l'œuvre ne cherche pas à dépeindre un modèle de couple viable hors du champ romanesque.

NOTE DE L'AUTEURE

Carter… le personnage masculin le plus sombre, le plus complexe, le plus torturé, le plus sensible, le plus écorché vif que j'ai pu créer. Et très certainement celui qui souffre le plus.

Until the End est l'histoire qui m'a demandé le plus de temps d'écriture (un peu plus d'un an), de recherches, de concentration, d'énergie… de pauses aussi.

Avec *Until the End*, je suis allée chercher tout au fond de moi quelque chose que je ne pensais pas avoir et il m'a fallu du temps pour vous le retranscrire de la façon la plus réaliste possible.

Until the End est le roman que je n'avais pas conscience d'avoir besoin d'écrire. Le voir aboutir n'a pas été de tout repos : je me suis souvent questionnée sur le chemin que j'étais en train de prendre. Mais je finissais toujours par y revenir, parce que je savais que mes personnages méritaient que j'aille au bout de leur histoire.

Until the End m'aura permis de comprendre quelque chose me concernant, quelque chose qu'*Et puis soudain…* n'avait fait que commencer à mettre en lumière : j'aime les histoires déchirantes, celles qui vous laissent le cœur à vif et l'esprit en miettes.

Votre lecture ne sera pas un long fleuve tranquille, elle vous poussera dans vos retranchements plus d'une fois, mais soyez sûrs que je vous tiendrai la main… jusqu'à la fin.

Don't get too close, it's dark inside.
It's where my demons hide.

Ne t'approche pas, il fait sombre en moi.
C'est là que mes démons se cachent.

Demons, Imagine Dragons

PROLOGUE

– Tu es sûre que ça va aller ?

– Ne t'inquiète pas, Gaby, profite de ton voyage.

– Mila, sérieusement, si tu as changé d'avis, je te prends un billet d'avion sur-le-champ et tu pars avec nous.

– Gab, stop. Elliot et toi ne me parlez que de votre projet de visiter l'Europe depuis des mois. Je ne veux pas m'imposer. Et puis tu me connais, j'aime être tranquille chez moi.

Mon amie pousse un long soupir avant de me prendre dans ses bras. Ce voyage promet d'être une aventure incroyable pour elle, mais c'est la première longue séparation que nous vivrons depuis que nous nous connaissons. Cela fait deux ans que nous sommes voisines et nous avons vite noué une relation très forte. Depuis tout ce temps, elle me parle de son rêve : aller découvrir les capitales européennes. Aujourd'hui, ça y est, après des semaines de préparation, son petit ami et elle s'apprêtent à s'envoler pour Rome, la première ville inscrite sur leur itinéraire. Leur périple va durer près de huit mois, autant dire une éternité.

Comme elle semble hésiter à me laisser, je l'y encourage :

– Allez, vas-y, sinon tu vas louper ton vol.

Elle me prend dans ses bras encore une fois.

– On essayera de se parler au moins une fois par semaine sur Skype, hein, dit-elle, les larmes aux yeux.

– Évidemment. Amuse-toi un maximum. Tu vas me manquer.

– Toi aussi. Je t'aime, trésor.

Je la serre contre moi.

– Je t'aime aussi.

– C'est l'heure, chérie, intervient Elliot. À plus, Mila, prends soin de toi.

– Prends soin de Gaby, je réponds.

Mon amie et moi nous séparons. Je vois les larmes s'accumuler dans ses yeux et les miennes ne tardent pas à faire leur apparition. Elle me fait signe de la main en se dirigeant vers la porte d'embarquement. Lorsqu'elle disparaît de mon champ de vision, je prends une longue inspiration pour tenter de faire partir la boule grossissante dans ma gorge.

Dès l'instant où Gaby m'a annoncé la date de son départ, j'ai su que j'allais avoir du mal à vivre seule avec moi-même pendant qu'elle serait en Europe. Entre nous deux, le courant est tout de suite passé. Elle est un peu la sœur que j'aurais adoré avoir, le foyer qui me manque tant. J'ai perdu mes parents dans un accident de voiture lorsque j'étais encore enfant. Dès lors, j'ai été ballottée de famille d'accueil en famille d'accueil, chez des gens qui ne me recueillaient que parce que cela leur valait un chèque en fin de mois.

Lorsque j'ai eu seize ans, cependant, ma vie a radicalement changé. Un huissier de justice m'a retrouvée et m'a appris que, à ma naissance, mes parents avaient ouvert un compte en banque à mon nom et qu'ils l'approvisionnaient régulièrement avant leur décès. Ils avaient également souscrit à une assurance-vie, dont j'étais la bénéficiaire.

Aussitôt, j'ai demandé mon émancipation sans remords, et j'ai commencé à mener ma vie d'adulte alors que je n'étais encore qu'une adolescente… Avec l'argent que mes parents m'ont laissé, j'ai pu m'acheter un appartement et entreprendre des études, jusqu'à obtenir un diplôme en commerce international l'année dernière.

Aujourd'hui, à vingt-deux ans, je suis fière de m'assumer seule, fière de m'être sortie du système des services sociaux, fière de la vie que je me construis petit à petit.

J'essuie mes larmes du revers de la main lorsque l'avion de Gaby décolle.

Merde, je suis beaucoup trop émotive.

Je remonte dans ma voiture, allume mon autoradio et lance une playlist pour me détendre. Huit mois sans ma meilleure amie… Seules quelques dizaines de minutes ont passé, et le temps me semble déjà long.

Lorsque j'arrive devant mon immeuble, je me gare, je prends mon sac et les clés de l'appartement, puis je coince mon téléphone portable dans mon soutien-gorge, une habitude que j'ai depuis l'adolescence. Quand j'ai les mains chargées, je le cale dans cet endroit où il ne bouge pas et où il ne me gêne pas.

Ma rue est vide à cette heure-ci. Je regarde ma montre, qui indique une heure trente du matin. Je n'ai qu'une envie : me coucher.

J'atteins la porte de mon bâtiment et compose le code d'entrée.

– Bonsoir.

Je sursaute et pousse un cri de surprise. Je me retourne vivement et, dans la pénombre, j'aperçois la silhouette d'un homme.

– Excusez-moi, je viens rendre visite à un ami et son interphone est cassé, ça vous embêterait de me laisser entrer ?

Les mains dans les poches, l'inconnu s'approche de moi en souriant. Quelque chose dans son attitude m'alerte immédiatement. Peut-être que je me fais des films et que le départ de Gaby me rend parano, mais je suis presque sûre que ce mec est louche.

J'entrouvre la porte à l'aide de mon coude histoire de me mettre plus rapidement en sécurité.

L'homme remarque mon geste.

La seconde d'après, il bondit sur moi. Il me soulève brusquement et sa main s'abat sur ma bouche, étouffant les cris que j'ai commencé à pousser.

Je suis si choquée que j'ai le sentiment d'observer la scène de l'extérieur. De voir une fille se faire agresser, comme dans un film. Sauf que cette fois, la fille, c'est moi.

Horrifiée à cette pensée, je me débats de toutes mes forces en essayant de faire entendre mes cris, mais la rue est toujours déserte.

L'homme m'entraîne jusqu'à un gros 4 x 4 noir aux vitres teintées. Il ouvre la portière, je me débats comme je le peux. Malheureusement, mes jambes battent dans le vide et mes bras sont coincés dans l'étau des siens.

– Chut. Tout va bien se passer, poupée, souffle l'inconnu à mon oreille.

Des larmes jaillissent de mes yeux. Mon agresseur me jette à l'arrière du véhicule et y entre aussitôt avec moi. Je me rue sur la banquette, les mains tendues en direction de la poignée de la portière opposée, mais je ne réussis qu'à l'effleurer, car l'homme m'attire brusquement contre lui et plaque sa large paume contre ma bouche.

– Fais de beaux rêves.

Je sens une piqûre dans mon cou.

Il ne faut pas plus d'une poignée de secondes pour que les ténèbres m'emportent.

CHAPITRE 1

Mes paupières sont lourdes et refusent de s'ouvrir. J'ai mal au dos, à la tête, et un bourdonnement sourd résonne dans mes oreilles. J'ai froid et j'ai conscience que mon corps est ballotté de droite à gauche. Malgré tous mes efforts pour essayer de bouger, j'échoue lamentablement.

Je replonge rapidement dans un sommeil profond.

Lorsque je reprends connaissance la seconde fois, il fait déjà plus chaud. Je suis allongée sur quelque chose de mou et confortable. Je me demande alors si je n'ai pas rêvé ma mauvaise rencontre en bas de mon immeuble.

– Elle est plutôt mignonne…

– Je sais.

Je me raidis. J'ai entendu deux voix. La première est celle, veloutée, de l'homme qui m'a enlevée, mais la seconde m'est totalement inconnue. Je suis terrifiée à l'idée d'ouvrir les yeux et, comme si cela pouvait me protéger, je fais semblant d'être toujours inconsciente pour éviter d'avoir à me confronter à mes bourreaux.

Un bruit de chaise résonne, ainsi qu'un raclement de gorge.

– Ça fait longtemps qu'elle est inconsciente. Tu es sûr que tu n'as pas forcé la dose ?

– Fais-moi confiance. Elle devrait émerger d'ici quelques minutes… si ce n'est pas déjà le cas.

Comment peut-il savoir ? Mon pouls s'emballe. Je prie de toutes mes forces pour que tout cela ne soit qu'un cauchemar.

Je sais que je ne pourrai pas feindre éternellement de dormir. Bientôt, mes ravisseurs se douteront que je simule.

Je suis terrorisée, mais je n'ai pas le choix. Doucement, je commence à bouger mes jambes.

– C'est parti…

La voix de velours semble trouver tout cela amusant.

Mes paupières s'ouvrent sur un plafond. En jetant un rapide coup d'œil à droite et à gauche, je découvre que je suis dans une chambre, allongée sur un lit. La pièce a des murs gris terne et comprend une seule fenêtre. Immédiatement, mon cerveau commence à élaborer un plan, ce qui me donne la force de me redresser. Quand je m'assois, la tête me tourne, probablement à cause de la drogue qui coule encore dans mes veines.

Mon attention se focalise sur les deux hommes qui me font face. Le premier est un grand brun métis. Il est debout, adossé au mur, et tient croisés sur sa poitrine des bras qui font deux fois la taille des miens. Il me fixe en silence.

Le second est assis à califourchon sur une chaise. Il a les cheveux châtains, des yeux verts perçants, un visage aux traits durs, une barbe hirsute et le regard froid. Tout en me dévisageant, il arbore un petit sourire en coin qui n'atteint pas ses yeux.

Ma bouche est sèche, mon cœur bat à toute allure et j'ai envie d'une seule chose : pleurer. Je suis enfermée dans une pièce crasseuse avec ces deux hommes, à leur merci. Les pires scénarios me viennent en tête et m'emmènent au bord de la crise de panique. Je commence à bredouiller.

– Qu'est-ce que…

– Tais-toi !

La voix de l'homme aux yeux verts claque dans l'air, me terrifiant davantage.

– Laisse-moi deviner, poursuit-il. Tu veux savoir qui nous sommes, pourquoi tu es ici, ce que nous te voulons, et tu vas finir par dire « ne me faites pas de mal ».

Avec stupéfaction, je comprends que je ne suis sans doute pas la première que ces deux-là kidnappent.

– Je ne répondrai pas à tes questions. Je te garantis simplement que si tu nous obéis, nous ne te ferons pas de mal.

– Obéir ? À quoi ?

Ma voix est trop aiguë, trop chevrotante.

– À nos règles, intervient le grand métis. Tu es ici pour une durée indéterminée, alors il vaudrait mieux que tu aies un comportement irréprochable.

– Mais…

– N'essaye pas de t'enfuir, n'y pense même pas : c'est impossible. Il y a des caméras dans chaque pièce, toutes les fenêtres sont condamnées, ainsi que la porte d'entrée, m'apprend l'homme aux yeux émeraude.

Les larmes humidifient mes yeux à mesure que je réalise que ma vie ne sera plus jamais la même.

– Pourquoi moi ? je balbutie.

Le métis fronce les sourcils. Son acolyte se lève en soupirant. Il s'approche de moi et prend mon menton dans sa main.

– Je t'ai déjà dit que je ne répondrai pas à tes questions. Je ne suis pas patient, alors un conseil : ne me cherche pas.

La pression de ses doigts sur ma mâchoire est douloureuse et me paralyse de terreur. Il détaille mes prunelles puis me relâche et sort de la pièce en faisant signe à son complice de le suivre, me laissant désemparée et effrayée.

Je ne comprends rien à ce qui m'arrive. Tout s'est passé tellement vite. Mes ravisseurs agissent de façon si décontractée, comme si c'était la procédure, comme si tout cela était… normal. Leurs mots tournent en boucle dans ma tête.

N'essaye pas de t'enfuir, n'y pense même pas : c'est impossible…

Je suis tétanisée.

Bon sang, mais pourquoi moi ? Que me veulent-ils ? Que vont-ils me faire ?

Je veux rentrer chez moi, je veux revenir au moment où Gaby m'a proposé de l'accompagner pour son voyage. Cette fois, j'accepterais.

Gaby… Elle est ma famille, elle est tout ce que j'ai. La savoir si loin de moi rajoute à ma détresse. Je voudrais l'appeler pour qu'elle vienne me chercher, qu'elle me prenne dans ses bras et me dise que…

Mes pensées se mettent instantanément sur pause.

Appeler Gaby. Appeler de l'aide.

Mon téléphone ! Je pose une main sur ma poitrine. Il est toujours là, dans mon soutien-gorge, je ne l'ai pas perdu pendant l'agression. J'ai soudain envie de pleurer de soulagement, mais ma conscience me rappelle à l'ordre. Je dois la jouer fine. L'un des ravisseurs a parlé de caméras dans la pièce. Je suis à peu près certaine qu'ils sont en train de m'épier.

Je prends une profonde inspiration pour me calmer. Rassemblant mes forces, je fais tout pour ne rien laisser paraître de l'espoir qui naît en moi. Mon esprit est encore embrumé à cause de la drogue et je sais que j'ai besoin d'être totalement maîtresse de moi-même pour ce que je compte faire. Je tiens là ma seule et unique chance de m'enfuir, alors je dois agir avec prudence.

– S'il vous plaît ? j'appelle d'une voix tremblante.

J'attends que quelqu'un apparaisse, même si l'idée de me retrouver face à mes agresseurs me donne la nausée.

– S'il vous plaît, je répète avec plus d'aplomb, en constatant que personne ne vient.

La porte s'ouvre soudain avec fracas et je sursaute. L'homme aux yeux verts apparaît, son complice derrière lui.

– Qu'est-ce que tu veux ?

– Aller aux toilettes, je murmure, soudain plus très sûre de ce que je m'apprête à faire.

Le barbu s'approche tandis que le métis reste en retrait. Il se baisse à ma hauteur et il me fixe en silence pendant un long moment. Je reste mutique, figée, bien trop effrayée pour oser lever les yeux.

– Regarde-moi, ordonne-t-il.

Il n'a pas besoin de crier : chaque mot qu'il prononce prend un air de menace. J'obéis, même si mon instinct me crie de ne pas le faire. Je serais idiote de mettre mon ravisseur en colère, pas alors que je n'ai qu'une chose en tête : sortir de cette chambre pour me retrouver seule un instant et pouvoir appeler les secours.

– Qu'est-ce que tu prépares ?

– Rien, dis-je en fixant l'homme droit dans les yeux.

L'instant s'étire, puis il se redresse enfin. Il tend sa main vers la mienne, avant de se raviser et d'attraper mon bras pour m'inciter à me relever. Mes jambes flanchent, mais il m'empêche de m'écrouler par terre. La drogue qu'il m'a injectée est encore bien trop présente dans mon sang, ce qui m'inquiète. Même si j'arrive à joindre les secours, m'enfuir sera un vrai parcours du combattant.

Mais je dois essayer coûte que coûte.

– Tu es sûr que c'est une bonne idée ? demande le métis, qui fait barrage dans l'encadrement de la porte.

– La demoiselle a besoin de visiter la maison pour essayer de repérer les lieux, lâche l'homme aux yeux verts sur un ton égal. Sans doute espère-t-elle trouver une issue de secours. Alors on va aller faire une petite promenade…

Je plisse les lèvres et garde la tête baissée. Le barbu n'est pas fou, il se doute que mon envie pressante n'est qu'un prétexte, mais heureusement il n'a aucune idée de ce que j'ai vraiment en tête, ni de ce que je cache.

Le métis se décale sur la gauche pour nous laisser passer et lorsque mon bras frôle le sien, je suis parcourue de frissons de frayeur.

Garde ton sang-froid, Mila.

Je suis guidée le long d'un couloir aux murs gris et passe devant des portes en bois fermées qui pourraient cacher d'autres chambres.

Suis-je seule ici ? D'autres jeunes femmes sont-elles retenues captives elles aussi ?

Toujours tirée par le bras, je suis mon bourreau à travers la maison. Le parquet grince sous nos pas. Nous descendons un escalier, puis il s'arrête devant une porte, qu'il ouvre.

– Une minute. Et je suis juste là, lâche-t-il avant de me pousser à l'intérieur et de refermer.

Mon cerveau se met immédiatement en marche. Je sors le téléphone de mon soutien-gorge, mais j'ai conscience que je ne peux pas passer d'appel puisqu'on pourrait m'entendre. Je décide d'envoyer un message à Gaby pour lui demander de contacter les secours de son côté. Je ne peux pas lui donner d'adresse puisque je n'ai aucune idée de l'endroit où je me trouve, mais j'espère que la police pourra faire tracer mon téléphone.

Les mains tremblantes, je tape à toute vitesse.

SOS. APPELLE IMMÉDIATEM…

– J'entre dans dix secondes, s'écrie mon bourreau.

Paniquée, j'appuie sur « envoyer » bien que le message soit incomplet et je fourre en vitesse le portable dans mon décolleté, avant de m'empresser de tirer la chasse d'eau pour faire illusion.

La montée de stress dans mon corps est telle que lorsque l'homme aux yeux verts apparaît, j'ai le sentiment que mes poumons ne laissent plus passer d'oxygène. Je suis essoufflée.

– Tu as terminé ?

Je hoche la tête, incapable de prononcer le moindre mot. Mon ravisseur me dévisage, me passe au crible, et j'ai la conviction au fond de moi qu'il sait que j'ai tenté quelque chose.

Tandis que nous retournons à l'étage, je prie en silence pour que Gaby ne m'appelle pas sur-le-champ, pas alors que mes tortionnaires sont là tous les deux. Quand j'y pense, mon téléphone n'est même pas sur silencieux. S'il venait à se manifester…

Mon Dieu…

Je sens des tremblements de peur me secouer sans que je puisse les contrôler. Je suis si terrifiée que je suis incapable de dompter mes propres membres.

– Qu'est-ce qui te prend ? demande mon bourreau.

Je reste silencieuse, le grand métis se décale pour nous laisser entrer dans la chambre, et je me dirige immédiatement vers le fond de la pièce.

Alors qu'ils sont en train de refermer la porte, une sonnerie résonne.

Nous nous figeons tous les trois. J'arrête de respirer, pétrifiée.

L'homme aux yeux verts fouille dans sa poche, en sort un portable, puis il jette un coup d'œil à son complice.

Ils se tournent vers moi en même temps. La panique m'envahit si rapidement que je recule contre le lit, prise au piège.

Ils s'élancent tous les deux sur moi, le métis m'attrape par les bras tandis que l'autre hurle :

– Qu'est-ce que tu caches ?

– Rien. Je ne cache rien, dis-je, tremblante devant son regard noir.

– Qu'est-ce que tu caches, bordel de merde ?

– Rien, je répète en commençant à sangloter.

– Arrête de pleurer. Tu ferais mieux de me dire tout de suite la vérité, ou je la découvrirai en cherchant moi-même. Je ne suis pas sûr que ce soit ce que tu souhaites.

Je secoue la tête. Bon Dieu, si ce mec veut trouver mon portable, il sera obligé de tripoter mon décolleté.

Jamais.

Mes sanglots redoublent quand je pense à ce que je vais faire. Je suis sur le point de renoncer à mon échappatoire, ma liberté… Je glisse ma main dans mon t-shirt sous le regard surpris de mon bourreau. Lorsque j'en ressors mon téléphone, ses yeux s'écarquillent.

– Putain, pourquoi t'as foutu ça là ?

– J'ai jamais vu ça, souffle le métis.

– Arrête de te marrer, toi, elle aurait pu appeler les flics.

Le barbu est vraiment furieux et il crie à quelques centimètres de mon visage.

– Je t'ai dit d'arrêter de pleurer !

– Du calme, mon pote… lui glisse son complice.

Mais l'homme aux yeux verts ne l'écoute pas. Il prend mon menton dans sa main, serrant de toutes ses forces. J'émets un petit cri de douleur, ce qui semble le satisfaire.

– Tu viens de me mettre très en colère, Ludmila…

Je frissonne de terreur lorsqu'il prononce mon prénom.

– Je voulais être clément avec toi, mais finalement, je vais devoir sévir dès le premier jour.

Il me relâche en me poussant en arrière. Je tombe sur le lit et j'écarquille les yeux d'horreur lorsque je le vois monter à cheval sur moi.

– Non ! Non !

Je hurle en me débattant, mais il est bien trop fort pour moi. Il me maintient en place le plus naturellement du monde.

Je ferme les yeux pour ne pas voir ce qu'il s'apprête à faire.

Il agrippe mes avant-bras. J'entends un tiroir coulisser puis une corde râpeuse s'enroule autour de mes poignets.

– Ne… ne me faites… pas de mal, je supplie entre deux sanglots lorsque je comprends que je suis entravée.

– Bonne nuit, poupée.

Je rouvre les paupières. Mon bourreau se lève et descend du lit.

– Ne me laissez pas comme ça. Je vous en prie… Ne me laissez pas comme ça.

L'homme ne m'écoute pas et sort de la chambre. Le grand métis me regarde un instant comme s'il était désolé de ce qui m'arrive avant de s'en aller lui aussi. Je pousse un cri, puis un autre, et je finis par hurler tout ce que je peux. Le barbu a parlé de « visiter la maison », peut-être qu'elle se trouve près d'autres ? Peut-être que des voisins vont m'entendre si je m'obstine ?

Si jusqu'à maintenant j'ai réussi à étouffer la panique qui enfle en moi, je ne peux plus la retenir désormais.

Je pleure pendant un long moment, m'époumonant, appelant à l'aide encore et encore, tirant sur la corde, usant mes quelques forces pour tenter de me libérer.

Lorsque je suis épuisée et que ma tête me fait mal à force d'avoir crié, je ferme les yeux. Pendant combien de temps vais-je rester attachée ? Je sens déjà la corde mordre ma chair et des crampes se former dans les muscles de mes bras.

Quelques derniers sanglots m'échappent alors que je serre les paupières autant que je le peux, comme si cela pouvait me permettre d'échapper à ce cauchemar.

Ma vie vient de basculer en enfer.

CHAPITRE 2

Carter

– Carter, calme-toi !

– Je ne peux pas.

Benjamin m'attrape par le col de ma veste et m'entraîne à l'extérieur de la maison.

– Lâche-moi ! je m'agace.

– Pas avant que tu fasses redescendre la pression.

Je me défais brusquement de sa prise. Mes nerfs sont à vif, je suis à deux doigts de perdre le contrôle.

– Elle aurait pu appeler les flics. Elle allait le faire, d'ailleurs, c'est certain. T'imagines un peu le bordel dans lequel on aurait été fourrés, Ben ? Elle a vu nos visages, elle pourrait parfaitement nous décrire à la police.

– Et qu'est-ce qu'elle dirait ? Qu'elle a été enlevée par un brun barbu et un métis ? Au moins 60 % de la population américaine répond à l'un de ces critères, bonne chance pour nous retrouver.

– Tu sais très bien ce que je veux dire. Que ceux qu'on a kidnappés avant nous aient vus, ce n'était pas un problème, parce qu'ils trempaient tous dans des affaires louches. Ils ne pouvaient pas nous dénoncer au risque de plonger avec nous. Cette fois, c'est différent.

– J'en ai conscience, mais ça ne sert à rien de t'énerver de cette manière. Tu l'as attachée au lit, Carter, alors qu'elle est déjà terrifiée et n'a aucun moyen de sortir d'ici.

– Je sais.

– Notre but est de la garder sous surveillance, pas de la maltraiter ou de la faire mourir de peur.

– Je sais !

Il se tait un instant, le temps que je reprenne mon souffle, puis il m'assène :

– Je ne pense pas que je devrais te laisser seul avec elle.

– Tu plaisantes ?

– Je ne veux pas prendre le risque que tu pètes un câble et que tu ne te maîtrises plus.

– Je vais y arriver, Ben.

Irrité et inquiet, mon complice commence à faire les cent pas.

– Qu'est-ce qu'elle a de spécial ? demande-t-il.

– Rien. Rien du tout, putain, elle est comme toutes les autres. J'ai juste flippé en voyant qu'elle avait toujours son téléphone.

– T'es sûr ? Parce que je t'ai vu hésiter à lui prendre la main tout à l'heure, quand tu l'as accompagnée hors de la chambre.

Je me crispe, et je fixe Benjamin pour voir s'il aura le courage d'aller au bout de sa pensée. Et il ose, ce con.

– Physiquement, elle ne peut certainement pas te faire penser à Charlie, mais peut-être qu'elle…

– La ferme ! je m'écrie en fonçant sur lui.

Je m'arrête à quelques centimètres de son visage et je pointe un doigt dans sa direction.

– Si tu oses encore une fois parler d'elle, je te fous mon poing dans la gueule, c'est compris ?

Ben lève les mains en signe d'apaisement. Je prends le temps de faire redescendre la pression avant de poursuivre :

– Je te le répète une dernière fois : j'ai flippé à cause de son portable, c'est tout. Elle n'est pas différente des autres, ça se passera exactement comme à chaque fois. Dans deux jours, on aura le fric, on la relâchera et cette histoire sera derrière nous. Alors rentre chez toi retrouver ta femme, moi je reste ici.

Je retourne dans la maison sans laisser à Ben le temps d'argumenter. Je verrouille la porte et mets l'alarme.

Elle n'est pas différente des autres…

Avant d'entrer dans la pièce qui me sert de salle de surveillance, je m'approche de la porte de la chambre dans laquelle ma captive se trouve. J'entends ses sanglots, sa voix devenue rauque à cause des cris, je ressens sa détresse.

Ma poitrine se contracte, mes mains se mettent à trembler. Comme chaque fois que je perds le contrôle, je ressens une haine pure envers moi-même.

À cet instant, je ne me fais pas confiance : si je reste une minute de plus à écouter cette fille, je serais capable d'aller la réconforter, et de prendre le risque de montrer mes faiblesses.

Cela ne doit pas se produire.

Elle n'est pas différente des autres…

Je m'arrache à mon immobilité et vais m'asseoir devant mon écran d'ordinateur. Là, grâce aux caméras installées un peu partout, je peux observer ma jolie captive. Elle est en train de sombrer dans le sommeil à cause de l'épuisement et de la drogue encore présente dans son organisme. Elle s'agite mollement, tire sur ses poignets, et je devine qu'elle est en train de se blesser avec la corde. Ses cheveux noirs bouclés sont trempés de sueur, ses iris couleur noisette sont cerclés de rouge, sa peau déjà claire semble pâlir à mesure que le temps s'écoule.

Fermant les paupières, je prends plusieurs longues inspirations pour tenter de calmer l'angoisse mêlée de colère qui gronde en moi. Je déteste ce que je fais de ma vie, mais ce « travail » est la seule chose stable à laquelle je peux me raccrocher.

Je rouvre les yeux. Quelque chose m'y pousse. Le besoin de ne surtout pas perdre Ludmila du regard, de m'assurer qu'elle n'ira nulle part.

Elle n'est pas différente des autres…

Elle ne doit surtout pas l'être.

CHAPITRE 3

Sortant du sommeil, je reprends peu à peu conscience de ce qui se trouve autour de moi. J'ai mal aux bras. Mes muscles me font atrocement souffrir, mes jambes sont engourdies. Je ne sais pas combien de temps j'ai dormi mais ce qui est sûr, c'est que j'ai passé une bonne partie de la nuit à pleurer. Parce que j'ai peur, parce que je veux rentrer chez moi et parce que je souhaite par-dessus tout que ce cauchemar cesse. Mais aussi à cause de la douleur. Les cordes trop serrées autour de mes poignets sont rentrées de plus en plus dans ma peau à mesure que les heures passaient.

Mes ravisseurs m'ont entendue crier presque toute la nuit, je le sais, j'en suis sûre, mais ils n'ont pas daigné venir me libérer.

À quoi je m'attendais ? À un service cinq étoiles ?

– Ne pleure pas.

Mon corps tout entier se fige lorsque j'entends cette voix. Elle est proche, beaucoup trop proche. C'est alors que je prends conscience que des bras m'entourent. Cela signifie que mon bourreau me porte et cela explique pourquoi mon corps est ballotté ainsi.

Où m'emmène-t-il ? Quand m'a-t-il détachée ? Pourquoi sa voix est-elle si douce comparée à hier ?

Je me refuse à ouvrir les paupières, je ne veux pas le voir.

J'entends le bruit d'une porte qu'on pousse puis je le sens s'asseoir tout en me gardant dans ses bras.

– Ouvre les yeux.

J'aurais obéi à cette voix sans hésiter si je l'avais entendue dans n'importe quel autre contexte. Elle est suave, elle a des accents veloutés… mais elle appartient à un monstre.

– Ouvre les yeux, répète mon bourreau.

Son ton se fait plus froid, plus dur. Je n'ai pas le choix, je ne veux pas risquer de passer encore des heures attachée. Je ne le supporterais pas.

La première chose que je découvre, ce sont deux grands iris verts qui me fixent. Pendant de longues secondes, nous ne disons rien, nous contentant de nous regarder.

– Où est-ce que tu as mal ? demande mon ravisseur.

Je suis un instant stupéfaite. Il m'a laissée attachée toute la nuit à un lit et il me demande où j'ai mal ?

– Partout.

Il fronce les sourcils et je crois avoir fait une gaffe. Il se penche soudainement. J'ai un mouvement de recul, croyant qu'il s'apprête à m'embrasser, mais il tend sa main sur le côté. Le bruit d'eau se mettant à couler brise le silence de la pièce. Je jette un œil autour de moi. Une salle de bain ! Mon tortionnaire remplit une baignoire ? Pour qui ? Moi ? Impossible, cet homme n'a eu aucun scrupule à m'entraver comme un animal toute une nuit. Pourquoi voudrait-il tout à coup prendre soin de moi ?

– L'eau chaude va détendre tes muscles.

C'est donc bien pour moi. Alors l'évidence me frappe. S'il veut que je prenne un bain, je vais devoir me mettre nue… Je prie pour qu'il ne reste pas dans la pièce lorsque j'enlèverai mes vêtements.

Comme s'il lisait dans mes pensées, il reprend la parole :

– Je te laisse deux minutes pour te déshabiller et rentrer dans l'eau.

Il me pose à terre et se lève. Alors que j'espère le voir sortir, il se contente de me tourner le dos.

Je reste interdite pendant un instant.

– Tu ferais mieux de te dépêcher, il ne te reste plus qu'une minute. Je me retournerai, que tu sois prête ou pas.

Sans plus attendre, je passe mon pull par-dessus ma tête et enlève mon jean. Les muscles de mes bras me font souffrir à chaque mouvement, mais je prends sur moi pour ne pas laisser échapper le moindre gémissement. Mes sous-vêtements se retrouvent également à terre.

– Cinq. Quatre. Trois…

Je saute presque dans la baignoire, ce qui provoque des remous. Le contact avec l'eau chaude me fait un bien immédiat.

Mon ravisseur se retourne finalement et me dévisage. Je rougis de me savoir nue et je baisse le regard, tout en ramenant mes cheveux longs devant moi pour dissimuler ma poitrine.

L'homme s'approche, prend un flacon de gel douche et en fait couler dans le bain. De la mousse ne tarde pas à apparaître. Je suis contente de pouvoir l'utiliser pour me cacher. À ma grande surprise – et horreur – mon bourreau s'installe sur le bord de la baignoire et prend un gant de toilette.

– Je…

Je m'éclaircis la gorge avant de reprendre.

– Je peux le faire.

– Tes muscles sont trop engourdis. Je m'en occupe.

Son ton me laisse clairement comprendre que je n'ai pas le choix.

Il commence par mon dos, puis mes épaules. Il est étonnamment doux, comme s'il était habitué à savonner d'autres personnes… En repensant à mon enlèvement, à la manière dont il gère ma captivité jusqu'à présent, j'acquiers la certitude qu'il n'en est pas à son coup d'essai.

Il lave probablement toutes les filles qu'il kidnappe.

Cette pensée me fait frémir. Combien de femmes sont déjà passées par là ? Que leur a-t-il fait ? Où sont-elles maintenant ? Un frisson d'horreur me parcourt la colonne vertébrale lorsque je pense à la possibilité d'être vendue à un réseau de prostitution. Deviendrai-je l'esclave sexuelle de détraqués ? Serai-je mariée de force à un vieux pervers dégoûtant qui me violera et me battra à sa guise ?

– Qu'est-ce que tu as ?

Je lève les yeux dans la direction de mon bourreau. Il détaille mon visage, surpris. Je remarque alors que je tremble et que des larmes sont apparues sur mes joues.

– Réponds-moi, insiste-t-il.

Après tout, qu'ai-je à perdre ? Et puis, je veux savoir ce que cet homme et son complice me veulent, ce que je vais devenir.

– Ne me vendez pas, pitié. Ne me faites pas de mal.

J'ai probablement l'air pathétique, mais j'ai tellement peur en cet instant que je m'en fiche.

–Te vendre ? Ce n'est pas ce que je compte faire !

Le soulagement m'envahit, pas très longtemps cependant.

– Tu vas rester ici, avec moi.

Je regarde mon ravisseur, interloquée.

– Avec vous ? Mais pourquoi ?

Il soupire d'exaspération, puis le silence retombe dans la pièce. Il reprend ma toilette, laissant ma question sans réponse. À ma grande surprise, il ne passe pas sur mes seins et descend directement sur mon ventre et mes jambes.

Il ne me touche pas ?

J'en suis on ne peut plus soulagée, mais cela renforce mon incompréhension. S'il ne compte pas me vendre ou abuser de moi, alors pourquoi m'a-t-il enlevée ?

– Tu sais, reprend-il, je n'aime pas devoir te punir, mais tu avais un téléphone, tu te rends compte des conséquences que cela aurait pu avoir ?

Et comment… j'aurais pu m'échapper de cet enfer.

– Notre cohabitation pourrait être parfaite si tu le voulais.

Il pousse un long soupir puis passe un doigt sous mon menton et le relève, faisant en sorte que nos regards se rencontrent. J'ai envie de me dérober à son toucher, mais je devine que cela ne lui plairait probablement pas.

– Je sais que tu as peur, que tu te poses des centaines de questions, mais il faut que tu te dises que ta vie comme tu la connaissais avant est terminée. Jamais tu ne la retrouveras.

Ses paroles me font l'effet de coups de poignard.

– S'il vous plaît… laissez-moi partir, je ne vous dénoncerai pas, je veux juste rentrer chez moi, je murmure.

Il semble désolé pour moi. Après quelques secondes, il secoue lentement la tête. Je ferme les yeux.

– Ne pleure pas, Ludmila. Tu verras que tu t'habitueras vite à ta nouvelle condition.

Compte là-dessus.

J'ai encore des tas de questions qui me brûlent les lèvres, mais il ne me laisse pas le temps de les poser.

– Je te laisse finir de te laver, dit-il en se levant.

Comme tout à l'heure, il se met dos à moi. Je prends le gant et entreprends de terminer ma toilette le plus rapidement possible. L'eau refroidissant, je me sens vulnérable. Je veux sortir de cette salle de bain au plus vite.

– Euh… ça y est, je chuchote en posant le gant sur le bord de la baignoire.

Mon ravisseur se dirige vers une grosse armoire blanche, laquée, et en sort une serviette si longue qu'on pourrait m'enrouler deux fois dedans. Il me la tend sans me regarder et me tourne à nouveau le dos. Sa sollicitude contraste avec son attitude sauvage d'hier, lorsqu'il m'a attachée au lit.

Je m'essuie rapidement et m'enroule dans la serviette moelleuse. Il se retourne sans me prévenir, me détaille un instant. Il ouvre ensuite la porte et me fait signe de passer.

– Je compte sur toi pour ne pas essayer de t'enfuir, me dit-il. Ce serait une très mauvaise idée, et crois-moi, les conséquences ne seraient pas agréables.

Il sort à ma suite et m'indique le chemin pour retourner à ma « chambre ». Je réalise que je me trouve dans une maison qui paraît tout à fait ordinaire. Elle ne semble pas récente, mais elle est entretenue. Tous les murs sont soit blancs, soit gris, il n'y a aucune décoration, et je comprends que c'est un genre de repaire. Impersonnel, car personne n'y vit vraiment.

Je grimpe un petit escalier puis traverse un couloir au parquet grinçant. Je sens la présence de mon ravisseur derrière moi. Je n'ai qu'une envie, prendre mes jambes à mon cou et m'enfuir loin de lui, mais comme il me l'a si bien fait remarquer, il n'hésitera pas à sévir comme hier si je tente quoi que ce soit.

– Seconde porte à droite, annonce-t-il.

Sa voix est à nouveau froide et dure. J'obéis à son ordre et rentre dans la pièce dans laquelle j'ai été séquestrée la nuit dernière. Une pile de vêtements m'attend au milieu du lit.

– Habille-toi, ordonne l'homme.

Il se retourne à nouveau, à mon grand soulagement.

– Dépêche-toi !

Je m'exécute et enfile un jean noir, un t-shirt noir et un gilet en laine beige. Étonnamment, ils sont tous à ma taille. Il y a également une épaisse paire de chaussettes. Nous approchons de l'hiver et je me doute que j'en aurai bientôt besoin.

Une fois vêtue, je m'assois sur le lit. Mon ravisseur se retourne et me dévisage un moment.

– Comment tu t'appelles ?

Cette question franchit la barrière de mes lèvres avant que je puisse la retenir. Lorsque je vois le regard de mon bourreau se voiler, je la regrette immédiatement. Et s'il se mettait en colère ?

– Carter, répond-il avec calme, ce qui me surprend.

Carter…

Il semble jeune, autour des vingt-cinq ans, peut-être un tout petit peu plus.

Son regard perçant me met mal à l'aise et me fait baisser la tête.

– Je n'aimerais pas avoir à te punir encore, me dit-il, mais il faut que tu comprennes que je le ferai si tu me pousses à bout. Je ne suis pas un homme patient, alors évite de me foutre en rogne. Tu as probablement compris à quel point ce n'est pas bon.

Ne pas le pousser à bout ? Comment pourrais-je deviner ce qui lui fait péter un fusible ? Rien que le fait de lui demander son prénom le contrarie.

Je sais au fond de moi que j'aurai droit à une autre séance de punition, et ce bien malgré moi.

– Je t'apporterai de quoi manger dans quelques minutes, poursuit-il. Je vais te laisser seule dans cette chambre. Étant donné que tes poignets ont été suffisamment sollicités, je ne vais pas t'attacher. Ne me le fais pas regretter…

Sur ce, il part, sa menace planant dans l'air.

Voilà, je suis enfermée dans la chambre sinistre d'une maison qui l'est tout autant, perdue je ne sais où, avec deux hommes… et j'ai été kidnappée.

Sans que je puisse y faire grand-chose, des larmes refont surface. Je les laisse couler et sanglote, la tête enfouie dans mes mains.

Au bout d'un long moment, j'entends à nouveau le bruit de la serrure. J'essaie en vain de sécher mes joues mais lorsque la porte s'ouvre, Carter remarque mon état. L'agacement tend ses traits.

– Je t'ai dit d'arrêter de pleurer, cingle-t-il. Ça ne changera rien à la situation, et en plus, ça me tape sur les nerfs.

Bon sang, mais c'est quoi son problème ? Il a été violent la nuit dernière, doux ce matin, et là il est carrément glacial… Ses brusques changements d'humeur me donnent le tournis et je n'arrive pas à comprendre comment me comporter en sa présence pour l'instant.

Il s'approche du lit et pose l'assiette dessus.

– Mange !

Je regarde le sandwich et la nausée me tord le ventre. Cette situation me rend malade, je me sens incapable d'avaler la moindre bouchée.

– Alors ? Qu'est-ce que tu attends ?

Je secoue la tête.

– Quoi ? s'impatiente Carter.

– Je n'ai pas faim, je balbutie.

Il ne répond pas, si bien que je lève les yeux pour voir sa réaction.

– Tu es sûre ? demande-t-il en haussant les sourcils.

Je hoche la tête.

– Très bien.

Il prend le sandwich en haussant les épaules et croque dedans. Il me tend une bouteille, que je saisis, puis il s'en va sans rien ajouter.

Je bois deux longues gorgées d'eau puis, étant donné la nuit désastreuse que j'ai passée la veille, je décide d'essayer de dormir un peu. Après tout, que puis-je faire d'autre ?

Je soulève les couvertures et m'allonge dessous.

Mes pensées se tournent vers Gaby, qui a certainement dû arriver en Italie, le premier pays qu'elle voulait découvrir. Je l'imagine souriante, heureuse… Elle réalise enfin son rêve.

Je suppose qu'elle a essayé de me joindre après le message que je lui ai envoyé hier. Que pense-t-elle du fait que je ne lui réponde pas ? Est-ce qu'elle va s'inquiéter ? Croire que je lui en veux d'être partie ? Est-ce qu'elle va se douter que quelque chose de grave m'est arrivé ? Probablement… Nous avons le même âge, mais Gaby a toujours agi comme une mère poule avec moi. Je sais qu'elle s'inquiétera de ne pas avoir de mes nouvelles et cela me serre le cœur d'y penser.

Si tu savais, ma Gaby… Si tu savais…

★★★

– Toujours pas ?

Je secoue à nouveau la tête.

– OK.

Carter se lève et sort de la chambre sans rien dire, emportant mon repas. Cela fait deux jours qu'il fait des allers et retours avec des assiettes pleines. Le fait est que je ne peux rien avaler. La terreur, la peine et la tristesse que je ressens me compressent l'estomac. J'arrive seulement à boire pour ne pas me déshydrater, grâce aux bouteilles que mon ravisseur me laisse.

Il est plus doux aujourd'hui, du moins, il ne semble pas énervé, mais je me méfie. Hier soir, il est venu m'apporter mon dîner mielleusement mais lorsque j'ai refusé de manger, il s'est emporté tellement vite et fort que je me suis tout de suite vue attachée au lit. J'ai pu à nouveau respirer lorsqu'il est sorti de la pièce.

Aujourd'hui, mon manque d'appétit semble être le cadet de ses soucis.

Je me sens fatiguée et je commence à être faible. Je n'ai pas revu le grand métis depuis le premier jour et je me demande quel peut être son rôle dans toute cette histoire.

Je passe la journée alitée, les yeux dans le vague, en me remémorant des souvenirs *d'avant*. On n'apprécie jamais assez ce qu'on a avant de s'en retrouver privé. Je ne rêve à présent que d'une chose : retourner dans mon petit appartement, m'engueuler avec ma voisine du dessus qui passe son temps à marcher en talons aiguilles sur le plancher, aller acheter un hot-dog au vendeur en bas de ma rue…

Je veux juste qu'on me rende ma vie.

Le sommeil commence à me gagner à nouveau. J'ai l'impression de ne faire que dormir depuis trois jours, mais je sombre tout de même.

Mes yeux sont lourds lorsque j'entends la porte s'ouvrir. Je jette un coup d'œil à la fenêtre et je vois que le jour a baissé. Ce doit être l'heure du dîner.

– Ludmila ?

Je reste silencieuse. Carter soupire puis vient s'asseoir près de moi.

– Je sais très bien ce que tu es en train de faire ! m'accuse-t-il.

Je regarde dans le vague, sans lui répondre.

– Tu crois sincèrement que je te laisserais crever de faim ? continue-t-il. Laisse-moi te dire une bonne chose, je compte bien te faire manger, même si pour ça il faut que je te foute moi-même la nourriture dans le fond de la gorge.

Je demeure mutique, c'est ce que j'ai de mieux à faire. Je fais comme si Carter n'existait pas, comme si tout cela n'était pas réel. Le déni est ma seule chance de ne pas virer aussi cinglée que lui.

– Bon, cette fois ça suffit. La comédie est terminée.

Sans rien comprendre, je me retrouve en position assise. Cela fait près de quarante-huit heures que je suis allongée, ajouté à cela le manque de nourriture et la violence avec laquelle mon ravisseur me relève, et je suis soudain prise de vertige.

Des points noirs font leur apparition devant mes yeux.

– Tu vas manger, oui ?

Carter pique je ne sais quoi dans l'assiette à l'aide d'une fourchette et essaye de forcer le barrage de mes lèvres.

Ma tête me tourne de plus en plus, je l'entends vaguement, tout est sourd, puis soudain, le noir m'enveloppe…

★★★

– Ludmila… Ludmila, réveille-toi.

J'émerge doucement. Je cligne des yeux jusqu'à ce que je sois habituée à la lumière. Mon regard croise deux billes émeraude et je me redresse comme un ressort.

– N'aie pas peur, je ne vais rien te faire, commence Carter.

J'ai le réflexe de reculer en ramenant mes genoux contre moi. Je supplie :

– Ne m'attache pas.

Il me détaille puis secoue la tête.

– Non, je ne vais pas t'attacher. Mila… fait-il en tendant sa main dans ma direction.

Mila ?

Que Carter se permette d'employer ce diminutif comme si nous étions amis de longue date, comme s'il était aussi proche de moi que Gaby, me donne envie de vomir. Furieuse, je crache :

– Ne me touche pas.

Mon ravisseur n'a aucune réaction pendant quelques secondes. Puis il se lève et croise les bras.

– Bien, je vois que tu as repris des forces. Maintenant, tu vas manger. Si tu te crois têtue, tu ne me connais pas encore. Je ne bougerai pas d'ici tant que tu n'auras pas avalé quelque chose, même si on doit y passer la nuit et les jours suivants.

Nous nous toisons un instant.

Si mon bourreau a raison sur un point, c'est que me laisser mourir de faim ne changera rien à ma situation. Au contraire, perdre des forces me desservira dans mon plan d'évasion. J'ai envie de vivre, j'ai envie de m'en sortir. J'ai envie d'espérer qu'un jour je sortirai de là vivante.

J'essuie mes larmes du revers de la main puis je murmure :

– OK.

Je relève timidement les yeux vers Carter. Il semble sceptique, comme si je lui faisais une sorte de blague.

– OK ?

Je me contente de hocher la tête.

Ma réaction lui arrache ce qui ressemble à un soupir de soulagement, puis il sort de la chambre. Le fait qu'il doive aller chercher un nouveau plateau de nourriture me laisse penser que je suis restée inconsciente bien plus longtemps que je ne le croyais… et ça me terrifie.

Une fois seule, je me précipite sur la table de nuit à côté du lit. Carter en a sorti de la corde le jour de mon arrivée ici, peut-être que je peux y trouver autre chose, n'importe quoi qui pourrait me servir pour l'attaquer ou me défendre en cas de nouvelle crise de folie de sa part.

J'ouvre le premier tiroir. Rien. Le deuxième. Vide. Alors que j'ai la main sur la poignée du troisième, j'entends derrière moi le bruit de la clé qui tourne dans la serrure. Je me redresse instantanément et reprends ma place au milieu du lit.

Carter entre dans la chambre, un plateau en main, s'approche de moi puis dépose mon repas sur la couverture. Des lasagnes, un verre de jus de fruits et une pomme. Je salive rien qu'en les regardant. Sans plus de cérémonie, je me rue sur la nourriture. Je jette un coup d'œil rapide dans la direction de mon ravisseur et je le vois esquisser un mince sourire avant de se reprendre.

– Je te laisse manger tranquillement.

Il se dirige vers la porte mais avant de quitter la pièce, il se retourne pour me lancer :

– Au fait, le troisième tiroir est vide lui aussi. Pas la peine de le fouiller.

Sur ce, il me laisse seule.

Et juste comme ça, je perds l'appétit.

CHAPITRE 4

Carter revient un peu plus tard pour débarrasser mon plateau repas.

– J'aimerais aller aux toilettes, dis-je d'une voix chevrotante.

– Ce n'est pas l'heure.

Depuis que je me suis remise à manger, j'ai plus d'énergie et cela me permet de recommencer à réfléchir à un moyen de m'enfuir. Dans ma tête, je tiens un journal de bord des moindres choses que me fait faire mon bourreau. J'ai droit à ma « pause pipi » quatre fois par jour et j'en profite chaque fois pour tenter de trouver une sortie. Plus je peux évoluer dans la maison, plus je repère les lieux, plus je peux cogiter à un plan.

– S'il te plaît, je ne pourrai pas attendre, j'insiste.

Carter soupire, visiblement agacé par ma demande.

– Dépêche-toi, dit-il en m'attrapant le poignet.

Je me lève rapidement et le suis jusqu'à la porte de la chambre, qu'il déverrouille.

– J'espère que tu n'auras pas la bêtise de tenter quelque chose, siffle-t-il d'une voix menaçante à mon oreille.

Je secoue vivement la tête sans le regarder. Il ouvre la porte et nous longeons le couloir aux murs gris. Je jette des coups d'œil partout, essayant de repérer un maximum de choses. Nous descendons l'escalier et je sens l'étau se resserrer autour de mon poignet. Y a-t-il quelque chose que je ne dois pas voir à l'étage du dessous ?

Nous arrivons devant la salle de bain où mon ravisseur m'a lavée il y a deux jours. Depuis, je n'ai plus droit qu'à une toilette rapide le matin.

Il ouvre la porte et j'entre à l'intérieur.

– Tu as deux minutes.

Carter referme le battant, me laissant seule. J'ai à peine tiré la chasse d'eau qu'il apparaît déjà dans la pièce. Il reprend mon bras et nous repartons vers la chambre. Je suis déçue de n'avoir rien remarqué, ni renseignement sur notre localisation ni indice sur la raison de ma présence ici.

En passant devant la porte d'entrée, une chose attire pourtant mon attention. Une sorte de boîtier. L'accès à l'extérieur est-il protégé par un code ?

Je garde cette information dans un coin de ma tête et me concentre sur le chemin du retour. Mais je ne remarque rien d'autre qui puisse m'aider.

Je ne sais pas si j'aurai la chance de m'enfuir, mais si c'est le cas, contrairement à ce que j'ai affirmé à Carter le jour où il m'a fait prendre mon bain, je le dénoncerai à la police, lui et son complice. Si je m'en sors, je veux que plus aucune femme ne tombe entre leurs griffes.

Pour aider les autorités à identifier mon ravisseur, je suis capable d'en faire une description physique précise : grand, les cheveux châtains, les yeux verts, barbu, la peau claire. J'ai même son prénom… si tant est que ce soit vraiment le sien.

Au fond de moi, je sais cependant que si mon bourreau n'a pas peur de se montrer à moi, c'est qu'il y a peu de chances pour qu'il me libère un jour.

Non, ne flanche pas, Mila. Garde espoir.

Nous entrons dans la chambre et Carter me fait signe de m'asseoir d'un mouvement du menton. Il sort ensuite quelque chose de sa poche et le lance sur le lit. Mes yeux s'écarquillent lorsque je reconnais mon portable. Je n'ose pas le toucher, il y a forcément anguille sous roche.

– Il n'arrête pas de sonner et je commence sérieusement à en avoir marre, alors tu vas être mignonne et dire à ton amie que tu vas bien, grogne mon ravisseur.

J'avale ma salive et prends immédiatement le téléphone en main.

– Attends ! Tu vas lui écrire exactement ce que je te dicterai et rien de plus. N'essaye pas de rajouter un mot ou de parler en langage codé, parce que je peux t'assurer que tu le regretteras.

Je hoche la tête et attends ses instructions.

– J'ai décidé de prendre un peu de vacances et de me mettre au vert. Je ne supporte plus la vie à Chicago. Je ne sais pas quand je pourrai t'écrire à nouveau, profite bien de ton voyage.

Je tape chaque mot que Carter prononce, la gorge serrée. Les larmes ne tardent pas à affluer dans mes yeux, mais je fais tout pour les combattre.

– Rajoute la phrase que tu lui dis habituellement, m'ordonne-t-il.

– Comment ça ?

– Te fous pas de moi, c'est ta meilleure copine. Tu dois forcément lui dire un truc bien con comme le font toutes les filles en général.

J'aurais aimé qu'il ne pense pas à cela, j'aurais aimé qu'il me laisse envoyer le message tel quel. Alors Gaby aurait su que quelque chose ne tournait pas rond. Mais d'ailleurs, comment sait-il que Gaby est ma meilleure amie ? Et comment connaît-il mon prénom ? Où je vis ?

Il m'a probablement épiée pendant des jours pour repérer mes habitudes et préparer mon enlèvement. Un frisson me parcourt l'échine à l'idée qu'il ait pu me suivre sans que je ne remarque rien.

À contrecœur, je rajoute les quelques mots par lesquels Gaby et moi terminons toujours nos textos :

JE T'AIME, TRÉSOR.

Quand j'ai tapé le message, Carter vérifie au-dessus de mon épaule que tout est en ordre, puis il m'ordonne d'appuyer sur « envoyer ». Après quoi il s'empresse de reprendre mon téléphone et de s'en aller.

Le silence s'abat sur moi une nouvelle fois.

***

Trois jours… trois jours que je n'ai pas respiré l'air frais. Trois jours que je suis enfermée dans ce cauchemar. Trois jours… et j'ai l'impression qu'une éternité est passée.

– Ludmila ! Réveille-toi.

Je suis tirée de mon demi-sommeil apathique par une main qui me secoue vivement. J'ouvre les yeux et remarque Carter au-dessus de moi, attendant que je revienne à moi.

– Lève-toi, dit-il lorsque mes yeux sont grands ouverts.

– Pourquoi ?

– Lève-toi et ne discute pas, répète-t-il en m'agrippant le bras.

– Mais je…

Il me tire par les cheveux, si fort que j'ai peur que mon cuir chevelu ne se décolle.

– Tu la fermes et tu me suis, OK ?

– Oui, je couine, combattant la douleur.

Il me relâche et je sens à nouveau mon sang circuler dans mon crâne. Il me jette nonchalamment des bottes qui ne m'appartiennent pas mais qui sont à ma taille. Je les enfile, prends le gros gilet en laine que Carter me tend et le suis hors de la chambre. Il m'attrape par le poignet, encore, et me fait descendre les escaliers rapidement.

– Qu'est-ce qui se passe ? je demande.

Je vois à travers les fenêtres qu'il fait nuit. Que peut-il bien se passer pour qu'il soit si pressé ?

– Je t'ai dit de ne pas discuter.

Il m'emmène dans un salon que je n'ai jamais vu. Il est meublé simplement, d'une table avec deux chaises, d'un fauteuil à bascule et d'un énorme vaisselier. Carter en ouvre l'une des portes et en sort une corde.

– Non… Non, je t'en prie, non, je n'ai rien fait, je panique.

– Tu vas te calmer, oui ?

J'essaye de me dégager de la prise de mon bourreau, mais c'est peine perdue. Il ramène mes deux poignets devant moi et les attache fermement. Il prend ensuite mon bras et me traîne dans l'entrée. Il sort deux sacs de voyage remplis du dessous de l'escalier et les passe par-dessus son épaule.

Je suis dans un état second, je ne comprends rien, je ne sais pas quoi faire, quoi dire pour obtenir des réponses. Je n'ai jamais aimé l'inconnu, je planifie toujours ma vie parce que me retrouver sans repères est pour moi extrêmement angoissant.

Autant dire que, depuis trois jours, je vis un véritable calvaire.

Carter se dirige vers la porte, ouvre le boîtier et tape rapidement le code de sortie.

– Pas la peine d'essayer de le retenir, on ne reviendra pas ici, m'informe-t-il.

Comment cet homme peut-il savoir ce que je pense ? Un frisson de déception me parcourt lorsque je comprends qu'il sera extrêmement difficile de le berner.

Nous quittons la maison pour nous enfoncer dans la nuit noire. Lorsque le vent fouette mon visage, j'ai l'impression de respirer à nouveau. Est-ce étrange de me sentir bien en cet instant ? Je tourne la tête de droite à gauche pour déterminer où nous nous trouvons. Mais je n'aperçois… absolument rien. Des arbres, beaucoup d'arbres et rien d'autre. Je jette un regard en direction de la maison et constate à quel point elle est délabrée. Le toit menace de s'effondrer, la façade n'est même pas peinte et certains volets sont arrachés.

Bon Dieu, j'ai habité dans un taudis pareil pendant trois jours ?

– Monte là-dedans, dépêche-toi, murmure Carter en m'indiquant un 4 x 4 noir Chevrolet garé devant nous.

La voiture de monsieur et madame Tout-le-monde, évidemment.

Mon ravisseur m'ouvre la portière et me pousse à l'intérieur. Il jette les sacs à l'arrière puis monte côté conducteur, démarre en trombe et se lance sur la route à vive allure. Je suis tremblante de peur mais je dois savoir, il doit me répondre.

– Qu’est-ce qui se passe ?
– Il faut qu’on parte.
– Où va-t-on ?
Le silence accueille ma question. Alors que je suis sur le point de la répéter, Carter me jette un coup d’œil puis esquisse un mince sourire en me répondant :
– Loin d’ici.

CHAPITRE 5

Cela fait maintenant des heures que nous roulons. Carter s'est engagé sur l'autoroute et n'en est pas ressorti. Je vois les panneaux défiler, chacun m'éloignant un peu plus de mon ancienne vie. Il fait encore nuit, l'autoradio affiche 4 h 38. Depuis que nous sommes partis, aucune parole n'a été échangée, seule de la musique tourne en fond sonore.

J'ai envie de poser des tas de questions, mais la manière dont mon ravisseur m'a fait sortir de la maison et attachée me dissuade de tenter toute approche. Pourtant, il faut que je proteste, il le faut parce que…

– J'ai mal, je murmure.

Carter me jette un rapide regard, surpris que je parle, surtout pour dire ça. Je lève mes mains liées pour lui montrer ce qui me blesse.

– C'est trop serré.

– Tu me prends pour un con ? Tu crois vraiment que je vais te détacher pour qu'ensuite tu essayes de t'enfuir ou de te rebeller ?

– Je ne cherche pas à m'enfuir, là, dis-je, la voix tremblante. J'ai vraiment mal.

– Prends sur toi.

Je me tasse dans mon siège, tourne la tête en direction de la vitre et me mets à pleurer en silence, me maudissant moi-même. Je dois m'endurcir à tout prix, ou je ne survivrai pas…

– Ferme les yeux.

Je jette un coup d'œil à Carter.

– Fais ce que je te dis, insiste-t-il.

J'obtempère non sans appréhension. Que va-t-il me faire ? Est-ce que ma vie va s'arrêter là ? Va-t-il m'abandonner sur le bas-côté en plein milieu de la nuit ? Me tuer ?

Mais rien ne se passe. Mon bourreau ne ralentit pas, n'accélère pas non plus. Je le sens malgré tout tourner à plusieurs reprises et je comprends que nous avons quitté l'autoroute.

– Tu peux rouvrir les yeux.

J'obéis. Je n'ai pas la moindre idée d'où nous nous trouvons. Nous roulons doucement dans un quartier où les maisons sont jolies et bien alignées. Carter s'engage dans une impasse, progresse jusqu'au fond, puis il se déporte sur la droite, remonte une petite allée et se gare devant un garage. Il coupe le moteur et détache sa ceinture de sécurité avant de se pencher vers moi et de défaire mes liens. Son regard s'arrête un instant sur mes poignets couverts de contusions et il relève la tête pour me dévisager. Je baisse la mienne instantanément, ne voulant pas croiser son regard froid et perçant. Il se penche un peu plus et ouvre la boîte à gants pour en sortir une clé. Sans un mot, il descend du 4 x 4, prend nos sacs à l'arrière et s'approche de ma portière, qu'il ouvre en me tendant sa main.

Je fais la navette entre ses doigts tendus et son visage. Pourquoi ne me traîne-t-il pas derrière lui de force, comme à son habitude ?

– Dois-je te rappeler que ma patience a ses limites ?

Je secoue la tête et m'empare de la main qu'il me tend. Il ferme tout doucement la portière puis verrouille la voiture. Je sursaute de peur lorsque je le sens enlacer ses doigts aux miens. J'ai le réflexe immédiat de vouloir me dégager, mais il me maintient fermement. Il marche jusqu'à la porte d'entrée d'une maison, l'ouvre puis nous fait rentrer à l'intérieur en allumant la lumière.

Cette habitation est le parfait opposé de l'autre. Elle est meublée et joliment décorée, comme si quelqu'un y vivait. Je me tourne vers Carter, qui a posé nos sacs au sol et attend derrière moi, les bras croisés.

– Chez qui sommes-nous ? je m'enquiers.

– Chez nous.

– Chez nous ? Mais…

– Mila, écoute bien ce que je vais te dire.

Il s'approche tout doucement de moi, comme si j'étais une bête sauvage ou comme si ce qu'il s'apprêtait à me dire était susceptible de me faire vriller.

– À partir de maintenant et pour une durée indéterminée, nous allons vivre ici, poursuit-il. Tu ne sortiras pas de cette maison, tu ne parleras avec personne, tu n'ouvriras à personne sauf si je suis présent et que je juge que c'est sans risque.

Il fouille dans la poche arrière de son pantalon et en sort un objet que je n'identifie pas tout de suite. Puis il attrape brutalement ma main et me glisse quelque chose au doigt. Lorsque mes yeux se posent sur l'anneau en argent surmonté d'un petit diamant à mon annulaire, mon sang cesse de circuler dans mes veines. Je relève la tête vers Carter. Son visage est impassible.

– À partir d'aujourd'hui, tu es ma femme, décrète-t-il. Nous sommes mariés depuis deux ans et nous nous sommes rencontrés lorsque nous étions au lycée. Nous avons décidé de quitter Los Angeles pour venir habiter dans un petit quartier tranquille et sans histoire. Tu entends, Mila ? Sans histoire !

Je reste figée. Que répondre à cette mascarade ?

Sa femme ?

Conneries ! S'attend-il vraiment à ce que je joue le rôle de la bonne épouse pour le restant de mes jours ?

La colère m'envahit et je me sens sur le point d'exploser. Je me suis laissée faire trop longtemps, je ne peux plus continuer comme ça.

Sans que je commande mes gestes, ma main s'abat violemment sur la joue de mon ravisseur. Nous restons moins d'une seconde choqués lui et moi, avant que je me reprenne et que je m'élance en direction de la porte. Je n'ai pas le temps d'atteindre la poignée avant que deux bras encerclent ma taille et me soulèvent, m'éloignant de mon issue de secours.

– Lâche-moi. Lâche-moi, espèce de malade !

Je hurle et me débats de toutes mes forces. La main de Carter se plaque sur ma bouche mais je la mords sauvagement. Il me libère instantanément en grognant de douleur.

– Putain !

Je cours en direction des escaliers et monte les marches trois par trois. J'ouvre la première porte que je vois et la ferme à clé derrière moi. J'entends mon bourreau arriver tout de suite après et abattre son poing sur le battant.

– Mila, sors de là.

– Va te faire foutre, connard.

– Sors ou je défonce cette putain de porte, rage-t-il.

Je ne réponds pas et préfère allumer la lumière pour me situer. Je me trouve dans une petite chambre aux murs blancs, meublée d'un lit double et d'une commode en bois.

Mais je ne m'attarde pas sur la décoration, car je viens de repérer un moyen de m'échapper : une fenêtre me fait face.

Sans me poser de questions, je me précipite sur elle. Derrière moi, j'entends les coups de Carter contre la porte mais je ne m'en soucie guère. J'ouvre la fenêtre le plus doucement possible pour ne pas alerter le cinglé qui tambourine derrière moi, puis je me hisse sur le rebord à la force de mes bras et l'enjambe. Je jette un coup d'œil en bas. La hauteur me fait hésiter, juste une seconde. Mais je préfère largement prendre le risque de me casser une cheville plutôt que de rester le jouet d'un psychopathe pendant les années à venir. Je l'ai giflé et mordu, et je me doute que la punition sera exemplaire s'il arrive à me mettre la main dessus.

Je vide mon esprit de toute pensée et je saute.

Je chute et atterris sur les mains. Mon poignet est coincé sous mon poids. La douleur se fait immédiatement sentir, mais je ne crie pas, pour ne pas alarmer mon ravisseur. Il me faut quelques secondes pour reprendre mon souffle et combattre la souffrance qui tente de prendre le dessus. Puis je me relève tant bien que mal, en m'appuyant le moins possible sur mon poignet. Je regarde autour de moi. À cet instant, une bourrasque de vent me balaie le visage et j'entends la fenêtre d'où j'ai sauté claquer violemment.

Mon sang se glace dans mes veines. Le bruit est tel que Carter a sûrement compris ce qui se passe. Je n'ai pas beaucoup de temps si je veux avoir une chance de lui échapper. Alors je me mets immédiatement à courir, dans l'espoir de rejoindre la maison la plus proche de la « nôtre ». Elle est éloignée, puisque nous nous trouvons tout au fond d'une impasse, mais si je suis suffisamment rapide…

– À l'aide ! Au secours !

J'ai peur de ne pas arriver à atteindre mon but, alors j'essaye de me faire entendre. Carter va me punir, de toute façon, je n'ai plus rien à perdre.

La maison se rapproche et l'espoir m'envahit. Si j'arrive à me sortir de là, je changerai de pays, d'identité pour que mon bourreau ne me retrouve jamais. Si j'arrive à me sortir de là, je…

Je m'écrase soudain au sol. Quelque chose – ou plutôt quelqu'un – vient de me percuter de plein fouet. Un cri de douleur m'échappe. Je viens de retomber sur mon poignet et la souffrance se mêle en moi à la détresse.

– Je te tiens, poupée, me souffle Carter en me soulevant dans ses bras.

Je regarde la maison voisine et lorsque j'aperçois une lumière s'allumer dans une pièce, j'essaye encore une fois de hurler. Au diable mes cordes vocales en feu et mon manque de souffle, je sais que c'est ma seule et unique chance.

Carter court à une vitesse folle malgré le fardeau que je représente pour lui, et je regarde le bout de l'impasse s'éloigner de plus en plus à mesure que je suis ramenée dans mon enfer personnel. L'adrénaline qui m'a tenue debout depuis mon saut par la fenêtre me quitte peu à peu. J'ai mal au bras, mes poignets meurtris par la corde me font souffrir, je suis fatiguée, effrayée, et le putain d'anneau à mon doigt me semble peser une tonne.

Des larmes emplissent mes yeux lorsque je réalise que, pour la seconde fois, Carter vient de m'ôter tout espoir.

Pour la seconde fois, je perds tout…

CHAPITRE 6

Je pleure à chaudes larmes lorsque nous entrons dans la maison. Carter me dépose sur le canapé du salon et s'éloigne. Je me fiche éperdument de ce qu'il va me faire, je n'ai plus la force de me battre après mon échec cuisant.

– Pourquoi as-tu fait ça, Ludmila ? dit-il en revenant de je ne sais où. Merde, je me doute que tout ça te fait peur mais on aurait pu en parler tranquillement.

Je ne l'écoute pas, ne lui jette pas un regard. Un sifflement de douleur m'échappe lorsqu'il prend mon poignet dans sa main.

– Laisse-moi t'examiner.

Je sens quelque chose de froid puis quelque chose de doux sur ma peau.

– Arrête de sangloter, s'agace Carter. Quand est-ce que tu vas comprendre que ça me met hors de moi ? J'en ai marre de me répéter.

– Va te faire foutre, espèce de cinglé ! T'es malade, tu m'entends ? Fais-toi soigner !

Il se fige. Cette fois, je suis allée trop loin.

Lorsque j'ose lever les yeux, je lis une telle souffrance dans ses iris que cela me cloue sur place. Sauf que l'humeur de Carter change subitement et qu'une rage pure remplace bientôt la douleur. Il me soulève comme un vulgaire sac et me jette sur son épaule si vite que je n'ai pas le temps de réagir. Il traverse la maison, puis emprunte un escalier, mais pas celui que j'ai monté tout à l'heure. Celui-ci descend au sous-sol… Il s'arrête devant une porte ; lorsqu'il l'ouvre, le froid se fait immédiatement sentir. Je découvre, la tête en bas, un environnement sombre et sinistre. Des marches plongent dans l'obscurité jusqu'à ce que je devine être une cave. Je bats des pieds en protestant.

– Non, laisse-moi tranquille !

Carter descend sans m'écouter. Nous arrivons dans un sous-sol sinistre, humide et glacé. Mon ravisseur m'éjecte de ses épaules, mais ma chute est moins violente que prévu puisque j'atterris sur quelque chose de mou.

Un matelas ? Qu'est-ce qu'il fait là ? Carter a-t-il anticipé que je désobéirais ?

Probablement.

L'endroit est à peine éclairé, mais je vois mon bourreau s'accroupir devant moi. Il prend mon menton entre ses mains puissantes, m'obligeant à plonger dans son regard hanté.

– Écoute bien ce que je vais te dire. Pour te prouver à quel point tu as eu tort de me défier tout à l'heure, je vais te montrer le genre de punition que je suis prêt à te réserver. Cela te passera peut-être l'envie de répondre et de te débattre. Chaque fois que tu désobéiras ou que je jugerai ton comportement irrespectueux, tu en subiras les conséquences.

Je n'aurais jamais dû tenter de m'enfuir. Jamais.

– Tu as compris ?

Je hoche la tête avec difficulté – Carter maintient toujours mon menton fermement serré dans ses paumes.

– Je veux te l'entendre dire, lance-t-il froidement.

– Oui.

Il lâche mon visage et m'annonce :

– Tu vas rester ici autant que je le jugerai bon. C'est ta punition pour m'avoir provoqué. Je viendrai t'ouvrir pour t'accompagner aux toilettes, mais seulement deux fois par jour, alors gère bien ta vessie.

Quoi ? Combien de temps compte-t-il me laisser agoniser ici ?

– Non, ne me laisse pas ici, s'il te plaît, je le supplie. Je… je ne te provoquerai plus. Je ne répondrai plus et n'essayerai plus de m'enfuir… S'il te plaît.

– Oh, je sais que tu te comporteras correctement après ton petit séjour ici. Mais malheureusement pour toi, c'est non négociable.

Il se relève.

– Une dernière chose. Ne la retire surtout pas, m'ordonne-t-il en montrant la bague à mon doigt.

Je lui jette un rapide coup d'œil. J'aurais préféré la perdre dans le chaos de cette soirée mais non, elle est toujours là.

– À plus tard, Ludmila.

Et Carter part, juste comme ça… Alors je lâche toute la tension, la peur, l'angoisse que j'ai accumulée depuis qu'il m'a enlevée. J'ouvre les vannes, je hurle et sanglote si fort que j'en suffoque. Je suis en pleine crise de panique.

Comment est-ce possible ? Comment ai-je pu me retrouver dans une telle situation ? Et dire que quatre jours plus tôt j'étais chez moi, insouciante, joyeuse…

J'essaye de m'intimer au calme. Carter va probablement me laisser crever ici, mais je dois à tout prix me reprendre.

Je ne lui donnerai pas la satisfaction de me laisser dépérir.

CHAPITRE 7

Carter

– Laisse-moi sortir. Je t'en prie.

Merde ! Putain de bordel de merde !

– Je suis désolée…

La situation m'échappe totalement.

– LAISSE-MOI SORTIR !

Le hurlement strident de Ludmila fait augmenter la tension dans mon corps. Comment les choses ont-elles pu déraper ainsi ? Tout était pourtant clair, simple. L'enlèvement de cette fille devait se dérouler exactement comme celui de toutes les autres. Rien de bien compliqué dans cette mission : la kidnapper, la garder captive quelques jours, attendre que l'argent soit donné au commanditaire, la relâcher, toucher ma part puis me faire discret pendant un moment avant de reprendre du service. Tout était tellement bien ficelé, putain, tout devait se dérouler sans accroc, et puis… tout est parti en vrille avant que j'aie pu comprendre ce qui se passait.

Le contrat a changé en cours de route. Cette fois, on me demande plus, on me demande l'impossible. Il n'est plus question de relâcher la fille après avoir obtenu la somme demandée, cette fois, je suis censé la tuer. J'aurais dû abandonner son corps dans le taudis qui nous servait de planque.

Alors j'ai plongé mon regard dans les yeux noisette de Mila, je me suis noyé en elle l'espace de quelques secondes, juste le temps de déterminer ce que je devais faire… et j'ai su. J'étais incapable d'honorer le contrat, c'était au-dessus de mes forces. Je devais la sauver, l'emmener loin, la garder en sécurité… la garder pour moi seul.

Ludmila continue de hurler, de supplier derrière la porte, mais sa voix me semble de plus en plus lointaine. Le bourdonnement sourd qui s'est installé dans mon crâne depuis hier s'intensifie, me faisant vaciller, m'obligeant à m'asseoir sur le sol pour reprendre mon souffle.

Non, pas maintenant. Je dois rester lucide, maître de mes mouvements.

Garde le contrôle, Carter, garde le contrôle…

Les derniers événements jouent sur ma stabilité mentale. Je me trouve sur une corde raide, prêt à basculer du mauvais côté à chaque instant.

Les cris de Mila cessent. Elle a certainement compris qu'elle n'obtiendrait rien de moi dans l'immédiat. Je reste adossé contre la porte de la cave, au plus près d'elle, pour lui tenir compagnie et l'aider à endurer la solitude et la peur que je lui impose. Je pourrais lui ouvrir et passer l'éponge sur sa tentative d'évasion, je pourrais me montrer compréhensif et lui laisser un peu de répit pour qu'elle se remette de sa blessure au poignet et du choc psychologique de son enlèvement… mais je ne le fais pas. Je me suis laissé guider par ma colère, par mon instinct, par ma folie. Je l'ai punie et il est maintenant trop tard pour revenir en arrière… Pour sa propre sécurité, elle doit apprendre à m'écouter et à m'obéir, parce que nous sommes tous les deux en danger désormais.

Je ne sais pas encore combien de temps je vais la laisser à la cave… jusqu'à ce qu'elle comprenne que se rebeller est la pire chose à faire ? Ou jusqu'à ce que la folie qui m'habite s'apaise et que je retrouve la possibilité de penser de façon rationnelle ?

Mon problème, c'est que je ne sais pas ressentir les choses « normalement », je ne sais pas comment gérer ces émotions toutes plus contradictoires les unes que les autres qui me frappent chaque jour en plein cœur. Je n'ai pas de juste milieu : si je déteste, c'est jusqu'à vouloir tuer, si j'aime, c'est jusqu'à en crever et il n'y a rien entre les deux.

Et Mila… Elle me donne envie de l'aimer et je me déteste pour ça.

La douleur dans mon crâne s'intensifie encore, frappant sous mes tempes et à l'arrière de ma tête. Je bascule sur le côté et me recroqueville en position fœtale, les paupières fermées, les lèvres closes, et je supporte en silence les vagues de souffrance qui traversent mon corps.

Cette crise était à prévoir, elle me menaçait depuis l'enlèvement de cette fille, depuis que quelque chose chez elle m'a interpellé, depuis que j'ai commencé à remettre en question mes choix et mes actions. Je dois en passer par là, je dois serrer les dents et encaisser, attendre que mon esprit fasse le tri dans toutes les merdes qui l'encombrent. Je dois patienter jusqu'à ce que le peu de normalité qui reste en moi reprenne le contrôle. Ça va prendre un peu de temps. Un jour, deux, peut-être trois… ou une semaine. Je ne peux pas le savoir à l'avance.

Ce mal brûle en moi, bout sous ma peau, me donne envie de m'ouvrir les veines pour m'en libérer.

Cette malédiction, c'est la seule chose que je ne contrôle pas, que je ne peux pas enfermer dans une cage. Elle me transforme, me rend différent. Et depuis que Mila a débarqué dans ma vie, c'est encore pire. Cette femme attise tout ce qu'il y a de dangereux en moi. La noirceur, la douleur et la peine que je ressens sans cesse et avec lesquelles j'ai appris à vivre s'exacerbent en sa présence.

Et ce n'est pas bon, c'est même terrifiant.

CHAPITRE 8

Je vais mourir. J'en suis sûre désormais. Seule dans cette cave, j'ai perdu la notion du temps et mes yeux sont habitués à l'obscurité. Je ne vois le jour que lorsque Carter vient me chercher pour me laisser aller aux toilettes. Il reste toujours silencieux, ailleurs, les yeux dans le vague. Comme absent, détaché de la situation.

Quant à moi, je suis vide et je n'ai plus de force. Mon organisme réclame de la nourriture mais aussi et surtout de l'eau. Je ferais n'importe quoi pour en boire ne serait-ce qu'une gorgée. Je dors mal et très peu, je suis frigorifiée, et surtout, je vis dans la terreur constante à l'idée que Carter décide d'empirer ma punition, juste parce qu'il se serait levé du mauvais pied ou qu'il l'aurait décidé.

Le silence aussi me pèse. Je commence à me dire que je devrais me parler à moi-même pour éviter de virer dingo. Quoique, se parler à soi-même peut déjà être considéré comme un signe de folie… De toute façon, je sais que je vais crever dans cette cave. Au bout de trois jours sans boire, le corps ne tient pas le choc. J'ai certainement dépassé les quarante-huit heures. Ma gorge est terriblement sèche, ma bouche pâteuse, respirer me fait mal, j'ai l'impression que ma tête est sur le point d'éclater. Je sens que mon corps appelle à l'aide, que s'il doit continuer à supporter ça il lâchera prise.

Je suis allongée sur le matelas, les yeux dans le vague, recroquevillée sur moi-même pour essayer de me tenir chaud. J'ai mis mon cerveau sur pause, c'est ma seule manière de me protéger.

J'entends soudain le clic familier dans la serrure de la porte, puis les pas de Carter dans l'escalier, et je ferme les yeux.

Qu'il me tue, par pitié.

Je quitte le sol, soulevée dans ses bras. Malgré la terreur qui paralyse mon corps, je me laisse aller contre son torse musclé. Je suis bien trop épuisée pour me battre.

Je n'ai même pas la force d'ouvrir les yeux pour voir où Carter m'emporte.

Il s'arrête soudain. Je soulève enfin les paupières… et rencontre ses iris émeraude. Il ouvre la porte d'une chambre, nous y fait entrer puis il me pose doucement sur le lit. Il s'assoit à côté de moi et me maintient en place tout en tendant son bras derrière nous, à la recherche de je ne sais quoi.

Quelques instants plus tard, il dépose un gobelet d'eau fraîche entre mes mains. Je fixe le verre puis lui jette un coup d'œil. Il me sourit, encourageant.

– Bois !

Je ne me le fais pas dire deux fois. Je prends une très grande gorgée d'eau. Grave erreur. Ma gorge est tellement sèche que je m'étrangle. Je sens la main de Carter dans mon dos et je me dégage immédiatement, refusant son contact.

– Comme tu veux, s'amuse-t-il.

Après ma quinte de toux, je termine le verre plus doucement. Mon ravisseur part le remplir et me rapporte aussi un sandwich lorsqu'il revient. Je le prends et croque dedans en fermant les yeux pour en apprécier le goût. C'est un pur délice. Mon ventre gargouille disgracieusement, mais je m'en fiche.

– Regarde-toi, dit Carter, peiné. Tu es dans un sale état.

À qui la faute, espèce de malade ?

Je décide de l'ignorer royalement et je continue à manger. Il me laisse reprendre des forces en silence. Je ferme les paupières pour me couper de lui et ne pas penser à sa présence.

Soudain, il attrape ma main, ce qui me fait sursauter. Je le regarde dans les yeux… Une telle souffrance hante ses pupilles, c'en est déstabilisant.

– Ne m'oblige pas à le refaire, Mila. Je n'ai plus envie de te punir.

La sincérité qui émane de sa voix me surprend. Pourquoi me fait-il du mal si cela lui en fait aussi ? Puisqu'il semble de meilleure humeur qu'il y a trois jours, je décide d'être franche avec lui.

– Tu ne peux pas m'en vouloir d'essayer de m'échapper, dis-je tout bas.

Je m'attends à ce qu'il se mette en colère, mais à la place, il serre doucement ma main, peiné.

– Je ne t'en veux pas, répond-il en chuchotant. Mais je t'ai déjà dit que c'était peine perdue. Tu ne pourras pas retrouver ton ancienne vie… J'en suis désolé, mais il faut que tu l'acceptes maintenant, ou nous passerons notre temps à nous faire souffrir.

Comment peut-il s'imaginer que je vais accepter mon sort aussi facilement ? Comment peut-il s'attendre à ce que je dise adieu à tout ce que j'ai toujours connu, comme ça, sans me battre un minimum ?

Il prend certainement mon silence comme une approbation, puisqu'il fait à nouveau pression sur ma main avant de la lâcher.

– Quand tu auras fini de manger, tu pourras aller prendre une douche et passer des vêtements propres.

Une douche ? Oh, bon sang, oui, une douche… J'empeste, mon cuir chevelu me démange et j'ai besoin de me débarrasser de l'odeur de la cave et du vieux matelas incrustée sur moi.

Je prends mon temps pour manger et lorsque Carter remarque que j'ai terminé, il m'emmène dans la salle de bain attenante à la chambre. Il y a une petite baignoire ainsi qu'une douche. Tout est modeste mais joliment décoré.

Est-ce que cette maison lui appartient ?

– Déshabille-toi, ordonne-t-il. Tu sais comment ça marche. Tu as deux minutes.

Bien qu'il se soit montré plus doux quelques instants plus tôt, il n'en reste pas moins mon bourreau…

J'éjecte mes vêtements à la vitesse de l'éclair malgré ma faiblesse, puis je me glisse sous la douche et j'allume le jet d'eau.

Lorsqu'elle se met à couler sur moi, je me laisser aller contre la paroi carrelée. J'ai besoin de me nettoyer, d'enlever cette crasse incrustée sur ma peau, et surtout d'essayer de faire disparaître le cauchemar qui m'a happée.

– Tu as du savon et du shampoing à disposition, me lance Carter. Demande-moi si tu as besoin d'aide.

Plutôt mourir !

Je lave mes cheveux deux fois, puis le corps trois fois de suite… jusqu'à en perdre la notion du temps.

– Tu as bientôt terminé ?

Je m'empresse de me rincer pour ne pas contrarier mon ravisseur, puis je coupe le jet d'eau.

– Tiens.

Carter me tend une serviette par-dessus la cabine de douche ; je la prends et me sèche, puis je rassemble mon courage pour sortir et lui faire face. Il ne jette pas un regard en direction de mon corps, se contentant de me fixer droit dans les yeux.

– Une partie de tes habits est dans l'armoire, dit-il en montrant la chambre.

Je le suis tête baissée et découvre avec stupeur que toute ma garde-robe ainsi que mes chaussures sont là. Comment ont-ils atterri ici ? Carter est-il retourné à mon appartement ? Y est-il entré par effraction ? Ces questions ne font cependant pas le poids bien longtemps face à ma joie de retrouver ces souvenirs de ma vie d'avant, aussi futiles soient-ils. Mes vêtements ont mon odeur et des effluves de mon parfum, et cela me rassure, d'une certaine façon.

Je choisis de quoi me vêtir, puis je me précipite vers la salle de bain, impatiente de retrouver un peu de la Mila que j'étais encore il n'y a pas si longtemps. Carter doit interpréter mon élan d'enthousiasme pour une tentative d'évasion, car il attrape mon bras et me ramène illico contre lui.

– Ne pense même pas à verrouiller la porte, susurre-t-il à quelques centimètres de mon visage.

Je secoue la tête et j'attends qu'il me relâche sans broncher. Quand il le fait enfin, je fonce dans la pièce attenante sans demander mon reste. Je passe une de mes tenues préférées, celle que je portais généralement les jours où j'avais besoin de réconfort et que Gaby et moi avons à l'identique.

Ma Gaby…

– Je vais bientôt entrer, me prévient la voix de Carter de l'autre côté de la porte.

Le fait qu'il ne cherche pas à me voir nue ou à profiter de moi me pose question – non que je m'en plaigne. Carter m'a enfermée dans une cave, attachée à un lit, il n'est donc clairement pas le type d'homme délicat et compatissant. Je suis à sa merci, il aurait très bien pu me violer s'il l'avait voulu, mais le fait est qu'il semble respecter mon intimité.

Je prie de toutes mes forces pour que cela soit toujours ainsi.

Il entre, me découvre dans mes vêtements décontractés et me détaille des pieds à la tête.

– Très jolie… commente-t-il avec un petit sourire.

Son compliment me donne la nausée mais je me force à faire bonne figure.

– Merci, je souffle.

Il s'approche de moi les yeux plissés et pose sa main près de mon visage. Je me fige.

– De rien… Ludmila !

Il vient saisir ma paume, entrelace nos doigts et m'entraîne dans la chambre…

CHAPITRE 9

Carter me fait asseoir sur le lit et s'installe à mes côtés.

– Montre-moi ton poignet, dit-il en prenant ma main.

Il est encore enflé. Mon ravisseur m'a appliqué de la pommade le soir de ma tentative d'évasion, mais il n'en a plus remis depuis. Il se lève, se rend dans la salle de bain puis revient avec une trousse à pharmacie.

– Tu as une entorse. Quelle idée d'avoir sauté par la fenêtre !

J'ai envie de lui arracher mon bras, mais je m'abstiens. Maintenant que j'ai bu et mangé, il serait capable de considérer que j'ai repris assez de forces pour retourner à la cave. Je suis prête à tout pour éviter ça. Et si ça veut dire le laisser me tripoter le poignet, alors d'accord.

– Tu sais que tu as inquiété la voisine ? me dit-il.

Aussitôt, une lueur d'espoir s'allume en moi. Il poursuit :

– J'ai dû expliquer à cette chère madame Dawson qu'il t'arrivait d'avoir des crises de folie depuis que tu étais en dépression.

Alors c'est ça ? Il me fait passer pour folle ?

– Pourquoi ?

Il hausse un sourcil interrogateur en me dévisageant. Je précise :

– Pourquoi m'avoir enlevée ? Qu'est-ce que tu attends de moi ?

Il baisse la tête en soupirant.

– Je ne peux pas te le dire.

– Qu'est-ce que ça changerait ? À ce que j'ai compris, je vais rester coincée ici pendant je ne sais combien de temps, alors…

– N'insiste pas, Ludmila. Comprendre ta situation n'y changera rien de toute façon.

Je détourne le regard et me mords l'intérieur de la joue pour m'empêcher de pleurer. Pleine de déception, je laisse Carter s'occuper de mon poignet en silence. Il est étonnamment doux. Je me surprends à apprécier la caresse de ses doigts qui effleurent ma peau, avant de me souvenir à qui ils appartiennent et de frissonner de dégoût.

Cela fait une semaine que je suis malmenée physiquement et psychologiquement, qui pourrait me blâmer d'apprécier quelques secondes de douceur ?

Carter bande ma main, puis applique du produit cicatrisant sur l'entaille que la corde a faite sur l'autre poignet. Il me tend ensuite un gobelet d'eau et fait tomber deux médicaments dans ma paume.

– Qu'est-ce que c'est ?

– Pour soulager la douleur.

Je secoue la tête. Je n'ai aucune confiance en ce type. Et s'il voulait m'empoisonner ? Me droguer ?

– Si je voulais te tuer, j'en aurais déjà eu l'occasion, tu ne penses pas ? fait-il remarquer, comme s'il lisait dans mes pensées. Tu veux que j'aille te chercher la boîte d'où proviennent ces comprimés ?

Rien que pour l'emmerder, je hoche rapidement la tête. Il s'éclipse quelques secondes puis revient en me tendant l'emballage d'un antidouleur tout ce qu'il y a de plus normal. Dans le doute, je prends une gélule encore dans la plaquette. Cela semble l'amuser.

– Tu devrais te reposer, me dit-il. Je suppose que tu n'as pas pu dormir correctement en bas. Je te laisse la plus grande chambre, je prends celle juste en face.

Essaie-t-il d'être sympa ? Bon sang, est-ce vraiment le même homme que celui qui m'a traînée de force dans une cave pour m'y laisser croupir pendant des jours ? Comment arrive-t-il à suivre ses propres humeurs ? Ce n'est pas normal. Rien de tout cela n'est normal. Rien de tout cela ne devrait m'arriver.

– Quand tu te réveilleras, tu pourras descendre au salon pour qu'on discute de notre nouvelle condition, ajoute-t-il.

Notre nouvelle condi…

Oh, le « mariage ». Je hoche la tête en silence. Je préfère dormir plutôt que de penser à ça. Je suis épuisée et le lit moelleux recouvert de couvertures épaisses me fait de l'œil.

Carter sort de la pièce sans rien ajouter et je me faufile rapidement sous les draps. Je crois que je sombre dans un profond sommeil avant même que ma tête ait le temps de toucher l'oreiller.

***

Lorsque je rouvre les yeux, je suis totalement désorientée. Le confort du lit me fait croire un instant que je suis chez moi. Et puis ma conscience revient au triple galop pour me rappeler l'horreur de ma situation.

Une semaine… Sept minuscules jours ont suffi pour que ma vie soit changée à jamais. Parce que je suis certaine d'une chose, c'est que même si je sors d'ici vivante, je ne serai plus jamais la même. Je ne serai plus jamais cette jeune femme insouciante qui croyait encore naïvement qu'un prince charmant l'attendait au détour d'une ruelle et qui avait foi en l'être humain. J'ai toujours voulu voir le bon chez les autres, mais force est de constater que, chez certaines personnes, le mal domine.

Mes pensées dévient vers Gaby. Que fait-elle en ce moment ? A-t-elle répondu à mon message ? A-t-elle cherché à me joindre par Skype ou à m'appeler ?

La porte de la chambre s'ouvre en grinçant, interrompant mes pensées.

– Mila. Réveille-toi…

Carter est adossé à la porte et me fixe, le visage dénué d'expression. Au moins, il n'est pas en colère…

– Il est déjà vingt heures, me dit-il.

Oui… et alors ?

Comme s'il lisait dans mes pensées, il ajoute :

– J'ai préparé le dîner.

Est-il vraiment en train de jouer au petit mari parfait ? S'attend-il à ce que je fasse de même ?

– Je t'attends dans la cuisine, conclut-il.

– Je n'ai pas faim.

– Mila, ne recommence pas ce petit jeu avec moi. Je suis aussi épuisé que toi du rapport de forces que nous entretenons. Fais un effort, s'il te plaît.

Alors là…

– Que je fasse un effort ? J'ai été kidnappée, enfermée dans une maison miteuse, puis emmenée dans un coin perdu, séquestrée dans une cave, privée de nourriture et d'eau pendant trois putains de jours, pour finir je dois jouer à l'épouse modèle… Et c'est moi qui dois faire un effort ? Qu'est-ce qui ne tourne pas rond chez toi ?

Carter réagit étonnamment peu à mon accès de colère, se contentant de hocher la tête.

– Oui, c'est ce que je te demande, me répond-il. Maintenant, descends sans discuter parce que nous savons tous les deux que si tu ne coopères pas, je n'aurai aucun mal à te faire obéir de force.

Quel monstre.

Je rejette les couvertures et sors du lit, bouillant d'une colère qui grandit en moi mais que je m'efforce d'étouffer. Les muscles engourdis, j'avance au ralenti ; Carter prend cependant son mal en patience et suit mon rythme.

Je descends les escaliers et me dirige vers la cuisine, où le couvert est dressé. Mon ravisseur sort un plat du four et le pose sur la table.

Un gratin de macaronis ?

Après les trois jours que j'ai passés dans la cave, la moindre nourriture me semble être un véritable luxe.

Carter s'installe en face de moi et nous mangeons sans échanger une parole. Je lui jette des coups d'œil de temps à autre, ne sachant quoi attendre de sa part ni comment analyser son comportement. Tout le long du repas, il garde les yeux rivés sur son assiette. Lorsque nous avons terminé, je me lève pour remonter dans ma chambre, mais il m'arrête.

– Reste ici, on doit parler.

Bien qu'épuisée, je retourne m'asseoir et demeure silencieuse en attendant qu'il se lance. Il se contente toutefois de me fixer. Veut-il que je commence ? C'est lui qui souhaite discuter, pas moi. Mon poignet me lance, je suis courbatue de partout, une armée de marteaux-piqueurs a pris place dans ma tête et je veux juste que cela cesse. Je ne suis franchement pas d'humeur à faire la conversation, surtout pas avec celui qui est la cause de tous mes maux.

– Mila, j'ai besoin de savoir que je peux avoir confiance en toi, que tu ne chercheras plus à t'enfuir. J'ai besoin que tu me le promettes.

Quel con !

Pense-t-il vraiment que je vais faire un tel serment ? J'ai envie de me rebeller et de lui hurler d'aller se faire foutre, mais je sais que je ne le peux pas. Cela impliquerait de risquer ma santé physique et mentale, car il m'enfermerait à nouveau dans sa maudite cave. Il va falloir que je mente… pour ma sécurité.

– D'accord, dis-je dans un souffle.

– D'accord quoi ?

Je ne veux pas regarder Carter dans les yeux pour lui promettre cette connerie. J'ai déjà l'impression de me trahir moi-même, je ne peux pas en plus affronter ses iris glacés.

– Je n'essaierai plus de me sauver, dis-je.

– Bien.

Je crois que notre « discussion » est terminée, mais il reprend :

– Nous ne sommes pas mariés légalement, bien sûr, mais nous devons faire comme si. Du moins si nous croisons des personnes extérieures.

– Et ici ? Quel rôle dois-je jouer ?

– Aucun. Respecte juste les règles.

Je grince des dents.

– Je peux monter me coucher ?

– Une dernière chose…

Il se lève pour disparaître dans le salon. Je l'entends farfouiller dans un tiroir puis il revient près de moi et s'accroupit à mes pieds. Je sursaute en sentant quelque chose de froid contre ma peau, puis un « clic » retentit et Carter se redresse.

Je pousse un cri de surprise en voyant le bracelet électronique noir qui enserre ma cheville.

Je suis traitée comme une taularde.

– Il y a un capteur dans la porte d'entrée, m'explique mon bourreau. Si tu t'en approches d'un peu trop près, je serai averti. J'ai également condamné les fenêtres pour être sûr que tu ne t'évaderas plus par là.

Des larmes remplissent mes yeux. Je sais que je m'étais juré de m'endurcir, mais face à Carter qui me traite comme son animal de compagnie, je suis incapable de me montrer aussi forte que je le voudrais.

Avant de faire ou de dire quelque chose qui me vaudrait une lourde punition, je me rue à l'étage, loin de lui.

– Mila…

J'ouvre la porte de ma chambre et me jette sur mon lit, où j'explose en pleurs.

J'en ai assez. Il faut que ça s'arrête.

CHAPITRE 10

Un fracas me tire brusquement de mon sommeil. Des éclats de voix s'élèvent depuis le rez-de-chaussée. Je rabats les couvertures et sors du lit, me déplaçant sur la pointe des pieds jusqu'à la porte que j'entrouvre le plus doucement possible, le cœur battant à tout rompre.

– T'es complètement malade ? Tu vas la réveiller !

Carter semble furieux et je suis heureuse que, pour une fois, ce ne soit pas à cause de moi.

– C'est toi qui es complètement malade. Qu'est-ce que t'es en train de faire ? Tu l'as vue ?

Je reconnais la voix du grand métis qui était présent le jour de mon enlèvement. Pourquoi est-il revenu après une si longue absence ?

– Elle est blessée, pâle comme un linge, et elle ressemble à un putain de squelette, poursuit-il.

Moi ? C'est moi qu'il décrit ainsi ?

Je passe une main sur mon visage, observe mes bras, mes jambes. J'ai changé. Mon ravisseur a raison, je parais faible… et sept jours ont suffi pour me transformer ainsi.

– Elle m'a désobéi et a essayé de se barrer, il fallait bien que je la punisse, rage Carter.

– Que tu la punisses ? Mais ce n'est pas une punition, ça, c'est de la torture. Tu l'as laissée croupir pendant près de trois jours dans une cave. Il n'a jamais été question de se comporter comme des barbares, merde.

Je tombe des nues. Mon second bourreau est en train de prendre ma défense. Pourquoi ?

– Qu'est-ce que tu veux que j'y fasse ? Sur le coup j'étais tellement furieux que je n'y ai pas réfléchi.

– C'est justement ton problème, tu ne réfléchis pas, bordel !

Le silence se fait pendant quelques secondes.

– Je gère comme je peux, reprend Carter. L'enfermer au sous-sol était le meilleur moyen de la protéger de moi, si tu veux tout savoir.

Un bruit de verre brisé retentit, me faisant sursauter.

– C'est comme ça que tu gères ? lâche le métis. En fracassant la vaisselle ?

Une chaise racle le sol, signe qu'un des deux hommes vient de s'asseoir.

– Quand tu as décidé de te barrer avec elle, je ne t'en ai pas empêché, parce que j'étais d'accord avec ça, mais je ne t'aurais jamais laissé seul avec cette fille si tu ne m'avais pas promis de tout faire pour ne pas te laisser dominer par ton…

Encore un silence. Je tente de m'approcher pour pouvoir observer l'étage inférieur, mais le parquet couine légèrement sous mes pieds nus. Je m'immobilise immédiatement, priant pour qu'on ne m'ait pas entendue.

– Je resterai ici cette nuit, et demain, je veux que tu partes de la maison, déclare le métis.

– Tu te fous de ma gueule ? Je ne vais pas la tuer si je reste sous le même toit qu'elle.

– Tu es en train de la détruire, alors je te le demande pour la dernière fois : pars d'ici. Quand tu reviendras demain soir, si j'estime que tu as réussi à te ressaisir, je m'en irai et tu reprendras ta place.

– Et je vais où, moi, en attendant que tu aies fini de jouer à la nounou ?

– Où tu veux, je m'en fous. Mais je ne veux pas que tu t'approches d'elle pendant vingt-quatre heures.

J'entends des bruits de pas puis une porte claquer. Je m'empresse de retourner dans mon lit et de fermer les yeux, tandis que mon cerveau réfléchit à toute allure.

Mon deuxième ravisseur a vu mes blessures et apparemment, il me trouve amaigrie. Cela veut dire qu'il est venu dans ma chambre pendant que je dormais et que je n'ai rien entendu… et s'il avait décidé de me faire du mal ?

Il faut que je sois beaucoup plus vigilante à l'avenir.

Je suis bien réveillée à présent mais j'hésite à descendre. Le nouvel arrivant semble être de mon côté, mais je peux me tromper. Carter me déteste déjà, je ne veux pas risquer de me mettre son complice à dos.

Je suis interrompue dans mes réflexions lorsque j'entends deux petits coups frappés contre la porte.

– Oui…

Ma voix est rauque et faible. Je m'éclaircis la gorge.

– Entrez, dis-je un peu plus fort.

La porte s'ouvre sur le métis. Il est impressionnant, et d'instinct, je me tasse sur moi-même.

– Comment tu vas ? demande-t-il en venant s'asseoir au bout du lit.

– Très bien, je réponds d'une voix trop tremblante.

Je ne dois pas oublier que, malgré sa gentillesse apparente, cet homme ne me veut pas que du bien. Peut-être est-ce un test, peut-être que si je me plains, il me punira lui aussi.

– Tu ne peux pas aller « très bien » après ce qui t'est arrivé, me dit-il. Écoute, je suis désolé, je ne pensais pas que Carter irait si loin. Il est super stressé et il a parfois du mal à gérer sa colère et sa… peu importe. Je lui ai demandé de partir, je vais rester avec toi cette nuit et demain. Je sais que tu n'as aucune raison de me croire, mais je te jure que je ne te ferai pas de mal.

Je hoche la tête en silence.

– Tu peux parler librement, Ludmila, tu peux même crier si ça te soulage, je ne te punirai pas.

Je n'arrive pas à le croire. En une semaine, j'ai presque oublié ce qu'est la sympathie.

– Il… il me fait peur, je balbutie en cachant mon visage dans mes mains.

J'entends le métis jurer dans sa barbe.

– Je te promets qu'il ne recommencera plus, crois-moi.

– Il me punit alors que je ne fais rien de mal. Je veux juste rentrer chez moi.

– Désolé, petite, mais c'est impossible.

Et c'est bien ça le problème…

Ni mon ravisseur ni moi n'ajoutons un mot. Je sursaute lorsque je sens sa main se poser sur ma jambe ; il la retire tout de suite. Il attend patiemment que mes larmes tarissent, sans rien dire.

– Tu veux qu'on descende grignoter quelque chose à la cuisine ? demande-t-il lorsque je suis calmée.

Je hoche la tête et sors du lit. Je suis toujours faible et mon corps ne s'est pas encore parfaitement remis de mon séjour à la cave. Je me donne l'impression d'être aussi vive qu'une grand-mère de soixante-quinze ans.

– Prends appui, dit l'homme en me tendant son bras.

Je le dévisage un instant. Bon Dieu, pourquoi n'est-ce pas lui qui est resté avec moi depuis le début ? Pourquoi a-t-il fallu que je me coltine le psychopathe ?

Nous arrivons en bas et il me fait asseoir sur une chaise.

– Chocolat chaud ? propose-t-il.

– Oui, s'il vous plaît, monsieur, je chuchote.

Il s'arrête net. Aussitôt je cherche quelle gaffe j'ai pu commettre et je commence à paniquer.

– Pardon, pardon, c'est juste que… je ne connais pas votre prénom, je suis désolée, je…

– Hé, stop ! Tu n'as rien fait de mal, dit l'homme en s'accroupissant devant moi. J'ai juste été surpris que tu m'appelles « monsieur ». Je n'ai que vingt-cinq ans, tu sais. N'aie pas peur de parler en ma présence, Ludmila. D'ailleurs, on va apprendre à mieux se connaître, toi et moi.

Ma terreur se dissipe, mais je reste malgré tout sur mes gardes.

– Moi, c'est Benjamin. Tu vas me faire le plaisir de me tutoyer et d'utiliser mon prénom. Tu veux du sucre dans ton chocolat ?

– Oui.

Il fait bouillir le lait dans une casserole, ajoute du cacao puis verse le tout dans deux tasses, qui fument lorsqu'il les pose sur la table. Il s'assoit face à moi, et je lui demande :

– Pourquoi vous me… tu me dis tout ça ? Pourquoi es-tu gentil avec moi ?

– Pourquoi ne le serais-je pas ?

– Mais je suis votre… je veux dire, vous m'avez enlevée.

– Tu es avant tout un être humain.

Il pousse un long soupir et passe la main dans ses cheveux.

– Je suis vraiment désolé de ce que Carter t'a fait. Je ne comprends pas comment il a pu aller si loin…

Nous buvons notre chocolat chaud en silence, puis Benjamin se lève et farfouille dans le frigo. Il en sort du fromage et du pain.

– Tu en veux ?

Mon estomac grogne, répondant pour moi. Il sourit et me tend un couteau avant de se raviser.

Gentil mais pas fou, le type…

Il me prépare une sorte de sandwich puis me le tend. Je tente ma chance :

– Je peux te poser des questions ?

– Je ne pourrai pas y répondre, me dit-il en secouant la tête.

– Tu ne sais pas ce que je vais te demander.

– Tu es une fille futée, Ludmila, tu poseras forcément les mauvaises questions.

Je soupire, déçue, et croque dans le pain.

– Est-ce que vous me laisserez partir un jour ?

Benjamin fronce les sourcils en continuant à manger. Il reste si longtemps silencieux que je suis surprise lorsqu'il lâche finalement :

– Cela ne dépend pas de moi.

Il termine son repas en me laissant dans le désarroi le plus complet.

Ça ne dépend pas de lui ? Si cela veut dire que la décision revient à Carter, alors il ne fait pas l'ombre d'un doute que je resterai prisonnière pour toujours.

CHAPITRE 11

– Tu veux regarder quelque chose en particulier ?

– Mets ce que tu veux.

Benjamin nous a installés devant la télé. Hier soir, après notre repas, nous sommes allés nous coucher chacun dans une chambre, mais je n'ai pas réussi à m'endormir. Je suis restée allongée dans mon lit et j'ai réfléchi pendant des heures. Une peur insidieuse contribuant à me tenir éveillée : celle que Benjamin ne soit pas aussi sympathique qu'il le laisse paraître. Heureusement, il n'a pas essayé de venir me voir pendant la nuit pour me faire du mal ou même pour me surveiller. Je ne lui accorde pas pour autant ma confiance, mais aujourd'hui, je suis un peu moins angoissée.

En fin d'après-midi, il m'a proposé d'allumer la télé : je me suis empressée d'accepter, et nous cherchons maintenant une émission qui nous plaise. Une semaine sans divertissements vient de s'écouler et je suis prête à regarder n'importe quoi. Même la chaîne « nature et pêche » me paraîtrait haletante au point où j'en suis. Je meurs d'envie de lire, d'écouter de la musique, bref, de faire tout ce que je faisais avant… J'ai l'impression d'être prisonnière depuis des mois et pourtant je ne suis ici que depuis huit jours. Je vais devenir dingue, si ça continue ! Heureusement, Benjamin est plutôt de bonne compagnie.

Comparé à Carter, il est extraordinaire.

Il zappe, et je vois passer un épisode d'une de mes séries préférées. Je gémis sans l'avoir voulu.

– Tu aimes bien ? me demande-t-il.

– Oui. Mais mets ce que tu veux, peu importe.

– Je t'ai demandé de choisir, alors si tu veux qu'on regarde…

Il plisse les yeux pour lire le titre :

– *The Big Bang Theory* ? Pas de problème.

Je souris doucement.

– Tu connais ? je l'interroge.

– Pas du tout. C'est pas mon genre.

– Qu'est-ce que tu regardes ?

– *The Walking Dead*, *Sons of Anarchy*… des trucs comme ça.

– Je vois, dis-je en reportant mon attention sur la télévision.

– Quoi, tu n'aimes pas ?

– Je n'ai jamais regardé.

Il me dévisage, indigné.

– Tu es sérieuse ?

– Oui.

– Nom de Dieu, il va falloir que je refasse toute ton éducation audiovisuelle.

Que… Quoi ?

Est-ce que l'un de mes ravisseurs vient juste de me proposer une sorte de marathon de séries ? Dans quel monde parallèle suis-je tombée ?

Je dois cependant reconnaître que cela me fait du bien d'oublier ma captivité pendant un instant.

– La prochaine fois que je viendrai, on se fera une saison entière, enchaîne Benjamin.

– La prochaine fois ?

– Dans une semaine, je pense.

La panique me gagne. Car je réalise que je vais devoir passer sept jours, seule, avec ce détraqué de Carter.

Oh non. Non, non, non.

Je jette un coup d'œil à la pendule et constate qu'il est près de dix-huit heures. Qu'a dit Benjamin hier soir ? Qu'il partirait dans la soirée ?

Je ne veux pas que Carter revienne, je ne veux pas me retrouver coincée ici avec lui, je ne veux pas risquer de le mettre en colère, je veux qu'on me laisse partir.

– Ludmila ?

Ma respiration se fait courte et je sens ma tête tourner. Oh non, pas encore ! Mes yeux se remplissent de larmes, ce qui ne m'était pas encore arrivé de la journée.

– Hé, calme-toi, petite, qu'est-ce qui se passe ?

Je suis incapable de parler. L'idée d'être bientôt à nouveau à la merci de mon bourreau me donne la nausée.

– Respire, tout va bien. J'ai besoin que tu te calmes, d'accord ?

– De… de l'air…

Benjamin me regarde, hésite, puis finit par se lever et m'aide à avancer jusqu'à la fenêtre de la cuisine. Il plaque sa main sur mes yeux et défait le mécanisme de sécurité, puis il passe ma tête dehors.

Quel bonheur ! Le vent frais sur mon visage me revigore instantanément et calme mes angoisses. Je ferme les yeux et l'espace d'un instant, je m'imagine à l'extérieur. J'imagine être comme toutes les autres jeunes femmes de mon âge, je prétends que les derniers jours n'étaient qu'un cauchemar.

– Ça va mieux ?

Je hoche la tête, mais lorsque Benjamin veut me faire reculer, je m'agrippe au bord de la fenêtre pour profiter encore un peu de ce bol d'air bien trop bref. Il m'accorde quelques minutes supplémentaires avant de cacher à nouveau mes yeux et de refermer la fenêtre. Puis il me guide vers le canapé pour que je m'y installe et me détaille intensément.

– Qu'est-ce qui s'est passé ? me demande-t-il.

– Rien, je murmure.

– Tu viens d'avoir une crise d'angoisse… Je sais que cette situation te fait peur et te stresse mais je t'assure que…

– Ne dis pas qu'on ne me fera pas de mal, parce que c'est déjà fait.

Il se tait et réfléchit quelques secondes.

– Oh… alors c'est ça ? Ludmila, je te promets que Carter ne te brutalisera plus, il sait que je ne l'accepterai pas.

Mes larmes reviennent immédiatement à la charge.

– Quand tu seras parti, il recommencera.

– Non. J'ai eu une discussion avec lui. Crois-moi, il a compris qu'il est allé trop loin.

Je sanglote et demande pour la centième fois :

– Laisse-moi rentrer chez moi.

– Ludmila, tu sais bien que…

– Je ne vous ai rien demandé ! je commence, en sentant la colère s'emparer de moi. Je venais d'obtenir mon diplôme, je cherchais un travail, je sortais le week-end avec ma meilleure amie, bref, je faisais ma vie tranquillement, et il a fallu que vous arriviez et que vous m'emportiez en enfer. J'en ai marre. Je veux rentrer chez moi !

Folle de rage, je prends la première chose qui me tombe sous la main et la balance à travers la pièce.

– Qu'est-ce que je vous ai fait ?

Un dauphin en porcelaine termine explosé en mille morceaux sur le parquet du salon. Ça ne calme pas ma fureur. À bout de nerfs, je hurle :

– Je veux mon chez-moi, ma meilleure amie, je veux ma vie ! Je n'en peux plus de ce cinglé qui semble se retenir de me tuer. Je ne mérite pas ce que vous me faites endurer !

Je prends un autre bibelot et le fracasse contre le mur. Il n'y a pas à dire, ça défoule et c'est exactement ce dont j'ai besoin.

Le silence se fait une fois que le verre s'est brisé. Benjamin reste immobile.

– Ça va mieux ? me demande-t-il.

– Non, dis-je en me rasseyant.

Je prends ma tête dans mes mains. Mes épaules se mettent à trembler et je renifle disgracieusement. Je sens une main se poser doucement dans mon dos, mais je n'y fais même pas attention.

– Ce que je vais te dire va te sembler fou, dit mon ravisseur à voix basse, mais je t'assure que si tu es ici, avec nous, c'est parce que nous voulons te protéger.

– Me protéger ? Vous m'avez kidnappée pour me protéger ? je m'écrie, estomaquée.

Je réalise que c'est la première fois que Benjamin ou Carter m'en dit autant. Avec un peu de chance, je vais obtenir des réponses à mes questions.

– Non, pas au début, mais…

– C'est quoi ce bordel ?

Une porte claque. Je relève la tête instantanément et étouffe un hoquet de terreur.

Cette voix. Ce timbre froid et implacable.

C'est *lui*. Il est revenu !

CHAPITRE 12

Je me réfugie derrière Benjamin. Carter regarde les débris de verre et de porcelaine qui jonchent le sol, puis il pose son regard sur moi. Ses yeux me font frissonner. Je me serre un peu plus contre Benjamin, devenu mon protecteur.

– Quelqu'un va me dire ce qui s'est passé dans cette baraque ? grogne mon bourreau.

– Ludmila avait besoin d'évacuer la tension, répond nonchalamment mon bouclier.

Je me mords la lèvre et attends que ma punition tombe.

– Elle… putain, tu l'as laissée faire ?

– Ouais.

– C'est des conneries ! Quelle tension elle a besoin d'évacuer ?

Sérieusement ?

– Ramasse ça, dépêche-toi, ordonne Carter en s'approchant dangereusement de moi.

– Du calme, l'arrête Benjamin. T'es pas obligé de lui parler sur ce ton.

– Arrête un peu de minauder avec elle, rappelle-toi pourquoi elle est là. C'est pas un camp de vacances, ici.

– Tu n'as pas non plus besoin de te conduire comme un connard !

Je retiens mon souffle. Les muscles de la mâchoire de Carter se contractent. Il se pince l'arête du nez et souffle bruyamment.

Faites qu'il ne pète pas un câble…

– Pourrais-tu, s'il te plaît, ramasser la merde que tu as foutue ?

Je jette un coup d'œil à Benjamin, qui m'adresse un sourire encourageant. Je m'approche du carnage que j'ai causé et commence à rassembler les morceaux de verre.

– Ben, je dois te parler, annonce Carter.

Ils quittent la maison et referment la porte derrière eux. Je m'approche tout doucement de l'entrée pour tenter d'écouter leur conversation, avant de me raviser. Si le bracelet à ma cheville déclenche l'alarme, ce sera un désastre…

Par la fenêtre, je les vois près d'un pick-up noir en train de parler. Tiens, où est passé le 4x4 dans lequel Carter m'a amené ici ?

Je tends l'oreille mais mes ravisseurs sont bien trop loin pour que je puisse comprendre ce qu'ils se disent… Déçue, je reprends mon ménage. Je suis en train de m'occuper des débris du dauphin lorsque la porte se rouvre. Carter reste en retrait mais Benjamin s'approche de moi.

– Je vais essayer de revenir la semaine prochaine, me dit-il.

Je sens la panique refaire surface à l'idée de me retrouver à nouveau seule avec le cinglé. Mais je ne peux pas retenir Benjamin : il me fait un clin d'œil discret avant de s'en aller en lançant un regard d'avertissement à Carter. Ce dernier verrouille la porte derrière son complice, puis il enclenche l'alarme. Le silence s'installe entre nous et nous nous dévisageons. Alors que je m'attends à une explosion de colère et à une punition mémorable, il pivote et s'éloigne sans rien dire, pour revenir quelques secondes plus tard avec une pelle et une balayette. Je le fixe un instant, immobile, puis, voyant que ses traits commencent à se durcir, je prends ce qu'il me tend et ramasse rapidement les morceaux de verre encore à terre.

Lorsque je me relève, Carter n'est plus là. Je vide les débris dans la poubelle et puisque je me retrouve seule, je décide de retourner regarder la télévision.

Après un long moment, j'entends le pas pesant de mon bourreau descendant l'escalier. Il vient s'asseoir nonchalamment sur le canapé, prend la télécommande et change de chaîne, me coupant dans ma série. J'ai envie de protester, mais je me ravise à la dernière minute.

– Oh, tu regardais ? demande-t-il en voyant ma mine contrariée.

Je hoche la tête.

– Dommage.

Il reporte son attention sur l'écran, me laissant une fois de plus désabusée.

– Je ne te retiens pas, lâche-t-il. Tu peux monter dans ta chambre si tu veux.

Je reste bouche bée. Il me congédie comme une petite fille, là ? Vexée, je me lève et quitte la pièce d'un pas décidé.

– Tu as préparé le dîner ? lance-t-il dans mon dos.

Je me fige et pivote pour lui faire de nouveau face.

– Le dîner ? je répète.

– Tu ne crois quand même pas que je vais cuisiner tous les soirs ? C'est ton rôle.

– Il me semblait que je n'en avais aucun à jouer ici.

Il ricane.

– Je ne pense pas que tu sois en position de négocier quoi que ce soit.

C'est vrai, et ça me rend furieuse de l'admettre. Depuis mon enlèvement, Carter contrôle mes faits et gestes, ma nourriture, mon sommeil, jusqu'à l'air que je respire. Je suis traumatisée par mon séjour dans la cave et la dernière chose que je veux, c'est y retourner ou pousser son imagination perverse à trouver pire supplice à me faire subir.

Je me traîne donc jusqu'à la cuisine et ouvre le frigo. Il est plein à craquer, ce qui me surprend.

– J'espère que tu sais cuisiner.

Je sursaute en poussant un cri de frayeur. Le cinglé se trouve juste derrière moi, un sourire de connard aux lèvres.

– Oui, je murmure en fouillant parmi les aliments.

Je décide de préparer des spaghettis à la bolognaise, quelque chose que tout le monde aime… Du moins, je l'espère.

Je prends tous les ingrédients nécessaires et me dirige vers le plan de travail.

Je sens la présence de Carter derrière moi tandis que je m'installe. Son souffle sur ma nuque fait naître des frissons de peur sur mes bras. Pour me donner une contenance, j'essaye d'ouvrir un tiroir. Mais il est fermé… Je me tourne vers mon ravisseur, qui me regarde avec un air sombre.

– J'ai besoin d'ustensiles pour cuisiner, lui dis-je.

Il me jauge un instant puis me demande :

– Lesquels ?

J'évite son regard, fixant le mien sur mes mains.

– Une cuillère en bois, une casserole, une poêle, une planche à découper et un couteau.

Je murmure le dernier mot. Il refusera de me donner quoi que ce soit de tranchant, j'en suis certaine.

– Retourne-toi !

Je fronce les sourcils une seconde puis j'obéis. J'entends un clic, puis un bruit de fouille dans les placards.

Quand Carter m'ordonne de me retourner, tout ce que j'ai demandé est aligné sur la table, sauf le couteau. Évidemment…

– Merci, je souffle en me dirigeant à nouveau vers le plan de travail.

Je remarque alors que mon ravisseur tient dans sa main le couteau que je lui avais demandé. Je recule immédiatement et il sourit malicieusement.

– Tu fais bien de te méfier. Maintenant, dis-moi pourquoi tu en as besoin.

– Les tomates, dis-je, les yeux rivés sur l'arme.

Il m'indique de prendre place au fourneau d'un signe de tête puis s'attaque à la découpe.

Je tremble en versant l'eau pour les pâtes dans la casserole.

Tu fais bien de te méfier…

La menace de Carter plane au-dessus de moi. Il a tout dit. S'il veut me faire du mal, il n'hésitera pas, il l'a déjà largement prouvé.

Soudain, je réalise que nous sommes tous les deux en train de préparer un repas tranquillement. Mon ravisseur, celui qui m'a pris tout ce que j'ai, celui qui me terrorise, est en train de trancher dans le plus grand des calmes les tomates qui serviront à faire la bolognaise de notre dîner. Encore une fois, j'ai l'impression d'être tombée dans un monde parallèle.

Contre toute attente, cuisiner m'apaise un peu. Déjà lorsque j'étais à Chicago, concocter un bon petit plat était pour moi un moyen de me détendre. À cet instant, j'ai l'impression de retrouver un repère, chose qui me manque cruellement ici.

Lorsqu'il a achevé sa tâche, Carter vient se poster à côté de moi, analysant, épiant chacun de mes gestes. J'ai l'impression de participer à *Top Chef* et c'est franchement déroutant.

C'est lorsque je verse les tomates dans la poêle que je remarque le couteau nonchalamment posé près de la planche à découper. Je ne peux m'empêcher de le regarder avec envie. Malheureusement, il me serait impossible de l'atteindre avant mon ravisseur. Sa main n'est qu'à quelques centimètres de la lame tranchante. Et puis, même si j'arrivais à le blesser, je suis certaine qu'il parviendrait à me rattraper avant que j'aie franchi le seuil de la cuisine. De toute façon, toutes les issues vers l'extérieur sont fermées et je ne peux pas me permettre une nouvelle évasion ratée.

La prochaine fois que j'essayerai de m'échapper, ce sera la bonne, je m'en fais la promesse.

Je détourne le regard et rince les pâtes sans rien laisser transparaître des réflexions qui viennent de me traverser. Du coin de l'œil, je vois Carter s'emparer du couteau et le garder fermement en main. Je me retiens de sourire devant sa réaction. Il se méfie de moi. Il sait que je peux tenter à nouveau de m'enfuir et que je ferais n'importe quoi pour parvenir à mes fins. Il sait que je n'hésiterais pas une seconde à le blesser si cela me permettait de retrouver ma liberté.

Tu fais bien de te méfier, Carter, tu fais bien…

***

Le dîner se déroule comme le dernier que nous avons partagé. Dans le silence.

Quand Carter a fini de manger, il se lève sans rien dire, laissant son assiette et ses couverts en plan, et se rend dans le salon, où je l'entends allumer la télévision.

Je suis passée de captive à boniche… de mieux en mieux.

Je soupire puis débarrasse la table avant de lancer le lave-vaisselle. Je n'ai pas besoin de réfléchir longtemps à ce que je vais faire ensuite. Je suis fatiguée et il est hors de question que je reste près de Carter. Je monte les escaliers et me réfugie dans ma chambre. Je commence à retirer mon jean, mais il se prend dans ce putain de bracelet électronique à ma cheville. Je perds l'équilibre et je me retrouve sur les fesses en moins de deux secondes. Aussitôt, des pas d'éléphant résonnent dans l'escalier et la porte s'ouvre violemment, allant s'écraser contre le mur.

Je suis assise par terre, à moitié entravée par mon pantalon, les yeux écarquillés. Carter me détaille puis soudain, il fait une chose à laquelle je n'étais pas préparée.

Il éclate de rire.

Qu'est-ce que… il est en train de se foutre de moi ?

Je réalise alors que mes jambes sont nues et que ma petite culotte est exposée. Je me redresse comme un ressort et remonte le jean rapidement.

– Oh merde… bredouille Carter. J'ai cru que t'essayais de t'échapper encore une fois mais…

Il se tient les côtes, hilare.

– Tu verrais ta tête !

Super.

– Si je n'avais pas cette merde à la cheville ça ne serait pas arrivé, je lance, ma fierté mise à mal.

Carter lève un sourcil interrogateur sans se départir de son sourire. Son visage d'ordinaire fermé est totalement éclairé par l'amusement, ce qui me pousse à le regarder d'un œil différent. Malgré sa barbe fournie, son visage est harmonieux.

– Tu ne t'attends quand même pas à ce que je te l'enlève ? s'amuse-t-il.

– Ce serait plus pratique.

– Je ne suis pas là pour te faciliter la vie.

– J'avais remarqué, sale con, je grommelle en me dirigeant vers la salle de bain.

Avant que je puisse ouvrir la porte, une main agrippe mes cheveux.

– Qu'est-ce que tu as dit ? murmure froidement Carter à mon oreille.

Foutue impulsivité, foutue fierté.

– Rien.

– J'ai cru entendre un vilain mot sortir de ta ravissante petite bouche.

Je secoue la tête, fuyant le regard de mon bourreau.

– Je préfère ça. Maintenant, va te doucher.

Il me relâche et je me réfugie dans la salle de bain.

CHAPITRE 13

Carter

Douce Mila. Innocente. Pure. Arrachée à sa vie, à ses repères et jetée dans la gueule du loup. Dans les bras d'un monstre.

Inspire, expire.

Comme j'aimerais la sortir de cet enfer, être son héros, son sauveur, plutôt que son bourreau. Comme j'aimerais voir dans ses yeux autre chose que de la crainte, du dégoût. Comme j'aimerais que tout change…

Tapi dans l'ombre, cela fait déjà de longues minutes que je la dévisage. Elle n'a pas conscience de ma présence, elle est endormie, pas profondément cependant. Comment pourrait-elle s'abandonner à l'inconscience dans sa situation ?

Je ne devrais pas me trouver dans sa chambre au beau milieu de la nuit, mais c'est plus fort que moi, il faut que je la voie, que je l'apprenne par cœur.

Inspire, expire.

Le silence, la quiétude de la pièce et les respirations de Mila m'aident à me contrôler. Je ressens une sorte d'apaisement étrange à la regarder sans qu'elle en soit consciente. C'est sans aucun doute malsain, mais c'est ce dont j'ai besoin.

Elle sursaute dans son sommeil. Je recule un peu plus contre le mur pour qu'elle ne me remarque pas si elle ouvre les yeux. Mais elle se retourne et pousse un soupir las avant de reprendre un souffle normal.

Inspire, expire.

Les minutes passent, une heure s'égrène peut-être avant que je trouve le courage de m'approcher d'elle. Le plus délicatement possible, je m'installe au bord du lit pour pouvoir la regarder de plus près.

Comme elle est jolie… Comme j'ai envie de caresser ses longs cheveux noirs pour en connaître la douceur, de les humer pour en découvrir le parfum…

Ma main se lève d'elle-même et plane au-dessus de son visage aux traits fins. Sa bouche rose est entrouverte et laisse passer un filet d'air ; ses yeux bougent sous ses paupières, signe qu'elle est en train de rêver… ou de cauchemarder.

Inspire, expire.

Inspire, expire.

Je dois m'intimer au calme. Être si près d'elle, si près de la toucher, me rend nerveux, et lorsque mes émotions sont trop fortes, je deviens incontrôlable.

Depuis tout à l'heure, je calque ma respiration sur la sienne. Si elle accélère, la mienne aussi, si elle expire plus longtemps, je l'imite. Et cela me fait du bien, pendant un court instant, de ne plus dépendre de mon corps et de ses réactions, mais d'un autre.

Mila sursaute une nouvelle fois, beaucoup plus violemment que tout à l'heure. Je bondis en arrière pour me cacher à nouveau dans l'ombre. Elle se fige, les yeux toujours fermés. Son souffle se coupe pendant quelques secondes, puis elle se détend et gigote avant de remonter les couvertures sur son visage.

Immobile, j'attends d'être certain qu'elle s'est rendormie avant d'esquisser le moindre mouvement. Alors je me glisse jusqu'au pied du lit et je m'allonge par terre. J'ai besoin de… ça, de cette proximité, sans savoir pourquoi. Je pivote silencieusement sur le côté, dans sa direction. Le sol est beaucoup trop dur, mes muscles me hurlent de trouver un endroit plus confortable, mais je ne les écoute pas. Je mérite de rester là, par terre, comme un chien, pas d'être confortablement installé. Je ne suis pas digne de plus, pas après tout ce que j'ai imposé à Mila, tout le mal et toute la peine que je lui ai causés… et que je lui causerai encore certainement.

Serrant les bras autour de mon torse, je ferme les yeux et tente de dormir un peu, bercé par la respiration de ma jolie captive à la fois si proche et si loin de moi.

Inspire, expire.

Inspire…

Je rouvre les yeux lorsque j'entends Mila sangloter discrètement. Mon ventre se noue. J'imagine parfaitement ses larmes dévaler ses joues claires, son nez fin, puis couler jusque dans son cou avant de mouiller son oreiller.

Je voudrais aller la consoler, mais je m'oblige à rester allongé où je suis. Ma simple présence suffirait à la faire paniquer encore plus, je dois la laisser apaiser son chagrin seule, même si ça me fend l'âme, même si chacun de ses sanglots me touche en plein cœur.

Dans le noir, je tends la main. Elle ne la prend pas, elle ne sait pas que je suis là à essayer de la soutenir, mais ce n'est pas important. Ce qui l'est, en revanche, c'est que pendant tout le temps que dure sa crise de larmes, je reste la main tendue dans sa direction.

CHAPITRE 14

Mon esprit tente d'émerger, perdu entre le conscient et l'inconscient. Je suis épuisée, j'ai dormi mais je ne me sens pas reposée, comme si chaque heure écoulée avait été une torture.

Je roule sur le côté et je m'écrase sur quelque chose de dur. Je sursaute lorsqu'une main se pose sur mon dos et je me redresse comme un ressort, mes yeux s'ouvrant immédiatement.

Nonchalamment allongé sur mon lit, Carter me regarde, un mince sourire aux lèvres.

– Qu'est-ce que tu fais là ? je panique.

Ce malade est rentré dans ma chambre et je n'ai rien entendu.

– Bonjour à toi aussi.

– Qu'est-ce que tu fais là ? je répète sur un ton plus ferme.

Il soupire puis se tourne vers la petite commode, sur laquelle deux documents sont posés. Il s'empare d'un stylo et agrippe mon poignet. Puis, un air froid sur le visage, il me dit :

– J'ai besoin que tu me signes un petit quelque chose.

Il me fourre le crayon entre les doigts et me force à le poser sur le papier.

– Non… non ! Qu'est-ce que c'est ?

– Tu n'as pas besoin de le savoir.

– Réponds-moi !

Carter appuie toujours plus sur ma main, mais je lutte de toutes mes forces.

Merde. J'ai encore le droit de savoir ce que je vais devenir, non ?

– Dis-moi ce que c'est, j'insiste. Tu sais que je vais finir par signer, je n'ai pas le choix, mais s'il te plaît, je veux comprendre ce qui se passe.

Mon bourreau réfléchit quelques secondes, ses prunelles plongées dans les miennes, puis sa prise sur ma main se relâche.

– Tu l'auras voulu.

Il me tend le document, que je parcours rapidement du regard.

– Quoi ? C'est… une proposition d'achat ? Je n'ai jamais… Tu veux que je signe la vente de mon appartement ? Pourquoi ?

– J'en ai besoin.

– Mais…

– Tu voulais que je te montre, c'est fait. Maintenant, signe et ne discute pas.

– Comment peux-tu faire ça ? Cet appartement m'appartient…

– C'est pour ça que j'ai besoin que tu signes, s'impatiente Carter.

– Mais pourquoi ? Qu'est-ce que…

– Signe ce putain de papier, explose-t-il.

Tremblante et au bord des larmes, j'obéis. Mon ravisseur m'arrache alors le papier des mains et sort de la chambre à grandes enjambées. Je me rallonge, vaincue.

Encore une fois, ce monstre me vole quelque chose. Cet appartement que j'ai pu acheter grâce à l'assurance vie de mes parents et que j'adorais, situé deux étages au-dessus de celui de Gaby…

Oh, Gaby… Mon Dieu, comme elle me manque…

La porte s'ouvre à nouveau. Le cinglé s'approche de moi, mon portable à la main.

– C'est ta copine, dit-il en me montrant l'appel entrant. Ça fait deux jours qu'elle essaye de te joindre, alors calme-la. Je te préviens, si jamais tu tentes de dire quoi que ce soit qui pourrait lui mettre la puce à l'oreille, je te jure que ton petit séjour dans la cave te semblera paradisiaque à côté de ce que je te réserve.

Je m'empare du téléphone, tremblante d'appréhension, et je rappelle ma meilleure amie. Carter appuie sur la touche « haut-parleur » juste avant qu'elle ne décroche.

– Mila ! Bordel de merde, où es-tu ? Qu'est-ce que tu fais ? Pourquoi tu ne réponds plus à mes messages ?

– Gaby, du calme…

Ma voix se brise. Entendre la voix de ma meilleure amie me serre la gorge. Je m'intime au calme et réussis, je ne sais comment, à ne pas la supplier de venir me sauver… probablement à cause du regard menaçant que Carter pose sur moi.

– Ne t'inquiète pas, tout va bien, j'ai juste besoin de prendre des vacances, dis-je, à contrecœur.

– Des vacances ? Tu es sérieuse ? Qu'est-ce que tu as ?

– Rien… rien. Je commençais à m'ennuyer de la vie à Chicago et j'ai eu un petit coup de blues quand tu es partie. J'ai eu envie de m'en aller un peu moi aussi.

– Tu es où, là ?

Carter se tend et hausse un sourcil, ce que je prends pour un avertissement. Je maîtrise ma peur pour répondre à mon amie :

– Je te l'ai dit, je me suis mise au vert. J'ai besoin de m'éloigner de tout quelque temps.

– D'accord, mais…

– Bon, Gabs, on ne va pas parler que de moi. Je vais très bien, c'est le principal. Parle-moi de ton voyage, plutôt. Quelles villes as-tu déjà visitées ?

Je connais Gabriella par cœur. Je sais exactement quoi dire pour la distraire. Comme je m'y attendais, elle part dans un récit passionné des merveilles qu'elle a déjà vues en Europe. Je l'envie tellement… Elle me raconte à quel point elle est heureuse d'avoir pu mettre son cadenas gravé de ses initiales ainsi que de celles d'Elliot sur le pont des Arts, à Paris, et je me dis que j'aurais dû partir avec elle. Maintenant, je ne la reverrai probablement jamais.

Mon cœur se serre. Je ne vais pas pouvoir garder mon ton faussement enjoué encore très longtemps.

– Gaby, c'est génial tout ça, mais je n'ai bientôt plus de batterie. En plus, tu devrais en profiter un maximum, on ne visite pas l'Europe tous les jours.

– Tu as raison. Je suis rassurée de savoir que tu es toujours en vie, mais essaye de me contacter plus souvent, je n'aime pas rester sans nouvelles de toi.

– Honnêtement, j'ai envie de réfléchir, alors j'ai besoin de me couper de tout.

– Bon sang, Mila, tu es sûre que tout va bien ?

– Mais oui, je te le jure.

– Dis-moi au moins où tu es.

– Ne te préoccupe de rien.

– Merde, Mila, dis-moi où tu es ! Je suis ta meilleure amie, pourquoi tu ne veux rien me dire ?

Fermant les yeux, je parviens à maîtriser les sanglots qui menacent de faire trembler ma voix. Inquiète, Gaby insiste :

– Tu adores la ville. Je n'arrive pas à croire que tu t'en sois éloignée, dis-moi où…

– Je suis désolée, mais ma batterie va vraiment me lâcher. Prends soin de toi, on se voit bientôt.

– Mila, attends…

Je raccroche et jette le téléphone sur le lit. Puis je m'allonge et remonte la couverture sur moi, laissant libre cours à mes larmes. Tant pis si Carter me voit dans un tel moment de faiblesse : je suis inconsolable.

Ma vie ne m'appartient définitivement plus.

CHAPITRE 15

Deux semaines ont passé depuis la signature de ce fichu contrat de vente. Je suppose que mon appartement doit accueillir ses nouveaux propriétaires, désormais…

Assise au salon, je regarde par la fenêtre la neige commencer à tomber. J'adore la neige. Chaque hiver, en la voyant, je redeviens d'habitude une petite fille… mais pas cette fois. Cette fois, je suis nostalgique. J'ai l'impression que cela fait une éternité que je n'ai pas ressenti de la joie, ne serait-ce que pour un bref instant.

La maison est silencieuse ; je suis seule. Comme presque chaque jour. Carter est parti peu de temps après le déjeuner et ne rentrera que ce soir. Je me fiche de ce qu'il fait, tout ce qui compte à mes yeux, c'est qu'il soit loin. Parce que pendant ce temps-là, je peux réfléchir au meilleur moyen de m'enfuir. Pour l'instant, je n'arrive pas à déterminer comment m'y prendre : je suis enfermée à double tour dans la maison en permanence, les fenêtres sont condamnées et le bracelet à ma cheville avertirait Carter si j'arrivais à sortir. Alors mon objectif, c'est qu'il me retire ce dispositif de pistage. Ce serait déjà un premier pas vers la liberté.

Cependant, depuis qu'il m'a forcée à signer ses papiers, mon ravisseur m'ignore royalement. Il ne m'adresse pas la parole et nous mangeons chacun dans notre coin. Au moins, il n'est pas en colère.

Un soir, alors que je ne supportais plus ce silence pesant, j'ai tenté une approche. Je lui ai demandé quelle était sa série préférée. Il m'a répondu sèchement qu'il n'était pas là pour devenir mon pote. Depuis, je n'ai plus rien tenté.

Aussi, lorsque je l'entends entrer dans la maison, je n'ai aucune réaction. Je remarque qu'il fait encore jour, ce qui veut dire qu'il est revenu plus tôt qu'à son habitude.

Il fait ce qu'il veut. Il est libre, lui.

J'ai toujours le regard tourné vers la fenêtre lorsque je le sens approcher. Son odeur sature la pièce et me serre la poitrine. Il faut le reconnaître, ce connard sent foutrement bon. Le canapé bouge lorsqu'il s'installe près de moi.

– Ça va ?

Je suis surprise qu'il essaye d'engager la conversation, mais je me force à ne lui accorder aucune attention.

– Qu'est-ce que tu as fait aujourd'hui ? me demande-t-il.

Qu'est-ce que ça peut bien lui faire ?

– Tu ne veux pas me parler ?

Belle déduction !

Il soupire avant de me prendre la télécommande des mains en ajoutant :

– C'est dommage que tu fasses ta tête de mule, parce que j'ai quelque chose à te proposer.

Je ne tomberai dans ton piège, crétin !

– Bon… je pensais que tu aurais apprécié de prendre l'air, mais apparemment, je me suis trompé.

Mes yeux s'écarquillent. Je tourne la tête dans sa direction et il sourit, ravi de l'effet de sa petite bombe.

– Ah, je crois que je t'intéresse, tout à coup.

– Tu mens.

Il secoue la tête.

– Cela fait un mois que tu n'as pas vu l'extérieur. Je me suis dit que ça pourrait te plaire qu'on aille se balader, mais apparemment…

– Si. Si, je veux sortir, dis-je en me levant précipitamment.

Il m'imite et se plante devant moi, me surplombant de toute sa hauteur.

– Bien. Va t'habiller chaudement, et ensuite reviens ici, on va mettre quelques petites choses au clair.

Je hoche la tête et monte rapidement à l'étage. Oh, bon sang, je vais enfin sortir, prendre l'air ! Certes, Carter sera avec moi, mais je suis prête à tout accepter pour quelques minutes de liberté. Je suis en train de développer des penchants claustrophobes à force de rester enfermée dans cette baraque.

J'entre dans ma chambre et ouvre l'armoire. J'enfile un jean, un pull, des chaussettes bien chaudes ainsi que des bottines, puis je prends un manteau et un bonnet. Je redescends ensuite au rez-de-chaussée, où je manque de percuter Carter, qui se trouve juste au bas de l'escalier. Il me rattrape à temps et je me retrouve inconfortablement plaquée contre son corps.

– Pressée ? suppose-t-il.

Je hoche la tête et j'essaye de me dégager de sa prise, mais il me maintient en place.

– Laisse-moi te rappeler quelques détails, poursuit-il. Je ne sais pas si tu espères profiter de ce moment pour te sauver, mais si c'est le cas, oublie vite cette idée. Nous allons sortir, nous promener tranquillement comme un jeune couple marié normal, tu ne feras pas de vagues et tu resteras bien à côté de moi. Si on croise quelqu'un, tu la joues naturelle et tu ne me fais pas regretter le privilège que je t'accorde !

Le privilège ?

J'ai bien envie de répliquer quelque chose de cinglant, mais j'ai trop besoin de respirer l'air frais pour risquer de tout faire foirer. J'acquiesce et Carter semble satisfait. Il prend le bonnet que j'ai en main et le met sur ma tête, puis il écarte quelques mèches de cheveux qui s'étaient perdues devant mes yeux avant de faire glisser son pouce le long de ma joue.

– Très mignonne, chuchote-t-il en souriant.

– Merci.

Il prend ma main et nous nous dirigeons vers la porte. Il se baisse à la hauteur de ma cheville et désactive le bracelet électronique. Mieux, il l'enlève…

Oh, bordel, est-ce que ça vient vraiment d'arriver ?

Il frotte ma jambe pour apaiser ma peau meurtrie et je me retiens de lui balancer un coup de pied.

– J'espère que je ne le regretterai pas, dit-il en me montrant son instrument de surveillance.

Je secoue vivement la tête.

La confiance. C'est ça la clé.

Je viens de trouver le meilleur moyen de m'enfuir. Je dois amener Carter à me faire confiance. Plus il me donnera de libertés, plus j'aurai de chances de réussir ma prochaine tentative d'évasion.

Nous sortons. Le froid me glace le visage et je dois me retenir pour ne pas pleurer de joie. Mon ravisseur me jette un coup d'œil et je crois l'entendre rire. Je n'en ai rien à faire. Il peut bien se foutre de moi, ça m'importe peu : je n'ai aucun compte à lui rendre.

Nous remontons l'impasse côte à côte. Très vite, il prend ma main et enlace nos doigts. Je sens quelque chose de froid et, baissant les yeux, je constate que lui aussi porte une alliance à présent.

– Comme un jeune couple marié normal, me dit-il, en réponse à mon interrogation muette.

Toutes les maisons devant lesquelles nous passons sont jolies et bien entretenues. Elles possèdent pour la plupart un petit portail à l'entrée, et je peux deviner sans mal que c'est le genre de quartier dans lequel les voisins se parlent entre eux le matin en allant chercher leur courrier, ou en récupérant le journal sur le pas de la porte.

Je jette un regard derrière moi. Le pavillon dans lequel je suis retenue est aussi propret que les autres, et je me surprends à penser que c'est exactement le genre d'endroit dans lequel j'aurais pu *choisir* de vivre. Tout est à sa place, aucune habitation ne fait tache dans le décor, exactement le type de secteur où tout semble parfait en apparence.

Il neige de plus en plus. J'ai envie d'écarter les bras et de tourner sur moi-même pour en profiter, mais à la place, je prends une profonde inspiration en fermant les yeux.

– Je savais que cette sortie était une bonne idée, intervient Carter.

– Oui, j'acquiesce en souriant.

– Tu vois que tu peux me faire confiance.

Si ça lui plaît de le croire…

– Tu aimes la neige ? me demande-t-il.

Qu'est-ce que…

Essaye-t-il de me faire la conversation ?

– Oui.

– Ce quartier est très calme, je n'ai pas encore rencontré tous les voisins mais ils sont sympas en général.

Je suis vraiment déconcertée par l'attitude de mon ravisseur. Il est gentil et de bonne humeur, ce que je ne comprends pas. Cependant, je ne me casse pas la tête à essayer d'analyser son comportement. Je tente plutôt de profiter de la situation pour lui soutirer quelques informations.

– Est-ce qu'ils t'ont parlé de moi ? je demande.

Il s'arrête un instant, surpris.

– Pourquoi l'auraient-ils fait ?

– Eh bien, tu as dit que la fois où j'ai… où je me suis…

– Où tu as tenté de t'enfuir ?

– Tu as dit que quelqu'un m'avait entendue…

– Ah oui, madame Dawson. Ne t'en fais pas, j'ai arrangé les choses. Du reste, certains voisins m'ont effectivement demandé quand ils auraient le plaisir de rencontrer mon épouse.

Il me jette un coup d'œil.

– Je leur ai dit que tu es dans une mauvaise passe et que tu es d'une nature timide et réservée, ce qui explique qu'ils ne t'aient pas encore vue.

– Mais je vais pouvoir sortir plus souvent maintenant ?

– Ça dépend de toi.

J'ai envie de poser tellement de questions à Carter… mais je ne sais pas par où commencer. Je décide donc de tâter le terrain avec des interrogations anodines, puis de pousser un peu.

– Tu as quel âge ? je lance.

Nous continuons à marcher et pendant un bref instant, je pense qu'il ne va pas me répondre.

– Vingt-cinq ans, finit-il par dire.

– Et tu as un travail ? Je veux dire, est-ce que…

– Est-ce que c'est mon job de kidnapper des jeunes filles innocentes comme toi ?

Je hoche la tête sans le regarder.

– Ce n'est pas un métier, mais c'est ce que je fais pour vivre, oui, me confirme-t-il.

Il a dit cela sans aucune gêne ni remords.

Nous poursuivons notre promenade et je prépare ma prochaine question. Je ne dois pas le brusquer.

– Est-ce que…

– Je ne te répondrai plus, me coupe-t-il.

– Quoi ? Mais…

– J'en ai assez dit. Maintenant, on profite de la balade.

– Non !

– Mila, tu te calmes tout de suite ou on rentre immédiatement, menace-t-il.

À contrecœur, j'abdique, tenant trop au petit moment de liberté que je savoure.

Main dans la main, Carter et moi nous éloignons des habitations pour emprunter un petit chemin de terre. Intriguée, je me demande où mon ravisseur peut bien nous entraîner. Nous nous enfonçons dans une forêt et l'angoisse commence à m'envahir. Je m'arrête brusquement.

– Mila, qu'est-ce que tu fais ? me demande Carter, sourcils froncés.

– Où va-t-on ?

Il examine mon visage, puis regarde autour de lui, et semble comprendre ce qui m'inquiète.

– Que crois-tu que je vais te faire ?

– Je ne sais pas… Pourquoi ne pas rester près des maisons ?

– Parce que je veux te montrer quelque chose.

Il se rembrunit, visiblement blessé que je puisse douter de ses intentions à mon égard.

– On va rentrer, cette balade est une très mauvaise idée, décrète-t-il.

Il fait demi-tour et tente de me tirer à sa suite, mais je résiste.

– Non, attends. Je… D'accord, je veux bien te suivre.

– Laisse tomber.

– S'il te plaît.

Carter perd un peu de son air renfrogné. Il s'approche, tout près, puis il passe son pouce le long de ma joue en me dévisageant.

– Tu as peur de moi, lâche-t-il à voix basse.

Et ça le surprend ? Qui ne serait pas terrifié à ma place, bon sang ?

– Allons-y.

Il se remet en marche, d'un pas plus rapide, et je le suis en silence. À mesure que nous progressons dans la forêt, un bruit – que j'ai du mal à reconnaître au départ – se fait de plus en plus entendre. Je me focalise dessus et je l'identifie enfin : nous nous approchons d'un cours d'eau.

Après quelques minutes de marche supplémentaires, nous l'atteignons… et je me fige, bouche bée.

Le paysage qui s'étend devant moi est d'une beauté à couper le souffle. Absolument magnifique. Je suis subjuguée par la vision des arbres majestueux, majoritairement des sapins, qui s'élèvent haut dans le ciel, par l'eau d'un bleu clair, presque turquoise, qui emporte les feuilles mortes slalomant entre les pierres et s'éloignant au loin avec le courant.

Les bords de la rivière sont recouverts d'herbe et de cailloux ; un petit chemin permet de la longer. Fermant les yeux, j'inspire profondément, remplissant mes poumons de cet air pur qui m'a tant manqué, et je me concentre sur le bruit de l'eau, qui résonne comme une chanson à mes oreilles.

– C'est magnifique, je murmure, ébahie.

Comme Carter ne répond pas, je rouvre les paupières et tourne la tête dans sa direction. Sa main tenant toujours la mienne, il me dévisage intensément de ses iris verts. Son torse se soulève lentement, au rythme de sa respiration.

Incapable d'interpréter son attitude, je reporte mon attention sur le paysage. Mais savoir mon ravisseur à côté de moi gâche mon plaisir car, inévitablement, ma condition me revient en mémoire, et le contraste me frappe.

Je vis l'enfer au beau milieu d'un coin de paradis.

– Continuons, dit Carter en se remettant en marche.

Je le suis sans poser de question. Nous longeons le cours d'eau et je passe mon temps à jeter des coups d'œil dans tous les sens. Je me surprends à penser que si dès le départ on m'avait autorisée à me balader ici, j'aurais certainement mieux vécu ma captivité.

Envahie par une énergie nouvelle, je me mets à sourire à la nature.

– Ça te plaît, lance mon ravisseur à mes côtés.

– Oui.

– Si tu te tiens tranquille, on pourra venir là souvent.

Si je me tiens tranquille… Il faut toujours qu'il gâche l'ambiance.

– Merci, je réponds tout de même, pour ne pas qu'il me pense ingrate et qu'il revienne sur son idée.

Il tire doucement sur ma main, m'obligeant à m'arrêter, puis il se plante devant moi. Mon sourire se fane. Je me mets immédiatement sur mes gardes. Le visage de Carter, qui était détendu quelques minutes auparavant, est maintenant inquiet.

Il lève la main et passe tout doucement son pouce sur le contour de mes yeux.

– Tu ne dors pas bien la nuit, dit-il.

Quoi ? D'où lui vient cette idée ?

– Tu ne dors pas assez, continue-t-il, contrarié.

– Si.

– Non, c'est faux.

Il a l'air d'en être persuadé. Et il a raison : mes nuits ne sont ni paisibles, ni reposantes. Étant donné ma condition, il ne pourrait en être autrement.

– On devrait rentrer, lâche-t-il.

– Non ! je m'écrie, paniquée à l'idée de me retrouver à nouveau enfermée entre quatre murs.

– Tu as déjà de la chance que je t'aie accordé cette sortie, alors n'en demande pas trop.

– Encore quelques minutes. Juste un tout petit instant. S'il te plaît.

Divisé, Carter soupire et se frotte le crâne, puis annonce :

– Cinq minutes, pas une de plus.

J'ai le sentiment qu'il fait véritablement un gros effort, alors je lui souris, très rapidement cependant, et je me remets à marcher aussi vite que possible.

– Elles sont superbes, dis-je en montrant un parterre de fleurs sauvages.

– Ce sont des hellébores, m'apprend Carter. Elles sont aussi appelées roses de Noël, parce qu'elles poussent généralement à cette période. Elles ne craignent ni l'ombre, ni le froid, ni la neige. Il y en a beaucoup par ici.

Il me donne l'impression de parfaitement connaître le coin, ce qui me fait penser qu'il ne m'a pas amenée ici par hasard.

Une bourrasque de vent fait voler mes cheveux et bouger les fleurs. Attirée par leur beauté, je suis soudain prise de l'envie de m'en approcher, pour les toucher, les respirer et en cueillir quelques unes. Sans penser une seconde que mon geste pourrait avoir un quelconque effet, j'extirpe ma main de celle de Carter et je fais un pas de côté…

– MILA ! s'écrie aussitôt mon ravisseur, d'une voix où perce la panique.

Je n'ai pas le temps d'aller plus loin. Il me rattrape et il me ramène avec force contre lui. J'ai le souffle coupé en percutant son corps. Son bras m'entoure immédiatement, me serrant à m'en étouffer, tandis que sa paume se pose derrière ma tête et la rapproche de la sienne, si près que les poils de sa barbe chatouillent mon menton.

– Ne t'éloigne jamais de moi, dit-il.

Dans ses yeux maintenant à quelques centimètres des miens, je peux lire une peur et une douleur qui me glacent de l'intérieur.

– Tu as compris ? insiste-t-il, à la fois hors de lui et terrifié. Tu ne t'éloignes pas. Et tu ne lâches pas ma main. Jamais.

– D'accord… je murmure, perdue face à sa réaction disproportionnée.

Il reprend son souffle, puis il lie nos doigts.

– Ne lâche pas ma main, répète-t-il.

Mais il ne semble plus s'adresser à moi, tout à coup.

– On rentre, décide-t-il après quelques instants. Cette fois, la balade est bel et bien terminée.

Et juste comme ça, il redevient le Carter froid et distant auquel je dois faire face la majeure partie du temps.

Je suis … décontenancée. Cela me semble impossible qu'un être humain puisse changer si vite d'humeur, puisse ressentir autant d'émotions différentes avec une telle puissance en une poignée de minutes. Quelque chose ne tourne définitivement pas rond chez mon ravisseur…

Nous nous éloignons de la rivière et nous entrons à nouveau dans la forêt pour reprendre le petit chemin de terre. Silencieux, tous les deux préoccupés, nous rejoignons les maisons main dans la main. La neige a cessé de tomber, ce qui accentue ma morosité.

Tout mon corps se raidit soudain quand j'aperçois un couple avançant dans notre direction.

Oh mon Dieu, mon échappatoire.

Ma respiration s'accélère, mon imagination construit déjà un scénario pour tenter de m'échapper. Je pourrais hurler, déballer toute l'histoire puis me réfugier chez ces gens le temps d'appeler la police ?

Carter passe alors un bras autour de mes épaules et me rapproche de lui. Nonchalamment, il murmure à mon oreille, d'une voix grave et menaçante :

– N'y pense même pas. Souviens-toi que tu es dépressive, personne ne te croira si tu fais un esclandre. Garde tes scandales pour toi, Mila. Je te donnerai de plus en plus de liberté si tu te comportes bien. Je n'ai pas besoin de te dire ce qui se passera si tu tentes quoi que ce soit, n'est-ce pas ?

J'avale ma salive.

Carter a raison. Ici, tout le monde nous prend pour un jeune couple marié amoureux. Qui soupçonnerait mon ravisseur de me retenir prisonnière alors que nous nous promenons en plein jour, à la vue de tous ?

– Un couple marié tout ce qu'il y a de plus normal, souviens-toi, chuchote Carter discrètement alors que nous arrivons face au couple.

– Monsieur O'Connell, je suis ravie de vous revoir, le salue la femme, une rousse aux grands yeux marron. Je me languissais de rencontrer votre épouse.

– Mon cœur, je te présente monsieur et madame Dawson. Tu sais, ils habitent la maison juste à côté de la nôtre.

Mon cœur ?

Je vais gerber…

– Enchantée de faire votre connaissance, dis-je en tendant une main fébrile.

– Nous de même. Nous comprenons maintenant pourquoi votre mari vous cachait, vous êtes une véritable beauté, lance nonchalamment notre voisin.

Son regard sur moi me met mal à l'aise. Ses prunelles se baladent sur mon corps des pieds à la tête, me faisant frissonner de dégoût. Carter pose alors innocemment sa main dans le creux de mes reins.

– Que diriez-vous de venir dîner un soir à la maison pour que l'on fasse connaissance ? propose la voisine.

– C'est très gentil à vous, madame Dawson, mais…

– Appelez-moi Christine, dit-elle en tapotant l'avant-bras de Carter.

– C'est très gentil à vous, Christine, mais on ne voudrait pas déranger. Et puis, nous venons seulement d'emménager, alors il nous reste encore beaucoup de choses à faire dans la maison.

– Justement, ce sera l'occasion de vous changer les idées. Et puis comme ça, votre femme ne sera pas obligée de cuisiner. Je suis réputée pour mes bons petits plats, vous savez.

L'invitation semble généreuse, mais les yeux de notre voisine reflètent la curiosité pure. Je suis persuadée qu'elle est la reine des ragots du quartier. Quant à son mari, il me reluque depuis tout à l'heure sans vergogne.

Carter passe un doigt sous mon menton, me forçant à croiser son regard. Son pouce caresse la courbe de ma mâchoire, me gênant affreusement.

– Qu'est-ce que tu en dis, mon cœur ? Est-ce que ça te tente ?

J'ai envie de rire devant l'absurdité de la situation. Je suis la seule à entendre sa véritable question.

Es-tu sûre que l'on peut se le permettre ? Es-tu sûre que tu ne vas pas hurler que je t'ai kidnappée à la première occasion ?

– Si tu veux y aller, allons-y ! je réponds simplement.

À lui de se démerder avec ça.

– Alors c'est parfait, vous n'avez qu'à venir dîner demain soir, s'exclame Christine, très enjouée.

Nous nous tournons à nouveau vers elle. Carter repasse son bras autour de moi et me serre contre son flanc, comme s'il avait peur que je me mette soudain à courir comme une folle loin de lui… À vrai dire, c'est exactement ce que j'ai envie de faire.

– À demain soir alors, reprend madame Dawson. 19 h 30 ? J'ai hâte d'apprendre à vous connaître.

– Nous serons là. Merci encore, à demain ! répond mon « mari », l'air ravi.

Le couple reprend sa route, mais Carter et moi ne bougeons pas d'un pouce. Je suppose qu'il attend qu'ils soient loin pour me réprimander. Pourquoi ? Je n'en sais rien, mais c'est ce qu'il fait depuis le début. M'accuser pour tout et rien…

À mon grand étonnement, il me fait pivoter face à lui et passe ses deux mains derrière ma nuque.

– Je te félicite, mon cœur, tu m'as épaté… souffle-t-il. Je suis très fier de toi. Pour la peine, tu auras le droit à un peu plus de liberté. Que dirais-tu d'oublier définitivement le bracelet électronique ?

Vraiment ?

Je hoche la tête au ralenti, n'en croyant pas mes oreilles. Carter me jauge un instant, puis ses lèvres s'approchent dangereusement des miennes. J'ai un mouvement de recul, mais ses mains liées derrière ma tête m'empêchent de bouger. Heureusement, ses lèvres dévient à la dernière minute pour se poser sur mon front.

– Nous avons un petit curieux, dit-il en jetant un rapide coup d'œil de côté.

Plus loin sur le chemin, monsieur Dawson nous reluque tandis que sa femme fait de grands gestes et semble parler dans le vide.

– Rentrons, décrète mon ravisseur. Nous avons beaucoup de choses à nous dire. Il faut que le repas de demain soir soit une réussite, alors j'aimerais mettre quelques petites choses au clair avec toi, *mon cœur.*

Va-t-il toujours m'appeler ainsi à présent ? Mon Dieu, non, je n'arriverais pas à le supporter…

Lorsque nous rentrons à la maison, Carter tient parole. Il ne me remet pas le bracelet, non sans m'avoir auparavant menacée de représailles à la moindre incartade. Il passe ensuite un temps infini à me bourrer le crâne d'une histoire à dormir debout : celle qui est censée être la nôtre. Je dois la répéter plusieurs fois après lui, jusqu'à ce qu'il soit sûr que j'aie tout retenu.

La nuit qui suit est longue, tout comme la journée du lendemain. Quand arrive l'heure d'aller dîner chez les voisins, je suis fébrile.

Ce soir, je compte bien tenter ma grande évasion.

La liberté est à portée de main.

CHAPITRE 16

Carter

Quelle merde ! Nous sommes obligés de jouer la comédie du parfait petit couple marié devant les voisins. Madame Dawson nous accueille chaleureusement, et elle propose de prendre nos vestes. Je veille à lâcher la main de Mila moins d'une seconde, avant de la reprendre et d'exercer une pression sur ses doigts. Je ne suis pas du tout serein concernant cette soirée, mais nous sommes les nouveaux arrivants du quartier et, pour ne pas attirer l'attention, nous devons faire semblant de vouloir nous intégrer, bien que cela m'emmerde sincèrement.

Ma méfiance est à son comble. Mila a été étonnamment docile toute la journée. Elle ne s'est pas énervée quand je lui ai annoncé qu'il n'y aurait pas de promenade aujourd'hui, elle n'a pas rechigné au moment d'aller se préparer pour le dîner… Cela ne présage rien de bon. Je sais qu'en moins de temps qu'il n'en faut pour le dire, tout peut basculer, qu'elle peut tenter de s'échapper. Je dois veiller au grain.

Christine nous invite à nous asseoir sur le canapé. Elle nous sert du vin et nous bombarde de questions. Le regard que son mari pose sur Mila m'agace. Comme la veille, il la mate un peu trop à mon goût.

Pour son bien, il a plutôt intérêt à détourner le regard rapidement.

– Alors, depuis combien de temps êtes-vous mariés ? lance notre voisine, très curieuse.

– Deux ans, je réponds du tac au tac.

Je sens Mila mal à l'aise, et je ne sais pas si c'est parce qu'elle a peur de ne plus se souvenir exactement de l'histoire que nous avons inventée ou parce qu'elle espère s'enfuir et qu'elle angoisse que je ne découvre ses intentions. Quoi qu'il en soit, sa main devient moite dans la mienne. Ce n'est vraiment pas bon signe !

–Vous êtes très beaux tous les deux, je trouve que vous allez bien ensemble, commente notre hôte.

– Merci, je réponds alors que Mila esquisse un sourire timide.

Je retire ma main de la sienne et passe mon bras autour de sa taille pour la ramener contre moi. Elle se laisse faire mais tout son corps est tendu.

Je ne peux pas lui en vouloir. Je suis odieux avec elle depuis le départ.

Lorsque nous passons à table, c'est tout naturellement que je la guide sur la chaise à côté de moi.

– C'est tellement beau l'amour, chantonne Christine depuis la cuisine.

– Alors, Ludmila, qu'est-ce que vous faites dans la vie ? veut savoir le mari, un peu trop intéressé à mon goût.

Il se penche sur la table en direction de ma prétendue épouse. Son regard pétille d'une drôle de manière.

– Eh bien, pour l'instant je n'ai pas d'emploi, répond Mila. J'ai quelques petits ennuis de santé alors j'attends qu'ils soient résolus.

– Rien de grave, j'espère.

– Non, non, rien qui ne puisse être soigné.

Parfait. Mila s'en tient à mon histoire. Je lève sa main crispée sur sa cuisse et la porte à mes lèvres pour y déposer un baiser. Elle me regarde, surprise, et je lui fais un clin d'œil pour lui montrer que je suis fier d'elle.

Merde, depuis quand je le suis, d'ailleurs ? Cette situation est vraiment en train de m'échapper.

– Et voilà. J'espère que vous aimez les lasagnes, c'est ma spécialité, dit notre aimable voisine en revenant dans la salle à manger.

– C'est parfait, je lui assure.

Je repose nos mains liées sur mes genoux. Mila essaye de retirer la sienne, mais je la retiens. Aucune chance qu'elle m'échappe.

Le repas est servi et la conversation se poursuit, plutôt banale. Je jette frénétiquement des coups d'œil en direction de ma « femme » pour essayer d'interpréter ses silences. Elle ne parle pas, garde la tête baissée sur son assiette et se force à manger. Tandis que je me penche vers son oreille pour la réprimander, je réalise que ses yeux sont rougis par les larmes. Merde, qu'est-ce qu'elle a ? Ce n'est franchement pas le moment qu'elle nous fasse une crise de panique ou qu'elle pète un câble. Je préférerais qu'on soit chez nous pour ça.

J'essaie d'accrocher son regard mais elle a les yeux rivés sur sa nourriture. Alors que je commence à m'inquiéter, je sens soudain quelque chose toucher ma jambe puis monter doucement.

Il ne me faut pas longtemps pour comprendre. Le putain de mari pervers est en train de faire du pied à Mila, qui ne sait pas comment réagir. Manque de chance, c'est moi qu'il vient de toucher... J'ai envie de gerber.

La colère s'empare de moi. Pour qui se prend-il ? Ne voit-il pas qu'il met Mila mal à l'aise ? La dégoûte ? La terrifie ? Ne voit-il pas qu'elle est beaucoup trop jeune pour lui et surtout qu'elle est mariée ? OK, pas vraiment, mais lui ne peut pas le savoir. J'ai envie de le frapper. Comment ose-il tenter quoi que ce soit envers ma Mila ?

Ma... Mila.

Je me redresse sur mon siège et pose doucement ma main sur la cuisse de ma captive. Elle relève son regard vers moi et je lui adresse un mince sourire pour essayer de la rassurer, pour lui faire comprendre que je suis là et que je vais gérer la situation.

– Nous organisons souvent des fêtes pour les voisins, il faudra que vous veniez un jour, propose Christine, qui n'a aucune idée de ce qui est en train de se passer sous sa table de salon. Évidemment, vu votre âge, l'ambiance vous semblera un peu plan-plan, mais ce sera l'occasion pour vous de faire connaissance avec tout le monde.

– Merci de l'invitation, nous y penserons, je réponds à madame Dawson en essayant de ne pas me jeter sur son connard de mari.

–Vous pouvez venir m'aider à préparer le dessert? propose-t-elle à l'attention de Mila.

Je vois cette dernière hésiter un court instant. Elle finit par se lever, probablement désireuse d'échapper au porc qui la tripote… et à moi ? Va-t-elle profiter de la situation pour tenter quelque chose ? Vu son air affecté, je suis certain que non. J'espère juste ne pas me tromper.

Seul à seul avec le pervers, je décide de régler mes comptes avec lui. Il me sourit ; il n'a pas conscience que j'ai remarqué son manège pendant le repas.

– Elle est un peu timide votre femme, elle ne parle pas beaucoup, lance-t-il.

Je ricane.

– Et quand en plus un vieux dégueulasse se permet de lui faire du pied, là elle se ferme complètement.

Le sourire du connard se fige.

– Mais je…

– Pas de chance, c'est ma jambe que vous êtes venu toucher. Alors écoutez-moi bien, je ne me répéterai pas : ne vous avisez plus jamais de reposer vos yeux ou vos mains dégueulasses sur ma femme parce que je vous jure que ce sera la dernière chose que vous ferez. C'est clair ?

Dawson reste figé l'espace de quelques secondes avant de se reprendre et de se pencher dans ma direction.

– Ta femme, je la mets dans mon pieu quand je veux, gamin.

Avant que mon cerveau n'analyse ce qui se passe, je me jette sur la table et attrape le voisin par le col de sa chemise pour lui foutre mon poing dans la gueule. Il s'étale comme une merde sur le sol. J'entends vaguement les cris horrifiés de sa femme derrière moi, mais je ne m'en préoccupe pas. Mes veines s'embrasent, le feu s'y répand à une vitesse folle.

Je me jette à nouveau sur le pervers. Il n'a pas le droit… Personne ne parle de Mila de cette manière.

– Mais arrêtez, vous êtes fou !

Christine hurle alors que je continue à mettre une raclée à son mari. Rien ne peut m'arrêter.

Je sens soudain deux bras enserrer fermement ma taille.

– Arrête, Carter, tu vas le tuer.

Rien ne peut m'arrêter… sauf *elle*. Je me fige.

Carter…

C'est la première fois que Mila prononce mon prénom… et j'aime ça.

Serrée contre moi, la jeune femme ne réalise pas une seconde l'exploit qu'elle vient d'accomplir.

Me stopper. Me faire redescendre sur terre. M'empêcher de sombrer dans la folie.

–Vous êtes complètement cinglé ! hurle Christine pendant que Mila se faufile devant moi pour me retenir.

–Votre connard de mari a passé la soirée à faire du pied à ma femme, je crache, hors de moi. J'ai juste tenu à lui rappeler les bonnes manières.

Je me tourne vers mon « épouse », dont les yeux sont écarquillés par la peur. Je prends sa main et nous nous dirigeons vers la porte de sortie.

– Oh, Niels, qu'as-tu fait ? j'entends murmurer la voisine.

Mila trottine derrière moi, essayant de suivre mon rythme. Nous entrons chez nous et je pousse tous les verrous, puis j'enclenche l'alarme. Je jure et me mets à faire les cent pas au milieu du hall d'entrée. Je viens de prendre un gros risque. Bordel, qu'est-ce qui m'a pris ?

– Ne me punis pas.

Je redresse la tête et découvre devant moi une Mila tremblante de peur.

– Ne me punis pas, répète-t-elle. Je n'y suis pour rien, je n'ai jamais voulu que cet homme me fasse du rentre-dedans. Je n'ai rien fait pour qu'il croie qu'il m'intéressait alors ne me punis pas, Carter, s'il te plaît.

La voir ainsi me serre le cœur. Voilà que, maintenant, elle s'excuse parce qu'un vieux dégueulasse a essayé de la peloter. C'est moi que je devrais cogner.

Nom de Dieu, ne flanche pas, Carter. Reprends-toi.

– Ce n'est pas ta faute, dis-je calmement.

Elle s'approche d'un pas.

– Alors pourquoi es-tu si en colère ?

– Pourquoi ? Putain, il t'a pelotée, il t'a fait des avances, il t'a touchée…

Le front de Mila se plisse, comme si elle essayait d'analyser mes mots et ma réaction. Et je n'ai certainement pas envie qu'elle analyse quoi que ce soit.

– Va prendre une douche et monte te coucher, je lui ordonne.

Elle se dirige aussitôt vers l'escalier. Elle grimpe quatre marches avant de se retourner.

– Merci… de m'avoir défendue.

Avant que je puisse répondre, elle disparaît à l'étage.

Je me rends au salon et m'affale sur le canapé, las. Quel con, mais quel con ! Je n'aurais pas dû réagir aussi violemment. Après tout, qu'est-ce que j'en ai à foutre qu'un autre mec essaye de draguer ma prisonnière ?

Je repousse la petite voix dans ma tête qui me susurre des réponses que je ne veux pas entendre, m'allonge sur le divan et ferme les yeux.

Mila est ma captive, elle n'est et ne sera jamais rien d'autre à mes yeux… C'est ce dont je dois me convaincre désormais.

CHAPITRE 17

Je n'arrive pas à trouver le sommeil. Je me repasse sans cesse la scène de ce soir en tête. Ce gros porc me faisant du pied et Carter lui sautant dessus.

Mais qu'est-ce qui lui a pris ?

Bien sûr, j'ai songé à profiter de la bagarre pour tenter de m'enfuir, mais je me suis ravisée par crainte de l'échec. Ce que j'ai entendu ce soir me conforte dans mon idée : Carter commence à me considérer autrement que comme la fille qu'il a kidnappée et c'est parfait. C'est une faille dans laquelle je peux m'engouffrer. Une fois qu'il se sera attaché à moi, lui faire entendre raison et l'inciter à me relâcher sera bien plus simple.

Malgré tout, je suis envahie par le doute. Est-ce vraiment avec cette stratégie en tête que je n'ai rien essayé chez les Dawson ? Je crois que le pire qui pourrait m'arriver serait de m'habituer à ma condition, de finir par la trouver normale, par accepter mon quotidien de captive. Je m'inquiète de cette éventualité parce que, même si je suis consciente d'être retenue prisonnière, je commence à voir mon bourreau d'un œil différent. Que je le veuille ou non, il fait partie de ma vie, désormais, de ma nouvelle normalité. Il m'a dépossédée de tout ce que j'avais et son omniprésence comble le vide de tout ce qui me manque… Cela me terrifie. Jour après jour, il prend de plus en plus de place. Plus vraiment parce qu'il s'impose, mais aussi parce que je l'y autorise.

Cela doit cesser. Je dois me ressaisir et me reconcentrer sur mon objectif : m'échapper.

Je pousse un long soupir et me lève, renonçant à trouver le sommeil. Je descends à la cuisine et me sers un verre d'eau. La maison est plongée dans le noir, silencieuse. J'aperçois par la fenêtre de la lumière chez les Dawson et je me demande ce qu'ils peuvent penser de ce qui s'est passé ce soir.

Soudain, j'entends un gémissement. Je me pétrifie. Une seconde plainte s'élève. D'abord effrayée, je cherche ensuite la source du bruit. Je me dirige vers le salon et trouve Carter endormi sur le canapé. Sans réfléchir, je m'installe en tailleur sur le sol et le regarde. Son front est plissé, ses muscles tendus, et il gesticule, sursaute de temps à autre. De la sueur perle sur sa peau et son visage affiche de la… souffrance ?

– P… pardon.

Un seul petit mot prononcé avec tant de douleur… Je fronce les sourcils. Qu'est-ce qui se passe ? Cet homme peut éprouver des remords ? J'ai du mal à le croire.

– Charlie… pardon.

Statufiée, je regarde mon ravisseur se débattre avec son cauchemar et ce qui ressemble à des souvenirs.

Il inspire violemment et serre les poings. Terrifiée à l'idée qu'il se réveille et me voie en train de le dévisager, je me redresse sans faire de bruit et remonte dans ma chambre, où je me faufile dans mon lit.

Les secondes passent, mon cœur bat à tout rompre. La porte de ma chambre s'ouvre alors tout doucement et je retiens mon souffle. Qu'est-ce que Carter vient faire ici en pleine nuit ? Mon ravisseur est tellement complexe, impossible à suivre et à comprendre. Il semble avoir plusieurs personnalités dans un même corps…

Lorsque je l'entends approcher, je ferme les yeux.

Le matelas bouge, son corps se rapproche du mien. Je suis paralysée. Va-t-il tenter d'abuser de moi ? Il ne l'a pas fait jusqu'à maintenant et je veux croire que cela va durer, mais sait-on jamais. Une chose est sûre, si jamais il tente quoi que ce soit sur le plan sexuel, il va découvrir de quoi je suis capable.

Il se décale encore, si bien que nous nous touchons à présent. J'ouvre brusquement les yeux lorsqu'il passe son bras autour de moi, et je tombe nez à nez avec ses prunelles émeraude.

– Ne fais pas ça, je murmure.

Je le supplie, mais tant pis pour ma fierté. Je tiens à me préserver.

Carter fronce les sourcils. Son front brille de sueur, les traits de son visage sont tirés, ses yeux remplis de fatigue.

Il va mal, c'est évident.

– Dors ! m'ordonne-t-il.

Je retiens un soupir de soulagement lorsqu'il se tourne, dos à moi. Je m'éloigne un peu et enfouis ma tête dans l'oreiller.

Son odeur ne tarde pas à chatouiller mes narines. Je me déteste d'avoir envie de le renifler. Bien qu'il soit un sadique de première classe, il a parfum rassurant et envoûtant…

Je respire lentement, m'apaisant peu à peu.

J'attends que le souffle de Carter se fasse régulier, preuve qu'il dort, puis je m'autorise à sombrer à mon tour.

★★★

Mes yeux refusent de s'ouvrir. J'ai peur. Peur de découvrir ce qui se passe dans cette chambre. Peur, car je sens un bras autour de moi. Peur, car je sais pertinemment à qui il appartient. La veille, Carter est venu me rejoindre dans mon lit et je l'ai laissé faire. Avais-je vraiment le choix, de toute façon ? Son regard sombre a été très persuasif.

Je le sens bouger derrière moi. Son torse collé contre mon dos me gêne, je n'ai pas envie d'une telle proximité entre nous.

Sa main se pose sur mes cheveux. Lentement, il commence à me caresser et me murmure :

– Je sais que tu es réveillée.

Quoi ? Comment ?

– Ton corps est tendu depuis que j'ai commencé à te toucher, dit-il en réponse à mon interrogation muette.

– Pourquoi tu fais ça ? je demande, bien que je redoute ce qu'il va me dire.

– Tu n'aimes pas ?

Je ne peux pas risquer de lui avouer que son toucher me hérisse le poil. Non, je dois la jouer fine, l'amener à croire que je lui ai donné ma confiance pour qu'il puisse à son tour m'accorder la sienne. Alors je souffle :

– Si…

– Ça ne t'embête pas si je continue ?

– Non…

– Bien. Parce que moi, j'adore faire ça, glisse-t-il à mon oreille.

Pas de panique, Mila, laisse-le s'éclater avec tes cheveux pendant quelques secondes. Ensuite, tu pourras respirer.

Malgré tout, je ne peux m'empêcher de penser que le comportement de Carter est bizarre. Jusqu'à hier soir, il n'avait jamais montré d'intérêt particulier pour moi. Et voilà qu'il pète la gueule d'un voisin trop insistant, qu'il vient me rejoindre dans mon lit en pleine nuit et qu'il se met à me papouiller dès le réveil…

Ce mec est de plus en plus étrange. Je suis perdue. Malgré tout, je décide de ne pas me démonter et rentre dans son jeu. Doucement, je me retourne pour lui faire face. Cela me coûte de l'admettre mais… il est beau, c'est indéniable. Ses yeux verts me transpercent et je dois prendre sur moi pour ne pas le dévisager impoliment. Je dépose délicatement le bout de mes doigts sur sa main.

– Tu as mal ? je le questionne.

Il hausse les sourcils, surpris. Par ma question ou par mon geste ? Les deux, sans doute…

– Tes phalanges, je précise en les désignant.

Elles portent encore des marques de leur rencontre avec Niels « Pervers » Dawson.

– Non, répond Carter. C'est notre aimable voisin qui doit trouver son réveil rude. Enfin, s'il a dormi.

– Tu penses que tu vas avoir des problèmes ?

Il me détaille. Je déteste lorsqu'il fait cela, j'ai l'impression de me retrouver mise à nue devant lui. Puis il lance :

– Tu veux dire que tu espères que cet enfoiré portera plainte pour que les flics mènent leur petite enquête et que tu puisses me dénoncer ? Aucune chance que ça arrive.

Et voilà, c'est ce que je disais... Encore une fois, il lit en moi comme dans un livre ouvert.

– J'aimerais que tu comprennes que désormais ta vie est liée à la mienne, Mila, poursuit-il. Tu m'appartiens, maintenant, tu n'auras plus l'occasion de t'échapper. Si l'on commence à nous soupçonner de quelque chose, nous partirons.

– Mais pourquoi ? Carter, j'ai besoin de savoir.

– Non.

– S'il te plaît. Comment veux-tu que je fasse le deuil de mon ancienne vie si je ne sais même pas pourquoi j'en suis privée ?

– Si je te dis la vérité, cela ne t'avancera à rien.

Je me redresse sur un coude, m'intimant au calme. Je ne dois pas m'emporter.

Carter semble hésiter. C'est ce que je veux, qu'il craque, mais je ne dois pas le pousser à bout ni le braquer.

– Bien sûr que cela ne m'avancera à rien, dis-je. Mais essaie de me comprendre. J'ai été arrachée à mes repères, et depuis, je suis retenue prisonnière. En plus de ça, tu me répètes chaque jour que je ne retrouverai plus jamais ma vie... Est-ce que tu imagines l'état dans lequel je me trouve ? Ce que cela peut me faire de me dire que mon existence ne m'appartient plus ?

Mon ravisseur se redresse à son tour. Je m'attends à ce qu'il se mette en colère, mais il me surprend. Il cale une mèche de cheveux derrière mon oreille et laisse courir son pouce sur ma pommette avant de fermer les yeux.

– Ça ne devait pas se passer comme ça. Cela n'aurait jamais dû arriver, ce n'était pas dans les plans.

– Quoi ? Comment ça ?

– Je ne dirai rien de plus.

– S'il te plaît...

Je suis si proche de la vérité que voir Carter s'enfermer à nouveau dans le silence me fait monter les larmes aux yeux.

– Je suis désolé. Crois-moi, si je garde le silence, c'est pour te protéger. Moins tu en sais, mieux tu te portes.

– Non…

Ma voix se brise dans un sanglot. Je sais que mon ravisseur déteste me voir pleurer, mais la déception est trop grande.

– Mila…

Je ne réponds rien, me contentant de renifler et de me rallonger. La main de Carter s'approche à nouveau de mon visage et son pouce vient essuyer les larmes qui coulent abondamment sur mes joues.

– Je ne peux rien te dire, Ludmila, je suis désolé. Tout ce que tu dois savoir c'est qu'à partir de maintenant tu auras toujours quelqu'un pour veiller sur toi…

Lui ? Dans ce cas, je suis foutue.

Je me retourne et continue de pleurer en silence. Il n'essaye plus de me toucher, ce qui me soulage.

– Je vais préparer le petit déjeuner, me dit-il. Rejoins-moi quand tu seras calmée.

Connard, connard, connard !

Je sens le lit bouger lorsqu'il s'en extirpe. Il sort de la chambre quelques secondes plus tard.

CHAPITRE 18

Les jours qui suivent sont plutôt calmes, à mon grand étonnement. Je suis toujours prisonnière, mais j'ai un peu plus de liberté qu'avant. Je n'ai cependant pas réussi à obtenir d'autres informations de la part de Carter concernant les raisons de mon kidnapping. Même s'il multiplie les gestes doux à mon égard, il reste complètement hermétique à toute discussion un peu poussée.

Depuis hier, pourtant, il est nerveux, froid, distant et il semble sur le point d'exploser à tout moment… Cela a certainement un rapport avec le énième cauchemar qu'il a fait et dont j'ai été à nouveau témoin. Même s'il est toujours une énigme à mes yeux, je commence à reconnaître ses changements d'humeur et à m'y adapter.

Nous sommes au beau milieu de l'après-midi et je ne l'ai pas encore vu de la journée. Non pas que je me m'en plaigne : au moins, je peux profiter des programmes qui passent à la télé.

Quand il revient finalement à la maison, je devine qu'il est d'une humeur massacrante en un coup d'œil.

Son attitude me met hors de moi. Je crois que je suis arrivée au bout de ce que je peux supporter. Je ne vais pas tarder à exploser, et pour l'instant je me fiche des conséquences. Je n'ai pas revu Benjamin depuis un petit bout de temps et je dois avouer que sa présence légère me ferait énormément de bien.

Après s'être préparé un encas, Carter entre dans le salon.

–Va t'habiller, on sort, ordonne-t-il.

Je sens une vague de colère incontrôlable m'envahir. J'en ai marre de le laisser constamment me donner des ordres. Je ne suis pas son pantin et encore moins un paillasson !

C'en est trop. Je reste immobile, refusant de lui obéir.

– T'es sourde ? Va t'habiller, on sort prendre l'air.

– Sinon ? je le provoque en croisant les bras sur ma poitrine.

Il avance lentement dans ma direction. À en croire son regard sombre, l'orage est proche.

– Je t'ai demandé quelque chose. Va t'habiller ! répète-t-il, étonnamment calme.

Je décroise les bras et me lève, m'approchant à mon tour jusqu'à me trouver à quelques centimètres du visage de Carter.

– Va te faire foutre.

Je sais que je vais regretter mon accès de rébellion mais je m'en fous. Je veux quitter cette maison et j'y arriverai.

Les iris de mon ravisseur se mettent à flamboyer de fureur.

– Obéis, Mila, ou ça va mal finir.

– C'est aussi ce que tu as dit à Charlie ?

Le temps s'arrête. L'air devient lourd, il semble même que le monde cesse de tourner pendant quelques secondes. Carter se fige et il me dévisage comme si j'étais en train de le menacer avec une arme… ou que je venais de commettre l'erreur de ma vie.

– Qu'est-ce que tu viens de dire ? souffle-t-il, visiblement à court d'oxygène.

Je n'ai pas le courage de me répéter.

– Comment oses-tu ? s'indigne-t-il après avoir repris sa respiration et retrouvé sa voix. Comment oses-tu prononcer son nom ?

Il fait deux pas dans ma direction. Même en reculant, je ne parviens pas à lui échapper.

– Je te l'interdis, tu m'entends ? Ne parle plus jamais d'elle !

– Pourquoi ? Qui c'était, Carter ?

– Tais-toi !

Il porte sa main à mon cou et me plaque contre la fenêtre. La poignée s'enfonce dans mon dos, m'arrachant un cri de douleur, mais je refuse de m'arrêter là.

– Est-ce que c'est ta petite amie ?

– Assez ! s'écrie-t-il, fou de rage.

– Ou une autre pauvre fille que tu as enlevée et séquestrée ?

– JE T'AI DIT DE TE TAIRE.

Les mains de Carter tremblent de rage. Je suis terrifiée, mais maintenant que j'ai commencé à le provoquer, je ne peux plus m'arrêter.

Je prends la première chose qui me tombe sous la main – un vase – et le frappe à la tête. Il pousse un grognement de douleur et me lâche ; j'en profite pour bondir vers la porte d'entrée. Mais il me fait un croche-pied et je m'écroule au sol, menton contre terre. Je me mords si fort la langue que je sens le sang affluer dans ma bouche. Au même moment, je suis tirée par le pied, traînée sur le parquet comme un vulgaire sac puis soulevée sans ménagement. En moins de temps qu'il n'en faut pour le dire, je me retrouve à nouveau collée contre la fenêtre. J'ai envie de hurler de frustration et de douleur aussi. Ma chute a été rude.

Un Carter au bord de la folie me fait face et à présent je regrette mon geste. J'aurais dû attendre, j'aurais dû mieux prévoir mon coup, mais au lieu de ça je me suis laissée emporter par une impulsion.

Du sang coule de la tempe droite de mon ravisseur et j'ai un mouvement de recul face à cette vision. Il me fixe, immobile, le visage déformé par la colère et le regard fou. Puis il commence à prendre tous les objets qui lui passent sous la main et à les fracasser sur le sol.

– C'est ça que tu veux ? crie-t-il.

Il s'emporte de plus en plus.

– Tu veux essayer de t'échapper ?

Je me protège comme je peux avec mes bras, mais je sens des morceaux de verre s'écraser contre moi.

– T'as pas compris que tu ne peux plus partir ?

Carter hurle et continue de jeter des objets partout. Il est fou de rage.

– Je fais ça pour toi ! Pour te protéger, Ludmila !

Je me recroqueville sur moi-même, me demandant s'il y a encore des choses à briser autour de nous.

Je sens soudain une pression sur mes bras. Mon ravisseur me soulève brusquement et je croise son regard fou.

– TU ES MA FEMME ! rugit-il.

– JE NE SUIS PAS À TOI ! LÂCHE-MOI !

Je me débats comme une possédée pour me dégager et je réussis à lui échapper. Je me mets alors face à lui et déballe toute la colère, la peur et la haine que je contiens en moi depuis des semaines.

– Tu veux que je te dise ? Tu n'es qu'un putain de connard complètement cinglé ! Je ne suis pas ta femme et je ne le serai jamais ! D'ailleurs personne n'acceptera jamais d'épouser un psychopathe dégénéré comme toi. Tu vas crever tout seul et c'est bien fait pour toi, parce que c'est tout ce que tu mérites !

Le silence s'abat sur nous. Les muscles de Carter se tendent à l'extrême.

Mon Dieu, qu'ai-je fait ? Je viens de signer mon arrêt de mort.

Mon ravisseur reste si longtemps mutique que je me demande si je ne dois pas continuer à l'insulter histoire de le réveiller.

– Tu as raison, finit-il par dire.

Vraiment ?

– C'est exactement comme ça que je vais finir.

Je n'y comprends plus rien. Alors que je suis sur le point d'attaquer à nouveau Carter verbalement, la lueur de désespoir que j'aperçois dans ses iris m'interpelle et m'en empêche. Cet homme souffre. Pourquoi ? Pour qui ? Mystère, mais à cet instant, son regard me paralyse sur place. Il y a un tel gouffre en lui que j'ai l'impression de m'y faire aspirer.

La porte s'ouvre soudain dans un fracas qui nous sort tous les deux de notre torpeur.

– Putain mais… qu'est-ce qui s'est passé ici ?

Benjamin semble complètement choqué par la scène qu'il découvre.

– Merde, mec, tu saignes, s'inquiète-t-il en s'approchant de Carter.

Ce dernier, dont les yeux ne m'ont pas quittée une seconde, se dégage de la prise de son complice sans difficulté. Il se recule sans rompre le contact visuel entre nous.

– Occupe-t'en, intime-t-il d'une voix éteinte. Je ne peux plus… Je ne veux plus rien avoir à faire avec elle.

Sur ce, il fait volte-face, essuie le sang qui coule de sa tempe à l'aide de sa chemise, sort les clés de voiture de sa poche et part en claquant la porte, me laissant seule avec Benjamin.

J'ai fait fuir la personne qui me terrorise le plus au monde…

Et je n'arrive pas à m'en réjouir.

CHAPITRE 19

Une semaine est passée depuis le départ de Carter. Benjamin a pris le relais et l'ambiance est beaucoup plus détendue avec lui. Mis à part que je n'ai pas remis un pied dehors, je pourrais presque oublier que j'ai été kidnappée.

– Ben ? On peut aller se balader aujourd'hui ?

Il se désintéresse de son émission de télé et se tourne vers moi. Je me tiens derrière le canapé, attendant patiemment une réponse.

– Désolé, Mila, mais ça ne va pas être possible.

– S'il te plaît. Ça fait une semaine. J'ai besoin de prendre l'air.

– Je comprends, mais je ne peux rien faire.

– Fais-moi confiance. Est-ce que j'ai essayé de m'enfuir ? Est-ce que je me suis mal comportée ? Non, j'ai été exemplaire. Mais maintenant, je commence à perdre patience. Juste une petite balade, rien que dans le quartier… Je ne te quitterai pas d'une semelle. Tu n'as qu'à faire comme Carter et me prendre la main, comme ça tu…

– Attends, quoi ? Carter te sortait ?

– Merci, mais je ne suis pas un chien auquel on fait faire sa promenade.

– Non, excuse-moi, mais ce que je veux dire, c'est… vous alliez vous balader ? Et il te tenait la main ?

– Oui, pour s'assurer que je ne m'échapperais pas.

Benjamin me dévisage comme si une corne venait de me pousser sur le front.

– Vous avez fait ça souvent ?

– Quoi ? Sortir ? Pourquoi ça te choque autant ?

– Je ne sais pas, c'est si bizarre venant de lui.

Je m'approche et m'installe sur le canapé à côté du grand métis.

– Pourquoi bizarre ?

– Laisse tomber, Mila. Je trouve ça étrange, c'est tout.

– Explique-moi.

– C'est juste que… Carter n'est pas du genre tactile. À part lorsqu'il pète les plombs.

Je cligne des yeux.

Pas tactile ? Alors qu'il passe son temps à prendre ma main et à me tripoter les cheveux dans mon sommeil ?

– Ben, va au bout de ta pensée.

– C'est juste que je comprends mieux la réaction qu'il a eue il y a une semaine. Je ne sais pas ce que tu lui as dit mais je pense que ça l'a… blessé. J'ai l'impression qu'il commence à s'attacher à toi.

Je me lève d'un bond.

– N'importe quoi. Il m'a kidnappée, il m'a rabaissée, il m'a insultée et fait passer les pires moments de ma vie et toi, tu me dis que c'est sa façon de me montrer… qu'il m'apprécie ?

Je suis consternée et furieuse. Benjamin tente de m'apaiser :

– Écoute, Carter est passé par des moments difficiles et son comportement est inexcusable, je te l'accorde, mais je le connais. Ce que tu me dis me choque parce qu'il n'est pas du genre à se laisser atteindre. Toute cette… colère, c'est ancré en lui, c'est même pathologique…

Pathologique ?

– Il se protège de toute attaque et son agressivité est son moyen de défense.

– Tu voudrais que je l'excuse ? je demande, horrifiée.

– Non, bien sûr que non. J'essaye de te faire comprendre à quel point Carter est complexe. S'il est parti il y a une semaine, c'est que tes mots l'ont blessé, et s'il a été blessé… c'est que d'une manière ou d'une autre il est attaché à toi. Et ce n'est vraiment pas bon.

Bordel de merde. Non, ce n'est pas bon du tout. Si mon ravisseur se met en tête de me séduire, que lui et moi pouvons avoir une quelconque relation, il va sûrement essayer d'aller plus loin. Mais peut-être que je n'ai aucune raison de paniquer? Après tout, si je me fie à notre dispute et à la semaine qui vient de passer, il n'est pas près de remettre les pieds ici.

– Ce que je lui ai dit n'est que la stricte vérité, j'affirme. Est-ce qu'on pourrait arrêter de parler de lui, maintenant? Je veux sortir, Benjamin, s'il te plaît.

– Putain, Mila, c'est trop risqué.

– Je t'en prie. J'en ai besoin. Je te promets de ne rien tenter, tu peux me faire confiance.

Il réfléchit à ma proposition et jure avant de se lever et de céder.

– Va t'habiller. Je te préviens, ça ne durera pas longtemps.

– Merci, dis-je en lui sautant au cou.

Je regrette ce geste immédiatement. Ben a beau être plus sympa que Carter, il reste l'un de mes ravisseurs.

Je file à l'étage pour enfiler un manteau chaud et un bonnet. Je redescends rapidement et Benjamin semble sur le point de revenir sur sa parole, alors j'essaye de le rassurer.

– Je ne tenterai rien, je te l'ai juré.

Il tape le code de l'alarme en prenant soin de me le cacher et nous sortons. Il ne prend pas ma main, mais il passe mon bras sous le sien et le garde serré contre lui.

– J'imagine comme ça doit être difficile pour toi d'être enfermée, dit-il.

– Non, tu ne peux pas imaginer. J'ai toujours été très casanière mais depuis que je suis ici, je crève à petit feu. L'extérieur me manque.

L'air frais me revigore immédiatement. Benjamin et moi marchons sans échanger un mot de plus. J'ai envie de le lâcher et de me mettre à courir. Pas pour m'échapper, juste pour sentir le vent fouetter mon visage. Je ferme les yeux pour apprécier sa morsure sur mes joues.

– Mila…

Je rouvre les yeux et dévisage Ben. Il semble soucieux.

– Je sais que ça ne changera probablement rien du tout mais… je suis désolé. Ça fait une semaine que je suis avec toi et franchement, tu ne mérites pas ce qui t'arrive. Tu es quelqu'un de bien.

En effet, ses paroles ne peuvent pas modifier ma situation mais elles sont sincères et touchantes.

– Merci, Ben.

– Bon allez, on rentre.

– Quoi ? Tu plaisantes, j'espère. On est à peine à vingt mètres de la maison.

– Mila, je ne suis pas à l'aise avec le fait de te sortir. Si ça ne pose pas de problème à Carter, tant mieux, mais moi ça me gêne.

– Encore un peu. S'il te plaît, juste quelques petites minutes.

– Qu'est-ce que t'es têtue !

Il grogne pour la forme et resserre sa prise autour de mon bras.

Je regarde le paysage. Le ciel est sombre, chargé, ce qui annonce une possible chute de neige.

Nous allons bientôt entrer dans la période des fêtes de fin d'année. Les maisons vont être illuminées, l'ambiance va être festive et tout le monde ressentira cette euphorie qui entoure l'approche de Noël.

Cette année, pourtant, cette période sera pour moi synonyme de tristesse. J'imagine que Benjamin ira retrouver sa famille, et comme Carter ne reviendra probablement jamais, je suis certaine que je serai seule pour le réveillon. Sans Gaby, sans Elliot, sans personne qui me soit cher près de moi. Cette idée me fait monter les larmes aux yeux, mais je me reprends. Je ne veux pas que Ben remarque mon trouble et décide d'écourter notre promenade.

– Est-ce que tu as une petite amie ? je lui demande sur un coup de tête.

Ma question nous désarçonne tous les deux. Benjamin s'esclaffe avant de me jeter un coup d'œil.

– Pourquoi ? Tu veux proposer ta candidature ?

Je m'offusque et rougis immédiatement.

– Mon Dieu, non !

– Pourquoi ? Je ne suis pas à ton goût ?

J'écarquille les yeux. Sont-ils tous cinglés ? Entre Carter qui me prend vraiment pour sa femme et Ben qui semble insinuer que… d'ailleurs qu'insinue-t-il ?

– Je te taquine, Mila. Tu es très mignonne mais je ne suis pas disponible.

– Donc tu as une petite amie, dis-je, soulagée.

– Une fiancée, rectifie-t-il avec un sourire plein de fierté.

– Une fiancée, je répète, incrédule.

Même les criminels ont une vie amoureuse, alors ?

– Est-ce qu'elle sait ce que tu fais ?

– Non. Si c'était le cas, je pense qu'elle me découperait en morceaux et qu'elle me jetterait dans la première benne à ordures du coin.

Je pouffe en imaginant un grand gaillard comme lui s'écraser devant sa femme.

– C'est elle qui porte la culotte ? j'ironise.

Il s'esclaffe en secouant la tête.

– Disons que c'est une petite boule d'énergie qui sait ce qu'elle veut. Elle est extraordinaire.

Je suis attendrie par son regard lorsqu'il évoque celle qu'il aime.

– Comment s'appelle-t-elle ?

– Leah.

Je hoche la tête. Une question me vient soudain à l'esprit.

– Quelle excuse lui as-tu donnée pour t'absenter une semaine ?

– Déplacement pour le travail. Bon, on rentre. Désolé mais là, ce n'est pas négociable.

Je hoche la tête. Nous sommes allés plus loin que je ne le pensais, mais pas assez pour retrouver le petit coin de paradis que m'a fait découvrir Carter la première fois qu'il m'a autorisée à sortir.

Nous rebroussons chemin en silence. Je suis presque certaine que Benjamin regrette ce qu'il m'a confié.

Alors que nous approchons de la maison, je remarque un pick-up noir garé dans l'allée. Je me stoppe net dans mes réflexions lorsque la portière s'ouvre.

Nonchalamment, Carter descend du véhicule. Mon cœur rate un battement. L'angoisse s'empare de moi lorsque je repense à notre dernier face à face. J'ai la conviction qu'il n'est pas là pour une visite de courtoisie. Benjamin nous rapproche de lui et je remarque le regard de son complice rivé sur nos bras enlacés.

– Content de te revoir, mec, le salue Ben d'une tape sur l'épaule.

Il lui répond d'un hochement de tête. Pour ma part, je n'ai pas droit à un regard.

– On s'apprêtait à rentrer, reprend Benjamin.

– Tu peux y aller, je m'en occupe.

Je tressaille. Carter est donc officiellement de retour.

– Tu es sûr ? Je n'ai pas envie de revenir et d'en trouver un l'arcade en sang et l'autre à la cave, ironise Benjamin.

– Oui, répond Carter, toujours aussi sérieux.

– Bon…

Benjamin jauge son complice pendant un moment, puis il semble décider qu'il n'y a rien à craindre.

– À plus, Mila. Je t'ai laissé la première saison de *Game of Thrones*. Tu as intérêt à me dire que tu as aimé quand je reviendrai.

– D'accord, je réponds, la voix tremblante.

La présence de Benjamin a été réconfortante. Et maintenant, en voyant Carter, la peur me glace les os. Je vais à nouveau me retrouver seule avec lui et quelque chose me dit qu'il va me faire payer cher ma dernière rébellion.

– Tu peux partir tranquille, dit-il. Ludmila et moi, on va aller faire une petite promenade. Je crois qu'on a des choses à mettre au clair.

J'ai vu juste, une punition exemplaire m'attend… Benjamin semble penser la même chose, car il reste immobile, hésitant.

Les yeux inquisiteurs de Carter se braquent sur moi. La tension est palpable mais Ben finit par monter dans son SUV, après m'avoir gratifiée d'un clin d'œil et d'un regard encourageant.

Carter tend la main dans ma direction, attendant que je lui donne la mienne. L'appréhension me paralyse, mais il ne bouge pas et je sais que je n'ai pas le choix. Je pose ma paume contre la sienne et frissonne au contact familier de ses doigts enlaçant les miens.

– Je suis content de te revoir, *mon cœur*, dit-il en nous entraînant vers le petit chemin de terre qui mène dans les bois.

CHAPITRE 20

Nous marchons pendant un long moment, nous enfonçant toujours plus dans la forêt dense. Carter prend le chemin de la dernière fois, celui qui nous amène jusqu'à la rivière. La revoir me fait un bien fou et apaise un peu l'angoisse qui monte en moi.

Mon ravisseur lâche finalement ma main et s'arrête.

Depuis que j'ai aperçu la souffrance qu'il cache en lui, Carter m'apparaît différemment. Je ne suis toujours pas à l'aise en sa présence, il m'effraie, mais je sais maintenant qu'il y a une faille en lui, et je compte bien l'exploiter.

– Qu'est-ce qu'on fait là ? je demande.

– Il me semble que tu avais apprécié cet endroit quand je t'y avais emmenée.

Carter esquisse un mince sourire. Mes yeux s'écarquillent.

Carter ne sourit pas, jamais.

Il se dirige vers un parterre d'hellébores, se baisse, en choisit une puis s'approche de moi et me la tend.

– C'est ce que tu voulais faire la dernière fois, n'est-ce pas ? Cueillir une fleur…

Et je n'en ai pas eu le temps, parce qu'il m'a sauté dessus, paniqué, et m'a hurlé de ne jamais lâcher sa main.

Je fixe la fleur, puis lève les yeux vers Carter.

– Prends-la, insiste-t-il.

Il n'y a aucune agressivité dans sa voix, ce n'est pas un ordre.

Je m'empare de l'hellébore en silence. Carter soupire, ses épaules s'affaissent, puis il écarte grand les bras.

– Vas-y.

Je le dévisage, perdue.

Comment ça, « vas-y » ? N'est-il pas censé me hurler dessus et me menacer ?

– Tu avais beaucoup de reproches à me faire la semaine dernière, alors vas-y, explicite-t-il. Dis-moi ce que tu penses.

Est-il sérieux ?

– Je n'ai rien à te dire.

Il éclate d'un rire sans joie avant de s'adosser à un tronc d'arbre.

– Vraiment ?

– Vraiment.

Je sais très bien ce qu'il attend de moi. Il veut que je vide mon sac pour ensuite trouver une raison de me punir sévèrement.

– Tu n'as aucune rancœur envers moi ?

– Aucune.

Il plisse les yeux et fait un pas dans ma direction.

– Je te rappelle que je t'ai kidnappée.

– Je sais…

– Que je t'ai enlevé tout ce que tu avais.

– Je sais…

– Je t'ai enfermée dans une cave pendant plusieurs jours sans eau ni nourriture.

L'enfoiré.

Est-ce inné chez lui de faire du mal aux autres ?

– Je t'ai traitée comme un objet, je t'ai insultée et rabaissée.

Je serre les dents. Il s'approche encore.

– Par ma faute, tu ne reverras plus jamais ta petite Gaby chérie.

C'est la phrase de trop, celle qui me fait sortir de mes gonds.

– Tu n'es qu'un connard, je crache.

– Seulement un connard ? Allez, Mila, tu peux mieux faire.

– Tu es surtout complètement cinglé.

Il croise les bras en affichant un sourire satisfait. Je le bouscule mais il ne réagit pas. Je laisse alors libre cours à ma rage.

– Tu n'es qu'un enfoiré. Tu as ruiné ma vie !

Je continue à le pousser jusqu'à ce qu'il percute l'arbre derrière lui.

– Je déteste être ici avec toi, je déteste être ici tout court, je veux rentrer chez moi et ne plus jamais te revoir.

Je me mets à frapper son torse avec mes poings et à hurler comme si j'étais à l'agonie, ce qui est presque le cas. Mes larmes dévalent mes joues et je crie de toutes mes forces.

Gaby… Plus jamais de Gaby dans ma vie…

J'ai si mal que je m'écroule par terre. Je m'égosille à m'en rompre les cordes vocales. J'ai besoin d'extérioriser, de faire sortir ma douleur et ma frustration. J'oublie où je me trouve et avec qui : la seule chose qui m'importe, c'est de me libérer de toute la souffrance que j'ai retenue par peur de faire sortir Carter de ses gonds.

Des secondes, des minutes, des heures s'écoulent, peut-être. Mes genoux sont glacés, ma voix rauque, mes pleurs transformés en respiration hachée et hoquets de détresse. Je suis à bout. Je viens d'atteindre mes limites émotionnelles. Mon corps est parcouru de tremblements.

Deux bras m'entourent alors et m'étreignent.

– Je suis désolé…

Je n'ai pas la force de répondre, je n'ai d'ailleurs plus de force du tout. Je me laisse bercer par mon ravisseur.

Quelle situation merdique… La personne qui me console est la cause de tous mes maux.

– On va recommencer depuis le début, Mila, d'accord ? Je ne te ferai plus de mal mais il faut que tu me promettes d'accepter ta condition et, surtout, d'accepter que nous sommes maintenant liés.

– Je… ne… peux pas.

– Si, tu le peux. Je ne peux pas t'assurer que je deviendrai comme Benjamin mais… je vais tenter d'être plus… sympa.

– Pourquoi ?

– Parce que.

– POURQUOI ?

– Parce que je n'ai plus envie de me battre, Mila. Crois-le ou non, cette situation nous pèse à tous les deux.

J'essaye de me retourner pour faire face à Carter, mais il me maintient contre lui.

– Tu ne subis rien du tout, toi, je lui lance. Tu vis ta vie, tu sors, tu es libre de tes mouvements. Moi je suis enfermée dans une maison et je dois m'estimer heureuse lorsque tu prends une heure de ton temps pour m'emmener faire ma promenade. Je suis devenue ton animal de compagnie.

– J'ai mal agi, je te l'accorde. Mais ça va changer. Crois-moi.

– Je ne peux pas te faire confiance, je murmure.

– Je t'en prie, essaye... Tu n'as plus que moi, Mila.

Plus que lui... Cette constatation me fait froid dans le dos.

Je ne sais pas combien de temps nous restons avachis sur le sol à attendre que ma crise s'apaise. Lorsque je me mets à grelotter, Carter m'aide à me relever.

– Allez, on rentre.

Je le suis sans protester. Nous retournons à la maison, dont la chaleur m'enveloppe. Carter m'aide à atteindre l'étage et me dit :

– Prends une douche pour te réchauffer.

Des ordres, encore des ordres.

– Rejoins-moi en bas quand tu auras terminé.

Sur ce, il me laisse devant la porte de la salle de bain. Frigorifiée et épuisée, je fais couler l'eau de la douche et me glisse dessous. Je reste là, les yeux fermés, pendant un très long moment, augmentant la température du jet chaque fois que mon corps s'y habitue.

Je sors ensuite de la cabine et prends mon temps pour m'essuyer. Je retourne dans la chambre pour passer un gros pull en laine et un bas de jogging.

L'avantage quand on est kidnappée, c'est qu'on n'a pas besoin de faire attention à son apparence.

Alors que je m'apprête à descendre au rez-de-chaussée, je me ravise. Je suis vraiment épuisée. Je me faufile dans le lit, remontant la couette jusque sous mon menton. Carter m'a demandé de le rejoindre après ma douche, mais je décide de lui désobéir délibérément. Après tout, il m'a dit qu'il allait changer, non ? Nous allons voir quelle sera sa réaction quand il verra que j'ai osé défier son autorité.

Nous allons voir si je peux lui faire confiance…

★★★

– Mila.

La voix me semble lointaine. La chaleur m'enveloppe, mon corps repose sur quelque chose de moelleux, je suis bien, je ne veux pas ouvrir les yeux.

– Mila, réveille-toi.

Une douce caresse effleure ma joue. Ah, de la tendresse… Que c'est bon de sentir un contact doux et rassurant.

J'ouvre des yeux lourds de fatigue pour découvrir penché au-dessus de moi… Carter.

– C'est l'heure de manger, me dit-il.

– Je n'ai pas faim, je ronchonne.

– Il faut que tu manges.

– Laisse-moi dormir, je geins en remontant la couette par-dessus ma tête.

Contre toute attente, Carter n'essaye pas de m'obliger à obéir. J'entends ses pas s'éloigner et la porte de la chambre se refermer doucement. Se pourrait-il qu'il veuille vraiment faire des efforts ?

N'espère pas trop, ma fille, il peut encore péter les plombs et décider de t'attacher à un radiateur.

Je me raidis lorsque je l'entends revenir. Le matelas s'affaisse. Je rejette la couette et trouve Carter assis à côté de moi avec sur les genoux un plateau contenant de la nourriture pour deux.

– Qu'est-ce que tu fais ? je lui demande.

– Tu ne veux pas descendre manger alors j'amène la nourriture à toi, répond-il dans le plus grand des calmes. Poulet au curry, riz et tarte aux pommes pour le dessert.

Je me redresse complètement.

– Tu crois que c'est un plateau-repas qui va me faire oublier que tu n'es qu'un dérangé psychotique, tyrannique et mal dans sa peau ?

Il se fige alors qu'il servait du poulet dans nos assiettes. Il cesse même de respirer, ce qui m'inquiète. Il ferme rapidement les yeux, cherchant à se reprendre, puis il recommence à répartir la nourriture. Je suis morte de trouille d'avoir osé me montrer si dure envers lui, mais c'est ma manière de le tester. S'il pète les plombs, plus jamais je ne lui adresserai un mot.

– Je ne t'ai jamais demandé d'oublier quoi que ce soit, finit-il par me répondre. Je t'ai juste demandé de passer au-dessus.

Il me sourit avant de me tendre une fourchette et de me dire :

– Bon appétit.

Et sans plus attendre, il commence à manger. Déconcertée, je l'imite. Pendant les premières minutes de notre repas, nous gardons le silence, jusqu'à ce qu'une question me brûle les lèvres.

– Pourquoi m'as-tu emmenée dans les bois ?

– Je me doutais que tu craquerais et j'ai préféré que ça se passe dans un endroit où on ne risquerait pas de nous voir et surtout de t'entendre…

Je hoche la tête. Carter me dévisage. Je pique un morceau de poulet, mal à l'aise.

– Pourquoi est-ce que tu es revenu ? j'enchaîne sans le regarder.

Il soupire et repousse son assiette.

– Parce que je le devais… et parce que j'en avais envie.

– Je ne te crois pas.

– Je sais. Pour te prouver ma bonne foi, je vais dissiper l'une de tes interrogations. Mais une seule. Choisis-la bien.

– Pourquoi moi ?

Je regrette immédiatement ma question. Je ne la trouve pas aboutie, pas assez profonde.

– Pourquoi toi ? réagit Carter. Sur le moment, je ne me le suis pas demandé, mais maintenant, si. Je ne sais pas quoi te répondre, Mila. Je n'ai rien contre toi. Je t'ai enlevée, mais pas par plaisir, je t'assure. En revanche, il y a quelqu'un, dehors, qui te veut du mal, et même si tu n'arrives pas à me croire, je fais tout pour te protéger… C'est tout ce que je peux te dire.

Quelqu'un me veut du mal ? À moi ? Mais pourquoi ? Et qui ? Qui me hait au point de m'avoir fait kidnapper et de tout m'enlever ? Qui est assez tordu pour manigancer une chose pareille ?

La réponse de Carter m'a coupé l'appétit. Je repose mon assiette et me rallonge.

– Tu ne veux pas un peu de dessert ? C'est de la tarte aux pommes.

– Je déteste la tarte aux pommes.

– Ah… Bon, je te laisse te reposer.

Carter quitte la chambre et, les yeux dans le vague, je passe des heures à chercher qui pourrait bien souhaiter mon malheur, avant de sombrer dans un sommeil rempli de cauchemars.

CHAPITRE 21

Une semaine après ma crise dans les bois, force m'est de constater que ma cohabitation avec Carter se passe mieux qu'avant. Il semble vouloir faire des efforts en essayant d'engager des conversations pendant les repas ou en cherchant à en savoir plus sur mes goûts. Je ne saisis cependant pas les perches qu'il me tend. S'il croit que je vais tout oublier, il se trompe.

Benjamin est repassé nous voir. Ce jour-là, Carter a fait sa mauvaise tête, fulminant dans son coin en nous écoutant, son complice et moi, parler séries télé. À peine quelques heures après son arrivée, Ben est reparti. J'imagine que la situation ne lui donnait pas matière à s'inquiéter.

Cela fait plus d'un quart d'heure que je fixe le plafond de ma chambre, incapable de m'endormir. Je repense encore et encore à mon ravisseur, à tout ce qu'il fait, à tout ce qu'il dit. Il hante mes pensées, de plus en plus, et je ne suis pas certaine d'apprécier cela.

Désespérant de trouver le sommeil, je décide de me lever pour aller m'installer devant la télé. À cet instant, un hurlement terrifiant retentit. Je me redresse dans mon lit en fixant le mur qui sépare ma chambre de celle de Carter, parce que c'est de là que proviennent les cris.

Une seconde plainte, suivie d'un sanglot, me pousse à me précipiter dans le couloir.

– Charlie… Charlie, non !

Je prends quelques secondes pour reprendre mon souffle, puis je toque doucement contre la porte de la chambre de mon ravisseur.

– Carter ?

– Laissez-la. NE LA TOUCHEZ PAS !

Sans attendre, je pénètre dans la pièce. J'appuie sur l'interrupteur et je trouve Carter allongé sur les couvertures, en train de se débattre, le torse couvert de sueur. Je me précipite sur lui sans réfléchir et je pose une main sur son épaule.

– Carter ?

Il se redresse soudain, agrippe mon cou et me fait reculer jusqu'à ce que mon dos heurte le mur. Je pousse un cri de terreur et attrape son poignet pour tenter de le faire lâcher prise.

Ce n'est plus un homme qui me fait face à cet instant, mais la personnification de la souffrance, la définition même du désespoir et de la colère.

– Carter… c'est moi.

Sa poitrine se soulève frénétiquement, son front goutte de transpiration bien que ses bras soient recouverts de frissons. Son regard hanté met quelques minutes à s'acclimater à ma vue mais lorsqu'il réalise qui je suis, il me relâche et recule d'un bond.

– Mila, qu'est-ce que tu fais là ? Est-ce que… je t'ai blessée ?

– Non, tout va bien.

Reprenant ses esprits, il pose une main sur son cœur pour tenter de se calmer, mais le cauchemar dans lequel il était plongé lui colle à la peau.

– Tu devrais t'asseoir, je lui propose.

– Oui, tu as raison, souffle-t-il, en s'installant sur le lit.

Encore secouée, je ne m'approche pas tout de suite de lui. Il me faut du temps pour me calmer moi aussi.

– Qu'est-ce qui s'est passé ? je demande enfin en faisant un pas dans sa direction.

– Rien, soupire-t-il.

– Carter, je…

Timidement, je pose une main sur son épaule. Il se tend et se dégage avant de me regarder avec des yeux remplis d'angoisse.

– Je suis désolé de t'avoir réveillée.

– Ce n'est pas grave, j'ai juste…

– Tu devrais retourner te coucher. Ça va aller.

– Mais…

– Ça va aller, répète-t-il. Retourne dormir, Mila.

Impuissante, je m'exécute, non sans jeter plusieurs regards en arrière à mesure que je m'éloigne. Avant que je passe la porte, Carter se rallonge sur le matelas et se recroqueville sur lui-même, les bras autour de son ventre. Cette vision me serre le cœur.

Malgré tout, je regagne ma chambre. Si mon ravisseur ne veut pas de mon aide, je ne peux pas la lui imposer.

Complètement sonnée, je me recouche, encore plus agitée que tout à l'heure. Les cauchemars de Carter m'inquiètent. Qui peut bien être cette Charlie, et que lui est-il arrivé ? Surtout, qui est-elle pour lui ?

Prise dans le tourbillon de mes questionnements, je réalise que Carter est entré dans ma chambre seulement lorsque ses pas font grincer le parquet.

Je me redresse. Il me regarde fixement sans un mot. Ses cheveux sont en désordre et la peau de son torse est toujours luisante, mais il semble s'être repris, en tout cas autant que possible. Seulement, j'ai du mal à saisir ce qu'il fait là alors qu'il m'a renvoyée de sa chambre quelques secondes plus tôt.

Et puis, en détaillant ses yeux, je finis par comprendre. Il y a quelques semaines, la première fois qu'il a fait un cauchemar, il est venu me rejoindre dans mon lit. C'est ça qu'il réclame silencieusement : que je l'accepte.

Après ce que je viens d'entendre et de voir, je ne peux pas refuser à cet homme un peu de repos. Je relève un bout de la couverture, l'invitant à venir s'allonger près de moi, puis je me retourne et je reprends ma position habituelle. Carter se glisse entre les draps et se colle contre moi.

Mon cœur accélère.

Il passe un bras sur mon ventre, plaque son torse contre mon dos et pose son front contre l'arrière de ma tête. Sa longue barbe chatouille mon cou, son odeur envahit mon espace et son corps… réchauffe instantanément le mien.

Aucune explication n'est donnée.

Aussi simplement que ça, nous nous endormons dans les bras l'un de l'autre.

★★★

Ce matin, comme tous les jours, je sors de la douche et descends prendre mon petit déjeuner. Carter est absent, ce qui n'est pas arrivé depuis longtemps, mais il m'a laissé quelque chose : en arrivant dans la cuisine, je trouve un bouquet d'hellébores dans un vase au milieu de la table. Les fleurs qui se trouvent près de la rivière et que j'aime tant.

Il est allé les cueillir ? Pour moi ? C'est trop… bizarre.

Je me prépare un chocolat chaud, et je suis en train de le boire en me confectionnant quelques tartines au moment où la porte s'ouvre. Carter, recouvert de neige, entre dans la maison.

– Salut, Mila.

– Salut.

Les yeux plissés, je le dévisage, certaine que quelque chose a changé.

– Quoi ? fait-il en haussant les sourcils.

– Est-ce que tu t'es rasé ?

C'est désormais une barbe de trois jours qui ombre les joues de Carter. Cela lui va bien… vraiment bien.

– Oui… répond-il en passant sa main sur le menton. J'ai remarqué que ma barbe t'a gênée cette nuit.

– Ah… d'accord. Merci, dis-je en rougissant.

Se raclant la gorge, il se passe une main dans les cheveux et me répond d'une voix bourrue :

– De rien.

Je reporte mon attention sur ma tasse de cacao fumante, un peu gênée.

– Tu as bien dormi ? me demande Carter. J'espère que je ne t'ai pas réveillée en partant ce matin.

– Non.

Ni lui ni moi ne parlons de ce qui est arrivé hier. Son cauchemar, notre nuit ensemble, le réconfort que chacun a trouvé dans les bras de l'autre pour quelques heures, tout ça est passé sous silence. Et ça me convient parfaitement. Je n'ai pas envie d'essayer de trouver des réponses à une situation qui nous dépasse tous les deux, et visiblement, Carter non plus.

Il s'installe face à moi et prend une de mes tartines avant de croquer dedans.

– Est-ce que ça te dit d'aller te balader après ton petit déjeuner ? me propose-t-il.

Encore et toujours la même routine. Emmener Mila faire le tour du pâté de maisons pour qu'elle prenne l'air avant de la ramener à l'intérieur… Si encore j'étais autorisée à aller près de la rivière… mais nous n'y sommes plus retournés depuis ma crise dans les bois.

– Si tu veux, je lâche d'un ton égal.

– Super ! On part dans trente minutes.

Carter se lève et se rend à l'étage en montant les marches trois par trois.

Bon Dieu, mais pourquoi est-il si enjoué ?

Je termine mon chocolat à vitesse grand V avant d'aller m'habiller et de me passer un coup de brosse dans les cheveux. Carter et moi sortons en même temps de nos chambres respectives.

– Tu ne mets pas de bonnet ? s'étonne-t-il.

– Euh… non.

– Il neige, tu sais.

Il se dirige vers mon armoire et revient quelques secondes plus tard, le fameux bonnet en main. Il le place sur ma tête et embrasse le bout de mon nez. Je le laisse faire, figée, soufflée.

– Je te trouve jolie comme ça, dit-il avec un léger sourire, avant de se reprendre.

Carter est… comme une pile électrique.

Et s'il se droguait ?

Les épisodes colériques, violents, pourraient correspondre aux moments de manque. Quant aux moments joyeux… ils indiqueraient une éventuelle prise de substance ?

Cette hypothèse me paraît plausible, mais si je veux en avoir la confirmation, il va falloir que je fouille un peu la chambre de mon ravisseur, un jour où il se sera absenté pour quelques heures.

– On y va ? demande-t-il en me tendant la main.

Je hoche la tête, glisse ma paume contre la sienne, et nous sortons de la maison. Alors que je suis certaine que nous allons emprunter le chemin habituel, je vois avec stupéfaction que Carter se dirige vers le pick-up.

– Où est-ce qu'on va ? je demande, inquiète, refusant d'avancer.

– Se balader, je te l'ai dit.

Je secoue vivement la tête.

– Mila, calme-toi, tente Carter pour m'apaiser.

– Qu'est-ce que tu vas me faire ?

Paniquée, j'essaye de me dégager de son étreinte.

– Arrête !

Il ouvre la porte du pick-up et me jette presque à l'intérieur. Il le verrouille le temps de faire le tour puis il y grimpe à son tour.

– N'aie pas peur.

– On ne s'est jamais baladés en voiture, dis-moi ce qui se passe ! je m'écrie, au bord de la crise cardiaque.

Carter prend mon visage entre ses mains.

– Mila, ça suffit. Je t'emmène te promener ailleurs, c'est tout. Je sais que tu commences à te lasser de nos sorties, alors aujourd'hui, on va faire quelque chose qui sort de l'ordinaire.

– Qu'est-ce que c'est ?

– Tu verras, mais il faut que tu me promettes de me faire confiance, et surtout de ne rien tenter. Je ne te ferai pas de mal, Mila.

Je détaille ses prunelles, à la recherche d'un signe qui me prouverait qu'il ment. Mais je ne vois rien.

– D'accord, je souffle.

– Bien.

Il me relâche et démarre. Où allons-nous ? Mystère…

Nous roulons sans rien dire pendant un moment. Je regarde le paysage défiler par la fenêtre.

– Où est le 4x4 ? je lâche.

J'ai besoin de lui faire la conversation pour tenter de maîtriser ma nervosité.

– Quel 4x4 ?

– Celui avec lequel tu m'as kidnappée et dans lequel nous sommes arrivés ici.

– Je m'en suis débarrassé pour ne pas qu'on retrouve notre trace. Et je l'ai remplacé par mon pick-up.

Nouveau blanc. Quand nous entrons dans une petite ville recouverte par la neige, Carter me lance soudain :

– Tu te souviens de notre conversation d'il y a deux jours ?

Je me tourne vers lui et hoche la tête.

Avant-hier soir, il a tenu à m'interroger sur mes goûts, en matière de nourriture, de musique, de films, de saisons… Il a voulu tout savoir, si bien que j'ai perdu le fil des informations que j'ai pu lui donner. Mais à voir son regard, il a retenu chacune d'entre elles, et je suis curieuse de voir ce qu'il compte en faire.

– Tu m'as avoué que Noël est ta fête préférée… précise-t-il.

J'acquiesce, mais je ne comprends toujours pas où il veut en venir. Il fait un signe de tête, je regarde à l'extérieur et je remarque que nous sommes garés devant une boutique de décorations.

– Qu'est-ce qu'on fait là ? je demande, abasourdie.

Il sort de la voiture sans répondre et ouvre ma portière avant de me tendre la main.

–Viens, dit-il, encourageant.

Je descends, et nous nous dirigeons vers le magasin. Lorsque nous entrons à l'intérieur, je suis subjuguée. C'est comme si nous venions d'entrer dans la maison du père Noël. À cet instant, je redeviens une petite fille émerveillée. Un gigantesque sapin trône au centre de l'espace, dominant des étals où brillent des centaines de décorations. Il y a un second étage, que l'on devine derrière des balustrades de bois.

– Bienvenue, claironne une voix.

Je jette un œil à la belle femme brune derrière la caisse et lui réponds par un signe de tête avant de reporter mon attention sur Carter.

– J'ai pensé qu'on pourrait habiller un peu la maison, me dit-il nonchalamment. C'est bientôt le mois de décembre.

– Vraiment ? Est-ce qu'on a le droit de faire ça ?

– Le droit ? répète-t-il, surpris.

– Eh bien, cette maison, c'est… ce n'est pas vraiment la nôtre, alors…

Il pince les lèvres puis monte à l'étage en m'obligeant à le suivre. Celui-ci est réservé aux illuminations extérieures : des guirlandes de toutes les couleurs clignotent joyeusement. Je contiens difficilement mon enthousiasme. Je n'ai envie que d'une chose : que Carter lâche ma main pour que je puisse parcourir la boutique à ma guise.

– La maison est à moi, m'explique-t-il en haussant les épaules une fois que nous sommes hors de portée des oreilles indiscrètes.

– À toi ? je m'étonne.

– Oui.

Les rouages de mon cerveau se mettent en marche.

– Est-ce que… tu y as amené tous ceux que tu as kidnappés ? je murmure du bout des lèvres.

La mâchoire de Carter se contracte. Il regarde droit devant lui et répond tranquillement.

– Non. Personne.

Mon souffle se bloque dans ma poitrine.

Je suis la seule qu'il a installée chez lui ? Pourquoi ?

– J'ai pensé que tu te sentirais à l'aise ici, fait-il en montrant la boutique d'un geste. Si décorer la maison te fait plaisir, alors je suis d'accord.

Ma surprise passée, je ne peux m'empêcher de sourire.

– Merci, je murmure sans croiser son regard.

– Prends ce qui te fait plaisir.

Sa phrase m'emplit d'excitation. Je vais m'en donner à cœur joie !

Je me précipite vers les guirlandes lumineuses blanches, mais je suis bien vite ralentie dans mon geste. La main de Carter se resserre sur la mienne, calmant mes ardeurs et me rappelant par la même occasion qu'il me tient toujours en laisse.

– N'oublie pas, Mila. Ne tente rien, me glisse-t-il à l'oreille.

Mais je ne l'écoute pas. Je suis déjà perdue dans la contemplation des guirlandes. J'ai toujours rêvé du moment où je décorerais ma propre maison pour les fêtes. La réalité est évidemment tout autre, mais je refuse de me gâcher ce moment en pensant à ma condition. Je veux profiter de ma miette de liberté avant que Carter me ramène dans ma prison.

– Je vais nous chercher un panier et je reviens, m'annonce-t-il. Je te fais confiance, Mila. Ne me déçois pas.

– Je ne tenterai rien, je réponds, consciente que c'est un test.

Il part rapidement et descend les escaliers en trottinant. Je me tourne vers les décorations et commence à les détailler. Quand Carter revient auprès de moi, il veut reprendre ma main, mais je la retire.

– Je ne vais pas m'enfuir, je te le jure. Laisse-moi profiter de ce moment jusqu'au bout, s'il te plaît.

– Je ne suis pas certain que ce soit une bonne idée.

– Tu m'as demandé de te faire confiance. À mon tour.

Il me détaille un instant avant d'abdiquer. Je lui prends le panier en lui souriant timidement et je reporte mon attention sur les rayonnages.

– On va décorer l'extérieur aussi ? je demande.

– Si tu veux.

– Mais qui va tout mettre en place ?

Il hausse les épaules.

– Moi. Je suis l'homme de la maison.

Bordel de merde !

Je fais comme si je n'avais rien entendu et je continue mes emplettes. C'est étrange : je ne pense aucunement à m'enfuir. D'ailleurs, si je m'en allais, où irais-je ? Je n'ai plus d'appartement, plus de famille, et Gaby est sur un autre continent, en Europe. Si je pars maintenant, à quoi ressemblerait la vie que je retrouverais ?

Tandis que nous parcourons l'étage, je demande la permission à Carter chaque fois que je veux choisir quelque chose. Il finit par soupirer :

– Mila, je t'ai dit de prendre ce qui te fait plaisir, lâche-toi.

Nous descendons au rez-de-chaussée. Je sautille presque dans l'escalier. Mais de nombreux clients sont entrés dans la boutique et se promènent autour du grand sapin. Carter décide de reprendre ma main. Je veux la retirer à nouveau mais il la serre plus fort.

– N'insiste pas, murmure-t-il.

Je le sens plus tendu que tout à l'heure, mais je ne comprends pas pourquoi. Je n'ai rien fait !

Nous passons devant des bacs qui contiennent de magnifiques boules de Noël, et je demande :

– Est-ce qu'on achètera un sapin ?

– Bien sûr. Je demanderai à Ben qu'il nous en apporte un demain.

– Oh mais… pourquoi on n'irait pas le chercher nous-mêmes ?

– N'en demande pas trop, Ludmila. Je t'ai déjà emmenée ici, contente-toi de ce qu'on te donne.

Je savais que la bonne humeur de mon ravisseur ne pourrait pas durer. J'aurais dû me douter que j'allais trop loin.

– Désolée.

Je tends à Carter le panier rempli de décorations en tous genres. Il le prend, perplexe.

– On peut rentrer, dis-je.

Il fronce les sourcils.

– Restons encore un peu, il n'y a pas de problème.

– Non merci. Je veux rentrer, je réponds en détournant le regard.

– OK.

Il prend la direction de la caisse. La brune lui jette quelques regards aguicheurs, auxquels il ne prête aucune attention. Il paie puis nous remontons en voiture et quittons cette ville dont je ne connais toujours pas le nom.

Sur le chemin du retour, Carter bifurque soudain. Je détaille son visage. Il ne semble pas énervé, juste contrarié, sans que je parvienne à deviner pourquoi.

Il s'arrête à l'orée d'un bois.

– Qu'est-ce que tu fais ? j'ose demander.

M'attrapant le bras, il nous entraîne dans la forêt… où poussent surtout de jeunes sapins.

Oh… Ne me dites pas que…

– Choisis-en un.

– Quoi ? Mais c'est beaucoup trop tôt, il ne tiendra jamais jusqu'à Noël.

– Je ne t'ai pas dit qu'on allait le rapporter aujourd'hui, je te demande juste d'en choisir un.

– Pourquoi as-tu changé d'avis ?

Carter soupire et se passe la main dans les cheveux.

– S'il te plaît, Mila. Choisis et ne pose pas de questions.

Et encore une fois, je fais ce qu'il me dit. Je cherche un sapin qui me plaît… tout en me demandant ce qui explique ces changements chez mon ravisseur. Pourquoi est-il gentil avec moi, à présent ? Pourquoi répond-il à mes envies ?

– Celui-ci, dis-je en montrant l'un des arbres.

Il n'est pas très grand, mais il est tout de même majestueux. C'est comme si on ne voyait que lui au milieu des autres conifères qui le surplombent.

Carter se baisse et ramasse une pierre au sol. Il s'approche du sapin et commence à graver quelque chose sur le tronc. En m'approchant, je constate que c'est un M.

– Comme ça, tout le monde saura qu'il appartient déjà à quelqu'un et on le retrouvera rapidement.

Que se passe-t-il ? Carter n'est pas du genre à s'attarder sur les sentiments des autres, et voilà qu'il pense à me faire plaisir. Pour quelle raison ferait-il cela si ce n'est parce qu'il est attaché à moi ? Mais à quel point ? Je n'en ai aucune idée.

Depuis son retour, il cherche clairement à faire amende honorable, à changer la vision que j'ai de lui. Et ça marche. La preuve, sa petite attention me fait monter les larmes aux yeux.

Il y a deux Carter en lui, c'est de plus en plus clair pour moi. Si l'un me terrifie, l'autre me touche profondément.

Et c'est avec ce dernier que je veux passer mes journées désormais. Avec le Carter doux, prévenant et apaisant.

Quelque part au fond de moi, je me suis attachée à lui. Je ne le déteste plus…

– Qu'est-ce qui se passe ? demande-t-il en remarquant les larmes qui roulent sur mes joues.

– Rien. Excuse-moi, je ne sais pas pourquoi je pleure, je suis ridicule.

J'ai un mouvement de recul en le voyant approcher. Je ne peux plus dire que je le déteste, mais il me terrifie encore d'une certaine manière, surtout parce que je sais qu'il ne supporte pas de me voir pleurer et que ça lui a déjà provoqué des accès de colère impressionnants.

– Dis-moi ! ordonne-t-il.

Je garde les yeux rivés sur mes pieds. Il pose un doigt sous mon menton pour m'obliger à croiser son regard.

– Ce que tu as fait… c'est gentil et ça m'a touchée, c'est tout.

– C'est pour ça que tu pleures ? Parce que tu es… contente ?

– C'est à peu près ça, dis-je en m'esclaffant.

Il pousse un long soupir.

– Je croyais que j'avais fait quelque chose de mal.

– Pour une fois, non.

Son regard se voile, je m'en veux immédiatement de l'amertume dans mes derniers mots.

– On y va, dit-il en faisant demi-tour.

Je lui emboîte le pas. Prise d'une envie de me faire pardonner et de le remercier pour ses efforts de ce matin, je glisse ma main dans la sienne tandis que nous retournons au pick-up. Il ne dit rien, mais je le sens se tendre un peu avant que ses doigts n'emprisonnent plus fermement les miens.

Nous rentrons à la maison dans un silence qui, à la différence des précédents, n'est pas pesant. Aujourd'hui, Carter a vu qu'il peut me faire confiance et j'apprends tout doucement à en faire de même.

Nous déchargeons nos achats et les rangeons en silence. Alors qu'il s'apprête à monter à l'étage, je le retiens.

– Carter, je veux juste…

Avant de trop réfléchir, je me mets sur la pointe des pieds et dépose un rapide baiser sur sa joue. J'ai besoin de lui montrer que j'ai apprécié cette journée ; plus que cela, j'ai besoin qu'il comprenne que j'aime lorsqu'il est ce Carter-là, et que je veux qu'il le reste.

– Merci pour aujourd'hui.

Je vire rouge pivoine alors que lui demeure figé.

– Euh ouais… pas de quoi.

Nous nous fixons comme deux idiots, jusqu'à ce que la sonnerie de son téléphone brise ce moment plus qu'étrange. Carter décroche rapidement et redevient sous mes yeux la version renfrognée de lui-même.

– Quoi ? aboie-t-il.

Il plisse les yeux.

– Impossible.

Cette fois, il les écarquille.

– Non ! Benjamin, non ! Tu n'as pas intérêt à… Allô ? PUTAIN !

Il raccroche, fou de rage.

– Merde, merde, merde.

– Qu'est-ce qu'il y a ?

– Benjamin va débarquer ici, ce soir.

Et alors ?

– Il va venir avec *elle*, putain !

– Elle ? Leah ?

Carter se fige lorsque je prononce ce prénom.

– Il t'en a parlé ? me lance-t-il d'une voix menaçante.

– Juste… juste pour me dire que… qu'ils sont fiancés.

Je recule de plus en plus, jusqu'à me retrouver dans le salon.

– Fait chier, jure mon ravisseur en passant rageusement la main dans ses cheveux.

– Pourquoi l'emmène-t-il ? Il sait bien que c'est un risque qu'elle me voie, je balbutie.

Carter, qui est resté dans la cuisine, tire une chaise et s'assoit dessus. Ses épaules s'affaissent comme si elles supportaient toute la peine du monde.

– Tu ne sais pas quel jour on est, Mila ? demande-t-il calmement.

Je secoue la tête en essayant de me situer dans le calendrier. Il ne tarde pas à m'éclairer :

– Aujourd'hui, c'est Thanksgiving, et Leah veut fêter ça en famille.

– En famille ? je répète.

Carter inspire profondément avant de m'avouer d'un ton las :

– Leah est ma sœur.

CHAPITRE 22

Sa sœur. Carter et Leah sont frère et sœur. Benjamin et Carter ne sont pas seulement complices, ils font aussi partie de la même famille.

Je me suis fait enlever par deux amis, accessoirement futurs beaux-frères, et la sœur de l'un de mes ravisseurs s'invite à dîner le soir de Thanksgiving.

Des malades. Ils sont tous complètement malades.

Toujours debout au milieu du salon, je n'ose pas bouger. Carter s'arrache les cheveux, semblant chercher une solution pour décommander, mais apparemment, il ne trouve rien. Il se lève et commence à arpenter la pièce sans rien dire. Je le regarde faire en essayant de canaliser le flot incessant de questions qui traverse mon esprit. Comment ce repas va-t-il se dérouler ? Carter voudra-t-il que nous jouions la comédie du couple parfait, comme lors du dîner désastreux chez les Dawson ? Ou, au contraire, me cachera-t-il ? Benjamin m'a dit que sa future femme n'est pas au courant de ses agissements. Vais-je me retrouver enfermée dans la cave en attendant que le repas soit terminé ?

– Fait chier !

Je sursaute et pousse un hurlement lorsque Carter met un violent coup de pied dans une chaise, l'envoyant s'échouer plus loin. Il est fou de rage. J'ai soudain peur qu'il ne décide de se défouler sur moi.

– Mila !

– Non ! je m'écrie en essayant de fuir lorsqu'il s'approche de moi.

– Attends. Bordel, attends ! dit-il en me suivant dans les escaliers. Calme-toi.

Il agrippe mon bras et m'empêche d'aller me réfugier dans la chambre.

– Qu'est-ce que tu vas me faire ? je panique. Je n'y suis pour rien, ne sois pas en colère contre moi.

– Je ne le suis pas. J'essaye juste de trouver une putain de solution pour qu'on se sorte de ce merdier sans égratignure, s'énerve-t-il.

Je me surprends à penser que c'est bien fait pour lui. Depuis le début, je subis la situation, il décide et je souffre. Le voir stressé à l'idée d'être découvert me donne envie de sourire.

– C'est quoi le problème ? je questionne.

– Le problème ? À ton avis ? Ma sœur va débarquer ici, qu'est-ce qu'elle pensera en te voyant ?

– Il fallait y réfléchir avant de me kidnapper.

– Ne remets pas cette histoire sur le tapis, je t'assure que ce n'est pas le moment.

Je soupire et m'intime au calme. Énerver Carter ne me sera d'aucune utilité.

Il me lâche et s'assoit dans les escaliers en soupirant.

– On s'en tient au plan, décrète-t-il. Tu es ma femme.

Chaque fois qu'il prononce cette phrase, je suis parcourue de frissons. Et plus seulement de dégoût.

– Ta sœur ne va pas trouver bizarre que tu te retrouves avec une épouse comme par magie ?

– On ne se voit pas souvent. Et ce que je fais ne la regarde pas.

Je m'accroupis à côté de lui.

– Tu n'es pas obligé de te torturer comme ça, tu sais. Tu peux me laisser partir, je te jure que je ne dirai rien. Je reprendrai mon ancienne vie et je ne te dénoncerai pas. Tu ne seras pas obligé de mentir à ta famille et tu pourras retrouver ta liberté toi aussi.

Je prie de toutes mes forces pour que mon petit discours émeuve Carter, même rien qu'un peu. Je sais pertinemment qu'il y a très peu de chances pour qu'il décide de me relâcher. Mais j'espère encore.

Malheureusement, lorsque ses yeux verts croisent les miens, je sais que ma plaidoirie n'a eu aucun effet sur lui.

– Je te le répète encore, Mila : toi et moi, on est ensemble dans cette galère et on y reste.

Il se lève et me toise de toute sa hauteur.

– Va t'habiller. Je vais aller commander à manger.

Et il disparaît dans la cuisine, me laissant désemparée dans l'escalier.

Ensemble... Pourquoi faut-il que nous soyons dans cette galère *ensemble* ? Je suis la seule à subir cette merde contre mon gré, jamais lui et moi n'avons été dans le même bateau.

Lasse, je me lève et monte les marches pour rejoindre ma chambre. Comment suis-je censée m'habiller pour jouer cette mascarade de la parfaite épouse ? Et d'ailleurs, comment dois-je me comporter ce soir avec Carter ? Je refuse de lui manifester de la tendresse, même pour jouer la comédie.

En cherchant des vêtements dans mon armoire, je réalise que je n'ai pas encore pensé que cette soirée cauchemardesque pourrait me donner l'occasion de m'échapper. Puisqu'elle n'est pas au courant des agissements de son frère et de son fiancé, Leah pourrait être mon échappatoire. Je me doute que Carter sera là pour veiller au grain et qu'il ne me laissera probablement pas une minute seule pour éviter toute bavure, mais je dois essayer. Je n'aurai peut-être plus une opportunité pareille.

Je passe un pull blanc ainsi qu'un jean. Mon ravisseur s'attend-il à ce que je porte une tenue de soirée ? Il se fourre le doigt dans l'œil.

Alors que j'attache mes cheveux en chignon, la porte de la chambre s'ouvre doucement. Carter apparaît, changé lui aussi. Je cligne un instant des yeux en le voyant se placer derrière moi. La couleur claire de son pull fait ressortir ses yeux.

– J'aimerais qu'on parle un peu, me dit-il.

– De quoi ?

Il se rapproche jusqu'à se coller contre moi. Je retiens mon souffle quand sa main gauche emprisonne la mienne. Il lie nos doigts en croisant mon regard dans le miroir. Nos alliances se touchent.

– Est-ce que je peux te faire confiance, Mila ?

J'avale ma salive.

– J'aimerais que tu me promettes quelque chose, poursuit-il.

– De ne rien tenter, je murmure.

– Exactement. Pas de scandale ou de plan d'évasion qui, tu le sais, sera voué à l'échec.

Il pose son front contre l'arrière de ma tête en soupirant.

– J'ai tellement envie de croire en toi… souffle-t-il.

– Est-ce que je le peux, moi ? je murmure en le dévisageant.

Carter lâche ma main et me fait pivoter pour me regarder droit dans les yeux.

– Il me semble que je fais des efforts, depuis un moment, me dit-il. Je te laisse autant de liberté que possible et… j'essaye d'être, disons, vivable.

– Comment on va faire avec ta sœur ? Qu'est-ce qu'on va lui dire ? Elle va forcément me bombarder de questions. Comment est-ce que je pourrai y répondre ?

– Si je peux te faire confiance, tout ira bien. Je ne te lâcherai pas d'une semelle, Mila, mais je veux pouvoir gérer ma sœur sans avoir à me triturer l'esprit à propos de toi. Je ne veux pas avoir peur que tu t'enfuies ou que tu divulgues notre petit secret. S'il te plaît, promets-moi que tu te tiendras tranquille.

Il semble si inquiet en cet instant. Il fait des efforts, c'est vrai, mais est-ce que cela change quelque chose ?

– Je te le promets, je m'entends lui répondre.

Il ferme les yeux. Son soulagement est palpable. Puis il dépose un baiser sur le bout de mon nez.

– Allez viens, on va mettre quelques petites choses au point.

Pendant une longue heure, Carter étoffe notre histoire, de notre rencontre à notre mariage en passant par notre déménagement ici. J'ai à peine le temps de tout emmagasiner que la sonnette de la porte retentit. Je me fige, et mon « mari » le sent.

– Ne panique pas, tu n'auras qu'à te calquer sur ce que je dirai. Si Leah se fait trop insistante, n'hésite pas à changer de sujet. Mais pas de scandale, Mila, souviens-toi.

Il se lève. Plus nous approchons de la porte, plus son visage se ferme.

Derrière le battant, la première personne que je vois est Benjamin. Il a la mine grave et son regard crie « désolé ». À côté de lui se trouve une petite blonde aux cheveux bouclés. Elle lève les yeux vers son frère et je jurerais qu'elle est sur le point de fondre en larmes. Carter, quant à lui, semble furieux. Contre Ben, d'abord, mais contre sa sœur également. Ses doigts broient presque les miens.

Qu'est-ce qu'il se passe entre eux ?

– Salut, Carter.

– Leah.

La petite blonde sourit timidement à son frère et plante un baiser sur sa joue. J'aurais aimé qu'il lâche ma main, mais il ne semble pas disposé à le faire.

Le couple entre, Ben salue Carter et me fait un clin d'œil.

– Bonjour, dis-je timidement.

– Je vous présente Mila, annonce mon prétendu époux à sa sœur et à Ben.

– Enchanté, dit ce dernier en me tendant sa main.

Carter m'a prévenue, je ne suis pas censée connaître son complice. Je prends donc la main qu'il me tend en souriant.

– De même, je réponds.

– Salut, moi c'est Leah, la sœur de Carter.

Elle claque une bise sur ma joue avant que je puisse réagir.

Puis nous restons là, comme des idiots, dans le hall d'entrée. Leah me dévisage avant de reporter son attention sur son frère. Ben me fait un sourire rassurant, mais j'ai juste envie de m'enfermer dans ma chambre pour les laisser régler leurs problèmes de famille entre eux.

– On va peut-être passer au salon, je tente.

– Pourquoi es-tu venue ici, Leah ? attaque Carter.

– C'est Thanksgiving. J'ai envie de le passer en famille.

– Pourquoi tu n'es pas allée chez tes parents ?

Je fronce les sourcils.

« Tes » parents ?

– Parce que je veux être avec mon frère. *Nos* parents sont avec des amis, répond Leah.

Je suis totalement perdue. Pourquoi la jeune femme tient-elle tant à être présente ce soir alors que Carter n'a clairement aucune envie de la voir ?

– Allons au salon, intervient Benjamin pour me venir en aide.

Notre petit groupe se dirige jusqu'au canapé.

– Je vais chercher à boire, j'annonce.

Je lâche la main de Carter, qui la rattrape bien vite.

– Je vais l'aider, propose Benjamin.

Mon « mari » me lance un regard trouble, puis me laisse partir.

– Ça va tourner au drame, grommelle Ben en ouvrant le frigo.

– Ils se détestent ? je murmure.

– C'est compliqué. La dernière fois qu'ils se sont parlé, ça doit remonter à huit mois, et ça faisait plus de deux ans qu'ils ne s'étaient pas vus.

– Pourquoi ? je demande en sortant les coupes de champagne.

– Va tenir compagnie à ta petite copine.

La voix de Carter me fait sursauter. Ben me fait un clin d'œil en retournant au salon avec les flûtes et la bouteille, et je me retrouve seule dans la cuisine avec mon ravisseur.

– Qu'est-ce qui se passe ? je l'interroge.

– Rien !

Il farfouille à son tour dans les placards, à la recherche de je ne sais quoi.

– Pourquoi est-ce que tu…

– Ne commence pas à m'emmerder avec tes questions, Ludmila, siffle-t-il entre ses dents.

Je fronce les sourcils, surprise par son agressivité soudaine. Il prend une profonde inspiration puis passe un bras autour de ma taille et m'attire contre lui. Ses lèvres se posent sur ma tempe, et il souffle à mon oreille :

– Je t'avais dit de ne pas t'éloigner.

– Mais j'ai juste…

– Peu importe. Reste près de moi !

Il me relâche et repart au salon. Je me sens oppressée, j'ai l'impression d'être en cage, je ne le supporte plus.

– Tu viens, mon cœur ? lance-t-il nonchalamment depuis le canapé.

Je retourne m'asseoir en évitant son regard.

– Alors, comment est-ce que vous vous êtes rencontrés ? veut savoir Leah.

– À une soirée d'amis communs, répond Carter.

– Et ça fait combien de temps que vous êtes ensemble ?

– Un an.

Pauvre Leah. Son visage se crispe lorsqu'elle comprend que son frère m'a cachée pendant une année entière.

Si elle savait…

– On passe à table ? propose Ben.

La petite blonde ne se laisse pas prendre au piège de cette diversion.

– Pourquoi tu ne m'as rien dit ? lance-t-elle à Carter.

– Je pensais que ma vie ne t'intéressait pas.

Elle pâlit un peu plus.

Putain ! Me voilà projetée en plein drame familial.

– À table, lâche finalement mon ravisseur en se levant et en m'entraînant avec lui.

Le Carter qui m'a tenu compagnie ces derniers jours a disparu au profit du mauvais Carter… et je déteste celui-là de toutes mes forces.

Il sort les plats qu'il a fait livrer et les dépose sur la table. L'ambiance est pesante. Ben caresse le bras de Leah qui me fixe, l'air peiné. Je lui adresse un mince sourire puis m'installe à côté de Carter, qui sert le repas. Je suis toujours privée de couteau, évidemment… ridicule.

– Tu fais quoi dans la vie, Leah ? je m'entends demander.

La jeune femme semble heureuse que je m'intéresse à elle.

– Je suis dans la mode, répond-elle. Je suis en train de créer ma marque de sous-vêtements.

– Waouh, je m'exclame, vraiment impressionnée.

– Et toi ?

– Je…

– Mila ne travaille pas ! Elle n'en a pas besoin.

Après m'avoir coupé la parole, Carter me prend la main.

Même pour manger, je vais devoir supporter ça ?

– Qu'est-ce que… c'est une alliance ? murmure Leah, blême.

– Oui. Mila et moi sommes mariés, dit son frère en haussant les épaules.

Il pique dans un morceau de dinde et le porte à sa bouche.

– Carter ! le réprimande Benjamin.

– Vous êtes mariés ? bredouille Leah, perdue. Depuis quand ? Pourquoi tu ne nous as rien dit ?

– Je n'avais pas à le faire.

– Mais nous sommes ta famille, s'insurge la petite blonde d'une voix tremblante.

Carter ne répond rien et continue à manger. J'ai mal au cœur de voir sa sœur si retournée. Elle doit se sentir trahie… Ben tente de la réconforter mais elle se tourne vers lui, les yeux remplis de colère.

– Tu le savais ? Vous êtes toujours fourrés ensemble, tu le savais, hein ?

– Ma puce, ce n'est pas…

– Je lui ai demandé de ne rien dire, je voulais que personne ne soit au courant, intervient Carter.

– Pourquoi ? Tu as honte de ta famille ? crache Leah, ivre de rage.

– Ce ne serait pas plutôt l'inverse, petite sœur ?

C'est le coup de grâce pour Leah, qui dévisage son frère avant de se lever d'un bond et de quitter la maison, en larmes.

– T'étais obligé ? T'es qu'un égoïste, attaque Ben.

– Ne te mêle pas de ça.

– Je me mêle de ce que je veux à partir du moment où ça fait souffrir ma future femme.

– Alors qu'est-ce que tu attends ? Va la retrouver ! Cours-lui après, comme tu le fais toujours.

Ils crient de plus en plus fort, ils me font de plus en plus peur. Carter est en train de perdre le contrôle et je suis terrifiée à l'idée de ce qu'il serait capable de faire.

– Calmez-vous, je tente.

– On ne t'a rien demandé, crache mon ravisseur en me dévisageant, furieux.

Je retire brusquement ma main de la sienne. Il essaye de me retenir mais je me lève et recule.

– Mila, reviens ici tout de suite.

Il se dresse à son tour et fait un pas vers moi.

– Laisse-la, ordonne Ben en se mettant debout.

– Fous-nous la paix. Mila… reviens près de moi.

Pourquoi panique-t-il autant à l'idée que je puisse m'éloigner ?

– Je dois aller voir où est Leah, dit Benjamin.

– Ne pars pas, je l'implore.

– Je ne vais pas te faire de mal, rétorque Carter.

– Peut-être, mais tu me fais peur !

– Putain, Mila, tu n'as pas le droit de t'éloigner de moi ! Reviens tout de suite.

Pourtant, je me trouve simplement dans le salon alors qu'il est dans la cuisine. C'est ça qu'il appelle s'éloigner ?

Je plonge dans ses yeux et mon sang se glace. J'ai face à moi l'ancien Carter. Celui qui hurle et jette des choses à travers la pièce, celui qui m'a enfermée à la cave, privée de nourriture et d'eau…

A-t-il seulement cessé d'être ce Carter-là ?

– Ne m'approche pas, dis-je, paniquant de plus en plus. Ne m'approche pas !

La porte d'entrée s'ouvre sur une Leah au visage déformé par la tristesse. Elle étudie la scène qui se joue devant elle. Moi, tremblante de peur, en position de défense près du canapé, son frère et son fiancé tournés vers moi, furieux.

– Mais qu'est-ce que…

Ben s'empresse de prendre le bras de Leah pour la reconduire dehors.

– On y va, ma puce.

Non.

Non !

– Aide-moi ! je crie. Ne me laisse pas avec eux, aide-moi ! Ils m'ont kidnapp…

Carter est sur moi en deux enjambées et sa main se plaque violemment sur ma bouche, m'empêchant de continuer.

– Elle est en crise ! Partez vite d'ici, je dois lui donner son traitement.

– En crise ? Mais… commence Leah, incrédule et effrayée.

Je me débats dans les bras de Carter alors qu'il me soulève et se dirige vers l'escalier. J'essaye de hurler mais malheureusement, sa main étouffe ce que je voudrais dire.

J'entends la porte claquer. Ce bruit, celui de mon échec cuisant, résonne dans la maison. Malgré tout, je continue à me débattre et à crier contre la paume de mon ravisseur. Il me jette sur mon lit puis ferme la porte de la chambre à clé tandis que je me mets à pleurer.

– Tu me l'avais promis, Mila. TU ME L'AVAIS PROMIS.

Il commence à faire les cent pas en passant une main dans ses cheveux.

– Qu'est-ce que je vais faire, maintenant ? Ma sœur est une petite fouineuse.

– Laisse-moi partir, je sanglote.

– Hors de question.

Il cesse finalement d'arpenter la pièce et se laisse glisser contre le mur. Je pivote sur le côté, toujours en sanglots. Je ne veux plus le voir.

– Je suis désolé, dit-il après quelques instants.

Silence.

– Je ne voulais pas te faire peur, ajoute-t-il dans un murmure.

– Trop tard.

– Pardon. Pardon, pardon. Mila… ne me déteste pas.

Je ferme les yeux en serrant les bras contre ma poitrine.

– Je t'en prie. Ne me déteste pas… Je ne veux pas, j'ai… C'est plus fort que moi. Je n'arrive pas à me contrôler…

Je soupire, vaincue. Je l'ai tout sauf voulu, mais depuis un mois, il est le centre de ma vie. J'ai besoin que notre relation soit stable.

À bout de force, je lève le bras et tend la main dans sa direction. Pendant plusieurs secondes, il ne se passe rien, puis enfin je l'entends se lever et s'approcher du lit. Il prend ma main dans la sienne comme il aime tant le faire, ses chaussures tombent au sol et il s'allonge contre moi. Son bras passe autour de ma taille et il me plaque doucement contre lui.

Aucun mot n'est échangé. Carter se contente de caresser le dessus de mes doigts avec son pouce.

– Pardon, répète-t-il encore. Je t'en prie, pardonne-moi.

CHAPITRE 23

Je m'extirpe du sommeil avec beaucoup de difficulté… et je le sens avant même de le voir. Son odeur emplit mes narines et son bras posé autour de ma taille me tient chaud.

Les événements de la veille me reviennent en mémoire comme des flashs. L'arrivée de Benjamin et de sa fiancée, l'ambiance détestable, la froideur de Carter à mon égard, mon SOS à une Leah perdue et paniquée.

Carter m'emportant dans la chambre.

Carter s'excusant.

Carter s'allongeant contre moi.

Carter passant la nuit avec moi.

Je garde les yeux clos, restant immobile de peur de le réveiller. Sa respiration est régulière, preuve qu'il est encore profondément endormi. Je n'ose pas me lever et pourtant, il le faut. J'ai besoin de prendre une douche et j'aimerais pouvoir me libérer de Carter.

Étrangement, j'ai passé une nuit paisible dans ses bras. Sentir son contact est devenu une habitude pour moi et je dois bien l'avouer… je le cherche parfois, même si cela me donne envie de me foutre des claques. Il m'arrive de me sentir perdue, l'espace de quelques secondes, lorsqu'il n'est pas dans mon champ de vision. Il m'arrive de penser à ouvrir son armoire pour respirer son odeur lorsqu'il part plusieurs heures d'affilée… La situation est en train de m'échapper et je prie intérieurement pour ne pas commencer à développer un syndrome de Stockholm. Je me souviens avoir lu un article sur ce phénomène il y a quelques années : les chercheurs disaient que l'on ne peut pas être atteint si l'on en est conscient. Si l'on se questionne à ce sujet, cela signifie que notre esprit nous appartient encore…

C'est encore plus terrifiant, d'une certaine manière. Car cela voudrait dire que mon attachement à mon bourreau vient bien de moi…

Je me force à faire taire mes pensées. Je ne peux pas éprouver plus que de la sympathie envers Carter. C'est impossible.

Il bouge contre moi et pousse un long soupir. Son souffle balaye ma nuque, me chatouillant la peau, qui se couvre d'un début de chair de poule. Je garde les paupières serrées, attendant de voir s'il se réveille ou si c'est juste une fausse alerte.

Son bras se resserre autour de moi et il me colle un peu plus contre lui. Sa barbe naissante chatouille ma peau.

– Mila…

Il chuchote mon prénom comme par automatisme, comme s'il le rêvait.

Sa main quitte ma taille et se pose sur mes cheveux. Il me les caresse doucement et je suis bien forcée d'admettre que ça me plaît.

Je sens que notre relation est en train de basculer. Carter prend de plus en plus de place dans ma vie et je le laisse de plus en plus entrer. Est-ce parce que j'ai besoin de me sentir aimée, de sortir de ma solitude après ces dernières semaines de cauchemar ? Ou bien y a-t-il plus ? La Mila rationnelle qui refuse de romantiser sa situation se bat contre la Mila fragilisée par la captivité qui veut juste profiter des moments d'apaisement.

La main de Carter descend sur ma nuque puis caresse le haut de mon dos. Au même moment, son téléphone vibre sur la petite commode, brisant le silence de la chambre. Je sursaute ; quant à mon ravisseur, il se précipite sur le téléphone.

– Ouais…

C'est tout ce que j'entends avant qu'il quitte la pièce.

Poussée par la curiosité, je me lève et marche sur la pointe des pieds jusqu'à la porte laissée entrouverte. Je ne perçois que des bribes de conversation, alors je prends le risque de sortir dans le couloir. Carter se trouve en bas des escaliers. Je m'approche de la rambarde et tends l'oreille.

– Non ! Je t'ai déjà dit qu'il en est hors de question. Putain, je refuse, c'est clair ?

Même s'il parle doucement, la tension dans la voix de mon ravisseur est bien présente.

– Elle reste avec moi, je gère la situation…

C'est de moi qu'il parle, évidemment… Bon sang. Est-ce que quelqu'un veut prendre la place de Carter ? Est-ce que je vais devoir faire face à un nouveau bourreau ?

– Putain, Ben… comment tu l'as su ? Oui, je sais que ça craint. Tu ne lui as rien dit, j'espère ? Bien… je vais y réfléchir. Il va falloir qu'on quitte la ville un moment…

Quitter la ville ? À cause de qui ? Pourquoi ?

– … et alors ? On n'a pas le choix ! Elle sera en sécurité avec moi…

Je me rapproche un peu.

– J'en ai rien à foutre. C'est différent maintenant.

Carter apparaît soudainement au bas des marches. Je n'ai pas le temps de bouger ni de réagir. Son regard croise le mien et je me pétrifie.

– Je dois te laisser, lâche-t-il.

Et il raccroche sans me quitter des yeux. J'attends qu'il explose, qu'il me crie dessus, mais il reste en bas de l'escalier à me fixer.

– Pardon, je souffle.

Il grimpe une marche, puis deux, je ne bouge toujours pas. Lorsqu'il arrive juste devant moi, je fais un pas en arrière, par réflexe.

– Je suis désolée, je ne voulais pas…

Il passe un bras autour de ma taille et m'attire contre lui.

– Tu ne voulais pas quoi, Mila ? Écouter aux portes ? Dans ce cas, tu aurais dû rester au lit.

Il me guide jusqu'à la chambre et s'allonge sur le lit en m'attirant contre son torse, oubliant au passage de me demander mon avis.

– Est-ce que… je peux te poser une question ? je demande en me tournant face à lui.

Il se redresse sur un coude.

– Je ne te promets pas d'y répondre, mais vas-y.

– Est-ce que… quelqu'un d'autre va venir pour me surveiller ? Est-ce que quelqu'un va te remplacer ?

Ses yeux détaillent intensément les miens. Je rougis.

– Personne ne va me remplacer, Mila. Je suis le seul.

J'ai l'impression que Carter ne parle pas uniquement de ma situation de captive lorsqu'il dit cela…

– Tu es déçue, ajoute-t-il.

Malgré tout ce qui s'est passé, je suis bien obligée d'admettre que non, je ne suis pas déçue. Je suis même… contente ? Oui, je suis plutôt contente que Carter ne s'en aille pas.

– Non. Je ne veux pas que quelqu'un d'autre vienne. Je veux que tu restes.

Le silence accueille mon aveu. Carter soupire et roule sur le dos, contemple un instant le plafond sans rien dire puis se lève et quitte la pièce sans un mot. À mon tour, je lève les yeux au ciel.

Quel tournant est en train de prendre ma vie ? Je réalise que mon envie de fuir, qui m'a si longtemps habitée, me quitte doucement…

Au bout d'un moment, je décide de me lever et d'aller prendre une douche pour me remettre les idées au clair. L'eau chaude me fait du bien, elle me détend un peu.

Je pense à toutes ces fois où j'ai voulu m'échapper et où j'ai échoué. Je n'arrive pas à croire que ma vie ressemblera désormais à celle que je mène actuellement. Vais-je passer le restant de mon existence enfermée dans cette maison avec Carter ? Je suis perdue, je me sens seule, et en même temps, chaque jour qui passe me donne un peu plus l'impression d'être à ma place dans cet endroit.

Je sors de la salle de bain et m'habille rapidement, enfilant les premiers vêtements qui me tombent sous la main. Puis je me rends au rez-de-chaussée, qui est étrangement désert.

– Carter ?

Je m'approche de la fenêtre de la cuisine et je le vois devant la maison, au téléphone. Il semble contrarié. Il fait de grands gestes, passant et repassant brutalement sa main dans ses cheveux. Il raccroche finalement et je me rue dans la cuisine, histoire de donner l'impression que j'étais occupée à autre chose qu'à l'espionner. J'ouvre le frigo et fais mine de me chercher à manger lorsqu'il entre.

– Mila…

Je tourne la tête dans sa direction. Il s'approche de moi, ferme brutalement la porte du réfrigérateur et me toise avec détermination.

– Va préparer des affaires, m'ordonne-t-il.

– Des affaires ?

– Fais ce que je te dis et ne discute pas.

– Non, je veux que tu m'expliques ce qui se passe.

– Je t'ai dit de…

– Et moi je veux des réponses, je m'écrie soudainement. Ça fait plus d'un mois que je suis coincée ici et que je suis obligée de t'obéir au doigt et à l'œil. Ça suffit ! Je veux savoir, j'ai besoin de comprendre la situation.

Carter tend la main dans ma direction mais je recule.

– Tu ne te rends pas compte, tu ne peux pas comprendre ce que je vis, je lance. Je suis dans le flou constamment, je ne sais pas ce que l'avenir me réserve ou même si j'en ai un. Tu ne me dis jamais rien, je dois juste obéir. Mais je ne veux plus de ça. Pourquoi est-ce que je dois prendre des affaires ? Où est-ce qu'on va ? Qui était au téléphone avec toi ce matin ? De qui faut-il me protéger ? JE VEUX DES RÉPONSES.

– Calme-toi, Mila…

– Sinon quoi ? Tu vas m'enfermer pendant des jours à la cave ? Me laisser crever de faim ? M'attacher toute une nuit à un lit ?

Un flot de sentiments se bouscule en moi et je crache ce que j'ai sur le cœur sans vraiment réfléchir.

– J'en ai marre, Carter, tu comprends ? Alors je ne bougerai pas d'ici, je n'irai pas préparer le moindre sac tant que tu ne m'auras pas dit pourquoi je dois le faire.

Il reste muet, inébranlable malgré les reproches que je viens de lui adresser. Je ne regrette pas, j'avais besoin d'exprimer tout cela, et lui de l'entendre.

– Je suis désolé, dit-il doucement.

– Désolé ? Vraiment ? Je ne te crois pas.

– Je te rappelle qu'on est dans la même galère, je subis cette situation autant que toi.

– Non. C'est moi qui souffre.

Carter soupire bruyamment. Il semble à bout de nerfs… et d'ailleurs, il explose de rage un instant plus tard.

– Et moi, tu crois que je vis bien tout cela ? Tu crois que je ne suis pas en colère ? Tu crois que je n'en ai pas marre ? Tu crois que je n'aimerais pas t'avoir rencontrée ailleurs, autrement ? Tu ne penses pas que je préférerais savoir que tu restes avec moi par plaisir et non par obligation ? J'en ai ras-le-bol, Mila, mais je ne peux plus faire marche arrière maintenant. Je dois te protéger et c'est pour ça qu'il faut qu'on s'en aille. Juste quelques jours.

J'encaisse chacun de ses mots, j'enregistre chacune des expressions de son visage.

– Me protéger ? De qui ? je chuchote.

Les poings de Carter se serrent et son visage se ferme.

– Je vais aller préparer nos affaires, décide-t-il.

– Attends…

Il ne m'écoute pas et monte les escaliers jusqu'à sa chambre. Je le suis, je ne veux pas le laisser échapper si facilement à mes questions.

– Carter, réponds-moi.

– Fin de la discussion, Mila. On a des choses à préparer.

J'attrape sa main. Il s'arrête net.

– Explique-moi, s'il te plaît, j'insiste.

– Je ne peux pas. Déteste-moi si tu veux, ça ne changera rien. La vérité te ferait trop de mal.

Il lâche ma main et ouvre l'armoire d'un geste brusque. Ma gorge se serre.

– Je ne te déteste pas, Carter, et… moi aussi j'aurais aimé te rencontrer dans d'autres circonstances.

Il se fige, puis se tourne lentement vers moi. Ses yeux verts plongent dans les miens. Que cherche-t-il ? Essaye-t-il de lire en moi ? Il y arrive si facilement… Il me rejoint doucement, prend ma main et m'attire contre lui. L'angoisse s'empare de moi à mesure que son visage s'approche du mien.

– C'est vrai ? souffle-t-il.

Incapable de répondre, je me contente de hocher la tête. Sa main lâche la mienne pour se poser doucement sur ma joue.

– Mila…

Nous y sommes ; le moment décisif. Nous nous apprêtons à franchir une ligne et je ne suis toujours pas certaine de savoir si c'est ce que je veux ou non. Dans l'urgence du moment, je réalise pour la première fois que même si je ne sais pas où nous allons, pour combien de temps, ni quelle menace plane sur nous, Carter a raison : nous sommes dans le même bateau et il est le seul sur qui je peux me reposer. Et j'ai envie de lâcher prise, même pour une minute, même pour une seconde. J'ai envie de m'en remettre à lui et de voir où ça peut nous mener.

– Mila, je…

Son odeur me fait tourner la tête. Ses iris font la navette entre mes yeux et mes lèvres.

– Fais-le.

Mon cœur manque de jaillir de ma poitrine lorsque sa bouche frôle la mienne. Il me jette encore un coup d'œil, me laissant la possibilité de mettre de la distance entre nous. Je ne détourne pas le regard, je n'ai aucune envie de reculer.

Et ses lèvres se posent sur les miennes.

CHAPITRE 24

Carter

Je l'embrasse enfin. Elle m'y autorise, elle est d'accord, elle le veut. Ce qui est en train de se passer entre nous est complètement fou. Je suis son ravisseur, elle est ma captive. Nous devrions nous détester, nous haïr, et pourtant… plus les jours passent, plus je ressens ce besoin dément de la toucher, de connaître la douceur de sa peau, de l'embrasser.

Nos bouches se lient et nos langues se livrent une bataille sans merci. Je ressens une sorte d'apaisement. Mila est un fruit défendu dans lequel je suis en train de croquer à pleines dents.

Cette réflexion me pousse à la soulever et à l'allonger sur le lit sans rompre notre baiser. Elle se laisse faire, pour mon plus grand plaisir.

Au fond, j'ai conscience que je suis en train de changer. Il y a quelques semaines, Mila n'était qu'une fille que je devais kidnapper en échange d'un gros paquet de fric. Aujourd'hui… je ne pense plus qu'à la protéger et je sais que ce n'est pas bon du tout.

Ses mains montent le long de mes bras, s'arrêtent sur mes épaules puis passent timidement dans mes cheveux.

Ma petite Mila timide mais rebelle.

– Carter… attends…

Sa voix parvient jusqu'à mes oreilles mais je ne décrypte pas ses mots, obnubilé par son corps contre le mien. Rien d'autre n'a d'importance. Mes mains encerclent ses poignets, que je ramène au-dessus de sa tête. Je lie nos doigts tout en l'embrassant plus fort. Elle se tortille, j'appuie un peu plus mes hanches contre les siennes. Un soupir s'échappe de ses lèvres, je l'aspire.

Soudain, elle enfonce ses ongles dans ma peau.

– Carter, stop ! dit-elle en arrachant sa bouche à la mienne.

Essoufflée, elle ferme les yeux pour tenter de se reprendre. Je réalise alors que les signaux qu'elle m'a envoyés n'indiquaient pas du désir, mais tout le contraire.

Je me redresse rapidement, détachant nos doigts rougis par la pression que je leur ai imposée.

–Je croyais que c'était ce que tu voulais, je bougonne.

– Oui, je… oui. Mais c'est juste que…

Elle s'assied sur le bord du lit et soupire. Une colère sourde s'empare de moi à mesure que je comprends ce qu'elle a essayé de faire.

– Je vois. Tu cherches à m'amadouer, c'est ça ? Tu penses pouvoir me mettre dans ta poche pour t'enfuir plus facilement ?

– Quoi ? Non, je…

– C'est bon, Mila, ne me prends pas pour un con.

Elle cligne plusieurs fois des yeux. Au-delà du fait que je ne supporte pas que l'on se foute de moi, je crois que ce qui me fait le plus mal c'est qu'elle n'ait pas désiré ce baiser autant que moi.

– Je veux juste ralentir parce que…

– Tais-toi.

Qu'elle tente de se justifier est encore pire.

– Va préparer tes affaires, on part dans trente minutes, je décrète.

– Mais, Carter…

– Trente minutes, Ludmila.

Elle me regarde quelques secondes sans bouger. Ses yeux noisette me dévisagent, me jugent en silence, puis elle se lève d'un bond et sort de ma chambre en claquant la porte. Son parfum flotte dans la pièce. J'inspire profondément avant de préparer les sacs.

Partir avec Mila est la meilleure chose à faire pour le moment. Je dois l'emmener très loin, et surtout, je dois la garder en sécurité près de moi. Ma décision aura pourtant des conséquences, je le sais : me retrouver seul avec ma captive dans un chalet en pleine montagne coupé de tout risque de rendre notre proximité encore plus difficile à supporter…

Je fourre un maximum de vêtements dans des sacs. Nous serons absents pendant une semaine au moins, histoire de brouiller les pistes et de disparaître quelque temps. Nous finirons par partir définitivement mais pas maintenant, pas tout de suite… Il y a des choses que je veux faire avant cela.

J'ouvre le tiroir de la commode de ma chambre et en sors un dossier que je fourre dans ma valise. Il contient tous les documents qui rattachent Mila à son ancienne vie.

Je me rends dans la salle de bain pour ramasser toutes nos affaires de toilette et je veille à ne rien laisser. Mila y entre quelques secondes après moi et elle m'arrache brutalement ses crèmes et autres produits de beauté des mains. Elle les fourre rageusement dans ses sacs puis elle sort sans un regard.

Bordel ! La Mila rebelle m'excite autant que la Mila timide.

Je me rends ensuite dans sa chambre pour vérifier qu'elle s'occupe bien de ranger ses affaires, comme je le lui ai demandé.

– Qu'est-ce que tu fais ?

Je ne réponds pas et inspecte l'un de ses sacs.

– On n'est jamais mieux servi que par soi-même, Mila. Je vérifie tes bagages, tout simplement.

– Sale con ! grommelle-t-elle.

Qu'elle se rebelle, passe encore, mais qu'elle m'insulte… putain !

Je suis sur elle en deux enjambées. Ma main se referme sur sa mâchoire et je la fais reculer contre l'armoire. Ses yeux s'agrandissent et elle étouffe un petit cri lorsque son dos rencontre le bois froid du meuble. Ses doigts s'enroulent autour de mon poignet.

– Ne me pousse pas à bout, Mila, je gronde.

– Qu'est-ce que tu vas faire ? me défie-t-elle.

J'approche encore d'un pas. Nos corps se touchent, nos yeux se cherchent. Je pose mon front contre le sien sans pour autant relâcher ma prise. Doucement, elle libère mon poignet pour poser ses paumes sur mon dos.

– Arrête ça, je murmure.

– Je ne me moque pas de toi, Carter, et je ne cherche pas non plus à t'amadouer.

– Alors qu'est-ce que tu fais ?

Mes lèvres sont tellement proches des siennes que lorsque nous parlons, elles s'effleurent. Ça me rend fou. J'ai envie de plus, mais je ne veux pas lui imposer cela, il faut que ça vienne d'elle.

– Je ne sais pas, répond-elle d'une petite voix.

J'encaisse sans rien dire.

Qu'est-ce que j'espère ? Qu'elle me dise qu'elle commence à s'attacher à moi ? Qu'elle craque ? Qu'elle m'avoue qu'elle est attirée par moi autant que je le suis par elle ?

Jamais Mila ne me dira une chose pareille. Je l'ai enlevée, malmenée, humiliée, blessée… Je suis un véritable monstre.

Un bourdonnement familier prend place dans ma tête. Je me flagelle en silence tout en dévisageant le visage si doux de ma captive. Elle est un ange. Je ne la mérite pas. Je ne mérite rien.

Je relâche la pression de ma main et mets de la distance entre nous.

– Prends tes affaires, on y va, dis-je.

Je sors de sa chambre et inspecte rapidement le reste de la maison. Je vide le frigo en vitesse, fourrant les aliments dans des sacs en plastique.

Mila fait son apparition, chargée de ses bagages. Je les lui prends des mains sans lui laisser le temps de réagir.

– Je vais mettre ça dans la voiture, j'annonce.

Je ferme la porte à clé derrière moi. C'est un réflexe et je dois bien l'avouer, je ne suis pas prêt à y renoncer. J'ai peur que Mila ne s'échappe, qu'elle ne *m*'échappe.

Lorsque je reviens dans la maison, elle n'a pas bougé. Elle m'attend au bas des escaliers, les mains dans les poches de son gros manteau d'hiver.

– Tu es prête ? je lui demande.

– Je n'ai pas vraiment le choix.

J'esquisse un sourire malgré moi puis je prends sa main et nous sortons de la maison.

Alors que je tourne la clé dans les serrures, je la sens se blottir contre moi. Je baisse les yeux vers elle, surpris.

– Prends-moi dans tes bras, chuchote-t-elle.

J'obéis et la serre contre moi.

– Qu'est-ce qui t'arrive ? je souffle.

Elle relève la tête et m'embrasse rapidement sur les lèvres. Je suis complètement perdu.

– Madame Dawson, notre chère voisine, nous espionne depuis sa fenêtre, explique-t-elle en rougissant.

Évidemment. Pourquoi une captive se réfugierait-elle librement dans les bras de son ravisseur ? Elle ne désirait pas réellement cette étreinte, juste donner le change pour notre public.

Toutefois, je ne comprends pas pourquoi Mila agit ainsi. Pourquoi rentre-t-elle dans ce jeu du faux couple ? Pourquoi essaye-t-elle de garder notre couverture intacte ? Pourquoi n'a-t-elle pas profité de ce moment pour appeler à l'aide ou tenter de faire passer un message à madame Dawson ? Tant de questions sans réponses… J'ai un aperçu de la frustration que peut ressentir Mila lorsque je refuse de lui donner des explications.

– On y va.

J'ouvre la portière du pick-up. Mila grimpe du côté passager et je m'installe au volant. Elle se débarrasse de son gros manteau d'hiver tandis que je monte le chauffage à fond pour réchauffer l'habitacle.

– Où est-ce qu'on va ? demande-t-elle lorsque je démarre.

J'adresse un signe de main ainsi qu'un sourire à la voisine, qui affiche un air penaud en réalisant qu'elle a été repérée. Puis, après une hésitation, je décide de répondre à la question de Mila.

– Dans le Colorado.

Après tout, qu'est-ce que ça change qu'elle connaisse notre destination ?

– Si loin ? s'étonne-t-elle. Enfin, est-ce que nous sommes vraiment loin ? Parce que je ne sais toujours pas dans quelle ville nous vivons actuellement.

– Qu'est-ce que ça t'apporterait de le savoir ?

– Je n'ai plus la notion du temps ni des jours, je ne sais pas où je suis, je ne sais même pas si j'aurai un lendemain. Pouvoir mieux me situer m'aiderait à retrouver… un semblant de normalité.

Ce sont sans doute les paroles les plus sincères que Mila m'ait jamais adressées. La voir si désemparée me touche. *Elle* me touche… plus que personne ne l'avait encore fait.

– Écoute-moi bien, lui dis-je. Je ne peux pas te faire de grandes promesses, je ne peux pas répondre à tes questions mais sache une chose : tant que tu seras avec moi… tu auras un lendemain. Tu comprends ?

Ses yeux rougissent. Elle hoche la tête avant de se tourner vers la vitre. Pendant quelques minutes nous ne disons rien, puis je lui montre le panneau à la sortie de la ville.

– Shorewood, lit-elle.

J'acquiesce.

– Mais…

– C'est à moins de deux heures de Chicago, oui, je lui confirme.

Je ne sais pas si cette information la réjouit. Savoir qu'elle est si près de son ancienne ville, de son ancienne vie, peut faire renaître en elle l'envie de s'enfuir.

Elle s'enfonce confortablement dans le siège, prenant ses aises.

Quinze longues heures de route nous attendent avant d'atteindre notre prochaine destination.

CHAPITRE 25

Une courbature s'étend de mon cou jusqu'à mes épaules. Je ne sais pas combien de temps j'ai passé dans la même position, à dormir la tête contre la fenêtre de la voiture, mais lorsque j'ouvre les yeux, je suis seule dans l'habitacle. Pendant quelques secondes, je me demande où je me trouve. Et puis je me souviens. Nous avons dû quitter la maison précipitamment à cause d'une menace dont je ne sais toujours rien. Nous nous sommes mis en route pour le Colorado, une musique douce comblait le silence entre nous et la dernière chose dont je me souviens, c'est la main de Carter prenant la mienne.

Il fait nuit noire, maintenant, je le cherche des yeux mais il fait trop sombre pour y voir quelque chose. J'essaye d'ouvrir la portière ; à ma grande surprise, elle n'est pas verrouillée. J'enfile mon manteau et sors de la voiture.

Autour de moi, je découvre une aire d'autoroute étrangement déserte. Je serre ma veste autour de mon corps pour me protéger du vent froid.

– Déjà réveillée ?

Je sursaute et pousse un cri de surprise. Carter se tient là, nonchalamment appuyé contre le pick-up, deux gobelets fumants entre les mains.

–Tu m'as fait peur ! je ronchonne en m'approchant de lui, une main posée sur mon cœur battant à toute vitesse.

– Désolé.

– Quelle heure est-il ?

– Environ vingt et une heures. Il nous en reste encore cinq avant d'arriver. Je t'ai pris un chocolat chaud.

Il me tend la boisson, que je prends en le remerciant. Sa chaleur me fait du bien.

Je m'appuie à mon tour contre la carrosserie de la voiture.

– Est-ce que tu t'es reposé ? je demande.

Depuis notre baiser et tous les sentiments intenses et contradictoires que j'ai ressentis, je n'ose plus regarder Carter en face. Tout simplement parce que chaque fois que je pose les yeux sur lui, j'ai envie qu'il m'embrasse à nouveau. Et c'est mal, je ne dois pas éprouver cela pour lui.

– Je préfère qu'on se dépêche d'arriver, me répond-il.

– Mais tu vas devoir ingurgiter des litres de café pour tenir le coup.

– J'en suis à mon quatrième, dit-il, amusé.

Je lui sers un pâle sourire avant de reprendre une gorgée de mon chocolat chaud.

– Je peux prendre le relais, si tu veux, je propose.

Il ne réagit pas tout de suite, si bien que je lève les yeux dans sa direction.

– Tu veux conduire ? finit-il par me demander, suspicieux.

– J'ai mon permis depuis longtemps et je n'ai jamais eu d'accident.

Il secoue la tête et termine sa boisson d'une traite.

– Ça ira, déclare-t-il froidement.

– Je veux juste rendre service. Si tu veux te reposer une petite heure ou…

– Et pendant que je dormirai, qu'est-ce que tu feras ? Tu t'arrêteras sur une aire d'autoroute et tu essayeras de t'enfuir ? Ou tu demanderas de l'aide ? Ou alors tu provoqueras un accident dans l'espoir de me tuer ?

Plus il parle, plus sa tension augmente. Comme s'il était en pleine crise de paranoïa, il imagine des scénarios qui ne m'ont même pas effleuré l'esprit.

– Non, j'affirme. Je te propose simplement de l'aide.

Sa façon de m'accuser m'énerve. Je jette mon gobelet de chocolat chaud sur le bitume, fais volte-face, et m'éloigne de la voiture d'un pas furieux.

– Mila !

Je ne cherche ni à courir ni à m'enfuir, juste à m'éloigner de Carter. Il me rattrape sans mal et referme sa main sur mon bras. J'essaye de me dégager mais évidemment, il est bien plus fort que moi.

– Lâche-moi !

– Bordel, bien sûr que non. Qu'est-ce qui te prend ?

– Et toi, alors ? Tu es en colère alors que, putain, ce serait plutôt à moi de l'être.

– Ose me dire que tu n'avais pas pensé à profiter de la situation.

Les muscles de sa mâchoire se contractent frénétiquement et je réponds en le regardant droit dans les yeux :

– Non, je n'y avais pas pensé. Je voulais juste être sympa avec toi. Maintenant, lâche-moi.

Les larmes affluent sous mes paupières. Je ne sais jamais sur quel pied danser avec Carter et ça me rend folle.

– OK, calme-toi, dit-il en me tenant par les épaules.

Je n'en ai aucune envie et j'essaye tant bien que mal de me dégager de sa poigne.

– Mila, ne fais pas de scandale, on pourrait nous voir.

Comme chaque fois, la seule chose qui l'inquiète, c'est que je puisse attirer l'attention sur nous. Ce que je peux ressentir ou penser ne l'intéresse pas.

Lasse de gigoter et de me fatiguer pour rien, je finis par cesser de me débattre. Malheureusement, je suis sur le point de craquer, et cela me rappelle douloureusement que toutes les fois où j'ai pleuré, Carter s'est mis en colère. Il a changé, enfin, je crois, mais parfois il a encore cette lueur sombre et terrifiante dans le regard. Alors je combats mes sanglots qui montent et garde obstinément les yeux baissés.

– Si tu veux faire un caprice, attends qu'on soit dans la voiture, siffle mon ravisseur entre ses dents.

Ma colère redouble. J'ai l'impression d'avoir cinq ans et de me faire gronder.

– Regarde-moi, me demande-t-il.

Je refuse catégoriquement.

– Mila, regarde-moi.

Il m'y oblige en appuyant sur mon menton.

– Ne m'ignore pas, ça me rend fou.

Je reste muette. Si Carter pense pouvoir faire de moi ce qu'il lui chante, il se trompe lourdement, ce temps-là est révolu.

– Tu m'en veux ! constate-t-il, surpris.

– Qu'est-ce que ça peut te faire ? La seule chose qui compte pour toi, c'est que personne ne nous remarque.

–N'essaye pas de me le reprocher. Tu es imprévisible et je ne veux surtout pas risquer de te perd… que tu t'en ailles.

– Est-ce que j'ai l'air d'essayer de m'enfuir ?

Il resserre sa prise autour de mon bras et grogne :

– Remontons dans la voiture. Il fait froid.

Je me laisse guider jusqu'au véhicule sans rien dire. Carter passe un bras autour de ma taille pour me garder contre lui. J'ai l'impression qu'il ne supporte pas de me savoir loin de lui. Il faut toujours que je sois toute proche. Je ne sais pas comment interpréter ça.

A-t-il simplement peur que je disparaisse, ou ressent-il quelque chose de plus profond ?

Il ferme ma portière et j'enlève mon manteau. Il grimpe à la place du conducteur avant de mettre le contact et de pousser le chauffage à fond.

– On y retourne, dit-il en démarrant.

Définitivement, il ne me fait pas confiance.

– Combien de temps va-t-on rester dans le Colorado ? je demande alors qu'il s'engage à nouveau sur l'autoroute.

– Je ne sais pas encore. Mais on sera rentrés chez nous pour Noël.

Chez nous…

Plus Carter parle de la maison que nous avons quittée tout à l'heure comme étant la nôtre, plus j'y crois. Il semble en tout cas être déterminé à ce que je m'y sente à l'aise.

– Et qu'est-ce qu'on va faire à l'autre bout du pays ?

Il sourit et me jette un coup d'œil.

– Vivre comme un couple marié normal. Un couple heureux qui vient passer des vacances.

Il prend ma main gauche et joue avec la bague à mon annulaire.

– C'est ce que nous sommes, non ?

Un couple ? Heureux ? Marié ? Croit-il vraiment à la comédie qu'il nous fait jouer ? Je me tends instantanément et il le sent.

– Je ne suis pas fou, Mila, du moins, pas autant que tu le penses, se justifie-t-il. Je tiens juste à ce que tu n'oublies pas ce que nous sommes pour le reste du monde.

– Je m'en souviens.

– Bien.

Il porte ma main à ses lèvres pour y déposer un rapide mais doux baiser.

Comment fait-il pour changer d'humeur aussi vite ? N'est-il pas épuisé de tout ça ?

Nous roulons un long moment sans dire un mot, mais ce n'est pas un silence pesant. Carter a toujours sa paume contre la mienne et je me surprends à enlacer nos doigts.

L'habitude, sans doute...

L'esquisse d'un sourire se dessine sur ses lèvres.

– Est-ce que Benjamin va venir nous rendre visite ? je demande.

– Pourquoi ? Il te manque ?

– Oui.

J'ai répondu sans réfléchir, sans penser que ce « oui » pourrait contrarier Carter. Ce que je veux dire, c'est que l'attitude « normale » de Benjamin, son tempérament plus posé, son humour aussi me manquent. Vivre avec Carter est épuisant, la présence de Ben me permettrait de respirer un peu.

– Je vois. Tu préférerais qu'il soit là, hein ? Tu voudrais qu'il soit avec toi ? Tu en pinces pour lui, c'est ça ?

– Non, je...

– Ne me raconte pas de conneries, explose Carter en tapant brutalement sur le volant.

Je lâche sa main et prends mes distances, autant que l'habitacle exigu me le permet.

– J'en étais sûr. Tu penses qu'il est le gentil et moi le méchant, hein ? Ouvre tes yeux, Mila. Il n'y a que moi pour veiller sur toi, que moi pour te protéger, que moi pour prendre soin de toi. Il n'y a que *moi* pour toi. Personne d'autre !

– Carter, arrête de crier.

Je me tasse un peu plus contre la portière comme si ça pouvait me protéger de sa colère. Il inspire calmement en essayant de regagner le contrôle de lui-même. Lorsqu'il reprend la parole, sa voix menaçante me glace le sang.

– Toi et moi, nous sommes liés, Mila. Que tu le veuilles ou non, tu ne pourras pas changer ça. Jamais personne d'autre ne viendra prendre ma place, il n'y aura que moi jusqu'à la fin.

– La fin ?

Il ne relève pas, se concentrant sur la route.

– Je ne comprends pas pourquoi tu es en colère contre moi, dis-je.

– Parce que je refuse que tu penses à un autre que moi.

Jalousie.

Ce mot clignote dangereusement devant mes yeux. Je tente alors de me défendre :

– Mais ce n'est pas ce que je fais. J'apprécie Ben et je veux simplement avoir de ses nouvelles.

– Je sais ce que tu veux. Mais il n'y a que moi. Fin de la discussion.

Comme toujours, je n'aurai pas mes réponses. Je commence malheureusement à m'habituer à ça. Carter qui reste muet, Carter qui me cache des choses… J'en ai assez, mais je ne peux rien y faire.

Je reste un long moment contre la portière de la voiture jusqu'à être certaine que la colère de mon ravisseur est redescendue. Lorsque c'est le cas, je reprends confortablement ma place dans le siège.

Plus un mot n'est échangé pour le reste du voyage.

***

– Mila… réveille-toi.

J'ouvre les yeux. Quand me suis-je endormie ?

Un vent froid me paralyse soudain et je resserre instinctivement mes bras autour de moi.

–Viens là, mon cœur.

Perdue entre le sommeil et la conscience, je réalise avec peine ce qui se passe. Carter a ouvert ma portière et il se tient au-dessus de moi, son manteau fermé jusque sous son menton. Il prend le mien et le pose sur mes épaules avant de me soulever dans ses bras pour me sortir de la voiture.

– Carter, qu'est-ce que tu fais ? Et les valises ? j'articule d'une voix pâteuse.

– Ne t'inquiète pas.

J'entends ses pas s'enfoncer dans la neige et je jette un coup d'œil autour de nous. Il fait nuit et tout ce que je peux entrevoir, c'est du blanc à perte de vue. Le vent souffle à mes oreilles et les flocons tourbillonnent devant moi.

Je suis fascinée. J'adore ça.

Je m'accroche au cou de Carter tout en continuant d'observer les alentours. Un seul chalet se trouve là, perdu au milieu… de rien. Mon ravisseur en ouvre la porte et me dépose au sol. La chaleur qui émane de l'habitation vient caresser mon visage aux joues rougies et glacées par le froid. Je détaille cet endroit où je vais vivre pour une durée encore indéterminée. Le bois domine, un salon cosy est ouvert sur une jolie cuisine américaine. Une grande cheminée trône devant moi et à ma grande surprise, elle est allumée. À ma droite, un escalier laisse présager la présence de chambres à l'étage.

Le bruit d'une serrure et de plusieurs verrous que l'on ferme se fait entendre. Je me tourne à temps pour voir Carter activer une alarme. Évidemment… rien ne change véritablement.

– Tu aimes ? demande-t-il en s'approchant.

– C'est joli, je réponds en reportant mon attention sur l'habitation.

– Tu veux prendre une douche avant d'aller te coucher ?

Je secoue la tête.

– Je suis trop fatiguée.

– Viens, dit-il en prenant ma main.

Je le suis à l'étage. À ma grande surprise, il n'y a qu'une seule chambre et une seule salle de bain.

– On va dormir ensemble ? je l'interroge.

– Ce ne sera pas la première fois. Ça te pose un problème ?

Oui et non.

Oui, parce qu'il reste mon ravisseur et que je ne peux pas lui faire confiance. Oui, parce qu'il y a encore quelques heures, il a piqué une crise de nerfs sans raison aucune. Oui, parce que j'ai besoin de me retrouver seule pour ne pas risquer d'exploser.

Et non. Parce que je me suis habituée à sa présence et que depuis quelque temps, je la réclame. Parce que son odeur me rassure et m'apaise. Parce que, malgré tout, je me sens beaucoup plus en sécurité lorsqu'il dort avec moi.

Non, parce que finalement, j'en ai envie…

– J'ai déchargé nos affaires et allumé la cheminée pendant que tu dormais, me dit Carter. Je vais prendre une douche. Tes vêtements sont dans la valise.

Il me montre mon bagage au pied du lit, puis s'éclipse pour se rendre dans la salle de bain attenante. Maintenant bien réveillée, j'enfile un pyjama bien chaud en vitesse et profite de l'absence de mon ravisseur pour faire tranquillement le tour du propriétaire. Je descends au rez-de-chaussée et y constate avec surprise que les fenêtres n'ont pas de mécanismes de sécurité comme c'est le cas dans la maison de Shorewood. Le fait que le chalet soit perdu en pleine montagne sans âme qui vive à des kilomètres y est sans doute pour quelque chose. Carter doit se dire que j'ai peu de chances de m'échapper…

Cette pensée ne m'affecte pas autant que quelques semaines auparavant. Je constate avec effarement que m'enfuir ne fait plus partie de mes plans, et que tous ces systèmes de sécurité destinés à me garder prisonnière ne me choquent plus. Ils font maintenant partie de mon quotidien…

– Mila ?

Carter sait que je ne peux pas m'enfuir. Même si j'avais trouvé un moyen de sortir du chalet, où est-ce que je serais allée en pleine nuit, par ce froid glacial, avec de la neige qui m'arrive jusqu'aux mollets ? Pourtant, j'entends l'appréhension dans sa voix lorsqu'il m'appelle depuis le haut de l'escalier. Il arrive dans le salon, vêtu d'un pantalon de survêtement et d'un t-shirt. Des mèches de cheveux mouillées tombent sur son front et il est pieds nus. La vision est loin d'être désagréable et, l'espace d'un instant, je me demande ce qui se serait passé si nous nous étions connus avant… Avant tout ce gâchis.

Il prend place à côté de moi.

– Qu'est-ce que tu fais ? me demande-t-il.

– J'adore les cheminées, je lui confie. Je me suis toujours dit que j'en voulais une chez moi, un jour.

Il fait glisser son pouce sur ma joue.

– Si tu veux, on peut se trouver une autre maison à Shorewood, avec une cheminée.

Je ne peux m'empêcher de sourire.

– Comme si c'était si simple.

– Ça l'est.

Ma gorge se noue et je fixe les flammes qui dansent devant moi.

– Non, ça ne l'est pas. J'aurais adoré être comme tout le monde et pouvoir m'acheter un joli pavillon dans une petite ville, y mener une vie tranquille et paisible avec un mari aimant, et au lieu de ça…

– Au lieu de ça, tu te retrouves dans un chalet perdu dans le Colorado en compagnie d'un homme que tu détestes, qui se fait passer pour ton époux et que tu penses complètement cinglé.

Aucune trace de reproche ou de colère ne perce dans sa voix. C'est ce qui me pousse à oser répondre :

– C'est à peu près ça.

– À peu près seulement ?

Je hausse les épaules en souriant piteusement, puis j'admets :

– Je ne te déteste pas.

Les yeux de Carter s'écarquillent l'espace d'un instant. J'ajoute :

– J'ai essayé, mais je n'y arrive pas.

– Tu devrais.

– Je sais.

Il prend ma main et me fait me lever. Il m'attire entre ses jambes et passe une main dans mes cheveux.

– Je ne veux pas que tu me détestes, Mila, murmure-t-il en plongeant ses yeux dans les miens.

Je ne respire plus. Mes poumons sont bloqués.

Blottie contre Carter, son souffle balayant mon visage, sa main caressant mes cheveux, je suis complètement à sa merci. Je ne peux et ne veux pas être ailleurs. C'est dans ces moments-là, lorsqu'il fait preuve d'une infinie douceur envers moi, que je me dis que nous ne sommes pas seulement un ravisseur et sa captive. Nous sommes… plus. Et c'est déjà beaucoup.

– On va se coucher.

Il se lève et alors que je recule, il m'attire plus près de lui encore. Il me soulève dans ses bras et me porte comme une enfant. Je m'agrippe à sa nuque sans rien dire, ni protester, et je me laisse guider jusqu'à l'étage. Il ouvre et referme la porte de la chambre puis me dépose doucement sur le lit en s'allongeant sur moi. Nos nez se frôlent alors qu'il me surplombe de tout son corps.

– Tu es fatiguée ? souffle-t-il.

Je hoche la tête, bien que je sois complètement réveillée à présent. Notre premier – et dernier – baiser remonte à ce matin. Je ne sais pas si je suis prête à en échanger un autre avec lui. Une chose est sûre, lui en a envie, son regard le trahit.

Il effleure le bout de mon nez de ses lèvres et roule sur le côté. Le froid m'envahit, même lorsqu'il remonte la couette sur moi. Mais il me réchauffe en me prenant dans ses bras.

– Bonne nuit, Carter, je murmure en me tournant dans sa direction.

Ses yeux font la navette entre ma bouche et mes iris. Je retiens mon souffle lorsqu'il approche son visage du mien. Je sais ce qu'il va faire et je le veux aussi.

Bon sang, bien sûr que je le veux.

Il dépose un tendre baiser sur mes lèvres avant de poser sa main sur ma joue et de m'embrasser pour de bon. Des frissons parcourent mon corps et mon ventre se serre d'une délicieuse manière.

Bientôt, le Carter incontrôlable prend le dessus et il me dévore au point de me faire presque mal. Presque… L'urgence qu'il met dans ses gestes, sa passion, me font oublier le reste. Ma bouche est engourdie et gonflée, mais ça en vaut la peine. Jamais je n'ai été embrassée de cette manière, avec autant de poigne et de douceur mêlées.

Lorsque les hanches de Carter viennent à la rencontre des miennes, lorsqu'il semble sur point de perdre tout contrôle, il rompt le baiser mais garde son front contre le mien. Nous sommes haletants, essoufflés et je dois bien l'admettre, fous de désir.

– Bonne nuit, Mila.

Je déglutis, incapable de répondre. Carter dépose un dernier baiser sur mon front avant de me tourner le dos. Il me faut quelques secondes pour me remettre de mes émotions, pour comprendre ce qui vient de se passer et pour accepter que j'ai souhaité et aimé ce moment.

Je ne peux plus nier l'évidence, désormais : je développe des sentiments pour mon ravisseur.

Je comprends alors que, peu importe ce qui se passera, je n'aurai plus la force de vouloir lui échapper désormais.

CHAPITRE 26

Lorsque je me réveille, le lit est vide et la chambre silencieuse. Je n'en suis pas étonnée : déjà à Shorewood, Carter s'absentait souvent le matin pour faire Dieu sait quoi.

Je pose les pieds à terre. Le parquet est glacé. J'enfile un gilet en laine et descends l'escalier.

– Carter ?

J'entre dans le salon désert. La cheminée n'est pas allumée, les radiateurs non plus. Je me dirige vers le thermomètre accroché au mur près de la fenêtre. Il affiche –17 degrés à l'extérieur. Le chalet est glacé.

– Carter ?

Toujours rien.

Je me rends dans la cuisine. Il ne doit pas se trouver bien loin, il ne va probablement pas tarder à revenir. Ce n'est pas son genre de partir sans s'assurer que j'ai tout ce qu'il me faut. Je décide de nous préparer le petit déjeuner, j'ai envie de lui faire plaisir.

Quand je repense au baiser échangé hier, un sentiment doux-amer m'envahit. C'est déjà la deuxième fois que nous nous embrassons et même si j'ai aimé ces deux fois, j'ai peur de découvrir où ça va nous mener.

Je me fige à l'entrée de la cuisine. La pièce est sens dessus dessous, les tiroirs sont arrachés et le sol est couvert d'éclats de verre. Tout est saccagé.

– Carter ? j'appelle, tremblante.

J'ose un pas en avant. Un cri d'horreur m'échappe alors, et je tombe à genoux sur le sol froid.

Carter est là, étendu à terre, le torse en sang. Je pose mes mains tremblantes sur son visage et tente de le réveiller. À l'instar de la pièce et du chalet tout entier, sa peau est glacée. Paniquée, je touche son visage inerte. Il ne me répond pas.

– CARTER !

Je me redresse, en nage et tremblante.

– CARTER !

Je rejette les couvertures et sors de la chambre en trombe et en pleurant à chaudes larmes.

– Mila ?

Carter déboule des escaliers et je le percute de plein fouet. Il me retient et je m'agrippe à lui de toutes mes forces.

– Qu'est-ce qui se passe ? Qu'est-ce que tu as ? Parle-moi !

Je m'accroche à son t-shirt, complètement désorientée par ce cauchemar qui m'a semblé si réel.

– Mila, dis-moi ce qui se passe…

Ses bras forts me serrent contre lui. Je bredouille :

– Tu étais… tu étais…

– Calme-toi, respire.

– Tu ne respirais plus… du sang partout…

J'inspecte son torse à la recherche d'une quelconque blessure. Mes mains et mes yeux le parcourent puis remontent jusqu'à son visage.

Ses yeux sont bien ouverts, sa peau tiède.

– Calme-toi, ce n'était qu'un cauchemar, murmure-t-il sans m'empêcher de continuer à le toucher.

– Tu m'as laissée, je sanglote.

– Je suis là. Regarde-moi ! Où veux-tu que j'aille ? Je ne te quitterai jamais, je suis là.

Je hoche frénétiquement la tête, soulagée de voir Carter en chair et en os mais toujours fragilisée par mon cauchemar atroce. Si j'avais encore le moindre doute quant à mes sentiments pour lui, ma réaction, la panique, le vide et la détresse que j'ai ressentis en l'imaginant mort ont fini de me convaincre.

Ses mains encerclent mes poignets, stoppant doucement la progression des miennes.

– Tu devrais aller te recoucher, il est encore très tôt, me conseille-t-il.

Je secoue la tête. Je serais incapable de retrouver le sommeil.

– Tu veux que je vienne avec toi ? me propose Carter. Au moins pour t'allonger un peu, ton cœur bat beaucoup trop vite.

J'accepte en essuyant mes dernières larmes. Il nous conduit dans la chambre et s'installe à mes côtés. Il me prend dans ses bras et me garde jusqu'à ce que je m'apaise.

– Tu as eu peur pour moi ? demande-t-il après un long moment de silence.

– Bien sûr. Tu étais mort et couvert de sang.

– Tu aurais dû souhaiter que ce soit la réalité.

Je relève la tête pour croiser son regard vert émeraude et avoue :

– Malgré tout ça, malgré tout ce que tu m'as fait, je ne voudrais pas qu'il t'arrive malheur.

Il soupire et passe sa main dans mes cheveux.

– Il ne t'arrivera rien, tu es en sécurité avec moi, affirme-t-il.

Je détourne le regard et ferme un moment les yeux.

– Quand tu seras prête, tu iras te préparer, me dit Carter. On sort.

– Où est-ce qu'on va ?

– Tu verras.

– Est-ce qu'un jour tu vas répondre à une de mes questions ?

Il sourit. Je ne rêve pas, il sourit vraiment. Je me déteste de le trouver encore plus beau à cet instant.

– On va se promener, faire et voir autre chose. Respirer un peu. Ça te dit ?

– Bien sûr. On part quand ?

– Quand tu veux. Je t'attends en bas.

Je saute du lit, mon cauchemar oublié. L'idée d'aller me balader en pleine montagne avec Carter me réjouit.

– Couvre-toi bien, me recommande-t-il.

Il quitte la chambre, et je me précipite dans la salle de bain. Je prends une douche brûlante pour réchauffer mes membres encore glacés puis je passe un jean noir épais, un pull en laine, mes bottes d'hiver et je prends mon bonnet, mon écharpe et mon manteau avant de descendre au rez-de-chaussée.

– Tu veux manger quelque chose avant de partir ? me propose Carter.

Je secoue la tête.

– Dis-moi où on va, j'insiste.

– Tu es sûre que tu ne veux rien avaler ? On ne s'arrêtera pas en route.

Je récupère une pomme dans la cuisine et croque dedans à pleines dents. Carter lève les yeux au ciel, s'empare de mon bonnet et le visse sur ma tête. Il dépose un baiser sur mon nez – un réflexe qui ne me surprend même plus – puis nous quittons le chalet.

Le trajet dure à peine trente minutes. Je trépigne lorsque nous nous arrêtons à l'entrée d'un village de Noël. Pour la fan inconditionnelle de cette fête que je suis, c'est le rêve. Le lieu recrée parfaitement la magie et l'ambiance que j'aime tant.

Je suis sur le point de sauter de la voiture tellement je suis excitée, mais Carter m'en empêche.

– Je sais ! Je reste près de toi, je ne te lâche pas d'une semelle et je ne tente rien, dis-je à toute allure.

– Je fais un gros effort, Mila. Cet endroit grouille de monde, mais je veux pouvoir te faire confiance. Si tout se passe bien, alors on sortira plus souvent, on fera plus de choses tous les deux. Ne me déçois pas.

– J'ai compris, je réponds, agacée que Carter me traite comme une gamine.

Nous sortons du véhicule et, comme à son habitude, il s'empare de ma main, liant nos doigts. Des chants de Noël résonnent ; autour de nous, certains visiteurs achètent des cadeaux, d'autres flânent en buvant du chocolat chaud. Des amoureux déambulent bras dessus, bras dessous en riant, la neige tombe à gros flocons… Tout est parfait.

Je repère rapidement un vendeur de pâtisseries. La pomme que j'ai grignotée tout à l'heure ne m'a pas rassasiée, et les bonnes odeurs m'attirent.

– Qu'est-ce que tu regardes comme ça ? m'interroge Carter, feignant l'innocence.

Il hausse un sourcil.

– Est-ce que par hasard tu aurais faim ? ajoute-t-il, rieur.

– Peut-être bien, je réponds avec un sourire qui se veut charmeur.

Bien sûr, je n'ai pas de quoi me payer ne serait-ce qu'un café mais j'espère qu'il acceptera de me faire plaisir.

– Qu'est-ce que tu veux ? me demande-t-il.

– Un beignet au chocolat.

– Évidemment, dit-il en levant les yeux au ciel.

Pourtant, je vois bien qu'il est amusé par ma demande. J'ai toujours du mal à cerner les différentes facettes de sa personnalité, mais je profite des moments où il est doux et attentionné.

–Merci, dis-je en croquant dans la pâtisserie délicieuse lorsqu'il me la tend.

Nous reprenons notre chemin, et puisqu'il est bien disposé, je m'aventure à lui poser quelques questions.

– Avec qui est-ce que tu… *nous* allons passer Noël ?

– Nous serons tous les deux ce jour-là. Qu'est-ce que tu veux qu'on fasse ?

– Noël est ma fête préférée. J'ai toujours adoré ces moments où on se retrouve et où tout le monde est heureux. C'est trop important pour moi, je ne peux pas imaginer de ne rien prévoir de spécial.

– Pourtant c'est *la* fête familiale par excellence, et tu n'as plus de famille depuis longtemps.

J'accuse le coup. Je ne sais pas si Carter a conscience que ses mots viennent de me blesser. Sans doute pas.

– Mes parents me manquaient tous les jours mais durant cette période, même si j'étais dans des familles d'accueil, j'avais l'impression d'être des leurs.

Je laisse passer quelques minutes pour que l'émotion se dissipe, puis je demande, acide :

– Et toi ? Tu as une famille, et pourtant, tu refuses tout contact avec elle.

– Ce n'est pas le sujet.

– Comme tu l'as si bien fait remarquer, moi, je n'ai plus personne, mais je donnerais tout pour avoir à nouveau mes parents près de moi.

Le silence s'installe entre nous. J'ai des centaines de questions à poser à Carter à propos de ses proches, je veux en savoir plus sur lui, sur son passé, sur ce qu'il est, sur ce qui l'a poussé à accepter de m'enlever.

– Pourquoi es-tu si froid et distant avec ta sœur ? je finis par lâcher.

Il reste mutique, comme d'habitude. Je sursaute en sentant son pouce caresser le coin de ma bouche. Puis il le porte à ses lèvres et lèche le chocolat qu'il a essuyé sans me quitter des yeux.

– Et si on allait s'asseoir ? me propose-t-il.

– Tu vas me répondre ?

– Je ne sais pas encore, mais si tu veux que je te parle de ma relation merdique avec ma famille, il vaut mieux le faire dans un endroit un peu plus discret qu'au beau milieu d'une foule, tu ne penses pas ?

J'accepte et le suis jusqu'à un banc en retrait. De là, on entend encore le brouhaha des visiteurs et des touristes, mais nous sommes un peu isolés, comme à notre habitude. J'ai l'impression que mon monde ne se résume maintenant plus qu'à Carter et je commence étrangement à m'y faire.

Je termine mon encas en attendant qu'il se lance. Je ne veux surtout pas le brusquer, pas alors qu'il a enfin décidé de se livrer.

– J'adorais ma sœur, commence-t-il. Elle me le rendait bien ; du moins, c'est ce que je pensais. Enfants, nous nous entendions très bien et nous avions une vie de famille parfaite. Lorsque notre petite sœur est née…

– Tu as une autre sœur ?

Habite-t-elle dans le coin ? A-t-il coupé les ponts avec elle aussi ?

– Charlotte, reprend-il. Je suis l'aîné de la famille. Nos parents nous ont toujours couverts de cadeaux, nous allions en vacances plusieurs fois par an et à part quelques chamailleries occasionnelles, tout allait bien.

Je suis maintenant concentrée sur Carter, bouche ouverte, suspendue à ses lèvres.

– Je préférerais que tu me poses des questions, lance-t-il en regardant droit devant lui.

– Des questions ?

– Oui. Tu as sûrement remarqué que je ne suis pas du genre à m'épancher, alors si c'est ce que tu attends de moi, c'est peine perdue. Mais si tu m'interroges, je m'en sortirai peut-être mieux.

Je suis complètement abasourdie. Alors que jusqu'à maintenant Carter a refusé de répondre à la moindre de mes questions, il me demande de lui en poser ? C'est le monde à l'envers.

– Très bien, alors… est-ce que tu es encore en contact avec ta sœur ?

– Non. Depuis longtemps.

– Est-ce que vous vous êtes disputés ?

– Non. J'ai toujours aimé ma famille.

J'ai l'impression que l'avouer lui fait un mal de chien. Il est agité, sa jambe gauche tressaute sans arrêt et il se triture les doigts. Je remarque qu'il n'a pas essayé une seule fois de prendre ma main ou même de m'effleurer depuis qu'il a commencé à parler. Il ne me regarde même pas.

Je m'éclaircis la gorge en essayant de trouver des questions qui pourraient nous faire avancer.

– Lorsque… lorsque Leah et Ben sont venus pour Thanksgiving, tu lui as demandé si elle avait honte de toi. Est-ce que c'est ça ? Est-ce que tu as fait quelque chose qui a mis ta famille en colère ? Ou peut-être que c'est toi qui a pris tes distances ?

Je tente de comprendre, mais aussi de choisir mes mots avec tact. Je ne veux pas le braquer.

Il continue de regarder au loin. Sa respiration accélère, la vapeur qui sort de sa bouche en témoigne.

– J'avais vingt ans, j'étais étudiant, lâche-t-il. J'avais une bande de potes, je sortais le week-end, j'allais à des fêtes, je vivais la vie de millions de jeunes. Mes parents étaient pas mal pris par leur métier, je m'occupais souvent de mes sœurs, mais ça ne me dérangeait pas. Le jour où j'ai obtenu mon permis de conduire, ils m'ont offert une voiture flambant neuve. C'était leur façon de faire… ils comblaient leurs absences par des cadeaux.

Il s'arrête là. Je comprends que c'est à mon tour de parler.

– Est-ce que tu as eu un accident avec la voiture ? Tu l'as abîmée ?

J'essaye de trouver ce qui pourrait pousser des parents à avoir honte de leur propre enfant au point de le renier, mais je ne trouve pas. Un véhicule crashé, ce n'est que du matériel.

– Mes sœurs étaient trop jeunes pour conduire et même si c'était mon rôle de grand frère, j'étais fatigué de faire le taxi sans arrêt, explique-t-il. Aller les chercher à la sortie du collège ou du lycée, les récupérer après les activités extrascolaires, ça me fatiguait à la longue. J'avais une voiture, je voulais être indépendant. Je n'avais peut-être pas une conduite exemplaire, mais je ne buvais jamais au volant et encore moins lorsque je n'étais pas seul. Un soir, j'étais à une fête et mes parents m'ont appelé pour que j'aille récupérer Charlie chez une amie. Elle était malade et eux n'étaient pas à la maison.

Charlie.

C'est donc d'elle qu'il rêve tant la nuit…

Il fait une nouvelle pause. J'essaye de comprendre où il veut m'emmener, et j'ai peur d'y être parvenue. Avec appréhension, je pose la question suivante :

– Est-ce que tu as refusé d'aller chercher ta sœur ? Tes parents et toi, vous vous êtes disputés ?

– Non, j'y suis allé, j'ai récupéré Charlie chez son amie…

Je le fixe à la recherche de la vérité. Très vite, elle me saute aux yeux.

– Est-ce que vous avez eu un accident, ta sœur et toi ?

Il hoche la tête sans pour autant me jeter un regard. Ce sont maintenant ses deux jambes qui tressautent.

– Un accident grave ?

Nouveau hochement de tête. Une boule se forme dans ma gorge. D'une voix presque inaudible, je demande :

– Est-ce que… est-ce que Charlie est mor…

– Ne le dis pas ! Ne le dis surtout pas.

Carter se lève, passe nerveusement ses mains dans ses cheveux et reprend plusieurs fois sa respiration.

– Je n'ai pas… je n'avais pas anticipé le virage correctement et… je roulais trop vite. Je voulais juste retourner à ma soirée, je ne pensais qu'à ça. Je m'en suis sorti sans une égratignure alors qu'elle… Ce n'est pas ce que je voulais, putain, ce n'est pas ce que je voulais.

Je suis incapable de bouger ou de détourner mon regard de l'homme blessé qui fait les cent pas devant moi. La tension augmente de plus en plus à mesure que je réalise l'horreur de ce qu'il a traversé.

– Mes parents ne me l'ont jamais pardonné. Ils disent que je l'ai tuée… Ils m'ont foutu à la porte et m'ont renié. Leah a été de leur côté pendant des années et… je ne sais pas pourquoi, elle a repris contact l'année dernière, mais je ne peux pas renouer quelque chose avec elle. Je n'apporte rien de bon à cette famille, et eux non plus, ils ne peuvent plus rien m'apporter.

Un frisson me parcourt, pas vraiment dû au froid hivernal. Mes yeux s'emplissent de larmes et je me mets un instant à la place de ce jeune adulte insouciant et rebelle qui voulait simplement profiter de la vie et s'amuser, et dont l'existence a basculé en une fraction de seconde. Je me mets à la place de ce gamin qui est sorti indemne physiquement d'un accident traumatisant mais qui aura éternellement la mort de sa petite sœur sur la conscience. J'imagine la détresse et le chagrin qui l'ont envahi et je le visualise, démuni, lorsque ses parents l'ont accusé d'un crime dont il se savait déjà coupable… Je me le représente, terrifié, lorsqu'ils l'ont rejeté et qu'il s'est retrouvé seul.

Les pièces du puzzle se mettent lentement en place. La rage et la tristesse que Carter garde au fond de lui, le désespoir que j'ai lu dans son regard lorsque je lui ai crié qu'il finirait sa vie seul… Son besoin que je reste à proximité de lui, sa peur que je le quitte même pour quelques secondes seulement…

– Je lui ai tenu la main jusqu'au bout, murmure-t-il, les yeux dans le vague, renvoyé dans ses souvenirs. Je ne voulais pas la lâcher mais les secouristes m'y ont obligé. Ils me l'ont arrachée alors que je voulais encore sentir sa petite main fragile dans la mienne.

Je ne me rends compte que je pleure que lorsque mes larmes tombent sur mes poings serrés par la tristesse et le choc. Je comprends maintenant tellement de choses… Pourquoi Carter me prend toujours la main, pourquoi il la serre parfois plus fort, juste comme ça, sans raison particulière.

– Dis-moi que je te dégoûte, maintenant.

Je sursaute face à son ton cassant et je jette un coup d'œil à la foule qui rit et s'amuse plus loin. Je ne veux pas risquer que quelqu'un nous surprenne si Carter explose de colère. Ils ne pourraient pas comprendre. Ils ne pourraient pas *le* comprendre.

Mais est-ce que je le peux, moi ?

Il s'approche de moi, ses yeux emplis d'une noirceur terrifiante.

– Vas-y, dis-le ! Dis que je suis un monstre, que tu me détestes et que j'aurais mérité de crever à sa place. Dis que tu vas te barrer et que tu ne veux plus jamais me voir, que je ne suis qu'une merde, un putain de meurtrier.

Est-ce que c'est ce que ses parents lui ont craché à la figure ? Il est fou de rage, mais derrière sa fureur, je perçois une détresse profonde. À cet instant je le vois tel qu'il était à l'époque : un ado rongé par le poids des remords et de la culpabilité.

Je me lève, désireuse de lui montrer qu'il ne m'intimide pas, même si je suis intérieurement morte de trouille. Je pose délicatement ma paume sur sa joue. Il frissonne, puis plisse les yeux et dégage ma main brutalement.

– Garde ta saloperie de pitié pour toi, Ludmila. Je n'ai pas besoin de ça, d'ailleurs je n'ai besoin de personne.

– Tu as besoin de moi, je murmure.

– C'est faux ! Je me débrouille seul depuis des années et je m'en sors parfaitement bien.

– Justement, tu n'es plus obligé d'être seul.

–Ah, vraiment ? Et qui me tiendrait compagnie ? Toi ? T'es devenue cinglée ? Tu te souviens que je t'ai kidnappée ?

Il cherche à me blesser et il y arrive. Mais maintenant que je connais un peu plus son parcours, son passé, je vois Carter différemment.

Je m'approche encore un peu. Ses yeux me mettent au défi, mais je fais ce dernier pas qui nous sépare. Je passe mes bras autour de lui. Je sens ses muscles se tendre avant de se relaxer lentement, et il me serre contre son torse à m'en briser les os. Sa main repousse mes cheveux sur le côté et il enfouit son nez dans mon cou, prenant de longues inspirations, comme s'il cherchait à s'apaiser en respirant mon odeur.

– Je crois que j'ai besoin de toi, je bredouille, surprise de le dire à voix haute.

Il relâche son souffle, comme soulagé d'entendre ces mots.

– Je veux que tu aies besoin de moi, répond-il avant de prendre mon visage en coupe et de me détailler. Il le faut, Mila.

Je hoche la tête. Étrangement, je comprends ce qu'il me demande.

– Embrasse-moi, je supplie, les yeux rivés sur ses lèvres.

Il hoche la tête à son tour. Ses pouces caressent ma mâchoire puis il capture mes lèvres dans un baiser brûlant.

Carter est tout en contradictions. Tantôt doux et à l'écoute, tantôt destructeur et blessant. Chaque matin, c'est comme tirer à pile ou face : je ne sais jamais laquelle de ses facettes prendra le dessus, mais à cet instant je m'en fiche. Nos bouches sont scellées, je ne veux rien d'autre. Il m'embrasse avec une telle fougue que mes jambes se mettent à trembler. Ses mains se plaquent sur mes reins pour me coller contre lui.

– Qu'est-ce qu'il va se passer ? me demande-t-il.

Je me contente de secouer la tête et de reprendre le baiser.

Ce qu'il va se passer ? Je n'en ai pas la moindre idée mais je suis dans les bras de Carter et c'est tout ce qui m'importe…

Pour l'instant.

CHAPITRE 27

Je ne réfléchis pas, je veux juste me perdre dans le baiser que Carter me donne. Je m'accroche à lui aussi fort qu'il s'accroche à moi.

– Mila, Mila, Mila…

Il répète mon prénom comme une litanie avant d'embrasser mon menton et de cacher son visage dans mon cou.

Moi, la fragile petite Mila, brisée par des semaines de captivité, je tiens dans mes bras ce grand homme cabossé par la vie, rejeté par ses parents. Moi, Mila la victime, je console mon ravisseur… et j'aime ça.

– Est-ce que tu veux qu'on parcoure les stands pour voir si quelque chose te plaît ? me demande-t-il après s'être repris.

Je comprends parfaitement qu'il ait envie de changer de sujet. Et après ce qu'il vient de me confier, je suis prête à lui donner le répit qu'il demande.

– Pourquoi pas.

Je suis totalement désorientée, à la fois par les révélations sur le passé de Carter mais aussi par notre baiser. J'ai encore des tonnes de questions en tête, mais je prends sur moi pour ne pas les laisser échapper. Je ne veux surtout pas le brusquer.

Nos yeux se croisent enfin. Il semble regretter de s'être livré, d'avoir parlé de ses faiblesses, mais je peux sentir qu'il est aussi soulagé que je ne l'aie pas repoussé et que je n'aie pas cherché à m'enfuir.

– On pourrait aller déjeuner dans un restaurant, ce midi… propose-t-il, presque timidement.

Je ne prends toujours pas pour acquis que Carter veuille me laisser plus de liberté. Le fait que nous nous baladions au milieu de la foule, qu'il me propose de manger à l'extérieur est déroutant. Je me suis habituée à vivre enfermée dans une maison, avec lui pour seule compagnie, et je commence à dangereusement apprécier que nous soyons chacun le centre de l'univers de l'autre.

– Je ne sais pas, je réponds. Peut-être qu'on pourrait commander quelque chose et rentrer au chalet. Non ?

– Tu ne veux pas être vue avec moi ? suppose Carter sans parvenir à cacher sa déception.

– Bien sûr que si. J'aime juste que nous soyons tous les deux.

Ses yeux balayent mon visage et s'arrêtent quelques secondes sur mes lèvres avant de replonger dans mon regard.

– Allons nous balader juste tous les deux, alors.

J'acquiesce et prends la main qu'il me tend avec plaisir. Maintenant que je comprends d'où vient ce besoin de toujours m'avoir près de lui et de me toucher, je l'accepte. Je dois bien avouer que je vois Carter sous un autre jour. Au-delà de l'homme qui m'a enlevé, il m'apparaît à présent comme un être brisé. Je veux l'apaiser, et je décide de me fixer cet objectif : tenter de le rendre heureux autant que possible.

Nous arpentons les stands de cadeaux et de décorations de Noël en tous genres. Je m'arrête devant un étal de superbes étoles. Je les regarde avec envie lorsqu'une idée me vient en tête.

– C'est bientôt l'anniversaire de Gaby, dis-je. Elle… elle est née le 28 décembre. Est-ce que je peux lui acheter un foulard ? Est-ce qu'on pourrait lui faire envoyer en s'assurant bien sûr que notre adresse reste secrète ?

– Pourquoi tiens-tu à lui offrir quelque chose ?

– Parce que c'est ma meilleure amie.

– Je ne pense pas que ce soit une bonne idée.

Carter m'attire un peu plus loin. Mais je ne lâche pas l'affaire.

– Pourquoi ?

Il soupire et s'immobilise.

– Elle a cherché à te joindre ces dernières semaines, elle n'a pas arrêté d'appeler, me révèle-t-il. Je lui ai envoyé un message de ta part…

– Qu'est-ce que tu lui as écrit ? je demande, anxieuse.

Il ne me répond pas tout de suite, mais rien qu'à son regard, je comprends. Mes yeux se remplissent de larmes avant même qu'il ne me dise :

– Que tu ne voulais plus avoir de ses nouvelles, que tu préférais couper les ponts parce que tu t'étais rendu compte que tout allait très bien pour toi depuis qu'elle est partie. Que tu avais mis ton appartement en vente et que tu avais recommencé de zéro dans une autre ville.

– Non… je murmure en écarquillant les yeux.

Je secoue la tête, refusant de croire que Carter ait pu rompre le contact avec la dernière personne qui me raccrochait à mon ancienne vie.

– Pourquoi tu as fait ça ? Tu n'avais pas le droit.

Je tente de retirer ma main prisonnière de la sienne, mais il me retient fermement, refusant de me lâcher.

– C'est mieux comme ça, Mila, je t'assure.

– Mieux ? Non, ce n'est pas mieux. J'aurais pu lui dire, essayer de lui expliquer autrement, pour qu'elle sache que… Lâche-moi !

Certains passants nous jettent des regards curieux. Carter se tend. Il passe une main dans mes cheveux et m'attire contre lui, plaquant ma tête contre son torse. Sa bouche effleure mon oreille et il chuchote, me gardant serrée contre lui :

– Je sais que tu ne comprends pas et que tu m'en veux, mais je te jure que je n'avais pas le choix. Ta copine aurait continué à essayer de savoir où tu étais, ce qu'il se passait. Je ne pouvais pas prendre ce risque, Mila. S'il te plaît, pas de scandale.

– Qu'est-ce que tu as fait de mon téléphone ?

– Je m'en suis débarrassé après avoir envoyé le message, je ne veux pas prendre le risque que ta Gaby tente de te localiser.

J'éclate en sanglots. Cette fois, c'est vraiment terminé. Carter a effacé la moindre trace de mon existence d'avant.

Il a fait en sorte qu'on ne puisse plus me retrouver. Je comprends qu'il a enfin atteint son but : je n'ai plus aucune attache, c'est comme si j'avais toujours vécu comme la captive que je suis désormais.

– Prends-moi dans tes bras, Mila.

Je sais ce que Carter veut. Que je donne le change en public, afin que nous ayons l'air d'un couple normal. Mais pas seulement, je l'entends au ton de sa voix. Il souhaiterait que j'accepte de m'en remettre définitivement à lui, qu'il n'y ait plus que lui pour le restant de mes jours.

– Prends-moi dans tes bras, Mila. S'il te plaît, murmure-t-il en déposant un baiser sur ma joue.

Je n'ai pas d'autre choix que de lui obéir, et il se détend considérablement.

– Tu dois me pardonner, me dit-il. Je fais ça pour nous. On va pouvoir vivre notre vie sans que personne ne vienne nous emmerder.

Mes pleurs s'intensifient tandis que je m'accroche plus fort à lui, mon seul pilier désormais.

– Elle me manque, je chuchote.

– Je sais, mais je suis là, moi. Je suis là pour toi.

Il redresse la tête pour me faire face, essuyant mes larmes avec ses pouces.

– Ne sois pas triste, mon cœur.

Il dépose doucement ses lèvres sur les miennes, m'embrassant tendrement.

– On va aller se chercher à manger, puis on rentrera au chalet et on restera juste tous les deux, d'accord ?

Je hoche la tête, docile. Même si elle me manque, je suis maintenant habituée à vivre loin de Gaby, à ne plus l'avoir quotidiennement dans ma vie.

Carter embrasse mon front, puis il jure lorsque son téléphone sonne. Il regarde l'écran et le remet dans sa poche sans répondre.

– Est-ce qu'on peut regarder à nouveau le stand d'étoles avant de partir, s'il te plaît ? je demande.

– Tout ce que tu veux.

Nous retournons sur nos pas et je décide d'acheter une écharpe pour Gaby malgré l'avis de Carter. Je voudrais lui écrire pour lui expliquer que j'ai décidé de démarrer une autre vie avec mes mots, et surtout la remercier pour m'avoir apporté tant de joie et de bonheur durant le temps que nous avons passé ensemble. Je voudrais lui dire au revoir à ma façon, si Carter me laisse faire.

Nous passons ensuite devant un stand de bijoux et un autre de décorations de Noël. Mon regard s'arrête sur des boules à neige magnifiques. Je les détaille, fascinée, et j'en repère une qui contient une petite cabane entourée de deux sapins, posée sur un tapis de neige. Elle me fait immédiatement penser à notre pavillon de Shorewood et j'en tombe instantanément amoureuse.

– Elles te plaisent ? m'interroge Carter.

– Beaucoup. Celle-ci... on dirait notre maison.

Son visage s'illumine lorsqu'il m'entend parler de « notre maison ».

– Mais nous avons déjà beaucoup de décorations de Noël, j'ajoute. Soyons raisonnables.

– Une de plus ou de moins, ça ne changera pas grand-chose. Est-ce que tu veux qu'on la prenne ?

Je veux surtout rentrer, me réchauffer devant la cheminée et penser à un moyen d'envoyer mon cadeau à Gaby sans que Carter explose de colère.

– J'ai faim et j'ai froid, je réponds en détournant mon regard du stand.

Nous repartons en direction de la voiture en silence. J'ai du mal à digérer ce qu'il a fait, même si je sais que je finirai par lui pardonner, comme d'habitude.

Son téléphone sonne à nouveau et il l'ignore encore. Mais son interlocuteur tente sa chance une troisième fois, alors il décroche et lâche sèchement, en réponse à ce qu'on lui dit au bout du fil :

– Quoi ? Qu'est-ce que ça peut te faire ? On est quelque part, voilà.

Une pause. Puis :

– Ne me fais pas chier, Ben. J'ai pas le temps pour ça... Calme-la, alors, c'est toi son mec.

Bon, clairement, c'est Leah le problème. Elle n'a probablement toujours pas digéré l'annonce du « mariage » de son frère. Qui pourrait l'en blâmer ? Mais maintenant que je connais un morceau du passé des O'Connell, je ne peux m'empêcher de ressentir de la colère envers elle. Elle a laissé tomber Carter, l'a accablé et repoussé comme l'ont fait ses parents. Je trouve gonflé qu'elle ait décidé de réapparaître comme par enchantement dans sa vie après l'avoir exclu de la sienne pendant tant d'années.

J'attends patiemment que Carter ait terminé sa conversation en admirant le paysage qui nous entoure : des montagnes et de la neige à perte de vue. J'adore ça.

Soudain, j'entends un sifflement derrière moi. Je me retourne et découvre un homme qui me regarde depuis l'un des stands. Il me fait signe d'approcher. Trop pris par sa conversation, Carter ne remarque rien, bien que je lui jette un coup d'œil nerveux.

Le type recommence à tenter d'attirer mon attention, et je regarde à droite et à gauche pour être bien sûre que c'est à moi qu'il s'adresse. Il articule silencieusement quelque chose que je ne comprends pas, ce qui augmente ma perplexité.

Je lâche la main de Carter qui se tourne immédiatement dans ma direction, alarmé.

– Je vais regarder cet étal, là-bas, pendant que tu termines ton appel. OK ?

Torturé, il m'examine, ne sachant pas quoi décider.

– Je vais simplement jeter un coup d'œil, dis-je pour le rassurer. Tu pourras toujours me voir. S'il te plaît, Carter.

Il observe le stand. L'homme qui le tient fait semblant d'être hypnotisé par les produits qu'il vend.

– Juste une minute, finit-il par m'accorder.

Je hoche rapidement la tête, dépose un baiser sur sa joue en guise de remerciement puis m'approche de l'étal, curieuse et un peu effrayée. Le gérant – qui approche facilement de la quarantaine – ne me jette pas un regard et je crois, l'espace d'un instant, avoir rêvé ses signes de tout à l'heure.

– Prenez un bonnet, me suggère-t-il soudain.

Je ne réagis pas.

– Prenez un bonnet, je vous dis.

J'obtempère et attrape le premier qui me tombe sous la main.

– Je peux vous le faire à moitié prix, lance-t-il d'une voix forte.

Je ne comprends rien. J'ai envie de repartir près de Carter, craignant d'avoir affaire à un fou.

– Est-ce qu'il vous fait du mal ? me demande alors le commerçant à voix basse.

– Pardon ?

– L'homme avec qui vous êtes, est-ce qu'il vous fait du mal ?

Il me tend un autre bonnet tandis que je le dévisage, les yeux écarquillés. Il ajoute :

– Je vous observe depuis un long moment. Votre compagnon vous fait peur. Est-ce qu'il vous bat ?

Est-il possible que quelqu'un ait enfin remarqué quelque chose de louche chez Carter et moi ?

– C'est mon mari, je réplique.

– Vous êtes dure en affaires ! Et si je vous offrais l'écharpe si vous prenez le bonnet ? reprend-il en haussant la voix.

Je me retourne et j'aperçois Carter, le téléphone vissé à l'oreille, en train de nous fixer. Il fronce les sourcils et sa mâchoire est contractée. Je lui fais un sourire rassurant en agitant le bonnet que j'ai en main. Je ne sais pas ce que l'homme avec qui je parle me veut mais une chose est sûre, j'aimerais l'écouter jusqu'au bout.

– Vous avez tenté de lui échapper plusieurs fois et vous pleuriez dans ses bras tout à l'heure, dit-il. Vous aviez envie de fuir. Je me trompe ?

– C'est mon mari, je répète mécaniquement.

– Ce n'est pas ce que je vous demande. S'il vous veut du mal, vous pouvez me le dire, je vous aiderai.

– Mais je… Qu'est-ce qui vous fait penser ça ?

– Il y a des signes qui ne trompent pas, mademoiselle. Mari ou pas, cet homme vous fait peur.

– C'est faux ! je panique.

Je devrais sauter sur l'occasion, mais je ne suis plus la Mila d'il y a deux mois, celle qui cherchait à s'enfuir par tous les moyens. J'ai accepté mon sort, accepté ce que sera ma vie. Je suis devenue la Mila de Carter.

– Vendu !

L'homme sort un sachet en plastique et y fourre un bonnet et une écharpe. J'ai juste le temps de le voir glisser un petit papier blanc parmi mes prétendus achats avant qu'une main ne se pose dans le bas de mon dos.

– Tout va bien, mon cœur ? demande Carter en scrutant mon visage.

– Oui, pas de problème.

Ses yeux me passent au crible. Carter est tout sauf idiot et il a appris à me connaître, à analyser mes gestes et mes tics nerveux.

– Votre dame est sacrément dure en affaires, lance le vendeur avec un franc sourire.

– Effectivement, répond Carter sans me lâcher du regard.

Il tend un billet au commerçant et je m'empresse de récupérer le sac.

– Bonne journée, et à bientôt peut-être, nous salue l'homme.

Carter reprend ma main et nous retournons à la voiture sans un mot de plus. Il conduit jusqu'à un fast-food où il nous commande à manger, puis nous rentrons au chalet, toujours en silence. J'ai hâte de pouvoir lire ce qui est inscrit sur le morceau de papier, et surtout, de m'en débarrasser pour que mon ravisseur ne puisse pas tomber dessus et s'imaginer des choses…

Je grimpe à l'étage dès que nous passons la porte d'entrée, range le sac en plastique au fond de l'armoire de notre chambre avant de redescendre et de proposer à Carter de manger au coin du feu.

– Tu aimes vraiment les cheminées, n'est-ce pas ? me lance-t-il. Tu sais, je ne plaisantais pas la dernière fois quand je t'ai proposé de chercher une autre maison lorsqu'on rentrera à Shorewood. Une belle maison, avec une belle cheminée.

– J'aime la nôtre. En fait, j'aime que nous soyons près de la rivière, j'adore m'y promener.

– Elle coule sur plusieurs dizaines de kilomètres. On peut essayer de se trouver une maison tout près, avec une cheminée en prime.

– Tu serais d'accord pour déménager ?

– Si c'est ce que tu veux, je le ferai.

Carter est prêt à beaucoup de choses pour me garder. Beaucoup trop de choses…

Pendant que je jette nos déchets de nourriture, il monte prendre une douche. J'attends qu'il soit occupé pour pouvoir aller lire le petit mot que m'a glissé le vendeur de bonnets. Je me rends dans la chambre sur la pointe des pieds, et je souris en entendant Carter siffloter dans la salle de bain. Je suis certaine qu'avoir parlé de Charlie l'a libéré d'un poids. Je suis heureuse qu'il ait eu envie de se confier à moi, qu'il ait accepté de me laisser entrevoir cette partie de son passé, qui a sans doute un rapport direct avec son comportement colérique et ses sautes d'humeur.

Je pose le sachet qui contient le bonnet sur le lit, fouille à l'intérieur et retrouve le papier qui y est caché. Dessus, un numéro est inscrit, ainsi que : « appelez si besoin ».

– Qu'est-ce que tu fais ?

Je sursaute et pousse un cri de surprise en me retournant. Carter est adossé contre la porte, le regard rivé sur moi, toujours habillé. L'eau de la douche coule encore et je comprends qu'il n'y est jamais entré, qu'il soupçonne quelque chose depuis le début.

– Euh… je…

– Qu'est-ce que tu tiens ?

– Ce n'est rien.

– Montre-moi, Mila.

– S'il te plaît, je te jure que j'allais m'en débarrasser.

Il s'approche de moi et me prend le papier des mains. Son visage se ferme, ses yeux s'assombrissent lorsqu'il relève la tête vers moi.

– Tu lui as demandé de t'aider ? Tu lui as tout raconté ?

– Non ! Je ne sais pas pourquoi…

– Tu le connais, c'est ça ? Tu veux t'enfuir ?

– Je ne veux pas m'enfuir, je ne sais pas qui est cet homme ni pourquoi il m'a donné ça, je…

– Tais-toi ! Tu es comme tout le monde, tu ne fais que me mentir et tu n'attends qu'une chose, pouvoir te tirer et me laisser !

Il déchire le mot et jette les morceaux par terre.

– J'ai eu confiance en toi, Mila. Je me suis livré à toi, je t'ai dit des choses… pourquoi tu me fais ça ?

– Carter, arrête. Je ne veux pas partir et je ne sais pas qui est cet homme, je te le jure.

– Alors pourquoi t'a-t-il donné son numéro en te demandant de l'appeler ? Pourquoi es-tu allée vers lui, d'ailleurs ?

– Il m'a fait signe et…

– ET QUOI ?

– Arrête de crier.

J'ai le dos collé contre l'armoire et si je pouvais rentrer dedans, je le ferais.

– Ne m'accuse pas à tort, je reprends. Je ne connais pas cet homme.

La main de Carter s'abat brutalement contre l'armoire. Je sursaute et mes yeux se remplissent de larmes. À cet instant, il me fait peur et je ne suis plus certaine de le connaître.

– Je t'en prie, écoute-moi, lui dis-je.

– Pourquoi tu veux me quitter ?

Il souffre, je le vois dans son regard. Tout son corps est tendu par la colère mais ses iris, eux, reflètent la peur et la souffrance. Carter a été abandonné et rejeté par tout le monde et il est terrifié à l'idée que je le fasse à mon tour.

– Pourquoi tu ne m'écoutes pas ? je réponds d'une voix douce pour le calmer. Je ne veux pas te quitter. Je veux rester avec toi.

Mes mots le sortent de sa torpeur. Il a un mouvement de recul, comme s'il ne croyait pas à ce que je viens de lui dire.

– Tu veux rester ? Avec moi ? Pourquoi ?

Je n'ai pas de réponse à lui fournir. Hors de question que je lui parle de mes sentiments naissants, tout simplement parce que je ne les contrôle pas et ne les comprends pas. Je suis persuadée d'être folle. Mon cerveau ne s'explique pas que je puisse éprouver des choses pour mon ravisseur, bien que mon cœur, lui, me dise que je ne fais rien de mal. Je suis perdue et je ne veux pas que Carter sache quelle bataille intérieure se livre en moi.

– Tu me fais peur, je hoquette.

C'est vrai. Je ne sais plus quoi faire, j'ai peur qu'il me punisse en croyant que je suis sur le point de le trahir.

Il s'assombrit, et le Carter fragile et sensible disparaît soudainement. Il s'écarte de moi et ramasse la valise sur le sol, puis ouvre l'armoire, prend rageusement mes vêtements et les jette dans le bagage.

– Carter, qu'est-ce que tu fais ?

Toujours plaquée contre le meuble, je le regarde œuvrer sans comprendre. Il ne me répond pas et continue à rassembler mes affaires.

– Carter ! Où est-ce qu'on va ? Pourquoi est-ce qu'on part ?

Il ferme la valise d'un coup sec et attrape ma main. Nous sortons de la chambre, mais j'ai du mal à suivre sa cadence et je manque de tomber dans les escaliers ; heureusement, il me rattrape à temps. Il prend mon manteau et me le fourre dans les bras, puis il me lâche et se dirige vers l'entrée en traînant la valise. Il tape le code de l'alarme sans prendre la peine de me cacher le clavier puis il ouvre la porte du chalet en grand, se tourne vers moi et me lance :

– Va-t'en.

Je reste figée, mon manteau dans les bras et ma valise à mes pieds. Je le regarde sans comprendre.

– Va-t'en, Mila.

Il se rue dans la cuisine, attrape les clés du pick-up et revient me les fourrer dans la main.

– Pars !

Je regarde la porte ouverte, le visage de Carter.

– Pourquoi ? je souffle, ahurie.

– Ne pose pas de questions. Pars d'ici, Mila, va-t'en loin de moi. Vite.

Je sens les larmes dévaler mes joues. Le visage de Carter est déterminé, fermé. Il regarde droit devant lui, refusant de croiser mon regard.

– Dégage d'ici, Ludmila ! hurle-t-il.

J'inspire profondément, le fixant toujours, gravant son visage dans mon esprit.

Plus rien ne sera pareil après ce que je m'apprête à faire. Mais à cet instant, c'est la seule option que j'envisage.

J'agrippe la poignée de ma valise, serre les clés dans ma main, détache mon regard de Carter et me précipite vers la porte ouverte.

CHAPITRE 28

Arrivée près de la porte… je la claque violemment. Je lâche ma valise et, en rage, je jette les clés à travers la pièce.

Hors de question que je quitte Carter.

– Qu'est-ce qui te prend ? Va-t'en, Mila.

– Non.

– Est-ce que tu es folle ? Je t'offre l'occasion de t'enfuir, d'être libre.

– Je ne vais nulle part.

– Je t'ai dit de…

– Et moi, j'ai dit non ! je hurle, excédée.

Mais Carter ne m'écoute pas. Il reprend ma valise et part à la recherche des clés. Je le suis en protestant.

– Je refuse de m'en aller, tu ne peux pas m'y forcer.

– Vraiment ? Je fais ce que je veux de toi depuis le début, tu l'as oublié ?

Il trouve les clés sous la table, les ramasse et se dirige d'un pas décidé vers la porte. Je me mets devant lui, tentant de l'arrêter.

– Carter, ne fais pas ça.

– Pousse-toi, Mila.

– Non ! Je veux rester avec toi.

– Et moi, j'ai envie que tu partes, c'est clair ?

– Tu mens ! Tu dis ça parce que tu as peur.

– Peur ? Tu es vraiment devenue cinglée, ma parole.

– Vas-y, insulte-moi, pousse-moi, blesse-moi. Je ne changerai pas d'avis. Je *veux* rester avec toi.

Ma voix est plus déterminée que jamais. Pour la première fois, c'est *ma* décision et je compte m'y tenir.

– Je me fous que tu m'aies enlevée, je me fous de ce qui s'est passé. Carter, je… je sais que depuis le début tu essayes de m'éloigner, de m'isoler de tout et de tout le monde.

– Et j'ai réussi. Tu n'as plus personne, tu en es consciente ?

– Je t'ai, toi.

– Qu'est-ce que tu attends de moi ? reprend-il, ivre de colère. Tu n'as pas cessé de tenter de t'enfuir et maintenant que je t'en donne l'occasion, tu préfères rester enfermée ici, avec moi. C'est à cause de ce que je t'ai dit ce matin ? Je te le répète, je n'ai besoin de personne, je me suis toujours débrouillé seul, je ne verrai pas la différence. Maintenant, barre-toi.

– Non !

– Putain, Ludmila !

Il se met à faire les cent pas dans la pièce. Il est tellement nerveux qu'il semble vouloir s'arracher les cheveux à force de passer ses mains dedans.

– Je suis instable, tu n'as pas encore compris ? Je suis malade et je peux péter un câble à tout moment, je peux te faire du mal.

– Je te connais bien mieux que tu ne l'imagines. Tu m'as fait souffrir, mais maintenant, c'est terminé. Tu as changé, tu fais tout pour que je sois bien. Et je sais, putain, je sais parfaitement que tu peux être un foutu connard quand tu t'y mets, mais… tu serais incapable de toucher à un seul de mes cheveux, même si tu l'avais décidé. Plus maintenant.

Carter m'impressionne et lorsqu'il s'emporte comme tout à l'heure dans la chambre, oui, il m'effraie. Mais je ne crains plus qu'il me blesse physiquement. Ses gestes tendres et ses paroles rassurantes m'ont prouvé que je suis importante pour lui… et que ça le terrifie. Il est bien trop complexe pour que je le comprenne pleinement, mais s'il y a bien quelque chose que j'ai réalisé, c'est que lorsqu'il a peur, il utilise l'agressivité comme bouclier.

– Tu tiens à moi, je le vois, je peux le sentir chaque fois que tu prends ma main, chaque fois que tu refuses de me laisser m'éloigner, même pour quelques secondes…

– Ça s'appelle de la possessivité. Je veux te posséder, Ludmila, je veux que chaque infime partie de toi soit à moi et seulement à moi, tu comprends ? Est-ce que c'est synonyme d'attachement ? Parce que je suis sûr que non.

– Tu me caresses les cheveux quand tu penses que je dors encore ! je m'écrie. Tu me respires. Tu murmures mon prénom… Ose me dire que tu n'éprouves rien pour moi !

– SI C'ÉTAIT LE CAS, QU'EST-CE QUE ÇA CHANGERAIT ?

– JE N'EN SAIS RIEN, j'explose à mon tour, épuisée. Je ne sais pas si ça peut changer quoi que ce soit, mais si c'est le cas, si jamais tu as des sentiments pour moi, Carter, alors j'ai besoin de l'entendre. Parce que… je ne sais pas comment ça a pu arriver, mais… il se pourrait que j'en aie moi aussi.

À mon aveu, il s'arrête net de faire les cent pas et me fixe, une expression impénétrable sur le visage.

–Vraiment ? souffle-t-il.

Je déglutis tout en me mettant à trembler. J'appréhende sa réaction.

– Mais tu as peur de moi ! s'emporte-t-il. Tu me l'as dit ! J'ai tout fait pour que tu sois terrorisée et docile et maintenant, je le regrette. Est-ce que tu t'es vue ? Tu vois ce que j'ai fait de toi ? Tu es complètement dans le flou, Mila, tu n'arrives plus à penser par toi-même. Ta place est ailleurs, libre, avec ton amie. Tu ne devrais pas être ici, tu n'aurais jamais dû croiser ma route, et tu sais pourquoi ? Parce que j'aurais dû crever dans ce putain d'accident à la place de Charlie ! C'est la seule chose que j'aurais méritée !

Avant que je puisse y réfléchir, je lui assène une gifle d'une violence que je ne pensais pas avoir en moi. Sa tête tourne brutalement sur le côté. La douleur dans ma paume est instantanée et je vois le choc se dessiner sur le visage de Carter. Réalisant ce que je viens de faire, je porte mes mains à ma bouche et les larmes me montent aux yeux. Je ne peux pas lui faire de mal, ça me blesse tout autant. J'approche, pose ma paume sur sa joue endolorie pour la lui caresser et l'apaiser puis je l'attire à moi, calant sa tête dans mon cou.

– Je suis désolée, je ne voulais pas faire ça.

J'embrasse sa mâchoire. Lorsqu'il s'écarte de moi, son regard me cloue sur place. Il est désorienté, perdu, terrifié par ce qui se passe entre nous, par ce que je viens de lui dire.

Tout comme que je l'ai surpris avec ma gifle, il me prend de court en fonçant sur mes lèvres. Il lâche tout, les clés, la valise et mon manteau, pour me serrer dans ses bras. Sa bouche est impatiente, affamée sur la mienne. Le choc passé, mes mains se frayent un chemin sur ses épaules alors que les siennes glissent le long de mon dos puis s'arrêtent sur mes reins avant de descendre plus bas encore. Je me pends désespérément à sa nuque, parce que j'ai besoin de sentir qu'il me veut, qu'il ne cherchera plus à me chasser. Je sens ses doigts passer sous mon pull et caresser ma peau nue pendant que je fourrage dans ses cheveux en donnant encore plus de fougue à notre baiser.

Il arrive un moment où nous ne nous contrôlons plus ni l'un ni l'autre. Il me soulève alors dans ses bras. Surprise, je me recule ; sa main s'écrase aussitôt sur ma nuque pour que nos lèvres se touchent à nouveau.

Il grimpe à l'étage et je sais déjà ce qu'il va se passer. Il entre dans la salle de bain pour éteindre l'eau de la douche qui coule maintenant depuis une éternité. J'éclate d'un rire nerveux sous l'effet de l'angoisse, du stress qui retombe et de l'appréhension, et ce rire redouble au moment où Carter entre dans la chambre et nous allonge sur le lit.

– Qu'y a-t-il de si drôle ? demande-t-il en traçant un chemin de baisers de ma mâchoire jusqu'à la naissance de ma poitrine.

– Je ne sais pas. On se criait dessus il y a deux minutes et maintenant… je crois qu'on est aussi fous l'un que l'autre.

Il prend appui sur ses coudes, puis il caresse doucement mes cheveux.

– Je le crois aussi.

Il esquisse un mince sourire, je me sens déjà plus légère. Les sourires de Carter sont rares, j'apprécie chacun d'eux à leur juste valeur.

– Mila, il faut que tu sois sûre. Je n'aurai pas la force de t'offrir une autre chance de t'enfuir. Est-ce que c'est vraiment ce que tu veux ?

Je hoche vigoureusement la tête. Le doute n'a pas sa place en moi à cet instant.

– Embrasse-moi, dis-je en agrippant sa nuque.

Il s'exécute, goûtant avidement mes lèvres. Je prends l'initiative de lui enlever son pull. J'ai déjà vu le torse de Carter, mais je n'ai encore jamais pu le toucher… Je passe délicatement mes doigts sur ses muscles, sa peau lisse… Il est beau, c'est indéniable, un régal pour les yeux.

Il me fait asseoir et me retire mon haut à son tour. Je réalise que c'est la première fois que Carter va me voir nue… et cela ne me fait pas peur. Vu l'attachement que je lui inspire, vu le besoin intense qu'il a de me toucher, de me savoir près de lui, je suis presque certaine de lui plaire au moins autant qu'il me plaît.

Son majeur se pose sur ma clavicule et descend doucement. Je frissonne à son passage. Il caresse mes seins à travers le tissu de mon soutien-gorge avant de se pencher et de les embrasser. Ses grandes mains parcourent mon dos jusqu'à se poser sous l'agrafe de mon sous-vêtement. Il le détache et le fait lentement glisser le long de mes bras, dévoilant ma poitrine.

– Mila… murmure-t-il.

Ses yeux s'assombrissent de désir. Il se penche et sa bouche chaude se referme autour de mon sein. Il aspire, mordille mon téton tout en cajolant le second du bout des doigts. Je ferme les yeux et soupire d'aise. Mes mains repartent d'elles-mêmes à la découverte de son corps. Je fais tomber mes chaussures au sol pendant que je m'attelle à déboutonner le pantalon de Carter. Il fait de même avec le mien sans cesser de me torturer de sa bouche.

– J'ai toujours eu envie de toi, m'avoue-t-il. Depuis le début.

Il dépose un baiser au creux de ma poitrine puis se redresse, se débarrasse de ses chaussures et de son pantalon avant de m'allonger sur le lit et d'agripper les pans de mon jean. Tandis qu'il le fait glisser le long de mes jambes, mes yeux sont attirés par l'érection qui déforme son caleçon. Il embrasse mes mollets, mordille mes genoux, lèche mes cuisses puis saisit ma culotte et la déchire d'un coup sec.

Je halète, surprise.

– Carter!

– Trop envie…

Il ne prend même pas la peine de formuler une phrase complète. Ses yeux sont rivés sur mon intimité, l'observant si intensément que j'en rougis.

Il jette son boxer à travers la pièce et c'est à mon tour d'être hypnotisée. Je ne suis pas sortie avec beaucoup d'hommes, mais je peux affirmer sans aucune hésitation que Carter fait partie de ceux qui sont gâtés par la nature.

– Ne bouge pas, je reviens.

Il quitte précipitamment la pièce sous mes yeux ébahis.

Bon Dieu, mais qu'est-ce qu'il fait ?

Je l'entends ouvrir des tiroirs dans la salle de bain puis les refermer. Il revient enfin dans la chambre en tenant dans sa main un petit emballage carré bleu. En se réinstallant sur le lit, il m'avoue :

– J'espérais qu'on en arriverait là… j'ai pris mes précautions, au cas où…

Puis ses lèvres parcourent ma peau pendant de longues minutes. Ses doigts s'aventurent entre mes cuisses, trouvent mon point sensible et commencent à le titiller. Appuyé sur un coude, il m'effleure les cheveux de sa main libre. Ses yeux me scrutent, m'analysent, m'apprennent de la plus douce et torride des manières.

Il me caresse pendant de longues secondes en me répétant à quel point je suis belle. Puis il cesse sa divine torture, déchire l'emballage du préservatif et l'enfile sur son membre tendu.

J'ai tant envie de le toucher… Je me promets que la prochaine fois – parce que je suis certaine que prochaine fois il y aura – je le ferai. Je l'attire à nouveau sur moi et il reprend mes lèvres d'assaut en se faisant une place entre mes jambes.

Il entre en moi d'un coup de reins brutal. J'étouffe un cri, de plaisir et de souffrance mêlés. Carter reste immobile quelques instants en caressant mes cheveux.

– Tu es magnifique.

Il pose son front contre le mien et glisse le bout de sa langue sur mes lèvres. Lorsque j'entoure sa taille de mes jambes, il se met à bouger. Lentement, tendrement. Il s'assure que je suis prête pour lui, que c'est ce que je désire.

– Carter… je murmure en effleurant son visage.

– J'en avais tellement envie, j'espérais tellement que ça se produirait. Tu es entièrement à moi maintenant.

Ma raison me rappelle à l'ordre. Depuis le début, Carter veut que je lui appartienne corps et âme et il a désormais réussi. J'attends que la panique s'insuffle en moi, mais elle ne vient pas. J'ai toujours détesté être sa captive, être retenue contre mon gré ; toutefois, à cet instant, j'aime être prise au piège de ses bras… car je m'y sens en sécurité.

Les mains de Carter s'enroulent autour de mes poignets pour ramener mes mains au-dessus de ma tête. Il les serre fort, m'emprisonnant sous son corps.

– Tellement belle…

– Carter… lâche-moi.

Il secoue la tête.

– J'ai besoin que tu sois toute à moi. Entièrement à moi, me dit-il en agrippant ma taille, mes poignets toujours dans sa main gauche.

Je veux le toucher moi aussi, profiter de cet instant. Je le désire, il doit le savoir.

– Carter… Carter !

Je serre ses hanches dans l'étau de mes cuisses. Il me regarde, sa poitrine se soulève à un rythme effréné, la mienne aussi. Lorsqu'il cesse ses mouvements, j'ai envie de lui crier de ne surtout pas s'arrêter, mais je dois prendre le dessus sur mes hormones et le ramener à moi.

– Regarde-moi, je lui murmure. Je suis là. Je ne vais nulle part.

– J'ai besoin de m'assurer que tu ne t'enfuiras pas, plaide-t-il en resserrant sa main autour des miennes.

– Où veux-tu que j'aille ?

Je réussis à libérer une main pour caresser son visage.

– Carter, je ne veux pas faire l'amour avec toi si tu es dans une sorte de frénésie possessive. Je veux que ce moment soit spécial, et pour ça, j'ai besoin que tu acceptes que ce soit un échange entre nous deux, pas un rapport de forces. Tu comprends ?

J'effleure sa joue avec tendresse, sous son regard qui me détaille. Lentement, il desserre son emprise sur le poignet qu'il tenait toujours, et je sens sa peur et son angoisse se dissiper. Lorsque, enfin, il est totalement à moi, je fais un mouvement de bassin, signe que je suis prête pour lui. Il plonge sur ma bouche et me donne un baiser brûlant en recommençant à bouger en moi. Ses instincts possessifs se sont apaisés, il est rassuré. Maintenant il me fait l'amour, me caressant avec tendresse et révérence.

Seuls dans ce chalet perdu au milieu de rien, dans cette chambre, peau contre peau, nous vivons un moment parfait. Malgré la folie de notre relation, malgré tout ce qui s'est passé entre nous, les minutes qui s'écoulent dans ce lit sont emplies de douceur et de sentiments. C'est comme un nouveau départ, un tournant dans notre relation.

Jusqu'à aujourd'hui, il était mon ravisseur et j'étais sa captive. J'allais là où il me l'ordonnait, je faisais ce qu'il voulait, je ne me risquais jamais à le contredire.

Mais là, alors que nous faisons l'amour les yeux dans les yeux, les lèvres jointes, partageant nos soupirs de plaisir, nous devenons Carter et Mila, un jeune homme bousillé et une jeune femme fragile, amants s'unissant, apprenant à aimer, à s'aimer.

CHAPITRE 29

Carter

Bien au chaud sous les couvertures, je trace paresseusement des cercles sur la peau de Mila. En moi, tout est calme ; dans ma tête, aucun bourdonnement ne me tourmente.

Un bras autour d'*elle*, son corps nu contre le mien, je la dévisage alors qu'elle vient de s'endormir, comme je le fais presque chaque nuit depuis que nous avons emménagé dans notre maison de Shorewood. En général, je mets toujours un moment à sombrer dans le sommeil, souvent parce que je passe mon temps à me poser des questions, à réfléchir à des solutions pour que Mila soit en sécurité, pour que plus personne ne veuille lui faire du mal…

Mais ce soir, pas l'ombre d'une inquiétude ne rôde. Ce soir, la plénitude que je ressens efface tout le reste.

Mila m'a offert la plus belle preuve d'amour possible. Elle est restée, elle a *décidé* de rester. C'est la première personne qui se bat pour moi au lieu de m'abandonner comme tous l'ont fait avant elle.

Chaque nuit, je la regarde, j'apprends ses traits par cœur, je la détaille jusqu'à ce que mes yeux se ferment d'épuisement. Là, je suis loin d'être fatigué.

Mila et moi avons fait l'amour, elle s'est donnée à moi, elle veut m'appartenir…

Revivre encore et encore le souvenir de notre étreinte est bien plus important que dormir.

Elle est tout ce que j'espérais ! D'une douceur et d'une innocence à faire chavirer n'importe quel psychopathe instable… comme moi. Je me sens léger, bien plus que je ne l'ai été à aucun moment au cours de ces cinq dernières années. Mila me rend heureux, et elle est la seule à pouvoir me faire ressentir un tel bonheur.

Je prie pour réussir à lui rendre ce qu'elle m'offre, à maîtriser ce que je ressens lorsqu'elle s'éloigne même juste pour un instant, mes changements d'humeur, ma folie. Je ne veux pas lui faire de la peine, lui faire peur…

Si je suis sûr d'une chose, c'est que Mila mérite d'être avec un homme équilibré qui la fera se sentir libre, un homme normal. J'en suis l'exact opposé, mais je suis surtout d'un égoïsme effrayant.

Si je ne suis pas fait pour elle, personne ne le sera.

Les conneries du genre « si tu l'aimes tu ne voudras que son bonheur » me font vomir. Bien sûr que je veux que Mila soit heureuse, mais seulement avec moi. En tout cas, je me promets de faire en sorte que jamais elle n'ait l'idée d'aller voir ailleurs.

Je sais que les choses vont changer, Mila n'est plus ma captive, il y a un moment déjà que je m'en suis rendu compte. À partir d'aujourd'hui, cela sera impossible à nier. Ce que j'espère à présent, c'est qu'elle ne regrettera pas ce qui s'est passé entre nous. Je ne veux pas qu'elle me dise avoir fait une erreur, je ne le supporterais pas.

Nous sommes ensemble, à présent, j'ai enfin le droit de la prendre dans mes bras et de l'embrasser. Je pourrai lui faire l'amour chaque fois que je le voudrai, je n'aurai plus à refréner ce besoin viscéral de toucher sa peau.

Elle est *ma* Mila désormais et elle le sera jusqu'à la fin.

CHAPITRE 30

Je bâille à m'en décrocher la mâchoire et j'étends mes membres engourdis. Mes jambes rencontrent les draps froids. J'ouvre les yeux et me redresse. La chambre est vide et silencieuse, mais une odeur de bacon grillé emplit l'air. Me laissant guider par mon estomac, je me lève et enfile le pull noir de Carter ainsi qu'une culotte.

J'ai un moment d'arrêt en entrant dans la cuisine et en découvrant celui qui est désormais mon amant en train de cuisiner avec pour seul vêtement… un jogging noir. La vision de son corps me statufie et je suis projetée quelques heures en arrière, lorsque nous avons passionnément fait l'amour.

En moins d'une journée, tout a changé. Je suis maintenant certaine que je veux rester auprès de lui. Je n'aurai pas la force de l'abandonner. Carter m'a attirée dans son univers sombre et, par je ne sais quel tour de magie, il a réussi à me rendre dépendante de lui.

Aujourd'hui, je ne vois plus ma vie sans lui.

Je m'approche et m'assois sur la table de la cuisine sans cesser de le regarder.

– J'espère que tu as faim, me dit-il.

– Beaucoup.

Il retourne les morceaux de bacon avant de pivoter vers moi. Il s'approche en détaillant ma tenue et s'insère entre mes jambes. Je retiens mon souffle, pas encore habituée à ce que nous sommes désormais. Mais d'ailleurs, que sommes-nous exactement ?

– Tu regrettes ? demande-t-il en caressant mon menton.

Encore et toujours des doutes ! Cessera-t-il un jour d'imaginer le pire ?

– Non. Pourquoi est-ce que je regretterais ?

Je pose doucement mes mains sur ses avant-bras. Je n'arrive pas à déchiffrer son humeur et ça m'angoisse.

– Et toi ? je l'interroge.

Il sourit en faisant glisser son pouce sur mes lèvres.

– Jamais.

– Mais alors… qu'est-ce qui va se passer maintenant ? Je veux dire… qu'est-ce qu'on est ? Parce que je ne suis plus ta captive, Carter, je refuse de l'être.

– Je sais.

– Alors dis-moi. Qu'est-ce que je suis pour toi ?

Ma voix est mal assurée. Je redoute sa réponse.

– Tu es ma femme, affirme-t-il en caressant l'alliance à mon doigt.

– Carter, s'il te plaît. Je ne te parle pas de manigance ou de plan tordu. Je suis sérieuse.

– Tu crois que je ne le suis pas ? Tu es ma femme !

– Mais je…

– Ma femme ! assène-t-il. Tu l'es depuis le début.

Je déglutis péniblement. Ce n'est pas ce que je voulais entendre. Si Carter pense réellement que nous sommes mariés, alors les choses sont plus graves que je ne le pensais.

– Tu as raison sur un point, Mila. Tu n'es plus ma captive. Tu as décidé de rester avec moi, c'est *ton* choix. Je n'aurai plus jamais la force de t'offrir une porte de sortie. Tu veux savoir comment ça va se passer maintenant ? Lorsque je voudrai t'embrasser, je le ferai, lorsque je ressentirai le besoin de te prendre dans mes bras, je le ferai aussi et lorsque j'aurai envie de toi… bon sang, je pourrai enfin te faire l'amour. Et on restera tous les deux, juste tous les deux.

Je déglutis pour la seconde fois face à ses yeux intensément verts.

– Et moi ? Je pourrai aussi faire de toi ce que je veux ? je murmure.

Il enroule ses bras autour de moi, enfouit son nez dans mes cheveux et inspire profondément.

– C'est déjà le cas, mon cœur, chuchote-t-il contre moi.

Mon cœur palpite. Je ne pensais pas pouvoir imposer quoi que ce soit à Carter, et l'entendre m'avouer à demi-mot l'effet que j'ai sur lui me bouleverse. Cet homme est sombre et torturé et je sais que les choses seront compliquées entre nous. Son obsession de me garder toujours près de lui, ses blessures, ses accès de colère et ses peurs seront difficiles à gérer… Je me laisse pourtant aller dans ses bras, bien décidée à ne pas anticiper les prochains obstacles que nous rencontrerons. Si j'ai appris une chose depuis mon enlèvement, c'est que je ne peux pas me projeter dans le futur, seulement vivre au jour le jour.

J'ai tout de même besoin que Carter réponde à une question… Je soupire, hésitante, et il m'encourage :

– Qu'est-ce qui te tracasse ?

– Tu sais que nous ne sommes pas vraiment mariés, n'est-ce pas ?

Ses bras se crispent autour de moi et sa prise se resserre. Le visage contre son torse, je respire lentement.

– Tu me prends pour un fou, Mila ?

– Non, mais…

– Je n'ai pas besoin d'une signature sur un morceau de papier pour que tu sois ma femme. Tu l'es si je veux que tu le sois. Cet anneau a bien plus de signification que tu ne le penses. Au début, c'était simplement une couverture, mais au fil du temps, les choses ont changé. J'ai fait beaucoup d'erreurs ; maintenant, je m'efforce de prendre soin de toi et de te protéger, Mila. Comme un mari prend soin de son épouse… C'est ce que nous sommes, que tu le veuilles ou non.

Ce que je craignais est donc vrai.

– Carter… tu ne peux pas m'imposer d'être ta femme. Les choses viennent seulement de se débloquer entre nous, on vient de franchir un cap, c'est trop tôt pour parler d'une telle relation.

– C'est comme ça que l'on vit depuis des semaines.

Carter me libère de son étreinte et retourne derrière les fourneaux, la mine assombrie.

– J'espérais que tu aurais compris, Mila.

– Compris quoi ? Que tu me considéreras toujours comme ta chose ?

Il s'immobilise un court instant avant d'éteindre le gaz et de déposer les tranches de bacon dans deux assiettes. Il coupe ensuite une omelette en deux, puis il sort de la cuisine sans me jeter un regard. Je le suis, bien décidée à lui faire cracher le morceau.

Mais je me fige sur le seuil du salon. Là, devant la cheminée flamboyante, une couverture a été installée. Une bouteille de vin, des couverts, de la lumière tamisée… J'ai l'impression d'être dans un tout autre chalet.

– C'est toi qui a préparé ça ? je demande stupidement.

– Qui d'autre ?

Et je réalise qu'il fait des efforts, beaucoup d'efforts. Je réalise que ce moment intime que nous avons partagé un peu plus tôt a la même importance pour lui que pour moi… et qu'il s'efforce d'essayer de comprendre comment gérer ses sentiments.

Il dépose nos assiettes sur la couverture, toujours en me tournant le dos, et en gardant le visage rivé sur ce qu'il a préparé pour moi. Regrette-t-il son accès de romantisme ? J'espère que non. Parce que c'est ce Carter-là que je veux avec moi à présent.

Je m'approche doucement et me plante devant lui.

– Merci, lui dis-je.

– De quoi ? De te considérer comme ma chose ?

– Carter, je suis désolée. Mais cette manie de vouloir que je sois à toi me déstabilise. Tu comprends ?

Il enserre tendrement mon menton dans sa main, me forçant à plonger mes yeux dans les siens.

– Tu veux que je te dise comment je vois les choses ? Très bien ! Dans quelques jours, nous rentrerons à Shorewood et nous nous chercherons une nouvelle maison, pour y vivre tous les deux.

– Et pour notre relation, qu'est-ce que tu veux ?

– Je veux que tu sois dépendante de moi comme je le suis de toi. Je veux que tu m'aies dans la peau, que tu aies besoin de moi comme j'ai besoin de toi. Je n'accepterai rien de moins.

– Carter… je bredouille, au bord des larmes. Est-ce que tu te rends compte de ce que tu dis ?

Soudain las, il caresse ma joue avant de s'éloigner. Je le regarde s'emparer de son manteau posé sur l'une des chaises de la salle à manger, fouiller dans les poches et en sortir une boîte de médicaments. Il la fixe une seconde, hésitant, puis s'approche de moi et me la montre. En le voyant faire, je me souviens que lors de sa crise de tout à l'heure, il m'a dit qu'il était malade… et apparemment, c'est au sens littéral.

– Carter ?

– Je n'ai pas toujours été comme ça, tu sais. Si… changeant et terrifiant. Si colérique. Si possessif. Si détestable. Les médecins ont dit que…

Il reprend son souffle, puis continue.

– … que la mort de Charlie, le choc, la détresse que j'ai ressentie ont dû déclencher tout ça.

Il ouvre la boîte de médicaments, prend une gélule et l'avale avec un peu d'eau. Puis il m'avoue, la tête basse :

– J'ai été diagnostiqué bipolaire de type deux il y a quatre ans.

Au fond de moi, je ne suis pas surprise. J'ai toujours su que l'attitude excessive de Carter devait être causée par un mal bien plus complexe que ce qu'il n'y paraissait.

– Les sautes d'humeur, les phases dépressives, tout ça… Je n'arrive pas à les contrôler, ajoute-t-il.

– Qu'est-ce qui s'est passé pour que tu aies décidé de consulter ?

Il pose ses médicaments sur une chaise puis s'appuie contre elle, bras croisés sur son torse.

– J'avais souvent des accès de colère, mais je pensais que c'était une sorte de choc post-traumatique. Le manque de ma sœur, le deuil… tout ça me bouffait de l'intérieur. Seulement, un jour, Benjamin est venu me rendre visite. Il le faisait souvent, mais ce jour-là j'étais sur les nerfs, beaucoup plus que d'habitude. Il a suffi d'une seule petite remarque pour que j'explose. Je lui ai sauté dessus, je l'ai frappé… plusieurs fois. Jusqu'à ce qu'il arrive à prendre le dessus et à me mettre son poing dans la figure. Ça m'a réveillé, dans tous les sens du terme : je me suis dit que quelque chose n'allait pas. Qu'il fallait que je voie un médecin. Quand le diagnostic est tombé, j'ai été soulagé de savoir que ce que je ressentais en moi, toute cette rage, ce gouffre béant, avaient une explication… et en même temps, je me suis effondré. Je me suis senti à part, encore plus qu'avant.

Suspendue à ses lèvres, je lui demande à voix basse :

– Est-ce que tu peux guérir ?

– On m'a donné un traitement, on m'a aussi dit que je devrais voir quelqu'un, suivre une thérapie régulière. Il en existe une qui peut donner des résultats, mais il faut au moins sept ans avant qu'ils ne soient définitifs… J'étais encore trop perdu, trop mal dans ma peau. J'ai envoyé chier les médecins, je suis parti avec ma prescription, et depuis, j'ai fait plusieurs faux de mon ordonnance, j'ai parfois volé mes médicaments… Bref, je me débrouille comme je peux.

– Mais, Carter… ton traitement n'est certainement plus adapté !

– Je sais. Il m'aide quand même. Depuis que je le reprends…

– Tu l'avais arrêté ?

– N'as-tu pas vu de changement ? Rien qu'un tout petit ? me demande-t-il avec un sourire triste.

Bien sûr… Le Carter d'avant notre violente dispute était incontrôlable et terrifiant. Le Carter qui m'est revenu une semaine plus tard était plus mesuré et faisait des efforts… Sans son traitement, il m'a attachée à un lit une nuit entière, m'a enfermée dans une cave, m'a malmenée et humiliée. Depuis qu'il le reprend, il s'efforce de rendre ma vie plus paisible, il s'intéresse à moi, me protège, il m'a même offert la liberté, bien que je l'aie refusée…

Carter est la lumière et les ténèbres réunies dans un seul corps. Et il lutte pour ne pas laisser l'obscurité l'engloutir.

– Quand tu m'as rencontré, je ne prenais plus rien depuis plus d'un an, m'explique-t-il. J'étais… merde, j'étais tellement incontrôlable, sur le fil en permanence. Et pour une raison que je ne m'explique pas, tu accentuais toute cette noirceur. Le jour où je t'ai enfermée dans la cave… Mila, je suis tellement désolé. Mais quand tu as tenté de t'enfuir ? L'idée que tu m'échappes, mon Dieu, elle m'a rendu fou. Déjà à l'époque, je n'arrivais pas à envisager ton départ. Sache que j'ai immédiatement regretté ce que j'ai fait, que je suis resté toutes les nuits assis devant la porte de la cave. J'ai voulu te sortir de là-dedans tellement de fois, mais crois-le ou non, je te protégeais de moi. Tu déclenchais tellement de choses en moi que j'avais peur de ce qu'un seul de tes mots pourrait me faire. C'est encore le cas, d'ailleurs.

Je reprends mon souffle. Je repense à ces premières semaines cauchemardesques de captivité et je comprends beaucoup mieux certaines choses, même si je n'arrive toujours pas à les excuser.

Pas encore.

Carter prend mes mains et me regarde avec une telle détresse que mon ventre se serre.

– Je suis comme ça, Mila. Incontrôlable, ingérable … mais au-delà de ça, au-delà de tout ce que je trimballe et de ce que je te fais endurer, je n'hésiterais pas une seconde à prendre une balle pour toi si tu étais en danger. Tu comprends à quel point tu comptes pour moi ? Alors il va falloir que tu sois patiente et que tu me pardonnes chaque fois que je ferai un pas de travers. Il faudra que chaque fois tu me choisisses.

Ses lèvres emprisonnent les miennes avec une douceur incroyable. Le contraste avec ses paroles est saisissant.

– Jusqu'à la fin, mon cœur… toi et moi, c'est jusqu'à la fin.

J'enroule ma main autour de son poignet pour lui faire lâcher prise.

– Je sais que tu as peur que je ne t'abandonne, lui dis-je. Mais je ne le ferai pas, alors…

Doucement, j'enlace nos doigts.

– Détends-toi.

J'attire sa bouche contre la mienne pour l'embrasser tendrement. Il me soulève dans ses bras et ne peut s'empêcher de me rendre mon baiser avec fougue. Carter est toujours dans l'urgence, il fait chaque chose intensément ou il ne les fait pas du tout et après ce qu'il vient de me confier, je cerne enfin toutes les palettes de sa personnalité complexe…

Il s'installe par terre en me gardant contre lui.

– Je nous ai préparé un petit repas, juste pour nous deux, dit-il avec un enthousiasme retrouvé.

– Merci.

Je prends place sur la couverture, en face de lui. Il nous sert du vin et nous trinquons. J'ai l'impression d'être dans une autre dimension. Je me sens apaisée, et même si j'appréhende toujours ses réactions, Carter ne me fait plus peur.

– Je ne savais pas que tu cuisinais, je lance pour engager la conversation.

Il engloutit un morceau d'omelette puis m'explique :

– J'avais l'habitude de faire à manger pour mes sœurs. Mes parents étaient tous les deux médecins et ils étaient souvent absents. Ce n'était pas rare que je nous prépare le repas du soir en rentrant des cours. En général, elles aimaient mes plats.

Apparemment, c'est la journée confidence. Je ne vais certainement pas m'en plaindre.

– Ils *étaient* médecins ? je demande.

– Après l'accident, ma mère a arrêté de travailler. Ensuite, mon père et elle ont préparé mes valises et ils m'ont mis dehors, alors je ne sais pas vraiment ce qu'ils font maintenant. Je ne les connais plus.

J'ai soudain l'appétit coupé. Les larmes me montent aux yeux en imaginant Carter rongé par le regret d'avoir perdu sa sœur. Et puis je l'imagine quitter la maison de ses parents. Perdu, apeuré, brisé… Je suis certaine que s'il n'avait pas été jeté dehors, Carter serait complètement différent aujourd'hui.

– Je les déteste, j'avoue en essuyant une larme.

– Mes parents ? Pourquoi ?

– Parce qu'ils t'ont rejeté et qu'ils t'ont fait de la peine.

– J'ai tué leur fille, Mila. C'est normal qu'ils me renient. Je ne mérite rien d'autre.

– Tu ne l'as pas tuée. C'était un accident et elle était ta sœur. Tu as souffert autant qu'eux.

– S'il te plaît. J'aimerais qu'on cesse de parler de ça.

– Non. Ça fait des années que tu portes ce fardeau seul. Je veux t'aider.

– Je n'en ai pas besoin. La discussion est close.

Je soupire de mécontentement et joue avec les morceaux de bacon grillés dans mon assiette.

– Tu fais la tête, mon cœur ? me demande Carter.

– Ne m'infantilise pas, je grommelle.

– Je ne veux pas parler de mes parents. Est-ce que tu peux le comprendre ?

– Oui je le peux. Et toi, est-ce que tu peux comprendre que je m'intéresse à toi ? Que je veuille te connaître ? Je suis dans le brouillard, Carter. J'ai tellement de questions en tête, tu ne peux même pas imaginer.

– Lesquelles ?

– À quoi bon que je te les pose si tu ne veux pas y répondre ?

Il abandonne son assiette sur la couverture, se ressert du vin et me fixe de ses yeux inquisiteurs.

– Vas-y, Mila. Je t'écoute.

Je grignote un morceau d'omelette avant de me lancer.

– Comment est-ce que vous vous êtes connus, Benjamin et toi ?

Carter hausse les sourcils, sans doute étonné que je commence par là.

– Nous allions au lycée ensemble, me révèle-t-il.

– Mais… il est avec Leah depuis combien de temps ?

– Seulement trois ans. J'ai toujours refusé qu'il l'approche. Sauf que quand je suis parti…

– Attends, je ne comprends pas. Comment vous êtes-vous retrouvés dans ce merdier, à kidnapper des gens pour vivre ?

Carter avale une gorgée de vin et me tend la main, que je prends.

– Approche. Je veux t'avoir près de moi.

Il m'attire sur ses genoux. Il embrasse rapidement mes lèvres et reprend :

– Ados, Benjamin et moi appartenions au même groupe de potes. On faisait les quatre cents coups et tout allait bien. Après le bac, chacun a choisi une voie différente, sauf Ben et moi. On s'est retrouvés dans la même fac, à poursuivre les mêmes études. On avait dans l'idée de monter notre propre entreprise après l'université, on voulait développer des logiciels informatiques pour les entreprises. Tout était prévu, et puis il y a eu ce putain d'accident… Mes parents m'ont mis dehors et Ben m'a accueilli chez lui. Mais son père ne voulait pas de moi sous son toit, alors j'ai été mis à la porte une seconde fois. Sauf que Benjamin a décidé de me suivre, il faut dire que son paternel était un vrai connard. On s'est retrouvés à galérer, à enchaîner les petits boulots pour se payer un appart qui faisait à peine vingt-cinq mètres carrés. Pour gagner plus, on participait à des parties de poker dans des bars qui n'étaient pas vraiment bien famés. Un soir, on a parié contre deux mecs et on a gagné un bon paquet de fric. Ils nous ont accusé d'avoir triché et ça a dégénéré. Ils ont commencé à jouer des poings et forcément, Ben et moi, on a répondu. Ce qu'on ne savait pas c'est que ces gars n'étaient pas clairs. Leur chef de gang est intervenu et alors qu'on pensait qu'il allait nous démolir, il nous a proposé un job.

Carter inspire et blottit mon visage contre son torse, puis il caresse mes cheveux et reprend :

– Le boulot était simple : on devait aller récupérer le fric que ce mec avait prêté à certaines personnes, et si les mauvais payeurs faisaient des difficultés, on devait leur casser la gueule jusqu'à obtenir ce qu'on était venus chercher. Ne me demande pas pourquoi on a accepté de faire ça. Tu crèves si tu n'as pas d'argent, et Ben et moi, on était vraiment fauchés. On a eu du mal avec cette violence au début, et puis on a fini par oublier ce qu'on faisait pour nous concentrer sur le boulot. On gagnait bien, on ne demandait rien d'autre. Ça a duré deux ans. Deux années à tabasser des mecs pour du fric. Ben a arrêté quand il s'est mis avec ma sœur, parce que je l'ai dérouillé ce jour-là. Je ne supportais pas qu'il soit près d'elle en sachant ce qu'il faisait à côté. Alors il a tout plaqué par amour, et il s'est lancé en free-lance dans le développement de logiciels informatiques… comme on l'avait prévu au départ. Mais moi, j'ai choisi de continuer les missions. Elles étaient devenues mon quotidien, et je n'avais rien ni personne à qui me raccrocher de toute façon…

Carter s'arrête là et c'est probablement mieux ainsi. Je ne suis pas sûre d'être prête à en savoir plus aujourd'hui. Pourtant, j'ose encore une question…

– Pourquoi Ben t'a-t-il aidé à me kidnapper s'il avait quitté le business ?

– Parce que si je dois plonger, il ne veut pas que je plonge seul.

– Même alors qu'il s'apprête à épouser Leah ?

– Même.

Ce n'est plus de l'amitié, à ce stade, mais de la dévotion.

– Est-ce que mon enlèvement a un rapport avec le chef de gang qui vous avait embauchés ?

– Joe ? Non, mon cœur, non. Ça fait longtemps que je ne travaille plus pour lui. Depuis qu'un jour j'ai été approché par un homme qui m'a proposé un contrat, en échange de beaucoup d'argent. Il s'agissait de faire disparaître quelqu'un de la circulation pendant quelques jours… J'ai accepté, et après ça, la nouvelle s'est répandue dans le milieu. Je ne frappais plus ceux qui avaient des dettes, je kidnappais des gens contre des rançons. C'était de l'argent facile, personne n'était blessé, ça m'allait. Et il y a six mois, quelqu'un m'a contacté… pour toi.

J'inspire et, lentement, je me dégage de l'étreinte chaude de Carter.

– Ne t'éloigne pas, me dit-il aussitôt.

– Laisse-moi de l'air. C'est beaucoup pour moi, beaucoup trop.

– Je ne suis plus le même homme, Mila, je veux devenir quelqu'un de bien pour toi. Je veux te protéger.

– Mais je ne te parle pas de ça, je m'écrie en retrouvant ma place sur la couverture. Ce que tu as fait, qui tu as été, je m'en fiche. Ce qui me pèse, ce sont tous ces secrets autour de moi. Je ne comprends rien. Qui est cette personne qui t'a payé pour m'enlever ?

– Reviens dans mes bras, Mila.

– Réponds-moi.

– Mila !

– RÉPONDS !

Les muscles de Carter sont tendus et je le vois contrarié de me voir si loin.

Qu'il fasse avec…

– Je ne sais pas, m'avoue-t-il. Je sais simplement que c'est un homme parce que la première fois qu'il m'a contacté, nous nous sommes parlé quelques secondes au téléphone, mais je ne l'ai jamais vu. Après ça, on a toujours communiqué par messages avec des portables prépayés. La mission ressemblait à toutes les autres. T'enlever, te garder quelque temps, puis te relâcher. On m'a demandé de t'emmener dans la vieille maison délabrée et d'attendre la suite des instructions. Une somme d'argent en liquide s'y trouvait, juste une avance.

– Qu'est-ce qui s'est passé ensuite ? Pourquoi sommes-nous partis à Shorewood ?

Il soupire.

– Mila, je t'en prie, viens dans mes bras. Je te répondrai.

Ne pouvant plus le laisser souffrir davantage, je retourne près de lui. Il se penche quand j'approche pour enlacer ma taille et m'attirer sur ses genoux.

– C'est là qu'est ta place, décrète-t-il.

– Réponds-moi, Carter, je supplie en posant ma tête contre son torse.

– Les choses ont changé, reprend-il. On ne voulait plus que je te relâche… On m'a demandé de te tuer.

Je pousse un cri d'horreur. Carter me serre plus fort.

– Je ne pouvais pas… Nous sommes partis parce que je ne voulais pas le faire. Le problème, c'est qu'il m'était impossible de te relâcher maintenant que tu m'avais vu. Quand je t'ai regardée droit dans les yeux, quand j'y ai lu de la panique et de la peur, j'ai regretté. Mais c'était trop tard. Alors je t'ai prise avec moi.

Un sanglot m'échappe tandis que Carter poursuit son histoire.

– À l'heure où je te parle, celui qui souhaite ta mort ne sait pas où nous sommes, il n'a aucun moyen de nous trouver. J'ai jeté mon téléphone et le tien, je m'en suis procuré un autre. Je ne sais pas pourquoi, Mila, mais quelqu'un te veut du mal. Beaucoup de mal. Et je ne le laisserai pas faire.

Je suis anéantie par les révélations de Carter, mais je ne peux m'empêcher d'assembler les pièces du puzzle.

– C'est pour ça que l'on est « mariés » ?

– Le commanditaire ne connaît pas mon nom. Tu es Mila O'Connell et plus Ludmila Fitzgerald. C'est la première chose que j'ai trouvée pour te mettre à l'abri : changer ton identité. Je suis en train de préparer les papiers pour que cela devienne officiel.

Toutes ces fois où Carter a dit agir pour moi, pour me protéger… C'était vrai. Depuis que nous sommes arrivés dans la petite maison de Shorewood, il me protège.

– D'accord, stop, je lâche. J'en sais assez, pour le moment du moins.

– Promis, je vais m'arrêter là, mais j'aimerais juste te répéter que je ferai tout pour te garder en sécurité. Souviens-toi, Mila : tant que tu seras avec moi, tu auras un lendemain.

Je me contente de hocher la tête, bien trop abattue pour parler. Carter me serre contre lui jusqu'à ce que mes pleurs cessent. Et dire qu'il y a quelques semaines il entrait dans une colère terrible chaque fois que je laissais échapper la moindre larme…

Lorsque je suis calmée, il débarrasse notre dîner improvisé pendant que je reste inerte sur le canapé du salon. Il revient quelques minutes plus tard en traînant derrière lui le matelas de notre lit. J'écarquille les yeux et le regarde, ahurie.

– Mais qu'est-ce que tu fais ?

Il pousse les meubles et installe le matelas devant la cheminée, puis il remonte à l'étage, d'où il ramène nos oreillers et nos couvertures.

– Une nuit au coin du feu ? propose-t-il en souriant timidement.

Je n'ai pas la force de résister. Je me traîne jusque sur notre campement et laisse Carter nous border. Je dépose un baiser sur ses lèvres alors qu'il est en train de me couvrir ; le temps s'arrête, et nous nous embrassons comme si nos vies en dépendaient.

Est-ce le fruit de mon imagination ou la réalité ? Toujours est-il qu'il me semble entendre un « je t'aime » m'être glissé à l'oreille avant que je ne sombre dans le sommeil.

CHAPITRE 31

Ce qui ne devait être qu'une courte pause s'est finalement transformé en un séjour de trois semaines. Nous avons pris la route tôt ce matin et il ne reste plus que deux heures avant de rentrer à la maison. Je suis triste d'avoir quitté le chalet, j'ai adoré ce séjour dans le Colorado pendant lequel Carter et moi avons pris un nouveau départ.

Comme à l'aller, il refuse de me laisser conduire, malgré la longueur du trajet.

– Qu'est-ce qu'on va faire quand on sera rentrés à Shorewood ? je demande en étudiant son profil.

– Qu'est-ce que tu aimerais faire ?

– Je ne sais pas. Quel jour sommes-nous ?

– Le 23 décembre.

Je suis sous le choc. Je ne pensais pas que Noël était aussi proche… Étonnamment, le passer loin de tout ce que j'ai toujours connu en compagnie de Carter ne me fait plus peur. Ce qui me préoccupe en cet instant, c'est que…

– Nous n'avons rien préparé. Notre maison n'est pas décorée et nous n'avons rien acheté pour le repas.

– Tu veux fêter Noël ?

– Bien sûr. Pas toi ?

– Ça m'est égal. Si c'est ce que tu veux, on le fera.

– Alors en rentrant, on ira faire les courses.

Je me sens excitée à l'idée de faire quelque chose de normal, d'agir comme tout le monde. Les deux dernières heures de route filent à toute vitesse tandis que je réfléchis à la décoration et à la manière dont nous allons disposer les guirlandes lumineuses.

Nous nous garons devant la maison et Carter sort de la voiture, chargé de nos bagages.

– Madame O'Connell ?

Je ne réagis pas immédiatement. Madame O'Connell, ce n'est définitivement pas moi… Je me retourne pourtant et vois notre voisine, madame Dawson, s'approcher de moi le sourire aux lèvres. Je suis étonnée qu'elle arbore une expression aussi amicale vu la façon dont s'est terminé le repas que nous avons partagé avec son pervers de mari… J'espère que les coups qu'il a reçus ce jour-là le font encore souffrir.

Alarmé, Carter sort de la maison et se range à mes côtés en un instant. Comme moi, il doit deviner que si notre chère voisine s'approche, c'est certainement pour assouvir sa curiosité mal placée.

– Je suis ravie de vous revoir tous les deux, commence-t-elle. Vous étiez partis en vacances ?

Qu'est-ce que je disais…

– Bonjour, madame Dawson, répond Carter. Effectivement, mon épouse et moi avons décidé de prendre quelques jours de repos avant les épuisantes fêtes de fin d'année.

– Oh ne m'en parlez pas. Je suis en pleins préparatifs. Toute la famille de mon mari sera présente, ils sont près d'une trentaine. Et vous ? Vous attendez des invités ?

Elle m'agace tellement… et Carter aussi, je le sens.

– Nous ne savons pas encore. Nos proches habitent relativement loin, mais il se pourrait qu'ils se joignent à nous à la dernière minute.

– Comment pourrez-vous préparer le repas sans savoir combien vous serez ? s'exclame-t-elle. Je deviendrais folle si tout n'était pas structuré et organisé.

Carter s'apprête à répondre à ma place, encore une fois, mais je le devance :

– Je cuisine comme si tout le monde était là et s'il y a trop, je donne le surplus à des œuvres caritatives. Et puis mon mari m'aide. À deux, tout va plus vite.

Je passe mon bras autour de la taille du fameux « mari », qui ne se fait pas prier pour embrasser ma tempe.

–Vous êtes une petite chanceuse. Vous semblez avoir déniché la perle rare. Votre époux est beau garçon, poli, il cuisine et il vous soutient dans vos... moments d'égarement.

Je me crispe. J'avais oublié que pour notre voisine, que pour le voisinage tout entier, d'ailleurs, je suis une folle dépressive qui passe son temps à faire des crises de démence. Carter, quant à lui, doit passer pour un homme brave et courageux prêt à tout pour sa femme. Cette idée me met un véritable coup au cœur, ce qui n'échappe pas à mon compagnon.

– C'était un plaisir de papoter avec vous, madame Dawson, mais Mila et moi avons beaucoup à faire, lâche-t-il pour mettre fin à la discussion. Bonnes fêtes de fin d'année à vous et à votre famille.

Nous remontons notre petite allée pour rentrer dans la maison. J'enlève mes bottes et mon manteau puis je monte dans la chambre.

– Où est-ce que tu vas ? s'écrie Carter depuis le bas de l'escalier.

– Me reposer. Je suis fatiguée.

– Tu ne veux pas qu'on aille faire les courses ?

– Plus tard.

Je claque la porte, m'effondre sur le lit et m'endors presque aussitôt.

***

– Mon cœur... ouvre les yeux.

Je grogne et roule sur le côté, refusant d'obéir.

– Mila. Réveille-toi.

– Laisse-moi dormir.

– Le supermarché ne restera pas ouvert toute la nuit.

Le supermarché ? Ah oui, les courses.

Je soupire et me lève avec l'intention de me rendre dans la salle de bain, mais Carter attrape mon bras et m'attire sur ses genoux.

– Ce que cette harpie de voisine a dit t'a blessée, affirme-t-il.

J'avale la boule qui grossit dans ma gorge puis avoue :

– Elle me croit folle. Elle pense que je suis une dingue qui te mène la vie dure et que tu es un martyr.

– Toi et moi, on sait que c'est faux. C'est moi le dingue et c'est toi la martyre.

– Ce n'est pas drôle, Carter.

– Écoute, je regrette tout ce qui s'est passé au début et la manière dont je me suis comporté à l'époque.

Il enroule ses grands bras autour de moi et enfouit sa tête dans mon cou en soupirant :

– On va partir d'ici, de cette maison. On va recommencer ailleurs, et là-bas, je te jure que tu ne seras rien d'autre que ma femme. À moi.

Il embrasse tendrement ma nuque, je le laisse faire avec plaisir.

– Tu m'obsèdes, souffle-t-il contre ma peau. Mila, ma Mila…

Ses lèvres parcourent ma gorge. Mes mains agrippent ses cheveux quand ses dents se mettent à mordiller ma mâchoire.

– Carter… le supermarché va… fermer.

– Mila. Les choses ont changé entre nous mais…

– Ne me dis pas ce que je dois faire ou pas. Je ne suis plus ta captive. Ne me dis pas de ne pas m'éloigner de toi.

Il pose ses doigts sur ma nuque pour y exercer une légère pression et me rétorque :

– Je dois le faire parce que, d'une manière ou d'une autre, j'aurai toujours peur que tu ne m'échappes. Je ne te perdrai pas. Jamais !

Je le prends dans mes bras et le serre contre moi pour le rassurer.

– Je ne partirai pas, tu le sais.

– Tu resteras avec moi pour toujours.

Il prend mon visage en coupe et m'embrasse pour m'empêcher de protester, puis il affirme :

– Je te fais confiance.

Il se lève et je le suis hors de la chambre, un peu désorientée. J'enfile mes bottes ainsi que mon manteau et, comme à son habitude, Carter enfonce un bonnet sur ma tête avant de déposer un baiser sur le bout de mon nez. Un petit rituel que j'apprécie de plus en plus.

Nous grimpons dans le pick-up et il allume la radio.

– Notre maison est la seule du quartier à ne pas être décorée, fais-je remarquer alors que nous démarrons.

– Je m'y colle demain, me répond Carter.

– Et est-ce que tu… enfin, je sais que ce n'est probablement pas une bonne idée, mais…

– Pose ta question, Mila.

– Est-ce que tu vas inviter Ben et ta sœur ? je murmure.

Que ce soit clair, j'en veux à Leah d'avoir tourné le dos à son frère comme elle l'a fait. Mais elle est l'unique famille qui lui reste – je me refuse à y inclure ses parents –, et Ben est son meilleur et son seul ami. Même si ce n'est que pour une petite heure, je souhaite que Carter passe Noël avec des proches cette année. Je souhaite que ce Noël soit différent des derniers qu'il a vécus.

– Tu tiens à ce qu'on se dispute, aujourd'hui ? m'accuse-t-il.

– Non. Ce que je veux, c'est que tu sois heureux, pour une fois.

– Pour une fois ? Mais je *suis* heureux ! Je suis plus heureux que jamais depuis que tu fais partie de ma vie, Mila. Je n'ai besoin de personne d'autre et je compte bien passer ce Noël ainsi que le restant de mes jours seul avec toi.

J'inspire brusquement. L'entendre parler de nos vies liées l'une à l'autre jusqu'à la fin est déroutant, déconcertant et un peu terrifiant.

Jusqu'à la fin…

– J'aimerais qu'on change de sujet et que cette journée se termine aussi bien qu'elle a commencé, ajoute-t-il.

– D'accord, j'abdique.

Je prends sa main, et il s'apaise aussitôt.

Je suis toujours aussi étonnée d'avoir un tel effet sur lui. Après l'avoir mis hors de lui les premiers jours de ma captivité, je suis maintenant celle qui le calme, fait taire ses angoisses et canalise ses sautes d'humeur.

Il est seulement dix-neuf heures lorsque nous nous garons sur le parking du supermarché. La nuit est tombée, la température est de 1 °C et la neige tombe à gros flocons. Je souris. J'aime tellement l'hiver que je rêve qu'il ne cesse jamais…

Comme un couple normal, Carter et moi prenons un chariot et commençons à déambuler dans les allées.

– Qu'est-ce que tu voudrais manger ? je lui demande.

– Peu importe. J'avais vingt ans la dernière fois que j'ai fêté Noël. Je n'accorde pas d'importance aux traditions. Prépare ce qui te plaît.

Attristée par son aveu, cela me décide à faire encore plus d'efforts pour rendre ce jour spécial. Je déniche une dinde qui, si nous la mangeons seuls, nous causera à coup sûr une indigestion, mais peu importe. Puis je remplis le chariot de légumes et d'un tas d'autres choses délicieuses. Je dois cependant me débrouiller avec une seule main libre : Carter refuse de lâcher l'autre. Heureusement, il pousse le caddie pour me faciliter la tâche. Au moment où je prends du chocolat, du glaçage, des décorations pâtissières et tous les ingrédients pour préparer les traditionnels biscuits de Noël, ses yeux s'écarquillent.

– Dis-moi combien on peut dépenser parce que si tu ne m'arrêtes pas, je risque de dévaliser le magasin, je m'exclame.

– Je me fiche de combien tu dépenses. Mais bon sang, Mila, il nous faudra au moins un mois pour liquider tout ça !

– C'est Noël ! On mange toujours comme quatre pendant cette période. Est-ce que tu peux t'occuper des boissons ? C'est tout au fond à gauche, je vais chercher les épices pour farcir la dinde pendant ce temps-là et je te rejoins.

Au moment où je fais volte-face, je suis ramenée illico en arrière. Carter serre ses doigts autour des miens et me plaque contre lui.

– Tu ne vas nulle part sans moi, décrète-t-il.

– Carter, ne commence pas ! Ce dont j'ai besoin se trouve dans le rayon d'en face, j'en ai pour trente secondes à peine.

– Raison de plus pour t'accompagner.

– Ne gâche pas cette journée, je l'avertis. Tu as dit que tu me faisais confiance, c'est le moment de me le prouver.

Il me dévisage si longtemps que je crains qu'il ne fasse une crise.

– Dépêche-toi, murmure-t-il finalement du bout des lèvres.

Je détache doucement nos doigts. Je crois, l'espace d'une seconde, apercevoir de la panique dans le regard de Carter lorsque nos mains s'écartent l'une de l'autre. Puis il s'éloigne avec le chariot en direction du rayon boissons.

Je suis fière de lui. Il fait de son mieux et je lui en suis reconnaissante. Cela prendra du temps, mais avec de la patience et de la volonté nous pouvons réussir à consolider la confiance entre nous.

Sans perdre de temps, je me rends dans l'autre rayon et prends les dernières petites choses qu'il me manque, avec quelques suppléments au passage. Je rejoins ensuite Carter. Son regard s'illumine lorsqu'il m'aperçoit.

– Excusez-moi, où avez-vous trouvé ces guimauves ?

Je sursaute, coupée en plein élan par un homme visiblement perdu dans le supermarché. Je mets une poignée de secondes à analyser sa demande, puis je lui réponds en indiquant le rayon d'où je viens :

– Juste derrière.

Il me remercie et je m'avance vers Carter, dont le regard a perdu tout éclat.

Oh non !

Son corps est tendu, son visage fermé, sa mâchoire crispée.

Je pose les courses dans le chariot comme si de rien n'était et je lui souris chaleureusement.

– On peut y aller maintenant.

– Qu'est-ce qu'il te voulait ? demande-t-il, trop calmement à mon goût.

– Simplement savoir où étaient rangées les guimauves.

– Pourquoi te le demander à toi en particulier ?

– Sûrement parce qu'il a vu que j'en avais et…

– Est-ce qu'il te plaît ?

– Pardon ?

– Tu lui as souri. Est-ce qu'il te plaît ?

– Mais non, enfin ! Comment veux-tu qu'il puisse me plaire ? Il m'a posé une question et j'ai répondu, fin de l'histoire.

– Tu lui as souri, répète Carter, perdant peu à peu patience.

– Et alors ? Je n'ai rien fait de mal.

Il pose sa grande main derrière ma nuque et me rapproche brusquement de lui.

– Tes sourires me sont exclusivement destinés, Mila. À moi et rien qu'à moi.

Les larmes me montent aux yeux. Qu'il soit possessif, je peux apprendre à vivre avec. Mais certainement pas avec ce Carter froid qui veut me dominer, me contrôler. Malheureusement, sa bipolarité fait que sa personnalité peut changer à tout moment… et je ne suis pas certaine qu'à la longue je puisse m'y habituer et l'accepter.

– Je veux rentrer, je bredouille.

Carter me relâche et m'examine. Déçue, je prends le chariot et me dirige vers les caisses sans l'attendre, les mains serrées autour de la poignée. Je dépose les articles sur le tapis roulant en silence, sans lui jeter un regard. Il m'aide, puis il sort son portefeuille pour payer. En liquide, évidemment, il ne faut laisser aucune trace.

Nous rangeons les courses dans le coffre de la voiture et nous rentrons sans échanger un mot. Au moment où il tend la main pour prendre la mienne, je m'éloigne de lui autant que l'habitacle exigu le permet. Il souffle de mécontentement et prend de grandes inspirations pour se calmer. Lorsque nous arrivons à la maison, il est déjà plus serein.

Dès que nous avons fini de tout décharger et que je commence à ranger, il se dirige vers la porte d'entrée.

– J'ai une course à faire, m'annonce-t-il. Je reviens.

– Où est-ce que tu vas ?

– Je n'en ai pas pour longtemps. Promis.

Je hausse les épaules et me remets au travail. J'entends Carter verrouiller la porte, mais je note qu'il n'a pas activé l'alarme.

Un pas de géant dans l'univers dérangé de Carter O'Connell…

Déballer les courses me prend un temps fou, pendant lequel je me demande sans cesse où Carter peut bien être parti et surtout ce qu'il fait. Une fois que j'ai terminé, je décide de préparer le repas pour m'occuper. Je prends de grosses pommes de terre et les farcis de champignons, de crème fraîche et de jambon, puis je saupoudre le tout de fromage râpé et j'enfourne.

Lorsque je commence à m'inquiéter de l'absence de Carter, il fait soudainement son retour dans la maison.

– Mila ! me crie-t-il depuis l'entrée. Ferme les yeux.

– Pourquoi ?

Il s'approche et prend mon visage entre ses mains. Bon sang, elles sont glacées.

– S'il te plaît.

J'obtempère. Il me fait asseoir sur une chaise de la cuisine et me fait promettre de ne pas regarder ce qu'il prépare tant qu'il ne m'en donnera pas l'autorisation. Il sort de la maison et le froid y entre, me faisant frissonner. Un bruit sourd résonne alors et Carter grogne, donnant l'impression qu'il s'est cogné.

– Est-ce que ça va ? je lui demande.

– T'en fais pas. Garde les yeux fermés.

Je me mets à sourire en l'entendant s'activer dans le salon. Puis il referme la porte à clé et s'approche de moi. Ses mains glacées se posent sur mes poignets et il m'aide à me lever.

– Tu peux regarder.

J'obéis et me retrouve face à un sapin posé à côté du canapé. Il n'est pas très grand, mais très touffu. En m'approchant petit à petit, je finis par le reconnaître, émerveillée…

Un M est gravé sur le tronc. Pas de doute, c'est *mon* arbre.

– Tu es allé le chercher exprès ? je comprends, enthousiaste.

– Il t'était réservé. J'ai aussi ça pour toi…

Carter me tend timidement un objet emballé dans du papier doré. Intriguée, je l'ouvre et je découvre une sublime boule à neige. Ce n'est pas n'importe laquelle : c'est celle sur laquelle j'avais flashé dans le Colorado, au marché de Noël que nous avions visité. Ravie, je la secoue et des petits flocons se mettent à tomber sur les deux arbres et la maison à l'intérieur, tout comme je peux les voir tomber à travers ma propre fenêtre. Ce constat me touche encore plus.

– Quand est-ce que tu l'as achetée ? je demande en la serrant contre moi.

– J'ai profité d'une de tes grasses matinées, en croisant les doigts pour que tu ne te réveilles pas en mon absence.

– Mais, Carter, c'est…

Je me tourne vers lui avant de reprendre :

– Tu t'es souvenu que je l'avais remarquée. Et le sapin…

Je n'ai pas le temps d'approcher que, déjà, il me serre contre lui.

– Ça te plaît ? s'enquiert-il.

– Bien sûr. Merci.

– De rien, mon cœur.

Il m'enlace avec plus de force. Son pouce glisse sur mes lèvres, puis sa bouche le remplace pour me donner un rapide baiser.

– Je t'ai fait de la peine tout à l'heure, je suis désolé, s'excuse-t-il. Et ça arrivera encore. Tu sais, je ne me maîtrise pas. Je veux te garder pour moi. Mais tu me pardonnes, n'est-ce pas ?

Je ferme les yeux et accueille ses baisers sur mon visage.

Carter ne me laisse pas le choix, encore une fois. Je suis cependant prête à faire preuve de tolérance. Je dois prendre en compte ses insécurités et sa maladie, et faire en sorte de le rassurer.

– Je te pardonne. Maintenant, est-ce qu'on peut décorer le sapin ?

– Mangeons d'abord, répond-il alors que le four sonne, indiquant la fin de la cuisson des pommes de terre.

Nous nous mettons à table et j'expédie mon repas en seulement quelques minutes. Carter se moque de moi en me voyant courir jusque dans notre chambre pour aller chercher les décorations que nous avons déjà achetées. Quelques minutes plus tard, nous nous retrouvons au milieu du salon avec des sacs et des boîtes tout autour de nous, en train d'orner tous les deux ce sapin qui vaut plus pour nous que pour tous les autres.

– Notre premier sapin de Noël, commente Carter en se reculant pour admirer le résultat lorsque nous avons terminé.

– Je l'adore. Il est magnifique.

Je tape dans mes mains, excitée comme une puce. Enfin, ma vie retrouve un semblant de normalité. Aussi étonnant que cela puisse être, j'ai même l'impression que ce Noël sera l'un des plus mémorables de ma vie.

– Assieds-toi ! Je vais nous préparer un petit quelque chose, j'ordonne à Carter avant de me retirer dans la cuisine.

J'ai l'impression d'être sur un nuage. Je me sens bien et c'est assez rare pour le noter.

Après quelques instants, je retrouve Carter dans le salon, assis par terre face au sapin, et je lui tends une tasse de chocolat chaud avec des morceaux de guimauve. Il s'esclaffe en la prenant.

– Je préparais la même chose à mes sœurs quand nous étions plus jeunes.

– Gaby et moi en buvons presque chaque soir pendant les périodes de fête. On adore ça. Enfin… on *adorait* ça.

Nous prenons chacun une gorgée du nectar chaud et sucré en silence, chacun pensant aux personnes que nous avons perdues. Carter par accident, moi, contrainte et forcée.

Il m'attire soudain contre lui et frotte doucement son nez contre le mien.

– On va être heureux tous les deux, affirme-t-il. On passera des dizaines de Noëls ensemble. On n'aura jamais besoin de personne d'autre.

– Jusqu'à la fin… je chuchote en caressant sa joue.

– Oui, mon cœur. Jusqu'à la fin…

Il me déleste de ma tasse et la pose sur la table basse du salon avec la sienne avant de prendre mon visage en coupe, de plonger ses magnifiques yeux verts dans les miens et de me dire :

– Je t'aime.

CHAPITRE 32

Je verse du jus de fruits dans mon verre et m'installe à la cuisine… seule. Puis je me sers une part du gratin de légumes que j'ai cuisiné. Mais Carter ne se montre toujours pas. Depuis le fiasco de la veille, il est distant, renfermé. Je n'ai pas répondu à son « je t'aime »… J'en ai été incapable. Je sais que mes sentiments pour lui sont présents mais j'ai peur. Notre histoire est atypique, pour ne pas dire anormale et j'ai encore du mal à me dire que je suis amoureuse de lui.

Je repense à sa réaction lorsque je suis restée muette après sa déclaration. La lueur qui animait son regard depuis des jours s'est éteinte lorsqu'il a compris qu'il n'aurait pas de réponse.

La porte de la cave claque et Carter apparaît, les bras chargés de guirlandes lumineuses.

– J'ai préparé le déjeuner, lui dis-je.

– Je n'ai pas faim. Je dois aller accrocher ça.

– Mais il fait un froid glacial, dehors. Prends des forces avant.

Il sort de la maison sans répondre. Je soupire, me calant contre le dossier de ma chaise. La vie avec Carter n'est jamais simple ou tranquille. Tout est toujours source de conflit, c'est épuisant. Ne comprend-il pas à quel point c'est difficile pour moi de m'habituer à tout cela ? Ne comprend-il pas qu'il me faille du temps pour assimiler et assumer une relation avec mon ancien ravisseur ? Carter veut tout, tout de suite. Il a besoin de preuves et d'engagement, de savoir que je ne reculerai pas et que je suis avec lui pour de bon, sauf que ce n'est pas un engagement que je suis prête à prendre à la légère.

À travers la fenêtre, je le vois stabiliser une échelle contre le mur de la maison. Il grimpe dessus et s'arrête au niveau de la vitre de la cuisine pour en décorer le contour d'une guirlande. Il n'est pas obligé de faire ça : il m'a bien fait comprendre que Noël n'est pas important pour lui. Mais non, il veut me faire plaisir et mon cœur se serre quand j'imagine ce qu'il a pu ressentir face à mon mutisme.

Pour tout dire, j'ai du mal à croire qu'il puisse être amoureux de moi. Il semble le croire, en tout cas. Il répète sans cesse que nos destins et nos vies sont liés, que nous ne pourrons compter que l'un sur l'autre jusqu'à la fin. Peut-être est-ce pour cela qu'il pense m'aimer, parce qu'il imagine que personne d'autre ne partagera sa vie que moi ? Chacun des gestes, chacun des mots de Carter me semble cependant sincère…

Je suis perdue, voilà pourquoi je suis incapable de lui répondre pour le moment.

Je monte à l'étage pour prendre une douche et m'habiller chaudement avant de sortir pour le retrouver. Il finit de décorer l'une des portes-fenêtres du salon lorsque j'arrive près de lui.

– Est-ce que tu as besoin d'aide ? je lui demande.

– Non merci.

– Tu penses que tu auras assez de guirlandes ?

– Oui.

Il descend de l'échelle. Je l'arrête avant qu'il ne s'éloigne.

– Carter, attends.

Il s'immobilise mais ne me regarde pas pour autant. Je me poste devant lui et, timidement, je passe mes bras autour de sa taille.

– Tu ne m'as pas dit bonjour aujourd'hui, je lui fais remarquer.

– Bonjour, grogne-t-il avant de s'extirper de mes bras.

– Tu n'as pas le droit de m'en vouloir, je lui renvoie.

– Rentre, tu vas attraper froid.

– Ne me dis pas ce que je dois faire !

– Bien ! Fais ce que tu veux, alors.

Et il disparaît à l'arrière de la maison.

Bordel de merde. Que Carter se désintéresse de moi ainsi me met en rogne, je le prends comme un rejet. Il est tellement obsédé par le fait de m'avoir près de lui que je me retrouve blessée maintenant qu'il me laisse la liberté que j'ai réclamée des semaines durant. Depuis que je suis au courant de sa bipolarité, j'essaye d'être plus indulgente avec ses sautes d'humeur, mais là, je suis furieuse.

Je rentre dans la maison et m'attelle à la préparation du repas de demain midi. Je rêve de moments simples mais mémorables pour ce premier Noël que Carter et moi allons passer ensemble. Ce soir, nous regarderons des téléfilms romantiques en buvant du chocolat chaud et demain, nous déjeunerons en compagnie, je l'espère, de Ben et Leah. Je ne sais pas encore comment je vais me débrouiller mais je compte bien les faire venir.

L'idée que je ne découvrirai pas de cadeaux au pied du sapin ne me dérange pas autant que je m'y attendais. Je veux juste passer ces fêtes au calme et retrouver l'ambiance que j'aime tant.

Je m'occupe de la marinade et de la farce pour la dinde, puis je fais reposer le tout au frais avant de préparer mes biscuits de Noël.

J'adore cuisiner. Cela me détend, encore plus lorsque je regarde le paysage par la fenêtre en face de moi. Voir les flocons tomber et s'écraser silencieusement sur le sol est un spectacle apaisant. La seule chose qui manque à mon bonheur, c'est que Carter se trouve à mes côtés. J'aurais voulu partager ce moment avec lui.

Lorsqu'il rentre enfin, je jette un coup d'œil à l'horloge et m'aperçois que près de deux heures se sont écoulées. La cuisine est sens dessus dessous et sur le plan de travail trônent cinq pâtes différentes : chocolat, amande, vanille, citron et nature. J'ai de quoi faire des biscuits pour toute une armée.

Alors que je sens Carter s'approcher, je l'ignore, bien décidée à lui montrer que je suis blessée par son comportement.

– Est-ce qu'on a invité le quartier à dîner ? s'enquiert-il en détaillant la montagne de nourriture devant moi.

Je reste muette, sors un rouleau à pâtisserie et commence à étaler la pâte avec plus de poigne que nécessaire.

– Tu as besoin d'aide ?

Je pose brutalement le rouleau sur le plan de travail et commence à découper des biscuits à l'emporte-pièce.

– Je vois.

Carter quitte la cuisine et monte à l'étage. J'entends l'eau de la douche couler et je me détends un peu. Je n'ai envie que d'une chose, me blottir contre lui, mais je ne dois surtout pas céder. Je dois lui montrer que moi aussi je peux être têtue.

J'enfourne la première série de biscuits et m'attaque à la préparation des autres. J'en suis à la quatrième lorsque je sens deux mains se poser sur mes hanches. Le souffle de Carter balaye ma nuque, ses lèvres effleurent ma gorge.

– Pourquoi est-ce que tu ne peux pas m'aimer ? me demande-t-il.

La douleur dans sa voix me fait tressaillir. Je m'appuie sur le plan de travail et ferme les yeux. Ses cheveux humides frôlent ma joue.

– Pourquoi est-ce que *toi*, tu m'aimes ? je lui rétorque.

– Quoi ?

Il me fait pivoter face à lui. Ses yeux verts inquiets fouillent les miens à la recherche d'une explication.

– Comment peux-tu être sûr de m'aimer ?

– Mila…

– Je ne comprends pas. Comment se fait-il que tu sois certain de ressentir quelque chose pour moi ? Comment sais-tu que tes sentiments ne se sont pas développés par obligation plutôt que par amour ?

– Tu… tu crois que je me force à t'aimer ?

Je ne réponds pas, mais mon silence est éloquent.

– Est-ce que tu penses vraiment que je suis le genre d'homme qui dit « je t'aime » à tour de bras, Mila ? Qui pourrait le dire sans le penser ?

La main de Carter emprisonne mon menton.

– Est-ce que tu penses que je pourrais faire tout ça par obligation ? Et puis, qu'est-ce que ça veut dire, « obligation » ? Je ne suis obligé à rien, Mila. Si je ne tenais pas à toi, si je n'étais pas amoureux… j'aurais trouvé un moyen de me débarrasser de toi et de reprendre le cours de mon ancienne existence. Mais je n'en ai pas envie. Je veux démarrer une nouvelle vie avec toi. On peut y arriver. Malgré toutes les erreurs que j'ai faites et tous les obstacles qui nous attendent, je sais qu'on peut y arriver.

Lorsque je l'entends parler ainsi, avec tant de conviction, de détermination, je ne peux qu'y croire moi aussi.

– Maintenant réponds-moi, conclut-il. Pourquoi est-ce que tu ne peux pas m'aimer ?

Il a été si franc avec moi que je lui dois de l'être en retour.

– J'ai peur, j'avoue, au bord des larmes.

– Peur de quoi ? demande-t-il d'une voix douce.

– De ce que je ressens. Je n'arrive pas à comprendre si c'est normal ou pas. J'ai besoin de savoir que je ne suis pas dingue de me lancer dans une histoire avec toi. C'est surréaliste, Carter. En l'espace de deux mois, tu m'as kidnappée, malmenée, tu as effacé les moindres traces de mon ancienne vie puis tu es devenu attachant, attentif et nous voilà aujourd'hui… ensemble. Je… je suis persuadée que quelque chose ne va pas. Le monde ne fonctionne pas comme ça, on est tellement différents des autres… Ça me fait peur…

Carter inspire profondément, prend mon visage et le blottit contre son torse.

– Ce n'est pas parce que notre relation est atypique qu'elle est interdite, affirme-t-il. On ne fait rien de mal. Ce que nous vivons ne regarde que nous. En quoi est-ce que c'est mal d'être différents ? Mila, la normalité n'existe pas. Personne n'est « normal ». C'est *notre* vie. Toi et moi, on sait à quel point notre histoire a mal démarré, à quel point elle est compliquée… mais pour le reste du monde, nous sommes bien plus normaux que tu ne le crois. Tu ne dois pas te demander ce que tu *devrais* ressentir. Ressens, tout simplement.

Il s'écarte de moi pour me regarder droit dans les yeux alors qu'il me dit à nouveau :

– Je t'aime. Et je sais que tu m'aimes aussi. J'attendrai que tu sois prête à me répondre.

Il dépose ses lèvres sur les miennes, et je m'accroche à lui. Même si je ne suis pas encore prête à lui avouer mes sentiments, je suis bien dans ses bras. J'ai besoin de sa présence, j'ai besoin de le sentir près de moi. Je commence à développer la même obsession que lui.

– Il y a quelque chose dont j'aimerais te parler, reprend-il.

Son visage devient sérieux, ce qui n'est pas fait pour me rassurer. Il prend ma main et nous guide jusqu'au salon. Je m'installe sur le canapé alors qu'il sort un dossier du tiroir de la table basse. Il s'assoit à côté de moi et dépose des documents devant nous.

– Je suis allé à la mairie chercher des formulaires de demande de nouvelles pièces d'identité, annonce-t-il.

Je hoche la tête sans vraiment comprendre en quoi cela est important.

– Il faut que tu les remplisses au nom de Mila Winter.

Devant mon air perdu, il s'explique :

– J'ai essayé de trouver un nom qui te corresponde, de penser à quelque chose que tu aimes… Comme l'hiver est ta saison préférée, je me suis dit que ça te conviendrait.

Bien que je sois touchée par sa démarche, je suis incapable de le remercier.

– Enfin bref, j'ai fait faire un faux certificat de naissance par mon réseau, m'explique-t-il. Tu n'auras qu'à le joindre au formulaire.

Je déglutis péniblement, réalisant ce qui m'attend.

– Tu auras un nouveau passeport, un nouveau permis de conduire… liste Carter.

– Un nouveau nom.

– Ne t'inquiète pas, tu ne seras pas Mila Winter très longtemps.

Je suis comme perdue dans un brouillard. Ses mots glissent sur moi sans que j'en comprenne le sens.

– Je sais que c'est difficile pour toi mais on n'a pas le choix, me dit-il. Le commanditaire te cherche. Il ne faut pas qu'il te trouve, mon cœur.

– Je sais.

Je m'empare des papiers et du stylo accroché au dossier.

– Tu n'es pas obligée de les remplir maintenant, Mila, tu peux…

– À quoi bon attendre ? Je n'ai déjà plus d'appartement. Plus rien ne m'appartient.

Je remplis les cases en silence en retenant mes larmes.

– C'est pour ça que tu m'as fait tout vendre ? je demande. Pour que je disparaisse un peu plus ?

– Oui.

– Et l'argent ? Où est-il ?

– Sur ton compte en banque.

– Qui s'est occupé des ventes ?

– Benjamin. Tu avais signé tous les papiers, alors…

– Alors il n'avait plus qu'à régler les petits détails. Et mes affaires ? Tous mes vêtements, mes souvenirs ?

– Nous avons vendu les meubles avec l'appartement. Pour ce qui est de tes papiers et de tes albums photos, ce genre de choses, Ben les a transportés ici.

– Ici ? je répète, incrédule.

– Oui. Ils sont à la cave.

– Pourquoi tu ne m'as rien dit ?

– Je pensais que remuer le passé te ferait du mal.

Je m'apprête à protester, avant de m'apercevoir que Carter a totalement raison. À quoi est-ce que cela me servirait de me replonger dans ma vie d'avant en sachant que je ne la retrouverai plus ? Parcourir les photos de mon ancienne existence, lire des documents adressés à mon ancien nom, tout cela ne ferait que me condamner à une mélancolie chronique. Je dois accepter de prendre un nouveau départ. Je ne peux pas me permettre de m'accrocher à des souvenirs d'un temps révolu. Je ne ferais qu'en souffrir.

Carter embrasse ma tempe et caresse mon dos pendant que j'inscris « M.I.L.A. W.I.N.T.E.R. » dans les cases.

– Dans deux semaines, on ira fermer tes comptes bancaires, m'annonce-t-il.

Je relève subitement la tête.

– Mais ça veut dire…

– Oui, ça veut dire retourner à Chicago. Seulement pour une journée, même pas : quelques heures. Ensuite, on reviendra ici et on déménagera dans une nouvelle maison. Ensemble.

Je prends de profondes inspirations pour calmer l'angoisse qui monte en moi. J'ai réussi à faire un peu redescendre la pression lorsque Carter me porte le coup de grâce :

– Dans quelques jours, quand tu auras reçu tes nouveaux papiers, nous irons à la mairie pour officialiser les choses.

– Officialiser ?

Je le regarde, interdite.

– Toi et moi.

Il prend ma main gauche et enlace nos doigts. Nos alliances se touchent.

Oh.

Oh !

– Officialiser, tu veux dire…

– Notre union, oui.

Je panique.

– Mais ce sera réel, on sera vraiment mariés !

– On le sera.

Tu ne seras pas Mila Winter très longtemps… Bien sûr, il va me faire devenir Mila O'Connell officiellement.

Je lâche les papiers et me lève. J'arpente la pièce, de plus en plus angoissée.

– Ce n'est pas ce que je veux. Carter, s'il te plaît, on n'est pas obligés de faire ça.

– On n'a pas le choix, Mila. Tu es en train de te créer une autre identité, si on ne fait pas valider le mariage, ça ne sert à rien.

Je ne peux retenir mes larmes plus longtemps. C'est trop.

Carter vient me prendre dans ses bras. J'essaye de me dégager de son étreinte mais il me serre plus fort. Comme toujours, il ne veut pas que je lui échappe.

– Laisse-moi respirer, je me plains contre lui.

– Ne réfléchis pas. Laisse-toi guider, laisse-moi gérer. Tu sais qu'on n'a pas le choix.

– Je n'ai rien demandé. Pourquoi, putain, pourquoi moi ?

– Chut. Ça va aller, mon cœur. Tout ira bien.

Il attend patiemment que je me calme alors que je m'accroche à lui comme s'il était la seule chose réelle et sécurisante de mon existence.

Il l'est, à présent…

La crise passée, je fais tout pour me reprendre. Je ne peux pas continuer à m'apitoyer sur mon sort, faire un pas en avant pour reculer de dix ensuite.

Je quitte l'étreinte chaude des bras de Carter pour retourner à la cuisine.

– Est-ce que tu veux qu'on en parle ? me propose-t-il.

– Non. Je ne veux plus en parler. Je ne veux pas y penser non plus, je veux juste… je veux faire mes biscuits de Noël.

Je sors du four ceux qui y cuisaient et continue mes préparations.

– Tu as besoin d'aide ?

Carter demande-t-il cela pour me changer les idées ou parce qu'il en a vraiment envie ?

Je soupire en m'appuyant sur le plan de travail. J'en ai assez de me poser sans arrêt des centaines de questions. Je veux partager ce moment avec lui, je veux qu'on y arrive, que notre histoire fonctionne.

– Oui.

Il enroule sa main autour de mon poignet et m'attire contre lui. Sa bouche s'empare de la mienne avec urgence. Surprise, je mets quelques secondes à réagir, puis mon corps et ma raison abdiquent. Je lâche prise. Je me laisse emporter par Carter et ses lèvres habiles. Il dégage quelque chose de dangereusement fascinant et plus les jours passent, plus je m'attache à lui. Mon cerveau est tenace, il n'arrive pas à accepter mon attachement à mon ancien ravisseur, mais mon cœur, lui, a déjà rendu les armes.

Fourrageant dans ses cheveux, je le laisser m'entourer, me serrer, jusqu'à ce que nous ayons l'impression que nos corps ne font plus qu'un. Carter est grand et musclé, il a la peau douce et une odeur qui me rend folle, et des yeux si verts et si expressifs que j'ai le sentiment que je peux plonger dedans… Il est complexe, hanté par les ténèbres, brisé, mais malgré cela, il a cette flamme qui brille en lui et qui le rend beau en dépit de toute la laideur qu'il a dû affronter. Cette flamme, je suis déterminée à l'entretenir, à tout faire pour qu'elle ne s'éteigne jamais.

Je suis en train de tomber amoureuse de Carter O'Connell, et je n'ai aucun moyen d'empêcher ça.

– Jusqu'à la fin… chuchote-t-il.

J'acquiesce. Il dépose un baiser sur mon menton avant de prendre place derrière les fourneaux.

– Qu'est-ce que je peux faire ?

Pantelante, je lui tends les emporte-pièces. Il les regarde puis les repose et prend un couteau pour tracer lui-même les formes qu'il désire. Je lui jette de discrets coups d'œil et un sourire étire mes lèvres lorsque je le vois dessiner les lettres de mon prénom.

Quand les biscuits sont tous cuits, nous en avons assez pour nourrir tout Shorewood. Je m'installe à table et entreprends de les décorer.

– Le soir commence à tomber, me dit Carter. Je vais terminer quelques branchements sur les décorations, tu voudras sortir voir ce qu'elles donnent ensuite ?

– Avec plaisir.

Il s'éclipse à la cave quelques minutes avant de sortir de la maison. Dès qu'il passe la porte, je me rue dans le salon à la recherche de son nouveau téléphone portable, qu'il a laissé dans le tiroir de la table basse depuis notre retour du chalet. Il n'a plus peur que j'appelle la police ou que je cherche à m'enfuir, et il a raison. Je n'en ai plus envie.

C'est quelqu'un d'autre que je cherche à contacter à cet instant.

Une sonnerie.

Deux sonneries.

Puis enfin…

– Salut, mec !

– Benjamin. C'est Mila…

– Mila ? Que… qu'est-ce qui se passe ? Est-ce que Carter va bien ? Et toi ?

– Oui, oui, ne t'inquiète pas. Mais je n'ai pas beaucoup de temps, il ne sait pas que je t'appelle.

– Je t'écoute.

– J'aimerais que Leah et toi veniez passer la journée de Noël avec nous demain.

– Oh. Écoute, je ne crois pas que…

– Carter n'a pas célébré cette fête depuis des années. Je suis certaine que voir sa sœur et son meilleur ami le rendra heureux. S'il te plaît, penses-y. Il n'est plus le même, je t'assure qu'il ne sera pas désagréable avec Leah. Ben, je t'en prie, il…

– Mila ?

La voix de Carter me fait sursauter, et je laisse tomber le téléphone. Je me baisse pour le ramasser, coupe la communication en hâte puis le remets dans le tiroir.

– Mila ?

Carter toque à la porte-fenêtre pour me faire signe de venir. J'enfile mon manteau et prends plusieurs grandes inspirations pour me calmer.

– Ferme les yeux, dit-il lorsque je sors de la maison.

Il prend ma main et me guide pour me placer devant la façade.

– Tu es prête ?

– Oui, je réponds, excitée.

– Tu peux regarder, murmure-t-il à mon oreille.

J'obéis… et reste bouche bée. Notre maison est tout simplement superbe. Chaque fenêtre est entourée d'une guirlande lumineuse blanche. La porte du garage aussi est décorée. Je recule pour mieux admirer le rendu. C'est…

– Parfait. Carter, c'est tellement beau.

– Ça te plaît ?

– Bien sûr. J'adore.

Il me prend dans ses bras et me serre contre lui.

– Merci. Merci pour ce que tu fais pour moi, lui dis-je. Les efforts et… tout ça. Je sais que tu n'aimes pas les fêtes. Tu n'étais pas obligé de te prêter au jeu.

– Je l'ai fait pour toi.

– Je le sais. Ça me touche encore plus.

Il embrasse longuement mon front.

– Il n'y a rien que je ne ferais pas pour toi. Je veux que tu sois heureuse et je veux que ce soit grâce à moi.

J'enlève les flocons qui tombent dans ses cheveux et lui réponds :

– Je le suis.

Puis je me hisse sur la pointe des pieds et prends l'initiative de l'embrasser.

CHAPITRE 33

Carter

Nous sommes le 25 décembre. Le matin de Noël. Si je n'aime pas cette fête, je suis heureux parce que Mila est avec moi et je me surprends à sourire dès le réveil. Je me réjouis à l'idée de la voir s'émerveiller en découvrant le cadeau que je lui ai acheté. J'ai pensé à elle, bien sûr : je ne pense qu'à elle. J'espère juste que ma démarche ne lui fera pas peur. J'essaye de calmer mes ardeurs et de ne pas perdre Mila dans ma folie, mais j'ai besoin de la sentir à moi de toutes les manières possibles, de savoir qu'elle restera à mes côtés malgré tout ce que je lui fais endurer. Je veux l'entendre me dire qu'elle m'aime, j'en meurs d'envie…

Elle bouge et s'étire à mes côtés, puis elle se retourne pour se blottir contre moi. Comme j'aimerais que notre vie puisse être toujours aussi simple et paisible… Que tous nos matins se déroulent de cette manière…

– Salut.

Je passe une main dans ses cheveux et la dévisage. Ses yeux sont toujours embrumés de sommeil, son corps est doux et chaud contre le mien, sa respiration calme et mesurée.

Mon petit bijou.

– Bien dormi ? je demande.

– Je te le dirai quand je serai réveillée.

Je fais courir mon index sur son épaule dénudée. Si je m'écoutais, je passerais mon temps à l'embrasser et à la toucher. J'essaye d'y aller à son rythme et de ne pas la brusquer, alors je suis toujours surpris lorsqu'elle prend l'initiative de se rapprocher de moi, comme elle le fait à cet instant.

– Carter ?

– Hmmm ?

Elle passe une jambe autour de ma taille puis s'installe à califourchon sur moi.

– Joyeux Noël.

Ses lèvres trouvent les miennes dans un long baiser. Mes paumes caressent son dos puis se glissent sous sa nuisette tandis qu'elle commence à remuer sur moi.

Eh bien, on dirait que la magie de Noël existe…

– Tu as besoin de quelque chose, mon cœur ? je la taquine.

– De toi.

– J'adore t'entendre dire ça.

Elle soude à nouveau nos bouches. Ses mains se perdent sur mon torse, le caressant du bout des doigts. Je suis aux anges : c'est la première fois que Mila se montre aussi entreprenante. Elle ose parfois de petits baisers ou des câlins rapides, mais jamais encore elle n'a pris les devants en matière de sexe. Si elle s'y est décidée, il est hors de question que je m'en plaigne.

– Préservatifs. Dans la commode, j'indique entre deux baisers.

Elle rampe sur le lit et ouvre le tiroir. Je ne peux m'empêcher de laisser glisser mes mains sur sa peau découverte.

Elle est mon obsession.

Une fois qu'elle s'est emparée de ce dont nous avons besoin, je l'attire à nouveau sur moi et la laisse prendre les commandes. Elle me libère de mon caleçon, déchire l'emballage du préservatif et le déroule minutieusement sur mon érection. Je remarque le sourire satisfait qu'elle arbore avant qu'elle se débarrasse de sa nuisette et se positionne au-dessus de moi.

– Ça, c'est un putain de joyeux Noël, dis-je en la parcourant du regard.

– Je pense la même chose.

Elle semble tellement libérée à cet instant… Elle est magnifique. Je la laisse me prendre en elle, lentement, avec douceur. Ses yeux pétillent de désir et c'est plus que je ne peux supporter. J'agrippe ses hanches et donne un violent coup de reins.

– Tu es mienne. Tout entière.

– Carter…

– Admets-le.

Au lieu de répondre, elle crochète ses mains autour de ma nuque et m'embrasse avidement.

– Tu ne pourras jamais t'en aller, je poursuis. Tu resteras toujours avec moi.

Elle bouge sur moi sans me répondre. Pourtant, je veux l'entendre me le dire, je veux qu'elle rende les armes et qu'elle comprenne, qu'elle reconnaisse qu'elle sera à moi pour le restant de sa vie.

– Mila !

Je l'empêche de bouger en maintenant ses hanches dans l'étau de mes mains.

– Tu sais que je ne pourrai jamais m'en aller, déclare-t-elle, frustrée.

– Mais tu ne le *veux* pas, n'est-ce pas ?

Je la fais basculer sur le lit et m'allonge sur elle pour la maintenir immobile. Elle hoquette de surprise. Je me mets à aller et venir en elle lentement, très lentement.

– Carter, plus vite.

– Dis-le-moi, Mila. Dis-moi que tu *veux* rester avec moi. Que tu ne voudras jamais rien d'autre.

– Je veux rester avec toi. Je ne veux rien ni personne d'autre.

Satisfait, je fonce sur ses lèvres et entre en elle brusquement. Elle s'agrippe à mes épaules, enfonçant ses ongles dans ma peau. Je fais courir ma bouche sur son menton en répétant :

– Jusqu'à la fin, mon cœur, jusqu'à la fin.

Guidé par mon désir, je ne pense plus qu'à ça. Qu'elle soit mienne. Pour toujours. Mon amour et mon besoin d'elle sont puissants, obsessionnels et sans limites.

– Je t'aime.

Qu'elle ne réponde pas me fait mal, mais je suis persuadé qu'elle finira par le dire un jour. Je sais qu'elle a des sentiments pour moi, je peux le voir et le sentir. À la manière dont elle s'accroche à moi, au plaisir qu'elle ressent dans mes bras, à sa façon de me regarder parfois quand elle pense que je ne la vois pas. Mila est amoureuse de moi et je suis bien décidé à l'entendre me le clamer haut et fort.

Ses boucles noires s'éparpillent en un halo autour de sa tête, sa peau de porcelaine se couvre de frissons de désir et ses pupilles dorées se dilatent de plaisir.

– Plus vite, gémit-elle en rejetant la tête en arrière.

J'obéis. Elle frémit dans mes bras et me serre contre elle. Je l'enlace encore plus étroitement et je sens son corps se tendre. Le plaisir la paralyse. Elle explose et je ne tarde pas à la suivre. Je pose ma tête contre sa poitrine, sa main se perd dans mes cheveux… et à cet instant, un rire lui échappe. Je me redresse et la regarde, surpris.

– Dis-moi que ta réaction n'a rien à voir avec ma performance.

Elle secoue la tête puis caresse mes joues.

– Ce moment… c'était censé être ton cadeau de Noël. C'est ce que je devais t'offrir. Mais encore une fois, tu as tout pris en main.

– Tu es le plus beau cadeau que j'aie jamais reçu.

J'embrasse son irrésistible bouche rose puis je me redresse en la soulevant dans mes bras.

– Et maintenant, il est temps d'aller découvrir le tien.

Nous prenons une douche rapide et nous nous habillons. Mila garde une expression étonnée pendant tout ce temps.

Pensait-elle vraiment que pour notre premier Noël ensemble elle n'aurait pas de cadeau ?

Nous descendons au rez-de-chaussée, son regard se tourne vers le sapin. Elle écarquille les yeux en découvrant son manteau et ses bottes déposés au pied.

– Je ne comprends pas, dit-elle.

– Enfile-les, tu verras.

Elle obéit, toujours aussi ébahie. Je prends un de ses bonnets dans le placard de l'entrée et j'embrasse le bout de son nez après le lui avoir mis sur la tête. Un petit rituel qui me tient à cœur.

– Où est-ce qu'on va ? demande-t-elle lorsque j'ouvre la portière du pick-up.

– C'est une surprise.

Je pousse le chauffage à fond et mets les essuie-glaces en route, car la neige tombe abondamment. Je conduis prudemment : mon chargement est beaucoup trop précieux pour que je prenne quelque risque que ce soit.

Mila est tout excitée à mes côtés. J'aime la voir heureuse et souriante.

– Carter, je n'y tiens plus. Dis-moi où tu m'emmènes.

– Patience, mon cœur, on est bientôt arrivés.

– Tu es sûr que tu m'as acheté un cadeau ? On n'est pas plutôt en train d'aller dans un magasin ?

– Je suis heureux de la confiance que tu me portes.

Elle se cale dans le siège, décidant de prendre son mal en patience. Quelques minutes plus tard, nous arrivons à bon port. Je me gare sur le bord de la route et coupe le moteur.

– Viens.

Nous sortons de la voiture et je m'empresse de prendre la main de Mila. Pas parce que j'ai peur qu'elle m'échappe, mais surtout parce que j'ai besoin de la toucher.

– Qu'est-ce qu'on fait là, Carter ?

– Laisse-moi te montrer, ensuite je t'expliquerai.

Nous remontons une allée de pierres pour nous diriger vers une maison à étage. Sa façade est simple, mais elle dissimule un intérieur chaleureux, moderne et parfait pour nous deux.

Je crois que Mila commence à comprendre ce que j'ai en tête, car elle resserre ses doigts autour des miens.

J'enfonce la clé dans la serrure et déverrouille la porte. Nous entrons, et ma jolie compagne détaille l'escalier blanc qui mène à l'étage, la cuisine moderne toute équipée à sa gauche, ouverte sur un salon cosy et chaleureux, la salle à manger à sa droite, les hauts plafonds, la décoration… Ses yeux analysent tout.

– Alors ? je tente.

– Alors quoi ?

– Qu'est-ce que tu en penses ?

– Chez qui sommes-nous ?

Je me contente de lui sourire et de lui prendre la main. Je la guide à travers la salle à manger jusqu'à une porte-fenêtre qui donne sur la terrasse, sur laquelle nous sortons. La maison est bordée par une forêt, et le paysage qui s'étend devant nous est spectaculaire. Des arbres recouverts de neige se dressent, majestueux, à perte de vue.

– C'est superbe, s'exclame Mila.

– Regarde, dis-je en lui montrant l'étendue du terrain. Quand l'été sera là, on pourra manger dehors et profiter du soleil. On pourra faire tout ce qu'on veut. Et dans quelques années, nos enfants auront assez de place pour jouer.

– Carter…

– Attends. Laisse-moi tout te montrer.

Je nous fais rentrer dans la maison. Nous empruntons l'escalier pour monter à l'étage.

– Il y a deux chambres, j'explique. Pour l'instant, nous n'en avons pas besoin, mais quand nous fonderons une famille, l'espace nous servira.

Mila déglutit en détaillant la salle de bain. Puis nous redescendons au rez-de-chaussée et je lui montre la cuisine. Je l'imagine déjà derrière les fourneaux, en train de nous préparer de bons petits plats.

– Le soir, on pourra se reposer dans notre salon.

Je la guide dans la dernière pièce. Elle retient son souffle, puis ses lèvres esquissent un sourire. Ses yeux se remplissent de larmes alors que je lui montre la raison pour laquelle cette maison doit être la nôtre.

– Une cheminée, souffle-t-elle.

– Je te l'avais promis.

– Elle est magnifique. Toute cette maison est parfaite.

J'embrasse son front et prends son visage entre mes mains.

– Une dernière chose…

Je l'entraîne à nouveau dehors et nous trottinons jusqu'au bout de notre terrain. Là, j'ouvre un petit portail et nous empruntons un chemin qui s'enfonce dans la forêt. Mila comprend aussitôt ce qui se cache derrière les arbres et lorsque nous arrivons là où je voulais l'emmener, son sourire est si radieux qu'il illumine jusqu'à mon âme.

– Oh, Carter. Elle est là, ma rivière est là.

– Je n'ai pas oublié.

– Je ne sais pas quoi dire. Mon Dieu, c'est…

Je la laisse admirer le paysage. Le courant est déchaîné, les flocons disparaissent dans l'eau à une allure folle et les sapins se balancent lentement de droite à gauche, poussés par le vent. Tout est réuni pour que ma Mila soit heureuse.

Quand son menton commence à trembler, nous nous dépêchons de rentrer à l'intérieur. Là, je lui explique tout :

– Les propriétaires de cette maison ont déménagé il y a un mois. Elle est un peu à l'écart de la ville, mais nous ne serions pas non plus seuls au monde… malheureusement. Elle est à vendre et il n'y pas encore eu d'offre, je pourrais l'acheter. On pourrait y vivre tous les deux, y prendre un nouveau départ.

– Carter… tu vas trop vite. Comment est-ce que tu as trouvé cette maison ?

– Je fais des recherches depuis que tu m'as parlé de ton rêve d'avoir une cheminée. J'ai demandé à Ben de m'aider et d'aller faire des visites pour moi. J'ai récupéré la clé de celle-là auprès de l'agence pour que nous puissions la découvrir ensemble ce matin, comme surprise de Noël.

– Et avec quoi est-ce que tu l'achèterais ?

– Ne te soucie pas de ça, mon cœur. L'argent n'est pas un problème.

– Bien sûr que je m'en soucie. Réponds-moi, Carter.

Je caresse la joue de Mila de mon pouce, détaille ses yeux dorés, ses lèvres pleines. Je l'aime si fort… Je ne peux pas lui mentir. Alors j'avoue :

– Je comptais me servir de la somme que j'ai reçue pour…

Mila retient son souffle et pâlit.

– Oh non ! Comment as-tu pu penser que je cautionnerais une chose pareille ? Cet argent est dégueulasse et tu l'as eu parce que tu as accepté de me kidnapper. Ça ne pèse pas sur ta conscience ?

– Bien sûr que si, mais penses-y. Cet argent est mauvais, mais il pourrait nous servir de base pour construire quelque chose de bien, pour prendre un nouveau départ. Il pourrait nous permettre de négocier un emprunt à la banque le temps que je me trouve un travail. Est-ce que tu aimes cette maison ?

– Je ne…

– Mon cœur, j'ai été payé parce qu'on m'a demandé de te faire du mal. J'en suis aussi dégoûté que toi, mais imagine un peu le pied de nez qu'on pourrait faire à la personne qui t'en veut si on bâtissait notre amour sur l'argent de sa haine. Est-ce que tu vois où je veux en venir ?

Mila hoche la tête et je reprends :

– Je te le redemande : est-ce que tu aimes cette maison, oui ou non ?

– Là n'est pas la question.

– Bien sûr que si. Réponds-moi, Mila. Oui ou non ?

Elle reste silencieuse. Son regard parcourt à nouveau le salon puis s'arrête sur la cheminée, et elle lâche :

– Oui. Je l'adore. Elle est parfaite.

Un poids énorme s'envole de mes épaules. J'ai eu peur de ne pas avoir fait le bon choix, mais j'ai vu juste. Mila l'aime. Elle aime notre maison.

– Alors joyeux Noël, mon cœur, et bienvenue chez nous.

Elle sourit timidement.

Bon sang, je ne vis que pour la voir heureuse.

Ses bras passent autour de ma taille et sa tête se niche contre mon torse.

– Merci.

– De rien.

– Je voudrais juste un peu de temps pour y réfléchir. J'en ai besoin.

– Bien sûr. Mais on peut aussi réfléchir à deux.

Laisse-la respirer, Carter, ne la force pas.

– Je n'ai pas de cadeau pour toi, enchaîne-t-elle. Je suis désolée.

– Je t'ai, toi. Je n'ai jamais rien eu d'aussi précieux de ma vie entière. Tu es tout ce qu'il me faut.

J'embrasse le dessus de sa tête encore et encore en la gardant serrée contre moi. Puis nous remontons en voiture et prenons le chemin du retour. Je ne me souviens pas d'avoir déjà été si joyeux. Je vois notre avenir se dessiner. Un avenir simple, à deux.

Cependant, lorsque nous arrivons devant notre maison, la tension s'empare de moi. Une voiture que je ne connais que trop bien est garée dans notre rue.

– Qu'est-ce qu'ils foutent là ? je gronde.

– Ne te fâche pas, Carter.

Mila est soudain moins enjouée.

Qu'a-t-elle fait ?

– Mila…

– Je les ai invités. C'est Noël, j'ai pensé que…

– QUOI ?

Ben et ma sœur ! Ils sont là, devant chez moi !

– Pourquoi est-ce que tu as fait ça ? je grogne. Pourquoi as-tu imaginé que j'ai envie de la voir ?

– Carter, elle est ta sœur et…

– Nous n'avons plus rien en commun. Tu n'avais pas le droit de faire ça, Mila. Je voulais que notre premier Noël soit parfait, qu'on soit juste tous les deux.

– Ne m'en veux pas, je t'en prie. Je l'ai fait pour toi.

– Mais je ne t'ai rien demandé. Tu aurais mieux fait de t'abstenir.

J'ouvre rageusement la portière et la claque violemment. Mila descend à son tour de la voiture et se précipite vers moi en voyant que je me dirige d'un pas furieux vers nos « invités »…

– Carter, attends ! Écoute-moi.

– Laisse-moi régler ça.

– Non, s'il te plaît.

Elle se plante devant moi, prend mon visage en coupe et me regarde de ses grands yeux.

– S'il te plaît… Je ne peux pas prétendre savoir ce que tu ressens, ni comprendre ce qui se passe entre vous mais… elle fait partie de ta famille. Elle veut renouer avec toi, elle n'attend que ça.

– Je ne peux pas, je geins, torturé par tous les sentiments contradictoires qui s'éveillent en moi.

– Je ne te demande pas de lui pardonner tout de suite, ni même d'oublier. Juste de faire un effort. S'il te plaît…

Des larmes s'accumulent dans les yeux de Mila. Ma fureur redescend aussitôt. La voir malheureuse m'est insupportable.

– Je donnerais tout pour retrouver une famille, poursuit-elle. Moi, je n'ai plus personne.

– Tu m'as, moi ! dis-je brusquement.

– Bien sûr que tu comptes pour moi. Mais je te parle de liens du sang. Tout ne s'arrangera pas du jour au lendemain avec Leah, mais tu pourrais au moins essayer, non ? T'asseoir à la même table que ta sœur, l'écouter parler. Carter, j'aimerais que tu sois heureux.

– Je…

– Avec d'autres personnes que moi, me coupe Mila alors que j'allais protester.

J'inspire longuement.

– Fais-le pour moi, je t'en prie, insiste-t-elle.

Elle joue sur ma corde sensible, elle sait qu'elle est mon point faible… et ça marche.

– Très bien. Je vais essayer. Mais que les choses soient claires : n'attends pas de moi que je joue à l'hôte parfait. Je n'ai besoin de personne d'autre que toi, je voulais passer cette journée avec toi seule. Au moindre reproche, à la moindre évocation de nos différends, ils s'en vont.

– Merci, répond-elle en souriant.

– Il n'y a rien que je ne ferais pas pour toi, tu le sais.

Elle se hisse sur la pointe des pieds pour atteindre mes lèvres.

– Tu fais tout pour me rendre heureuse. Je veux juste te rendre la pareille. Laisse-moi faire.

Je prends une de ses mains, que j'embrasse, avant de faire face à nos visiteurs, qui patientent toujours dans leur voiture. Je leur fais un signe de tête puis j'entraîne Mila dans la maison.

Je me sens anxieux. J'ai l'habitude d'être seul avec mon ancienne captive, je ne veux en aucun cas la partager, même le temps d'un repas. De plus, je sais que Leah posera des questions gênantes. Je veux juste être au calme et pouvoir tenir la femme que j'aime dans mes bras.

– Joyeux Noël, Carter.

La voix de ma sœur résonne dans mon dos. Des flashs de nos souvenirs d'enfance refont surface. Je les repousse immédiatement. J'ai tué Charlie, je suis un fardeau pour ma famille, je ne leur apporte rien de bon.

– Joyeux Noël, Leah, je lâche du bout des lèvres.

Mila serre ma main, puis la lâche.

– Je dois aller mettre la table, me dit-elle.

– Je viens t'aider.

Pas de discussion. J'adresse un hochement de tête à Benjamin et je suis Mila en cuisine.

– Carter, s'il te plaît, lâche-moi, me dit-elle une fois que nous sommes seuls. Je suis là, je vais juste préparer le repas.

– Je veux rester près de toi.

– Ta sœur et Ben sont là. Tu veux que Leah se pose des questions ?

– Je me fiche de ce qu'elle pense.

– Carter. Je suis là. Je ne m'en vais pas.

J'inspire profondément pour me calmer. J'embrasse Mila à plusieurs reprises et je finis par la lâcher, à contrecœur, pour retourner près de nos invités. Ma sœur se triture les doigts, Ben semble perplexe.

– Vous voulez boire quelque chose ? je propose.

– Non merci, murmure Leah.

– Je vais me servir, répond Ben.

Et il se lève, me laissant seul avec sa petite amie. Je sais qu'il veut que nous discutions, je n'y échapperai pas. Aussi, lorsqu'elle ouvre la bouche, je m'attends au pire.

– Je suis désolée, on… c'est Ludmila, enfin, ta femme qui nous a appelés. On ne veut pas déranger. Si tu as envie qu'on s'en aille, dis-le-nous.

– Mila vous a invités. Restez.

– Tu es d'accord ?

– Ça m'est égal. Je n'aime pas Noël.

Je retourne en cuisine aider Mila. Mais le repas est déjà quasiment prêt.

– À table, dit-elle souriante.

Elle ne semble pas attristée de ne pas être seule avec moi. Elle semble même heureuse de la situation. J'ai l'impression de recevoir un coup de poignard dans le ventre. L'idée que Mila soit aussi heureuse avec ou sans moi me déchire le cœur.

Je m'assois devant mon assiette sans un mot ni un regard pour personne.

– Bon appétit, déclare joyeusement Mila.

Toutes sortes de plats attendent qu'on les goûte. Je grignote quelques toasts en silence, pendant que les trois autres discutent.

– Alors, Mila, qu'est-ce que mon frère t'a offert comme cadeau ?

Elle me jette un coup d'œil à la dérobée pour être certaine d'être autorisée à en parler. Je réponds à sa place :

– Une maison. Ben, passe-moi la purée de pommes de terre.

Ce dernier me tend le plat en me dévisageant, les yeux écarquillés.

– Une maison ? Vous allez déménager ? s'enquiert Leah.

– Pourquoi ? On va te manquer ? je lâche, moqueur.

– Carter… m'avertit Ben.

– Quoi ? Il ne me semble pas que ta fiancée se soit inquiétée à mon propos ces cinq dernières années. Elle n'a pas cherché à savoir comment j'allais, ni où je me trouvais…

– Carter, ce n'est peut-être pas le bon moment pour en parler… tempère Mila.

– Au contraire, mon cœur, c'est le moment parfait. Tu veux apprendre à connaître ta belle-sœur, non ? Eh bien sache qu'elle a un frère seulement quand elle en a envie.

– Carter ! rugit Ben. Ne commence pas.

– Combien de temps est-ce que tu vas m'en vouloir ? hoquette Leah. J'ai fait une erreur mais j'étais jeune, j'étais perdue et je souffrais.

– Moi aussi.

J'abats mon poing sur la table, faisant sursauter tout le monde.

– Est-ce que vous ne pourriez pas faire une putain de pause ? Au moins aujourd'hui ? s'écrie Ben.

– Oui, s'il vous plaît, renchérit Mila. C'est un jour spécial. On se réunit en famille et…

– Tu es ma seule famille. Je n'en ai pas d'autre, je lâche avec dégoût.

Leah jette sa serviette sur la table et se lève, au bord des larmes.

– Tu es injuste, Carter ! Je fais des efforts mais tu refuses de le remarquer. À ce que je sache, tu n'as pas cherché non plus à prendre de mes nouvelles pendant toutes ces années.

– Ça suffit. Je n'ai pas à supporter ces reproches. Sors de chez moi.

– Carter, non ! intervient Mila.

– Il faut vraiment que tu te fasses soigner, mon pote, crache Ben.

– Tu peux bien parler.

– Ne hausse pas le ton, dit Leah.

– T'es ingérable, m'accuse Benjamin.

– Vous m'emmerdez tous les deux.

– FERMEZ-LA !

Le hurlement de Mila nous calme instantanément. Elle essuie rageusement une larme avant de poser un regard furieux sur nous.

– Vous n'en avez pas marre ? Est-ce que vous réalisez la chance que vous avez de vous avoir ? Vous êtes une famille et vous ne trouvez rien de mieux que de vous crier dessus ! Vous ne mesurez pas votre chance. Au lieu d'essayer d'arranger les choses, vous ne faites que vous en foutre plein la tronche. Vous êtes des gamins. Je n'ai plus personne, moi, et pourtant je profite de Noël et de toutes les fêtes familiales bien plus que vous. Vous voulez que je vous dise ? Vous êtes *tous* ingérables. *Je* n'ai pas à supporter ça.

Je suis tellement secoué par son discours que je mets quelques secondes à réagir lorsqu'elle se précipite vers la porte d'entrée.

Merde, elle m'échappe.

Je m'élance à sa suite en criant son prénom, totalement paniqué. Je la rattrape sans mal, l'attire dans mes bras et la serre à lui couper le souffle.

– Mila. Reste, reste avec moi.

– Je ne m'en vais pas.

Elle tente de me repousser mais je tiens bon.

– Laisse-moi de l'air. Laisse-moi respirer, s'écrie-t-elle.

Je vois qu'elle est sur le point de faire une crise de nerfs, alors je relâche mon étreinte et elle se dirige vers le bois derrière la maison en courant. Je la suis à quelques mètres de distance. Elle finit par s'arrêter et se laisse tomber dans la neige.

– J'ai l'impression de devenir dingue, sanglote-t-elle. J'ai des réactions que je n'avais pas avant, j'ai l'impression d'être sur le point de péter un câble à chaque seconde. Je voudrais juste passer une journée normale, c'est tout…

Je m'agenouille derrière elle, l'entoure de mes bras et lui murmure :

– Je suis désolé, j'ai tout gâché. Laisse-moi me faire pardonner. Je ne crierai plus, je ne me mettrai plus en colère. Rentre à la maison, s'il te plaît, je vais m'occuper de toi.

– Ben et Leah doivent me prendre pour une folle, maintenant.

– Tu ne l'es pas, Mila. Mon cœur, je t'en prie, rentre à la maison. Tu vas geler ici. On va s'installer au salon, manger tes biscuits de Noël, regarder la télé ou n'importe quoi d'autre. On fera tout ce que tu voudras.

Elle pleure encore un moment. Je la laisse évacuer la tension qui l'habite. Lorsqu'elle est prête, je l'aide à se remettre debout. Je la prends dans mes bras et l'embrasse à perdre haleine. J'ai besoin de m'assurer qu'elle est bien là.

– Je t'aime, Mila. Ne t'enfuis pas comme ça, je suis terrifié à l'idée de te perdre.

– J'avais juste besoin d'air.

Autrement dit, elle avait besoin de respirer loin de moi pendant un instant. Mais moi, j'aurais aimé être son air, son évasion, son havre de paix. J'aurais aimé être son tout.

CHAPITRE 34

Nous sommes mariés, c'est officiel. Quelques minutes dans la mairie, une signature au bas d'un document et ça y est : je suis officiellement madame O'Connell. Mais l'anneau à mon doigt ne pèse plus aussi lourd qu'au début de ma captivité. Je m'y suis habituée, il fait partie de moi aujourd'hui.

Carter est heureux de notre nouveau statut. Je le vois, je le sens à la manière dont il joue parfois avec ma bague, qui lui rappelle que je lui appartiens entièrement désormais.

– Tu es prête ?

Je ferme mon manteau et hoche la tête. Aujourd'hui, nous retournons à Chicago pour fermer mes comptes bancaires et tirer un trait définitif sur ma vie là-bas. Étrangement, je suis angoissée à l'idée de retourner dans cette ville que j'adorais pourtant. Je sais que j'aurai un choc en passant devant les commerces que je fréquentais, en remontant les rues que j'ai si souvent arpentées. La nostalgie s'emparera probablement de moi, mais je resterai forte.

– On y va !

Carter verrouille la porte puis se dirige vers le pick-up. Je le regarde, étonnée, me faire signe de m'installer derrière le volant.

– Tu veux que je conduise ? je demande, stupéfaite.

– Si tu en as envie, oui.

– Tu n'as pas peur que je quitte volontairement la route pour provoquer un accident ?

– Plus maintenant. Alors ? Tu montes ?

Je me dépêche de m'asseoir avant que Carter ne change d'avis. Je pousse le chauffage à fond et démarre en souriant.

J'ai le sentiment de retrouver un peu plus de liberté et j'en suis ravie.

– Ça te plaît. Tu es heureuse, constate mon compagnon.

– Je le suis.

Le trajet passe à toute vitesse. Carter garde une main posée sur ma cuisse. Lorsque j'entre dans Chicago, j'ai envie de pleurer. Des centaines de souvenirs me reviennent en mémoire, je suis submergée. Les larmes brouillent ma vue et même si je fais tout pour les refouler, je suis bien trop bouleversée pour continuer à conduire.

– Est-ce que tu peux prendre le relais, s'il te plaît ? je demande.

– Qu'est-ce qui se passe ? Tu ne te sens pas bien ?

– Pas vraiment, dis-je en me garant dans une rue quelconque. Prends ma place.

Carter sort de la voiture et vient m'ouvrir la portière. Avant d'échanger nos places, il me dévisage quelques secondes, les sourcils froncés, le regard scrutateur.

– Je savais que c'était une mauvaise idée de venir, marmonne-t-il en démarrant.

Le reste du trajet jusqu'à la banque se fait dans le silence. Carter prend ma main pour y entrer et ne la lâche pas jusqu'à ce qu'un homme au visage rond, les cheveux plaqués en arrière, affublé d'un costume trop grand pour lui, nous reçoive dans son bureau.

– Mademoiselle Fitzge… commence-t-il.

– Madame O'Connell, le reprend immédiatement Carter.

Et il lève nos mains liées pour montrer nos alliances.

– Oh, pardonnez-moi. Félicitations.

– Merci, je souffle.

– Je ne vous cache pas que nous sommes déçus et tristes d'apprendre que vous voulez fermer vos comptes. Vous êtes en possession de capitaux importants et nous…

– Combien ? je demande.

La somme que mes parents m'ont léguée n'est évidemment plus la même qu'au début. J'en ai placé la moitié, et avec l'autre, j'ai veillé à ne manquer de rien et acheté mon appartement. Mais comme Carter a revendu ce dernier récemment, je ne sais pas exactement ce qu'il me reste aujourd'hui.

L'homme rondouillard pianote sur le clavier de son ordinateur puis reporte son regard sur moi.

– Je dois dire que vous avez eu du flair, les placements que vous avez effectués il y a bientôt six ans vous ont rapporté gros. Ajoutez à cela la vente de votre appartement… vous démarrez une nouvelle vie ?

– Combien ? s'impatiente Carter.

– Eh bien, vous êtes en possession de plus d'un million de dollars.

J'en reste bouche bée.

– Un million ?

– 1 018 226 dollars, pour être exact. Vous êtes sûre que vous voulez retirer tout cet argent de notre banque ? Il serait bien plus en sécurité sur un compte ici.

– Oui, c'est ce que je veux.

– Heureusement que monsieur, votre mari je veux dire, nous a appelés il y a une semaine pour nous prévenir de votre intention. Sans quoi nous n'aurions pas pu vous donner la somme sur-le-champ.

Évidemment, Carter a anticipé, et évidemment, il ne m'en a rien dit.

– Oui, heureusement… dis-je en lui jetant un coup d'œil.

Après avoir signé moult papiers et confirmé la fermeture de tous mes comptes bancaires, Carter et moi sortons de la banque avec une valise remplie de billets. J'ai l'impression d'avoir commis un hold-up alors que je n'ai fait que récupérer ce qui m'appartient. Tandis que nous traversons la rue, j'angoisse comme si une enseigne lumineuse sur mon front indiquait « Je suis en possession d'un million de dollars, venez me braquer ».

Une fois à la voiture, Carter planque la mallette sous le siège arrière puis nous poussons tous les deux un soupir de soulagement.

– Une bonne chose de faite, dit-il. Rentrons, maintenant.

– Attends !

– Mila…

À son ton, je comprends qu'il sait déjà ce que je vais lui demander. Je le fais tout de même :

– J'aimerais juste me promener un peu en ville.

– C'est trop risqué.

– Mais pourquoi ? Personne ne sait que je suis là, personne ne te connaît, personne ne remarquera la voiture.

– Ça va te faire du mal pour rien.

– Cela fait trois mois que je n'ai pas mis les pieds ici. Tu m'as enlevée brutalement. J'estime avoir le droit de dire adieu à tout ce que j'ai toujours connu.

Je suis implacable, et Carter le sent.

– Un seul tour, consent-il. Mais je te préviens, on ne s'éternisera pas. Où est-ce que tu veux aller ?

– Je… est-ce qu'on pourra passer devant mon ancien immeuble ?

– Mila, on prend des risques.

– Je sais. S'il te plaît, Carter. Je ne te demande pas grand-chose, juste de s'arrêter là-bas quelques secondes.

Il soupire, visiblement agacé, puis il s'engage dans le trafic en marmonnant :

– Si ça peut t'aider à tourner définitivement la page…

Je ne réponds rien, le laissant ruminer son mécontentement.

Il conduit d'abord sans but aucun dans les rues de Chicago, puis il s'approche de plus en plus de mon ancien appartement. Nous passons devant le traiteur indien qui nous a si souvent livrées, Gaby et moi, je reconnais le parc où nous allions courir deux fois par semaine, les boutiques, puis enfin je vois l'immeuble.

Lorsque Carter coupe le contact, je réalise que je retiens mon souffle. Trois mois que je n'ai pas vu cette rue, trois mois que ma vie a basculé…

– Tu m'as surveillée longtemps ? je demande en fixant la porte d'entrée.

Le silence accueille ma question. Carter regarde droit devant lui, la mâchoire crispée, le regard dur.

– Pendant une semaine, finit-il par m'avouer. J'ai appris tes habitudes, je t'ai apprise par cœur.

Je frissonne.

Une semaine.

Il a épié mes moindres faits et gestes pendant une semaine et je n'ai rien vu.

– Allez, on rentre, grogne-t-il.

– Attends.

– Mila, c'est bon maintenant. On a vu ce que tu voulais voir. On rentre !

– Mais je…

Je ne termine pas ma phrase. Mes yeux s'exorbitent, ma respiration se bloque dans ma gorge.

Gaby !

Gaby vient de sortir de notre immeuble, en jogging, un casque audio autour du cou.

Je n'en crois pas mes yeux. Elle est là, devant moi.

À y regarder de plus près, je vois qu'elle porte le sweat que nous avons acheté toutes les deux. Le sien porte l'inscription « Best » et le mien « Friends ».

Mais que fait-elle là ? Pourquoi est-elle à Chicago alors qu'elle devrait parcourir le monde comme elle en a toujours rêvé ? L'idée qu'elle ait pu écourter son voyage pour moi, parce que je lui manque, parce qu'elle s'inquiète de ma décision de tout plaquer, me serre le cœur, tout comme son visage fermé et son air triste. Elle va mal, c'est évident.

À cet instant, comme si elle sentait soudain que je suis tout près d'elle, elle lève le regard dans ma direction. À l'instar des miens, ses yeux s'écarquillent puis se plissent, comme si elle voulait être sûre de ce qu'elle voit.

Elle avance d'un pas, puis de deux.

MILA.

Je la vois crier mon nom sans l'entendre.

– Gaby, je hurle en réponse, en plaquant mes mains contre la fenêtre de la voiture.

– PUTAIN !

Carter jure et démarre en trombe. Nous quittons la rue avec une rapidité déconcertante, je perds Gaby des yeux. C'est trop brutal, tout est trop rapide, je veux la voir, lui parler, lui dire que je l'aime, qu'elle me manque et qu'elle est la meilleure amie que j'aie jamais eue. J'ai l'impression d'être kidnappée une seconde fois.

La fureur de Carter est palpable, ses doigts sont crispés sur le volant.

– Je le savais, putain, s'agace-t-il. J'en étais sûr, je sentais que quelque chose allait mal tourner.

– Je ne pensais pas la voir, je ne m'y attendais pas.

– Tais-toi, Mila ! Tais-toi.

Je suis bien trop bouleversée pour protester. Revoir Gaby a été un véritable choc. Je ne voulais pas m'enfuir ou reprendre mon ancienne vie, juste la rassurer et lui dire que j'allais bien ; mais Carter a sans doute interprété différemment ma réaction.

Au bout de quelques minutes, je tente une approche mais il y reste hermétique, renfermé sur lui-même. J'ai peur de retrouver le Carter du début, et cela me serre le cœur. Je refuse de voir partir en fumée ce que nous avons commencé à bâtir ces trois derniers mois.

Lorsqu'il se gare devant la maison à Shorewood, je sens sa colère s'apaiser un peu. Il ne descend pourtant pas de voiture.

– Carter ?

– Rentre à la maison.

– Où est-ce que tu vas ?

– Rentre à la maison, Mila. Tout de suite. Prends la mallette avec toi.

– Pourquoi tu ne viens pas avec moi ? Ne t'énerve pas.

– Tu n'imagines pas à quel point je me retiens pour ne pas exploser, alors sors de cette putain de voiture et rentre à la maison. Tout de suite.

Mieux vaut obéir dans ces moments-là. Je prends la valise à l'arrière, quitte le véhicule en claquant violemment la portière, puis j'entre dans la maison, que je verrouille. J'entends Carter redémarrer quelques secondes plus tard. Où va-t-il ? Je suis presque certaine qu'il ne me le dira pas à son retour. Car je sais qu'il reviendra : il ne me laissera pas, il a bien trop besoin de moi. Je m'inquiète cependant de l'état dans lequel il se trouve...

Je monte à l'étage et planque la mallette sous le lit, sur lequel je m'allonge. Je repense à Gaby, à sa réaction, à son visage, au sweat qu'elle portait. Elle me manque, mais je ne peux pas quitter Carter. Réaliser que je veux vraiment rester avec lui me déconcerte une fois de plus, mais moins qu'avant.

Je le veux vraiment, je l'accepte peu à peu.

***

Le bruit de la porte d'entrée me réveille brusquement. Je n'ai même pas eu conscience de m'être endormie.

– Carter ?

Le soir est tombé, il est parti des heures... Mais il est de retour à présent. Il entre dans la chambre, enlève ses chaussures et sa veste en cuir puis s'allonge à côté de moi.

– Où étais-tu ? je lui demande.

– On déménage demain, m'annonce-t-il sans répondre à ma question.

– Quoi ? Comment ça ? Pourquoi ?

– Parce qu'on ne peut pas prendre le risque que quelqu'un nous retrouve. Je suis allé voir les propriétaires de notre nouvelle maison. Ils acceptent qu'on s'y installe dès demain.

– Doit-on vraiment aller si vite ?

– La maison ne te plaît plus ? s'inquiète Carter en se redressant sur ses coudes.

– Si, bien sûr. C'est juste que c'est rapide, je n'aime pas agir dans l'urgence.

– C'est mieux comme ça, mon cœur.

Il se penche pour embrasser mes lèvres, puis ajoute :

– Je suis désolé de m'être emporté tout à l'heure. Mais ta réaction... tu aurais pu rejoindre ton amie et m'échapper.

– J'aurais pu, mais je ne l'ai pas fait.

– C'est vrai. Pourquoi ?

Je soupire et ferme les yeux.

– Je voulais la voir. Ce que tu lui as dit, elle ne le mérite pas. Lui faire croire que je ne voulais plus d'elle dans mon existence, c'était cruel. J'aurais juste voulu lui assurer qu'elle était une personne importante pour moi, mais que j'ai une nouvelle vie maintenant… et qu'elle me convient.

J'ai chuchoté la dernière phrase. J'ai moi-même du mal à croire aux mots que je viens de prononcer.

– Vraiment ? Elle te convient ?

– Ça te déçoit ?

– Pas du tout. Je suis juste surpris.

Carter passe un bras autour de moi pour m'attirer contre son torse et m'interroge :

– Qu'est-ce qui peut bien te convenir dans ce que je t'offre ? Je suis toujours aussi instable qu'au début.

– Mais tu as changé. Ce que je découvre de toi, du vrai toi, me plaît chaque jour un peu plus.

– Je t'aime.

Je hoche la tête en me blottissant contre lui.

– Tu as faim ? me demande-t-il après quelques instants.

– Non. Je suis fatiguée.

– Alors dors, mon cœur. Demain, une grosse journée nous attend. Le premier jour de notre nouvelle vie.

CHAPITRE 35

Je regarde Carter faire des allers et retours entre la maison et la voiture, les bras chargés de cartons. Nous avons passé la journée à préparer notre déménagement ; il est maintenant vingt heures trente et nous achevons de vider la maison.

–Voilà, tout y est ! annonce Carter en rentrant à l'intérieur.

– Il neige encore ?

– Ça s'est arrêté, mais il fait vraiment froid, on se croirait au pôle Nord. Je vais faire un voyage à notre nouvelle maison pour porter ce dernier chargement. Ça t'embête de rester ici quelques minutes toute seule ?

– Pourquoi je ne peux pas venir avec toi ?

Il s'approche, prend mon visage entre ses mains et m'embrasse tendrement avant de me répondre :

– Parce que je veux que tout soit parfait quand tu entreras dans notre nouvelle maison. Laisse-moi te faire ce plaisir.

– OK. Mais reviens vite.

– Pourquoi ? Je vais te manquer ? plaisante-t-il.

Son besoin d'être rassuré n'a aucune limite.

– Pourquoi as-tu l'air de croire que c'est impossible ? je le taquine.

– J'ai appris à ne jamais rien prendre pour acquis, Mila. Et que rien ne dure jamais éternellement…

Je veux répliquer, mais il m'en empêche en m'embrassant. J'aime les baisers de Carter : ils sont à la fois doux et intenses. Dire qu'il y a trois mois de cela, le frôler me dégoûtait… À présent, j'aime lorsqu'il me touche, me prend dans ses bras, m'embrasse. Je vais parfois me blottir contre lui sans raison, juste comme ça. Je le sens heureux lorsque je fais les premiers pas, mais il ne dit jamais rien. Il se contente de m'embrasser et de m'enlacer.

– Tu doutes encore ? je demande, haletante, une fois qu'il me relâche.

– Dis-le-moi.

– Tu vas me manquer, alors reviens vite.

Il embrasse mon front et disparaît. Je verrouille la porte derrière lui et retourne m'asseoir sur le canapé. Je me mets alors à penser à ce que sera ma vie avec lui. Est-ce que je serai libre de mes mouvements ? Libre d'aller et venir, de faire des choses aussi simples qu'aller au supermarché, sans qu'il me fasse une scène ou panique à l'idée de me voir m'enfuir ? Devrai-je sans cesse lui demander la permission, accepter qu'il m'accompagne systématiquement, peu importe où je voudrai aller ? Et pourrai-je travailler ? Avant que Carter ne me kidnappe, je venais d'obtenir mon diplôme et je recherchais un poste, mais je n'ai pas eu le temps de vivre cette expérience. Il est pourtant clair que j'en ai terriblement besoin. Les semaines que j'ai passées en tant que captive ont déclenché en moi une soif de liberté infinie. J'ai été trop longtemps retenue contre mon gré. Et même si je suis consciente que Carter a encore beaucoup de progrès à faire, j'espère qu'il a compris que le nouveau départ que nous nous apprêtons à entamer signifie pour moi ne plus être à sa botte et prendre mes propres décisions. J'ai terriblement besoin d'avoir une vie en dehors de Carter, je ne veux plus que mon univers ne se résume qu'à lui.

En l'attendant, je décide de faire un dernier tour de la maison. Je dois dire adieu aux souvenirs attachés à ce lieu, les plus beaux comme les plus cauchemardesques.

En passant devant l'escalier menant à la cave, je marque un temps d'arrêt. Je n'y suis pas redescendue depuis que Carter m'y a enfermée durant trois jours, sans eau ni nourriture, au début de ma captivité. Comme il a changé depuis… Il s'efforce tous les jours de devenir un homme différent de celui qu'il a été pendant tant d'années.

Je descends les escaliers et allume la lumière. La cave est vide : plus aucune trace du vieux matelas miteux sur lequel j'ai dormi. C'est comme si je n'y avais jamais été séquestrée.

Un mouvement sur ma droite attire soudain mon attention. J'ai l'impression que quelque chose vient de bouger derrière le petit soupirail du sous-sol. Je m'en approche lentement.

Rien.

L'atmosphère glauque de la cave doit faire fonctionner mon imagination. Je mets fin à ma visite et remonte à l'étage.

Mais au milieu des escaliers, je m'arrête net. Cette fois, je n'hallucine pas : une ombre vient de passer devant la porte-fenêtre du salon. La peur s'installe instantanément en moi. Je sais qu'il ne peut pas s'agir de Carter, il serait immédiatement rentré. À moins qu'il ne fasse le tour de la maison pour s'assurer que nous n'avons rien oublié ?

Mon instinct me dit de me méfier, quelque chose ne tourne pas rond. J'entre dans la pièce à vivre sur la pointe des pieds, la respiration saccadée. Je reste une poignée de secondes figée, à l'affût du moindre bruit suspect. Comme tout est calme, je fonce vers la table basse du salon, ouvre le tiroir et prends le portable que Carter y laisse, bien décidée à appeler Ben. Je vais peut-être l'alarmer pour rien mais je m'en fiche. Je suis seule et j'ai peur.

Alors que j'allume le téléphone, la poignée de la porte d'entrée s'agite. Mon cœur rate un battement. Quelqu'un essaye de pénétrer dans la maison… Je pianote rapidement le numéro de Ben. Les sonneries s'enchaînent et à la quatrième, il décroche.

– Ouais.

– Ben ! je chuchote.

– Mila ?

– Quelqu'un veut rentrer dans la maison.

– Quoi ? Je ne t'entends pas très bien.

– Quelqu'un veut rentrer dans la maison, je répète, un peu plus fort. Je suis toute seule, Carter est parti déposer des affaires dans notre nouveau chez-nous. Je ne sais pas quand il va revenir.

– Merde, merde, merde. Qui est-ce ? Est-ce que tu vois l'intrus ?

– Non. Non mais…

Je retiens un cri de frayeur. La poignée vient encore une fois de s'abaisser.

– Je t'en prie, Ben, viens vite.

– J'arrive, Mila. Surtout n'ouvre pas, sauf à Carter et moi. Je fais au plus vite.

Je raccroche et cache le téléphone dans mon soutien-gorge. Un réflexe de ma vie d'avant que je n'ai pas perdu. Je voudrais me réfugier à l'étage, mais pour ça, il faudrait que je passe devant l'une des fenêtres et je ne veux pas être vue, je préfère que mon visiteur surprise pense que la maison est vide.

Cachée dans un recoin du salon, je suis pétrifiée, crispée par la peur et l'appréhension. Je prie de toutes mes forces pour que Carter arrive bientôt, pour qu'il vire le curieux à coups de pied dans le cul et qu'il m'emmène dans notre nouvelle maison.

– Mila !

J'écarquille les yeux. Cette fois, je ne peux plus espérer que ce soit une erreur. La personne qui tente d'entrer sait que je suis là et elle me connaît.

– Mila ! Ouvre !

Je reconnais alors la voix.

Oh mon Dieu !

Sans me poser de questions, je fonce jusqu'à la porte d'entrée, que je déverrouille.

Je ne me suis pas trompée.

– Gaby !

Une tornade d'émotions me submerge. Je suis heureuse, surprise, soulagée, inquiète et tellement d'autres choses encore… Les yeux de ma meilleure amie s'écarquillent lorsqu'elle me voit.

– Oh, bon sang ! Je suis tellement contente.

Elle entre dans la maison puis me prend dans ses bras et me serre contre elle.

– Est-ce que tu vas bien ? me demande-t-elle ensuite en me dévisageant.

– Qu'est-ce que tu fais là ?

Comment a-t-elle su ? Comment m'a-t-elle retrouvée ?

– Dis-moi que tu vas bien, insiste-t-elle.

– Oui, oui, je vais bien !

Elle semble sur le point de faire une crise de nerfs.

– Est-ce que tu veux un verre d'eau ? je lui propose.

Je me trouve terriblement gauche. Cette fille est ma meilleure amie, nous avons été brutalement séparées, elle croyait que j'avais décidé de la rayer de ma vie et pourtant elle est là, heureuse de m'avoir retrouvée, d'être avec moi et moi… je lui offre à boire. Quelle andouille.

Le choc passé, je réalise qu'elle est vraiment là, en chair et en os, et c'est moi qui la prends alors dans mes bras et la serre plus que nécessaire. Elle me rend mon étreinte, et cela me fait tellement de bien… Lorsque je traversais les semaines les plus sombres de ma vie, c'est de ça que je rêvais.

– Oh bon sang, Gab ! Qu'est-ce que tu fais là ? Et comment tu as su où j'étais ?

– On peut s'asseoir ? J'ai les jambes qui tremblent.

– Bien sûr.

Je la guide jusqu'au salon, où elle s'installe sur le canapé en me dévisageant.

– Je suis contente de te retrouver, me dit-elle.

– Pourquoi tu n'es pas en Europe ? Ton voyage devait durer huit mois !

– Je suis rentrée plus tôt. Le message que tu m'as envoyé m'a brisé le cœur. Enfin, si c'est bien toi qui l'as envoyé.

Je fronce les sourcils

– Pourquoi tu penses que…

– Après avoir reçu des milliers de textos de ta part, je sais les reconnaître.

Je secoue la tête. Gaby est ma meilleure amie, je l'aime, mais je ne veux pas trahir Carter et dévoiler ce qu'il a fait.

– Quand je t'ai vue hier, j'ai eu un choc, m'explique-t-elle. Je ne m'attendais pas à te voir juste devant chez nous alors que tu m'avais dit que tu tirais un trait sur ton ancienne vie.

Et puis la manière dont tu m'as regardée… je ne sais pas, j'ai eu l'impression que tu avais peur. Quand ta voiture a démarré en trombe, je me suis dit que quelque chose n'allait pas. J'ai hélé le premier taxi qui passait et je lui ai demandé de te suivre discrètement. Je ne savais pas où tu allais, dans ton message tu me disais que tu refaisais ta vie à des milliers de kilomètres de Chicago. J'ai halluciné quand je t'ai vu t'arrêter devant cette petite maison parfaite, dans cette banlieue encore plus parfaite. Je me suis dit que tu ne voulais vraiment plus de moi dans ta vie. Mais je devais en avoir le cœur net, alors je suis rentrée chez moi en me disant que je reviendrai aujourd'hui pour te parler. J'ai juste attendu que… l'homme avec qui tu es s'en aille parce que, pour être franche, il me fait un peu peur.

Gaby inspire profondément, prend mes mains dans les siennes et ajoute :

– On a traversé assez de choses toi et moi pour pouvoir se parler franchement. Si tu dois mettre fin à notre amitié, autant le faire correctement, et non pas par texto.

– Je suis désolée, Gaby, tu ne méritais pas ça, je te l'accorde, mais je n'ai pas réfléchi en te l'envoyant. Tu sais, depuis quelques mois, ma vie est imprévisible et…

– C'est vraiment toi qui m'a écrit ces choses horribles ? demande-t-elle, dubitative.

Je tique. Je ne peux pas et ne veux pas lui mentir ainsi. Mais je souhaite protéger Carter également…

– Est-ce que… pourquoi es-tu avec ce type ? me demande-t-elle, voyant que je reste silencieuse. Tu le connaissais ? Parce que tu ne m'as jamais parlé d'un petit copain ou de quoi que ce soit qui s'en rapproche.

Je n'ai pas non plus envie de rentrer dans les détails à ce sujet, alors j'élude :

– Tu n'as pas à t'inquiéter, tu sais. Je vais très bien, je suis heureuse.

–Vraiment ?

–Vraiment. Mais je t'aime, Gaby, tu es la meilleure amie que j'aie jamais eue.

– Pourquoi parles-tu comme si c'était la dernière fois que tu me le disais ? Si tu es heureuse, je le suis aussi, qu'est-ce qui nous empêche de nous voir et de reprendre nos habitudes ?

Carter, voilà ce qui m'en empêche. Il n'est pas prêt. Il doit déjà faire de gros efforts quand on se trouve en compagnie de Ben et Leah pour ne pas me garder serrée contre lui, alors me laisser reprendre mon ancienne routine avec ma meilleure amie… ce n'est pas envisageable pour l'instant. Je veux y aller en douceur, sans le brusquer, le préparer lentement au fait qu'avoir une vie en dehors de celle que nous partageons ne veut pas dire que je l'aime moins. Loin de là…

– Mila ? m'interpelle Gaby.

– Oui ?

– Tu es étrange. Et tu as changé. Tu sembles… oui, différente.

J'ai envie de tout lui raconter, de me confier, de vider mon sac une bonne fois pour toutes. Mais c'est impossible.

– Je ne suis pas sûre d'aimer la nouvelle Mila.

Le ton sec de Gaby me surprend, mais je la comprends. Elle vient de découvrir que sa meilleure amie l'a rejetée pour un homme qu'elle connaît à peine. Elle a renoncé à son rêve pour essayer de me retrouver, et maintenant qu'elle a réussi, je la repousse encore une fois.

Je n'ai pas le temps d'ouvrir la bouche pour tenter de m'expliquer, car trois coups sont donnés à la porte. Je sursaute.

– Mila, mon cœur, ouvre-moi.

Carter.

Une bouffée de soulagement me submerge. Il est revenu. Il pourra m'aider à expliquer notre situation à Gaby sans trop en dire, et Carter et moi pourrons ensuite recommencer comme avant.

Je bondis jusqu'à la porte, que j'ouvre à la volée.

Mon sourire se fige, mon cœur cesse de battre.

Carter me regarde, un revolver braqué sur sa tempe… par Elliot.

– Salut, Ludmila, lâche ce dernier. Heureux de te revoir.

Il pousse brutalement Carter à l'intérieur, sans cesser de le menacer de son arme. Je recule, hébétée.

– Nous voilà enfin réunis, claironne-t-il. Que les réjouissances commencent.

CHAPITRE 36

Trop choquée pour dire quoi que ce soit, je me contente de dévisager Elliot, de fixer son arme.

– Tu vas bien, Mila ? Elle ne t'a pas fait de mal ? demande Carter en prenant mon visage entre ses mains.

Il est fou de rage, je le sens à l'intonation de sa voix, à ses paumes qui pressent un peu trop fort mes joues, à son corps tendu au possible, mais surtout à son regard qui n'exprime que de la haine.

– Du mal ? j'articule tant bien que mal.

Je suis complètement perdue. La seule chose à laquelle j'arrive à penser, c'est au revolver pointé sur Carter. Elliot est ici, avec une arme, et il menace mon mari.

– Mais pourquoi…

Je comprends alors. La personne qui a contacté Carter, celle qui l'a payé pour me kidnapper et me faire du mal, c'est lui. C'est Elliot.

Je me tourne vers Gaby, à la recherche d'une aide de sa part. Ses yeux sont emplis de larmes.

– Ne me regarde pas comme ça, je n'ai pas eu le choix ! geint-elle en s'approchant de moi.

– Le choix ? je murmure.

Qu'est-ce qui est en train de se passer, de quoi parlent-ils tous ?

– Qu'est-ce que c'est que ce bordel ? je reprends. Elliot, pose ce putain de flingue, qu'est-ce qui te prend ?

– Je serais toi, j'éviterais de donner des ordres à un mec armé.

– Ne la menace pas, fils de pute, rage Carter.

– Arrêtez, lance Gaby, qui peine à contenir ses sanglots. Toute cette histoire est déjà allée beaucoup trop loin.

– La faute à qui ?

Je n'arrive pas à le croire, je m'y refuse. Ma meilleure amie ne peut pas être derrière mon enlèvement, c'est impossible. Mais elle paraît si triste, et surtout, elle ne nie pas les accusations de Carter…

– Depuis un an, j'ai de gros soucis d'argent, commence-t-elle. J'ai emprunté du fric à des mecs, Elliot a perdu son job et avec ce que je gagne, je n'ai plus été en mesure de payer le loyer, les factures, le crédit de ma voiture et de continuer à leur verser ce que je leur devais.

– Pourquoi tu ne m'as rien dit ? je bégaye. Je t'ai déjà aidée par le passé, et je l'aurais refait si c'était ce dont tu avais besoin.

– Je sais, je sais. Mais j'ai déjà eu tant de mal à te rembourser la première fois… Je ne voulais pas que ça se reproduise et que tu finisses par me voir comme un fardeau incapable de subvenir à ses propres besoins. Alors j'ai trouvé une solution toute seule… avant de perdre le contrôle de la situation.

Je comprends, maintenant, je comprends tout. L'horrible réalité m'apparaît brutalement.

– Tu n'as pas trouvé étrange d'être kidnappée pile le jour où on partait pour un long voyage de plusieurs mois ? lâche Elliot avec un sourire dur.

Ma respiration se bloque dans mes poumons.

– Espèce de fils de pute, fulmine Carter.

– Ferme-la, lui balance Elliot en retour. On n'est pas venus ici pour papoter. Où est le fric ?

– Allez vous faire foutre.

Carter est au bord de l'explosion…

Le fric ? C'est ça finalement ? Ils n'en ont qu'après mon argent ?

C'est impossible, tout bonnement impossible. Je suis en train de rêver, je me suis assoupie dans la maison et je fais un terrible cauchemar. Bientôt, Carter reviendra et tout rentrera dans l'ordre.

Elliot agrippe soudain mon bras et me secoue brutalement en criant :

– Ton fric !

Tout se passe alors très vite. Carter me tire en arrière et frappe violemment le bras d'Elliot, faisant tomber le revolver au sol. Il se jette ensuite sur lui avec hargne. Les deux hommes s'écrasent par terre, Elliot, hébété, n'a pas le temps de réagir avant que le poing de Carter s'écrase sur son visage. Tandis qu'Elliot riposte et atteint Carter sous le menton, je retrouve ma lucidité et me met à chercher l'arme. J'ai beau ne rien comprendre à la situation, je veux pouvoir me défendre. *Nous* défendre. Mais Gaby a eu le même réflexe que moi, elle me devance et ramasse le revolver sous mon nez avant de le pointer d'une main tremblante sur les hommes au sol.

– Qu'est-ce que tu fais ? je panique. Pose ça. Bordel, Gaby, arrête !

– Relevez-vous, s'écrie-t-elle.

– GABY ! je hurle, la faisant sursauter.

La voir viser Carter me terrifie. Elle ne peut pas lui faire de mal, je ne le permettrai pas.

Tout le monde s'est figé à mon cri, alors je me précipite par terre sans réfléchir en voyant la lèvre de Carter en sang.

– Tu vas bien ?

Il ne me regarde même pas : ses yeux pleins de haine sont rivés sur Elliot, bien que ce dernier soit dans un piteux état.

– Carter, j'insiste en le secouant un peu.

Il tourne enfin son visage vers moi. Son regard furieux s'adoucit en me voyant.

– Tu vas bien ? je demande en caressant son visage avec douceur.

– Et toi ? Tu es blessée ?

Je secoue la tête et l'aide à se redresser tandis qu'Elliot gémit de douleur.

– Mila ?

Je me tourne vers Gaby, qui me dévisage, surprise.

– Tu… non… ne me dis pas que tu es tombée amoureuse de lui ?

– Pourquoi as-tu fait ça ? je crache avec colère, esquivant sa question. Tu as fait semblant d'être mon amie depuis que nous nous connaissons ?

– Je n'ai pas fait semblant, et c'est ce qui fait le plus mal. Je tiens à toi, Mila, vraiment, mais je suis pieds et poings liés. Tu n'as pas idée de ce que ces mecs sont prêts à faire pour avoir leur argent.

Cette fois, elle pleure pour de bon.

– Ils ont été très clairs la dernière fois. Je suis terrifiée par ce qu'ils pourraient me faire si je ne les rembourse pas, et tu étais la seule personne dans mon entourage qui possédait assez d'argent pour éponger mes dettes. Je n'ai pas eu le choix, Mila, il faut que tu me croies.

– Tu avais tout prévu, alors ? Ton voyage n'était qu'un prétexte ?

La honte et la douleur passent sur le visage de celle que je considérais comme ma sœur.

– Elliot s'est chargé de trouver des gars pour faire le sale boulot. Je ne pouvais pas risquer de me mouiller, je dois déjà gérer les gros bras qui me harcèlent tous les jours. Tu n'as jamais eu de problèmes d'argent, Mila, tu ne sais pas ce que c'est que de manquer de quelque chose. Tu as eu la chance de recevoir un paquet de fric et de ne plus avoir à te poser de questions…

– Mes parents sont morts, voilà pourquoi j'ai eu tout cet argent ! Tu crois que j'en suis heureuse ? J'ai été ballottée de famille d'accueil en famille d'accueil pendant des années ! Tu penses vraiment que je fais partie des chanceux, Gabriella ?

– Je n'ai pas eu le choix, répète-t-elle avant d'essuyer ses larmes.

– Mais comment as-tu pu te regarder dans une glace pendant tout ce temps ? Me parler, rire avec moi chaque jour alors que tu préparais mon enlèvement dans mon dos ? Bordel, Gaby, tu penses que ma vie a été simple ? Je préférerais être pauvre mais avoir encore ma famille.

– Tu devais juste rester captive pendant quelque temps, jusqu'à ce que j'arrive à récupérer ton argent pour pouvoir rembourser mes dettes, payer pour ton enlèvement et reprendre ma vie. Ton ravisseur devait te forcer à retirer ton argent de la banque, après t'avoir fait suffisamment peur pour que tu obéisses sans broncher.

– Et ensuite ?

Carter me serre un peu plus contre lui en fusillant Gabriella du regard.

– Tu aurais été relâchée et quand tu serais rentrée, tu m'aurais trouvée pour sécher tes larmes et te remonter le moral. Mais les choses ont dégénéré quand il a décidé de ne pas respecter le contrat et de s'enfuir avec toi.

– Sauf que tu avais changé d'avis en cours de route, c'est ça ? Tu t'es dit qu'une fois que tu aurais récupéré mon fric, tu n'aurais plus besoin de moi, donc tu as demandé à Carter de me tuer, je m'écrie, ivre de rage.

– Quoi ? Non, je ne lui ai jamais demandé ça.

– Pourtant, trois jours après l'enlèvement, j'ai reçu un message très clair qui disait qu'il n'était plus question de relâcher Mila, mais de s'en débarrasser, intervient Carter.

Ma gorge se noue quand je pense que si j'étais tombée sur quelqu'un d'autre, je ne serais plus de ce monde aujourd'hui.

Affolée par ces accusations, Gaby secoue vivement la tête.

– Non, je n'aurais jamais…

Elle dévisage soudain Elliot et l'effroi déforme son visage.

– C'est toi qui as fait ça ? souffle-t-elle.

Moqueur, Carter lâche :

– Eh bien, il semblerait que vous ayez eu tous les deux un plan différent…

– Ta gueule, crache Elliot.

– C'est vrai, ce qu'ils disent ? insiste Gaby. Tu lui as demandé de la tuer ?

– Oh, ça va, pas besoin de me faire la morale. Tu es la personne la plus proche de Mila, tu aurais hérité de tout son argent beaucoup plus facilement si elle était morte. Mais en réalité, elle est vivante, non ? Alors passe à autre chose.

Je sens une faille se creuser entre mon ancienne meilleure amie et son fiancé, et je compte bien l'exploiter à notre avantage. J'espère aussi que Benjamin ne va pas tarder à arriver. En attendant, il faut que je continue de faire parler Gaby.

– En refusant de faire ce que ton cinglé de mec lui a demandé, Carter m'a sauvé la vie, dis-je en m'approchant d'elle. Il m'a protégée.

Carter attrape ma main, à la fois pour que notre lien ne se brise pas et pour éviter que je m'approche trop près de Gaby et de son arme.

– Est-ce que tu peux imaginer comme j'ai paniqué en voyant que petit à petit tu t'effaçais de la surface de la planète ? réplique Gabriella. Plus de nouvelles, plus d'appartement, même plus de vêtements ni d'affaires t'appartenant. Plus de voiture, ton téléphone impossible à localiser. Tu t'étais volatilisée. J'étais tellement désespérée et terrifiée à l'idée que ceux à qui je dois de l'argent finissent par mettre leurs menaces à exécution que j'ai pensé à faire comme toi, disparaître. Ils ne m'ont toujours pas lâchée puisque je n'ai pas encore été en mesure de les rembourser, j'ai peur chaque minute de chaque jour, je m'attends à ce qu'ils s'en prennent à moi, je sais que ça finira par arriver… Et puis hier je t'ai vue, pile devant notre immeuble. Je t'ai suivie jusqu'ici, je suis restée quelques heures pour repérer les environs, avant de rentrer informer Elliot que je t'avais retrouvée. On a décidé d'agir sans tarder.

– Je n'arrive pas à croire que tu aies pu me faire ça.

Gabriella éclate en sanglots et s'approche de moi.

– Je t'aime, Mila, je ne te veux pas de mal, alors donne-moi ce que je suis venue chercher et je te laisserai vivre ta vie, je te le promets. Tu n'entendras plus jamais parler de moi. J'ai juste besoin de cet argent, plus que de n'importe quoi d'autre.

– C'est vraiment ce que tu veux ? Parce que tu as encore une chance de sauver notre amitié, Gaby. Si tu baisses cette arme et que tu nous laisses partir, Carter et moi, je te donnerai ton argent et je ne porterai pas plainte contre vous. Je pourrai même trouver la force de te pardonner.

Surprise, elle baisse légèrement son bras.

– Tu ferais vraiment ça ? souffle-t-elle.

– Je n'oublie pas tout ce qu'on a vécu toutes les deux. Tu te trouves dans une situation compliquée et je crois que… que je pourrais réussir à comprendre pourquoi tu as agi comme tu l'as fait, avec le temps.

Gaby n'a pas besoin de savoir que je ne pense pas un mot de ce que je viens de dire, que j'essaye juste de gagner du temps. Si elle avait tant besoin d'argent, elle n'avait qu'à m'en demander, je lui en aurais donné sans me poser de questions. Mais le fait qu'elle ait préféré me trahir et qu'elle tente de se convaincre que c'était la seule solution ? C'est impardonnable.

– Tu ne vas quand même pas la croire ? s'indigne Elliot, qui gît encore par terre après la dérouillée que Carter lui a mise. Personne ne pourrait passer l'éponge sur un putain d'enlèvement.

Gabriella le dévisage. Son visage se tord de douleur au moment où elle prend sa décision et ses larmes affluent à nouveau. Elle redresse son bras, nous vise à nouveau de son arme, Carter et moi, et murmure :

– Je suis désolée, Mila.

Même si je n'avais pas vraiment prévu de lui pardonner, sa décision me blesse. Gaby vient de réduire en cendres deux années d'amitié pour de l'argent.

– Parfait, je vais te le chercher, ton fric de merde, je lâche, furieuse.

Et je me dirige sans réfléchir vers l'étage. Carter m'emboîte le pas, mais Gaby l'arrête.

– Elle y va seule.

Je grimpe les marches, en colère, déçue, blessée, triste. Je n'arrive pas à y croire. Comment ai-je pu être aussi aveugle ?

J'entre dans la chambre que Carter et moi avons partagée pendant des semaines, m'agenouille sur le parquet et cherche la valise d'argent sous le lit.

Elle n'est plus là.

Mon sang se glace dans mes veines. Je l'avais cachée à cet endroit hier soir en rentrant de Chicago, j'en suis certaine.

Si Carter l'avait déplacée, je l'aurais vu. Je ne comprends pas, et surtout, j'ai peur. Gaby semble désespérée et elle est armée. Que fera-t-elle si je ne lui donne pas ce qu'elle demande ? Je ne peux plus prétendre la connaître, savoir comment elle va réagir.

Alors que mes neurones s'activent pour tenter de comprendre où a bien pu disparaître l'argent, quelque chose me revient soudain en mémoire.

J'ai un téléphone coincé dans mon soutien-gorge.

J'ai une porte de sortie.

Tremblante, je sors le portable de sous mon pull après avoir jeté un regard derrière moi pour vérifier que je suis seule. Je dois faire vite ; je tape le numéro de la police, qui décroche après deux sonneries.

– Commissariat de Shorewood.

– Des intrus se sont introduits chez moi pour me cambrioler. Ils sont armés et menacent mon mari. Dépêchez-vous, nous sommes au 325 Newhall Street…

Je m'empresse de raccrocher et de remettre le téléphone à l'abri.

– Qu'est-ce que tu fais ?

Je pousse un cri et sursaute en entendant Elliot derrière moi. Il fonce sur moi, furieux, et m'agrippe violemment les cheveux. Il me fait me mettre debout en tirant si fort que je pousse un gémissement de douleur.

– Je ne sais pas où est l'argent ! j'avoue.

– Tu déconnes ?

– Mila ! appelle Carter depuis le rez-de-chaussée.

– Il a disparu, il était là pourtant, j'ajoute en montrant le lit.

Elliot ne desserre pas sa prise et me fait descendre les escaliers, sans tenir compte de mon inconfort.

– Lâche-la, fulmine Carter.

– Ne bouge pas !

Gaby pointe l'arme sur lui. Cette vision me brise le cœur. Elliot me jette au sol, je tombe sur les genoux, aux pieds de Carter, qui se baisse pour me relever malgré la menace du revolver.

– Ça va aller, me chuchote-t-il discrètement à l'oreille. Je suis là…

Puis il croise le regard d'Elliot et grogne d'une voix menaçante :

– Tu vas regretter de l'avoir touchée…

– Elle ne sait plus où est le fric, lâche notre agresseur, sans prendre en compte la menace de Carter.

– Bordel, je ne te crois pas, Mila, m'accuse Gaby, qui commence à perdre patience.

– Pourquoi est-ce que je mentirais ? Je veux que tu sortes de ma vie. Si j'avais l'argent, je te le donnerais avec plaisir.

Ma voix tremble, je commence à craquer. Je ne sais vraiment pas où est passée cette mallette, Ben devrait arriver d'une seconde à l'autre, avec un peu de chance la police aussi, mais j'ai peur qu'Elliot et Gaby ne passent à l'action. Mon ancienne meilleure amie semble de plus en plus tendue, je ne sais pas si elle sait se servir d'une arme mais ce qui est sûr, c'est qu'elle pourrait faire beaucoup de dégâts.

– Si tu ne nous dis pas tout de suite où tu as planqué le fric, je descends ton mec, menace-t-elle.

– Non, je hurle en me mettant devant Carter pour le protéger.

Malgré tout ce que Gaby a entrepris, je sais qu'elle n'aura jamais le courage de tirer sur moi. À cet instant, je suis le bouclier de Carter et je le resterai.

– Va-t'en, Mila, je ne veux pas te faire de mal, m'ordonne Gaby.

– Hors de question. Si tu le blesses, peu importe la manière, tu me blesses aussi.

– Mon Dieu, tu es vraiment tombée amoureuse de lui, constate-t-elle.

– Mila, écarte-toi, rugit Carter.

– Je veux juste ce putain de fric, s'écrie Gaby.

– Je te dis que je ne sais pas où il est passé…

– C'est moi ! avoue soudain Carter. C'est moi qui ai pris la mallette.

– Quoi ? je balbutie en le regardant.

– Je l'ai cachée ailleurs, Mila n'est au courant de rien. Je voulais cet argent pour moi.

En croisant son regard, je comprends qu'il ment… enfin, pas tout à fait. Il a sans doute déplacé la valise, mais pas pour la garder pour lui.

En tout cas, je l'espère. Je ne supporterais pas que lui aussi m'ait trahie.

– Où tu l'as planquée ? gronde Elliot.

– Va te faire foutre.

– RÉPONDS ! hurle Gaby, à bout de nerfs.

À cet instant, la porte s'ouvre brutalement, en allant s'écraser contre le mur. Ben apparaît dans l'encadrement de la porte, une arme à la main. Carter fonce sur moi, me projetant par terre, lorsqu'un coup de feu retentit dans la maison.

– NON !

Que ce soit Ben ou Gabriella, je ne veux pas que l'un d'eux soit blessé ou tué.

Carter me maintient au sol de tout son poids, mais je me débats sous lui, je veux voir ce qu'il se passe.

– Ne bouge pas, Mila, ordonne-t-il.

– Lâche-moi !

– Lève-toi.

Elliot soulève Carter et lui assène un coup de poing dans la mâchoire. Il chancelle et se rattrape au comptoir de la cuisine. Je me redresse et découvre Ben et Gaby se faisant face, chacun menaçant l'autre de son arme. Un trou dans la porte d'entrée m'apprend que c'est Gabriella qui a tiré il y a un instant.

– Arrêtez, j'implore en tentant de m'interposer entre Carter et Elliot.

Mais ce dernier me repousse si fort que je trébuche et tombe en arrière. Carter jure et envoie une droite puissante à son adversaire. Ils sont tous les deux couverts de sang, c'est horrible.

Des sirènes de police retentissent alors au loin.

Enfin, le cauchemar va prendre fin…

Gaby écarquille des yeux paniqués.

– T'as appelé les flics, Mila ?

Benjamin profite de son inattention pour la désarmer d'un violent coup dans le bras. Elle pousse un cri de douleur et de frustration.

Lorsque la police entre dans la maison, tout est déjà terminé. Elliot gît inconscient sur le parquet de la cuisine, Gaby sanglote, retenue par Ben, Carter respire bruyamment, les mains recouvertes de sang et d'égratignures.

Et moi… je suis encore au sol, complètement sonnée.

– Tu vas bien ? me lance Carter. Parle-moi Mila, est-ce que tu vas bien ?

Je me contente d'acquiescer en le détaillant. La violence avec laquelle il s'est acharné sur Elliot me terrifie.

– Mila, je ne t'ai pas pris l'argent, reprend-il. Je l'ai emmené dans la nouvelle maison avec le reste de nos affaires. Mon cœur, réponds-moi.

Et dire que je l'ai longtemps considéré comme la cause de tous mes maux… Aujourd'hui, Carter est le seul à pouvoir me maintenir la tête hors de l'eau.

Je sors de ma léthargie et commence à détailler ses blessures.

– Est-ce que tu as mal ? Il t'a fait du mal ?

– Est-ce que tu me crois ? insiste-t-il. Dis-moi que tu me fais confiance. Je me fiche de ce fric, il est à toi, jamais je ne te le prendrai.

– Je te crois, j'acquiesce.

Il m'aide à me relever et me serre contre lui. Les agents de police s'approchent de nous pour nous demander comment nous allons. Je n'ai pas la force de répondre. Mon regard est rivé sur Gaby, qui pleure maintenant en silence, dévastée. Comment a-t-elle pu en arriver là ? Elle a été ma meilleure amie, celle à qui je me suis confiée, avec laquelle j'ai ri, pleuré… Comment a-t-elle pu devenir cette personne si égoïste ? Et tout ça pour quoi ? De l'argent… Elle a transformé ma vie en enfer pour de l'argent.

Je reste immobile, à fixer le fantôme de celle que j'ai longtemps considérée comme ma seule famille, tandis que la police appelle une ambulance. Ils y transportent Elliot de toute urgence et proposent à Carter de l'emmener pour soigner ses blessures. Mais il refuse, préférant rester avec moi. Pendant ce temps, Ben explique aux enquêteurs la scène dont il a été témoin. Puis c'est au tour de Carter d'être interrogé : il raconte comment Gaby et Elliot se sont introduits chez nous et nous ont menacés.

Tandis qu'il parle, Gabriella et moi ne cessons de nous regarder. C'est en la dévisageant ainsi, en la voyant sous son vrai jour que je fais le deuil de ce que nous avions, de ce que nous étions ensemble.

Depuis que je suis avec Carter, je sais que je dois oublier l'idée de retrouver ma vie d'avant. Mais jusqu'à présent, j'avais toujours cette voix dans ma tête qui me retenait encore de m'engager complètement dans la nouvelle voie tracée devant moi. Savoir Gaby quelque part, triste de mon rejet, m'empêchait de tourner la page.

C'est maintenant chose faite. Gabriella n'est plus rien pour moi, ni dans ma vie, ni dans mon cœur, ni dans mon esprit.

– Madame O'Connell, confirmez-vous que ces individus armés sont entrés chez vous par effraction ?

– Je le confirme.

– Mila. Je suis désolée, je ne voulais pas…

Elle ne l'est pas ! Elle veut juste éviter d'aller en prison.

Je jette un dernier regard en direction de Gaby avant de l'ignorer. Définitivement.

Elle éclate en sanglots puis est escortée à l'extérieur par deux policiers.

Sans aucun regret, je la laisse partir… pour de bon.

CHAPITRE 37

Carter

Nous restons un long moment à l'hôpital. J'ai de nombreuses contusions, il faut du temps pour les soigner. Je m'occupe en contemplant Mila. Je ne me lasserai jamais de sa beauté.

– C'est terminé, alors ?

La question de Benjamin me sort de mon observation. Tournant la tête en direction de mon ami, je réponds :

– Gabriella et Elliot ont été arrêtés. Mila et moi allons porter plainte et ils seront condamnés. Ils ne nous emmerderont plus jamais.

– Je te préviens, on en a fini avec les magouilles, mec. Je rêve de me trouver un boulot simple et chiant.

– Ouais, on arrête.

Je prends la main de Mila dans la mienne. Elle est bien trop silencieuse, bien trop perdue dans ses pensées. Je n'aime pas ça.

– Je vais bien, me dit-elle en réponse à ma question muette.

– Comment tu as fait pour appeler la police ? demande Ben.

Mila esquisse un sourire avant de plonger la main dans son décolleté sous nos yeux ébahis. Elle en sort le téléphone que je garde dans un des tiroirs de la maison. Son geste me projette trois mois en arrière, lorsque je venais de l'enlever et que j'ai découvert son portable coincé dans son soutien-gorge. À l'époque, je me suis mis dans une rage folle, mais aujourd'hui, je suis reconnaissant qu'elle ait eu recours à ses anciens réflexes.

Mila nous a sauvés.

Une infirmière entre dans la petite salle d'auscultation pour terminer mes soins. Elle verse un produit désinfectant sur mes phalanges amochées, puis bande mes mains. Elle rédige ensuite une ordonnance pour des antidouleurs et nous repartons à la maison, en silence.

– Je vais voir votre nouveau cocon en avant-première, nous taquine Ben en nous conduisant jusqu'à la maison où nous étions en train de déménager avant l'intrusion de Gabriella et Elliot.

Mon ami veut détendre l'atmosphère, mais les événements récents sont encore trop frais dans ma tête pour que je parvienne à m'apaiser complètement. Nous avons échappé au pire aujourd'hui. Cependant, je me fous d'avoir été menacé avec une arme, de m'être pris des coups et d'avoir vu les flics débarquer. La seule chose qui m'inquiète, c'est que ma femme a découvert l'innommable trahison de celle qu'elle croyait être sa meilleure amie.

– On est arrivés, Mila.

Elle sursaute lorsque je murmure ces quelques mots à son oreille. Je salue Ben et la guide jusqu'à notre nouvelle maison.

Ce n'est pas comme ça que cela devait se passer.

J'aurais voulu que tout soit parfait pour ce jour si particulier qui marque notre nouveau départ.

Est-ce que Mila reconsidère les choses, désormais ? Ne se sentant plus en danger à cause d'une menace extérieure, cherchera-t-elle à me quitter ?

Impossible ! Je ne la laisserai pas faire.

Alors qu'elle entre, son regard se met à balayer les lieux. Si j'ai mis du temps à revenir, c'est parce que j'ai commencé à installer nos affaires pour qu'elle se sente tout de suite chez elle. Et quand je suis rentré, ce connard d'Elliot m'a cueilli en menaçant d'ordonner à sa cinglée de copine de faire du mal à ma Mila si je tentais quoi que ce soit.

– Tu aimes ? je lui demande, anxieux.

– Oui. Bien sûr.

Ses yeux se posent sur la cheminée qui, Dieu merci, est encore allumée. C'est le plus important. Mila sourit un peu et je respire mieux.

– C'est pour ça que tu voulais y aller seul ? Pour rendre douillet notre nouveau chez-nous ?

– Si j'avais su, mon cœur, jamais je n'aurais…

– Tu ne pouvais pas savoir. Il fallait que nous soyons découverts à un moment ou à un autre. Nous ne pouvions pas nous cacher éternellement. Maintenant, c'est terminé.

Sa voix dénuée de sentiments m'alarme. Ce n'est pas normal qu'elle se montre si détachée, pas après ce qu'elle a vécu. Je m'approche d'elle pour la prendre dans mes bras.

– Parle-moi, je l'encourage. Ne garde pas tout pour toi, je sais que ce que tu as vu et entendu aujourd'hui t'a traumatisée.

– Non, je ne suis pas traumatisée. Je suis juste…

Elle secoue la tête en se pinçant les lèvres.

– … furieuse. Contre elle, contre lui, contre moi, contre toi. Contre tout le monde. Je ne comprends pas ce qui peut pousser les gens à faire du mal à ceux qui les aiment. Pourquoi ? Pourquoi trahir la personne qui a toujours été là pour toi ? C'est absurde. Et je m'en veux tellement d'avoir été si naïve… Je devrais savoir maintenant que la confiance est quelque chose de précieux et qu'il ne faut pas la donner à tout le monde. Mais je suis tombée dans le panneau. Pendant toutes ces semaines où je n'ai été pour toi qu'une captive, qu'un fardeau, je pensais sans cesse à Gaby. C'est elle qui m'aidait à tenir. Me dire que je la reverrais un jour me permettait de garder espoir. Et puis tu es devenu… toi. Malgré tout, je pensais encore à elle, je me sentais coupable, j'avais l'impression de la trahir en acceptant cette nouvelle vie. Sauf que c'est elle qui m'a entraînée dans ce cauchemar.

– Pourquoi est-ce que tu es en colère contre moi ? je demande.

– Parce que… je ne sais pas. Je n'arrive pas à comprendre si tu agis comme tu le fais parce que tu m'aimes ou parce que tu ne veux pas que je t'échappe.

Que répondre à cela ? Je n'ai jamais menti à Mila. Elle me connaît, moi et mon obsession pour elle, mon besoin viscéral de la savoir près de moi.

– Les deux, je lui avoue. Je t'aime, je veux te rendre heureuse et je veux te garder avec moi.

– Et qu'est-ce qui est le plus fort ? Ta nécessité de m'avoir à tes côtés ou les sentiments que tu éprouves pour moi ? Que se passera-t-il s'ils entrent en contradiction ?

– Ne te pose pas ces questions… Je sais ce que je ressens pour toi, Mila, et c'est de l'amour. Il faut que tu me croies. Qu'est-ce qui te fait douter ?

L'angoisse monte doucement en moi. L'idée même de perdre mon trésor le plus précieux est insupportable, je ne veux pas l'envisager. Il faut que je lui enlève ces idées de la tête. Elle doit se concentrer sur nous. Rien d'autre.

– C'était une journée éprouvante. Tu devrais aller prendre un bain pendant que je nous commande à manger.

– Carter, je vais bien, contrairement à toi. Regarde tes mains. Tu es blessé, je vais m'occuper du repas.

– Cela me fait plaisir de prendre soin de toi.

– Laisse-moi le faire, pour une fois. C'est ma nouvelle maison, j'ai envie de me l'approprier. Tu sais comme j'aime cuisiner.

– Sauf que le frigo est vide. Alors à moins que tu ne veuilles que l'on aille au supermarché maintenant… on va devoir se faire livrer.

Elle soupire. Un mince sourire apparaît sur ses lèvres.

– J'abdique. Commande ce que tu veux. Je vais prendre une douche, j'en ai terriblement besoin.

Je la regarde disparaître à l'étage. J'aimerais la suivre dans la salle de bain, mais je ne veux pas qu'elle se sente étouffée. Elle a besoin de temps seule et au calme pour digérer tout ce qui vient de se passer.

Je passe commande auprès du restaurant indien du centre-ville. Livraison prévue dans vingt minutes. Parfait.

Je m'allonge quelques secondes sur le canapé. Mes douleurs à la mâchoire et au dos commencent à se réveiller. J'ai des cachets à disposition, mais ils peuvent entraîner une somnolence et je ne veux pas risquer de m'endormir au milieu du repas. Mila a besoin de moi et j'ai besoin d'elle.

Je sursaute en sentant une caresse sur ma joue. J'ouvre les yeux pour croiser ceux de ma femme. Elle me détaille, et son regard rempli de tendresse fait gonfler mon cœur.

– Tu as mal, devine-t-elle.

– Non, je vais bien.

– Tu as assez joué les héros pour aujourd'hui, Carter. Est-ce que tu as mal ? Réponds-moi franchement.

Je hausse les épaules. Hors de question de passer pour un homme faible, surtout pas devant elle.

– Bof.

– Menteur.

Elle sourit et va chercher dans la cuisine le sachet de médicaments prescrit par l'infirmière.

– Je vais te préparer ton petit cocktail revigorant. Qu'est-ce que tu as commandé à manger ?

– Indien. Je n'ai pas besoin de médocs, Mila, je vais bien.

La douleur dans ma mâchoire enfle, comme pour se moquer de moi et de mon entêtement.

– Ce n'est pas négociable, décrète ma femme. Je ne veux pas que tu souffres.

Je n'ai pas l'habitude que l'on prenne soin de moi, je n'arrive même pas à me rappeler la dernière fois que c'est arrivé. Et cela m'inspire… de la gratitude.

– Merci.

– Au fait… où est-ce que tu as mis l'argent ? demande Mila.

Ah oui, j'avais oublié ça.

– Dans l'armoire de notre chambre. On ira ouvrir un compte à la banque avec ton nouveau nom dès que possible.

Elle semble satisfaite de ma réponse. La sonnette retentit alors ; je me redresse mais Mila est plus rapide que moi, c'est elle qui va ouvrir la porte. Le livreur lui sourit en lui tendant notre commande. Le sang me monte à la tête.

L'enfoiré, il lui fait du gringue devant moi ?

– Je m'en charge, j'annonce en passant devant Mila pour prendre le repas.

– 18 dollars.

Je fouille dans ma poche de jean et en sors un billet de vingt, que je tends au livreur. Puis je lui claque la porte au nez avant qu'il puisse trop reluquer ma Mila… qui me dévisage, les bras croisés.

– Je meurs de faim, dis-je.

– Pourquoi est-ce que tu as été désagréable ? Cet homme ne t'avait rien fait.

– Il t'a regardée.

– Et alors ?

Et alors ? Mais il n'avait pas le droit !

– Je n'ai pas aimé l'air qu'il a pris face à toi, j'explique en me rendant dans la cuisine pour y poser le sac de nourriture.

– C'est n'importe quoi, Carter, il n'est rien arrivé de spécial. Tu aurais voulu qu'il me tourne le dos et me passe la nourriture au-dessus de sa tête ?

– Tu sais très bien que je ne supporte pas qu'un autre homme te regarde. Ils n'en ont pas le droit.

– Ce que tu dis est complètement dingue.

Peut-être, mais c'est comme ça. J'ai conscience que les sentiments que je ressens pour Mila sont bien plus forts que ceux qu'elle a pour moi.

Je l'aime à en mourir.

– Est-ce qu'on pourrait parler d'autre chose que du mec qui vient de te reluquer devant moi ?

Mila soupire mais m'aide à sortir la nourriture et à la poser sur la table. Je l'attire contre moi alors qu'elle est sur le point de prendre place sur une chaise. Elle se détend dans mes bras et me laisse l'embrasser. J'oublie la douleur dans ma lèvre inférieure pour profiter pleinement de ce baiser. Le contact de ma femme m'a manqué toute la journée.

Elle sourit en secouant la tête puis s'installe à table. Pendant le repas, elle parle de tout et de rien, de sujets de conversation superficiels qui évitent soigneusement d'aborder ce qui s'est passé aujourd'hui. Je l'écoute avec plaisir.

À la fin du repas, elle me fait avaler les comprimés qu'elle a préparés et nous montons nous coucher dans notre nouvelle chambre. Elle a un balcon ainsi qu'une vue sur notre jardin et la forêt interminable.

C'est notre nid…

Je sens déjà mes membres s'engourdir, la douleur s'atténuer sous l'effet des médicaments. Mila pose ma tête sur sa poitrine et caresse tendrement mes cheveux.

J'avais oublié ce que pouvait être la tendresse. Pendant des années, j'ai erré seul, traînant mes remords et ma peine. Mais depuis Mila, je suis assailli de tellement d'émotions et de sentiments que j'ai encore du mal à tous les nommer. La douceur et l'amour qu'elle me donne sont inestimables. Là, alors qu'elle me réconforte de ses caresses et que je respire son odeur si exquise, je me sens apaisé. Mon cœur bat calmement, mon esprit ne me torture pas. Je suis bien.

– Arrête de lutter. Endors-toi, murmure-t-elle à mon oreille. Je suis là.

Et elle est tout ce dont j'ai besoin.

CHAPITRE 38

Carter est épuisé. Les médicaments l'ont achevé hier soir et il dort encore. Il est pourtant près de dix heures… Depuis que nous vivons ensemble, c'est la première fois qu'il n'est pas debout avant moi. Je suis contente qu'il prenne enfin du repos. Rester toujours sur ses gardes, faire attention à ne pas laisser de traces, me protéger tout en veillant à ne jamais me perdre du regard a dû l'éreinter. Je veux qu'il reprenne des forces.

L'idée de lui préparer son petit déjeuner germe dans mon esprit, jusqu'à ce que je me souvienne que le frigo est vide. Aucun problème, j'irai faire les courses seule. Je sais que cela ne plairait pas à Carter, mais la menace qui planait au-dessus de nos têtes n'existe plus désormais et j'ai envie de retrouver un semblant de vie normale. Même si c'est un acte banal, voire contraignant pour la plupart des gens, je trépigne rien qu'à l'idée de me rendre dans un supermarché sans avoir peur que Carter n'explose parce que quelqu'un m'aura adressé la parole.

Le sourire aux lèvres, je m'extirpe du lit et sors de la chambre pour faire une toilette rapide dans la salle de bain et m'habiller chaudement. Je descends ensuite à la cuisine en priant pour que Carter ne se réveille pas. Je veux que la surprise soit complète. J'anticipe tout de même l'éventualité où il se lèverait avant mon retour et je lui griffonne un petit mot que je laisse sur la table du salon.

Au moment où je m'apprête à partir, je me souviens que je n'ai pas d'argent sur moi. Où Carter a-t-il dit que la mallette se trouvait hier soir ? Ah oui, dans l'armoire de notre chambre.

Je remonte à l'étage sur la pointe des pieds, en m'efforçant de faire le moins de bruit possible. Lorsque j'ouvre la valise et que je tombe nez à nez avec toutes les liasses de billets qu'elle contient, je retiens mon souffle. J'en prends plusieurs, ne sachant pas vraiment de combien j'aurai besoin. Étant donné que c'est ma première sortie en solitaire depuis bien longtemps, il se pourrait que je dépense plus que je ne le pense.

Carter remue alors que j'allais remettre la mallette en place. Tant pis, je la laisse sur le sol de la chambre et retourne au rez-de-chaussée aussi discrètement que possible.

Lorsque je referme la porte à clé et que je monte dans la voiture, un fourmillement d'excitation me traverse. Je vais conduire, seule, et je vais faire des courses. Un pas de géant par rapport aux semaines qui viennent de s'écouler…

Je quitte l'allée et je m'engage sur la route le cœur léger. J'ai l'impression d'avoir retrouvé la liberté.

***

Déambuler dans les rayons d'un supermarché m'avait manqué, cependant je suis mal à l'aise. L'excitation que j'ai ressentie pendant le trajet en voiture s'est évaporée. Là, seule au milieu d'autres personnes accomplissant la corvée des courses, je me sens perdue.

L'angoisse se propage dans mon corps à vitesse grand V. J'ai cru que reprendre mon ancienne routine serait libérateur, j'ai cru que ce serait facile, mais la réalité est tout autre. Sans Carter à mes côtés, j'ai l'impression d'être une enfant qui doit tout réapprendre. Seule.

Mon cœur s'emballe, mes mains deviennent moites, mes oreilles bourdonnent, ma tête tourne. Je m'agrippe au caddie de toutes mes forces pour ne pas tomber. Le constat est sans appel : j'ai peur. Peur de faire quelque chose sans l'approbation de Carter, peur qu'il ne se mette en colère lorsqu'il se rendra compte que je suis partie sans lui, peur de ne pas retrouver le chemin de la maison, peur qu'il m'arrive quelque chose loin de lui pour me protéger… Je suis terrorisée.

La partie raisonnable en moi sait que tout cela est absurde. Je ne fais rien de mal, j'essaye simplement de vivre ma vie le plus normalement du monde. Je sais que je n'ai pas à être terrifiée de faire un pas sans Carter et pourtant, c'est bel et bien le cas. Toutes ces semaines d'enfermement ont eu un effet désastreux sur ma raison.

Je sursaute lorsqu'une vieille dame passe devant moi pour s'emparer d'une boîte d'œufs. Alertée par ma réaction, elle me dévisage puis me demande :

– Est-ce que tout va bien ? Vous êtes toute pâle.

J'ouvre la bouche mais reste muette. Suis-je autorisée à lui parler ? C'est absurde, bien sûr que je le peux. C'est ce que les personnes normales font : discuter entre elles.

– Je… oui.

– Vous êtes sûre ?

Mon pouls accélère.

Je ne sais plus ce que je fais là, l'idée de prendre la voiture et de partir seule me semble maintenant complètement stupide. Mon esprit n'est focalisé que sur Carter. Sans aucune explication, je quitte le rayon en laissant mon caddie en plan, fonce hors du magasin et remonte derrière mon volant. Mes mains tremblent sur le trajet du retour alors que je me force à rester concentrée sur la route. Je suis tellement nerveuse que je me trompe de chemin deux fois.

J'ai honte de moi.

Ce matin, je suis partie avec la ferme intention de prouver à Carter que je peux être indépendante et qu'il peut me faire confiance. Au lieu de ça, je rentre bredouille et terrifiée de mon escapade au supermarché. Que va-t-il penser de moi ?

J'entre dans notre maison et referme tout doucement la porte derrière moi… mais soudain, je sursaute et pousse un cri de surprise en découvrant Carter au bas des escaliers, le visage fermé. Le regard rempli de colère, tous ses muscles tendus, il me fixe en silence.

– Tu m'as fait peur, je lâche en soupirant.

Je porte une main à ma poitrine, et sa mâchoire se contracte. L'hématome en dessous de son menton a bleui pendant la nuit et il y a des traces de sang sur les bandages qui couvrent ses jointures.

– Qu'est-ce que tu…

Je n'ai pas le temps de terminer ma phrase. Carter fonce droit sur moi, agrippe mon bras et m'écarte le plus loin possible de la porte d'entrée, qu'il verrouille à double tour.

– Où étais-tu ?

Sa voix est tout sauf chaleureuse. Il se tourne vers moi, planté dans le couloir, comme pour faire barrage de son corps.

– Je suis allée faire des courses, je bredouille devant son regard noir.

– Oh, vraiment ? Alors pourquoi n'as-tu rien rapporté ?

– Carter, calme-toi.

– Putain, ne me dis pas de me calmer, Mila. Surtout pas ! Où étais-tu passée ?

– Je viens de te le dire, j'étais au supermarché mais…

– Ne me prends pas pour un con ! Tu t'es bien foutue de ma gueule, hein ?

– Mais enfin, de quoi tu parles ?

– Je comprends mieux pourquoi tu tenais tant à ce que je prenne ces médocs hier soir. Tu t'es dit qu'ils allaient m'assommer assez longtemps pour que tu puisses t'en aller sans que je le voie ? Je suis désolé de t'annoncer que ton plan a foiré, mon cœur.

Il fait une crise de paranoïa… Comment ai-je pu penser une seconde qu'il comprendrait ma démarche et qu'il l'accepterait ? Bien sûr qu'il s'est imaginé que je l'avais quitté. Comment vais-je rattraper ça, maintenant ? Le regard rempli de colère et de souffrance de Carter me cloue sur place. Cela va être difficile de l'amener à me croire, pourtant il le faut.

– Carter, s'il te plaît, tu dois m'écouter.

– Je me suis réveillé seul dans *notre* lit alors que je m'étais endormi dans tes bras. « Je suis là », c'est la dernière chose que tu m'as dite. Eh bien non, tu n'étais pas là ! Qu'est-ce que tu crois que j'ai pensé lorsque j'ai vu la mallette de billets sur le sol de la chambre ? Lorsque je suis descendu à la cuisine pour te chercher ? Lorsque j'ai remarqué que la voiture avait disparu ? À ton avis, comment je me suis senti, Mila ? hurle-t-il en faisant un pas vers moi.

– Mais je ne t'ai pas quitté, tu le vois bien, non ?

– Tu es revenue parce que tu n'avais pas pris assez d'argent, c'est ça ? C'est pour ça que tu m'as demandé où je l'avais caché hier soir ? Bordel, Mila, comment peux-tu me faire une chose pareille ?

– Arrête ! Je n'ai rien fait de mal, je suis là, juste devant toi, bon sang.

– Et tu vas rester près de moi. J'aurais tellement voulu te faire confiance… Mila, je veux que ça fonctionne entre nous mais je suis fatigué de me demander chaque jour que Dieu fait s'il s'agit de celui où tu t'en iras. Je ne voulais pas en arriver là, mais tu ne me laisses pas le choix !

– Quoi ? De quoi tu parles ?

Il me tourne le dos quelques secondes, juste le temps d'activer l'alarme.

– Qu'est-ce que tu fais ? je m'exclame.

Il m'arrache les clés de la voiture et les fourre dans la poche de son jogging.

– Qu'est-ce que tu fais, Carter ? je répète. Tu m'enfermes à nouveau ?

– Je ne permettrai pas que tu me quittes, Mila, tu le sais. Je ne l'accepterai pas. Je t'ai offert l'opportunité de t'enfuir une fois et tu as choisi de rester. Tu m'as choisi. Pour toujours.

– MAIS JE SUIS LÀ, je m'époumone.

C'est un cauchemar, ça ne peut pas recommencer. Nous n'avons pas fait tous ces efforts pour revenir en arrière, je refuse d'y croire.

– Regarde. Regarde !

Je me dirige vers la petite table du salon alors qu'il tourne en rond dans la cuisine. Je prends le papier que j'avais posé dessus avant de partir au supermarché et le lui écrase sur le torse de toutes mes forces.

– Je t'avais prévenu. Je t'ai laissé un mot pour t'expliquer où j'allais. Lis-le.

– N'essaye pas de m'amadouer…

– LIS !

Il s'exécute à toute vitesse. Sa mâchoire se contracte à nouveau. Je recule puis lui lance :

– Tu as raison Carter, j'avais un plan. Tu veux savoir ce que c'était ? Te faire plaisir. J'ai voulu te préparer le petit déjeuner et te l'apporter au lit mais le frigo et les placards étaient vides. Tu n'imagines pas le temps que j'ai passé à me demander si je devais tenter d'aller faire des courses moi-même. Seule. Et puis je me suis dit, « pourquoi pas ? ». Après tout, nous sommes censés commencer une nouvelle vie, pas vrai ? Plus aucune menace ne flotte au-dessus de nos têtes alors, bordel, pourquoi pas ? J'étais tellement heureuse de faire quelque chose par moi-même, je voulais te montrer que je pouvais gérer, que tu pouvais me faire confiance, et surtout, je voulais que tu comprennes que peu importe où j'allais ou ce que je faisais, je reviendrais !

Je reprends mon souffle et étouffe un sanglot. Carter tient toujours la feuille de papier en main et me dévisage. Il paraît anxieux désormais.

– Tu veux savoir ce qui s'est passé ? je poursuis. Tu veux savoir ce que j'ai ressenti une fois à l'intérieur du supermarché ? J'ai paniqué ! Je me suis sentie complètement perdue et désorientée, tout ça parce que tu n'étais pas avec moi. Est-ce que tu te rends compte de ce que tu as fait de moi ? Tu m'as gardée prisonnière pendant des mois et maintenant, je ne suis plus capable de me balader seule dans la rue sans me sentir démunie. Alors j'ai laissé les courses en plan et je suis revenue à la maison à toute vitesse. Je voulais te retrouver et tout te raconter, te montrer que même si j'ai cédé à la panique, je suis revenue. Mais rien ne s'est passé comme prévu. Depuis que je t'ai rencontré, rien dans ma putain de vie ne se passe comme je l'espère.

J'essuie mes larmes en inspirant profondément, puis j'ajoute :

– Tu es tellement obsédé par l'idée que je puisse te quitter que tu ne penses à rien d'autre. Tu ne réfléchis pas. Tu réalises que tu te comportes à nouveau comme si j'étais ta captive, Carter ? Après tout ce qu'on a vécu toi et moi, tu recommences ? Et tu crois que ça va me donner envie de rester et de t'aimer davantage ?

– Mila, je…

– Tais-toi ! Je ne suis pas ton animal de compagnie. Tu m'avais promis que tu ferais des efforts, tu m'as promis une nouvelle vie. Tu viens de tout foutre en l'air en un claquement de doigts. Je n'ai rien à me reprocher et tu le sais. Tout est ta faute.

Il s'approche pour me prendre dans ses bras mais je l'esquive.

– Tu viens de me prouver que tu ne changeras jamais. On n'y arrivera pas.

– Ne renonce pas. J'ai fait une erreur, je te demande pardon, j'ai cru…

– Ne commence pas à me baratiner. Je suis fatiguée. J'en ai assez de te pardonner sans cesse et de passer l'éponge chaque fois que tu fais une erreur. J'en ai terminé avec tout ça.

– Terminé avec quoi ? panique Carter en réussissant à m'attirer contre lui. Je t'aime, on peut réussir à surmonter nos problèmes, je le sais.

– Lâche-moi.

Je me débats et parviens à me libérer. Je grimpe les marches trois par trois jusqu'à l'étage et fonce dans la chambre, Carter sur les talons. Je m'enferme dans la pièce à double tour juste à temps pour éviter de me faire rattraper, et le poing de mon poursuivant s'abat sur le bois épais de la porte.

– Mila, sors de là, me supplie-t-il. Je t'en prie, mon cœur, ne me laisse pas comme ça. J'ai besoin de toi, j'ai besoin qu'on parle. Je m'excuse. J'ai confiance en toi, je te le jure, je ne douterai plus.

– Laisse-moi, Carter.

– Jamais.

Je me laisse glisser sur le sol et enfouis ma tête dans mes genoux pour laisser libre cours à mon chagrin.

– Pardonne-moi, murmure-t-il depuis le couloir.

– S'il te plaît, laisse-moi. Laisse-moi seule juste une fois, c'est tout ce que je te demande.

– Je ne peux pas.

– Juste une fois.

Il reste silencieux et après de longues minutes, je l'entends s'éloigner. J'expire l'air bloqué dans mes poumons puis je me lève, retire mes chaussures et m'allonge sur le lit.

J'ai essayé, j'y ai cru de toutes mes forces. J'ai cru que Carter et moi on pourrait s'en sortir et se guérir ensemble. Il est un homme torturé et abîmé et j'aurais plus que tout voulu le voir heureux. Mais il a besoin d'aide, une aide que je suis incapable de lui apporter.

Je ferme les yeux et prends le temps de faire le point avec moi-même, admettant petit à petit que je ne peux pas donner à Carter ce qu'il attend de moi. Il m'en demande trop, tout le temps, il aspire mon énergie et m'affaiblit, m'étouffe de son amour destructeur.

Il est temps pour moi de prendre une décision. Rester, me battre aux côtés de Carter pour l'aider à vaincre ses démons… ou bien partir, me sortir de cette cage et retrouver ce que j'ai perdu, celle que j'étais.

CHAPITRE 39

Le temps passe. Je reste allongée, silencieuse, le regard tourné vers la fenêtre qui donne sur notre jardin. Perdue dans mes pensées, je sursaute lorsque trois petits coups sont frappés contre la porte.

– Mon cœur, il est plus de treize heures. Tu ne veux pas venir déjeuner ?

Déjà ? Je ne sais pas depuis combien de temps je suis ici, mais j'y suis bien. Au calme, seule avec mes pensées. J'avais vraiment besoin de ce temps pour moi.

– Mila, je t'en prie, parle-moi.

La douleur dans la voix de Carter me serre le cœur. Je sais qu'il souffre de l'éloignement que je lui impose… Je ferme les yeux et inspire avant de dire :

– Je n'ai pas faim.

– Ne te rends pas malade. Je te promets qu'on va s'en sortir.

Pas cette fois, Carter. Pas cette fois.

Lentement, je descends du lit et me dirige vers l'armoire installée à l'autre bout de la pièce. Après avoir trouvé ma valise, je l'ouvre sur le sol et je commence à y mettre mes vêtements. Parfaitement consciente de chacun de mes gestes, je remplis mon bagage sans m'arrêter, jusqu'à ce que la totalité de mes affaires y soit rangée.

Je dois partir, c'est la seule solution pour que Carter et moi puissions peut-être un jour nous retrouver.

Après avoir fermé ma valise, j'ouvre la mallette qui contient mon argent et je prends plusieurs liasses, que je range dans l'un de mes sacs. M'enfuir signifie reprendre ma vie en main, recommencer, et je ne peux pas prendre un nouveau départ sans un peu d'argent.

J'emporte mon bagage près de la porte de la chambre. Là, je m'oblige à respirer lentement. Faire face à Carter, tenter de lui faire comprendre mon point de vue sera une épreuve terrible. Je sais que je m'apprête à lui briser le cœur, à lui faire perdre la raison et que cela me blessera atrocement.

Mais je dois le faire, pour nous deux.

J'ouvre la porte. Sans surprise, Carter m'attend de l'autre côté, un plateau chargé de nourriture dans les mains. Le soulagement l'envahit lorsqu'il m'aperçoit. Il ne remarque pas ma nervosité, ni la détermination sur mon visage, ni ma valise et mon sac cachés derrière moi.

– Mon cœur… murmure-t-il en amorçant un pas dans ma direction.

Je l'arrête en levant une main et je recule d'un pas.

– Je t'ai dit que je n'avais pas faim, j'articule lentement.

– Alors tu devrais au moins boire quelque chose, me répond-il en me tendant un verre de jus de fruits.

Je secoue la tête tout en rassemblant mes pensées. Carter pose le plateau par terre, la mine inquiète.

– Excuse-moi pour tout à l'heure, me dit-il. Pardonne-moi. Je n'ai pas réussi à me contrôler.

Comme je reste silencieuse, il continue :

– Je voulais t'apporter ton déjeuner et je comptais ensuite aller chercher le traitement pour ma bipolarité dans l'armoire à pharmacie. Je vais augmenter la dose, ça m'aidera, j'en suis sûr.

– Ce n'est pas suffisant, dis-je tout bas.

– D'accord.

Il passe nerveusement une main dans ses cheveux, signe que l'angoisse commence à le gagner.

– Je vais trouver une solution, je te le jure. En attendant, tu veux peut-être que je te laisse encore un peu seule ? Tu devrais prendre le plateau, au cas où la faim viendrait, ce serait mieux que tu…

– Carter, arrête.

Consciente que je ne peux plus reculer, j'attrape la poignée de ma valise et je la tire à moi. Carter l'aperçoit, une lueur de compréhension s'allume dans son regard… et il panique immédiatement.

– Non.

– Carter…

– Il en est hors de question, Mila.

– On ne peut pas continuer comme ça et tu le sais.

– C'est faux, on peut s'en sortir. On peut le faire… je vais… oui, je vais me soigner correctement, à partir de maintenant je vais prendre mon traitement plus sérieusement…

– Carter ! je m'écrie.

Je m'approche de lui et soutiens son regard.

– Je vais partir, j'annonce.

Il recule et secoue la tête alors que ses yeux s'écarquillent de plus en plus.

– S'il te plaît, ne fais pas ça.

Ma raison est sur le point de me lâcher. Je dois m'en aller rapidement. Agrippant mon bagage, je quitte la chambre et traverse le couloir avant de descendre l'escalier, Carter à mes trousses.

– Je t'en supplie, Mila, essayons d'arranger les choses.

– Je ne peux pas.

– Si, tu le peux. Essaye, fais un effort.

Je me fige et pivote, bouche bée.

– Tu veux que je fasse un effort ? Carter, je n'ai fait que ça depuis que tu es entré dans ma vie. J'ai tellement encaissé, tellement cherché à t'excuser… est-ce que tu réalises à quel point j'ai été patiente ?

– Tu ne peux pas me quitter, Mila, tu m'as promis de toujours être là pour moi.

– Et toi, tu m'as promis que tu ne chercherais plus jamais à m'enfermer.

Je pose une main sur sa joue et la lui caresse du pouce. Il agrippe tendrement mon poignet en me suppliant du regard.

– Crois-le ou non, mais je fais ça pour nous, lui dis-je. Ce qu'on vit…

– C'est différent mais on s'aime, n'est-ce pas ?

Mon silence résonne à travers la pièce. Carter fronce les sourcils. Il insiste :

– N'est-ce pas, Mila ? Tu m'aimes… non ?

– Je ne sais pas, je murmure tandis que mes yeux se remplissent de larmes. Je ne sais pas si ce que j'éprouve pour toi est réel, ou si ce sont tous ces mois de conditionnement et l'habitude qui me le font croire.

Choqué, Carter relâche mon poignet.

– Oh. Ça change tout dans ce cas. Je pensais…

Il reprend son souffle, puis poursuit :

– Je pensais que tu restais parce que tu ne voyais plus ta vie sans moi, que tu m'aimais autant que je t'aime.

– Carter, c'est pour ça que je m'en vais, pour savoir ce que je ressens vraiment.

Bordel de merde. En le regardant, démuni face à moi, mes pleurs redoublent. Et mon cœur se met à saigner lorsque le sien se brise.

– Je suis désolée, je sanglote. Si tu savais comme j'aimerais pouvoir t'assurer que mes sentiments sont réels… Si tu savais comme j'aimerais que ma vie soit liée à la tienne… jusqu'à la fin.

Une larme roule sur la joue de Carter. Il me dévisage, silencieux, abattu.

Arriverai-je seulement à m'en aller ?

Je sais que mon ancien ravisseur ne me retiendra pas, mais je ne suis plus certaine d'avoir la force de partir, pas alors que je perçois sa douleur avec tant d'acuité.

– Ne m'en veux pas, dis-je.

– Je ne t'en veux pas, répond-il d'une voix rauque. Je veux que tu sois heureuse, je veux que ta vie soit belle. J'aimerais être celui qui la partage, mais je ne peux pas te forcer à vouloir de moi, alors…

– Je te veux, Carter, mais je ne sais pas si c'est pour les bonnes raisons.

– Et tu le sauras en t'éloignant de moi ?

– Oui. En tout cas c'est ce que je crois.

Il sort de sa torpeur et s'avance dans ma direction. Sans un mot, il attrape mon visage et m'embrasse. Je comprends que c'est là son au revoir, qu'à cet instant il est certain qu'il ne me reverra jamais et je fais en sorte, en lui rendant son baiser, de lui insuffler de l'espoir. Je veux croire que nous n'avons pas vécu tout cela pour qu'au bout du compte nos chemins se séparent. Je veux croire que lui et moi c'est encore possible.

– Je reviendrai, lui dis-je en me dirigeant vers la porte d'entrée.

L'image de Carter brisé s'ancre dans mon esprit. Je l'emporte avec moi en sachant parfaitement qu'elle me hantera jusqu'à la fin de mes jours, que je finisse par le retrouver ou pas.

– Sois heureuse, lâche-t-il en esquissant un pas dans ma direction, comme pour tenter de me retenir encore un peu.

– Je reviendrai, je répète, voulant à tout prix m'en convaincre.

Puis je quitte la maison. Et quand la porte se referme derrière moi, un petit morceau de mon âme reste sur le seuil.

CHAPITRE 40

Chicago, un jour après Carter

Je n'ai jamais été le genre de fille à me bercer d'illusions. J'ai toujours été parfaitement consciente des joies et des peines que la vie peut apporter, et j'ai su, à l'instant où j'ai passé le seuil de la maison de Shorewood, que le retour à la réalité serait difficile. Enfin, je croyais le savoir, mais j'étais loin du compte.

J'ai la sensation de ne plus rien connaître de Chicago, l'impression de ne plus reconnaître les rues, les boutiques, les restaurants, et même l'immeuble dans lequel j'ai vécu.

Je ne sais plus où est ma place.

Je ne sais plus qui je suis.

Je ne sais plus ce que je suis censée faire.

Je ne sais plus comment respirer seule.

C'est comme si j'avais laissé mon âme à Shorewood et que je n'étais plus qu'une coquille vide.

Je descends du taxi, qui démarre en trombe après m'avoir déposée. Le bruit de la ville me donne le vertige. La tranquillité de ma petite maison me manque déjà, ainsi que ses arbres, ma rivière… Cela ne fait pourtant que vingt-quatre heures que je suis partie.

J'entre dans l'hôtel devant lequel je suis plantée depuis plusieurs minutes déjà. Hier soir, j'ai dormi dans un établissement en face de mon ancien immeuble, celui dans lequel j'ai vécu avec Gaby… mais je n'ai pas réussi à fermer l'œil. J'ai donc décidé de changer d'endroit aujourd'hui, pour m'installer plutôt dans le centre-ville.

À l'accueil, une femme blasée me tend la clé de ma chambre, que je m'empresse de rejoindre. J'y entre ; elle est petite mais fonctionnelle. Avant même de déballer mes affaires, je décide de prendre une douche.

J'ai besoin de me laver de tout.

Après avoir vidé le ballon d'eau chaude, je m'enroule dans une serviette et je retourne près de ma valise. Je la hisse sur le lit et je l'ouvre pour en sortir quelques vêtements, que je place dans la penderie. Je n'ai plus beaucoup d'affaires à moi; après tout, Carter a effacé ma vie d'avant. Si au début cette pensée me rendait malade, ce n'est plus le cas aujourd'hui. Ne plus être rattachée à mon passé m'aide à redémarrer de zéro.

Tout au fond de mon bagage, je trouve la boule à neige que Carter m'a offerte après notre retour du Colorado. Un intense mélange de sentiments s'empare de moi et mes vannes lâchent. Mes larmes coulent toutes seules et je ne cherche pas à les retenir.

Je m'assois sur le lit en secouant le globe de verre. Les flocons tombent sur les arbres miniatures et la maison solitaire. Un sourire triste étire ma bouche.

Je serre la boule à neige contre moi, ferme les yeux et me laisse envahir par tout ce qu'elle représente, par tous les souvenirs auxquels elle est rattachée… par Carter et son sourire timide le jour où il m'a offert ce cadeau.

Comme ça fait mal d'être loin de lui…

Je pose la boule à neige sur la table de nuit près du lit, puis je la fixe en essayant de filtrer le flot de pensées qui parasite mon esprit. Je regarde mon environnement, les murs de la chambre d'hôtel, le lit double qui sera trop grand pour moi, et je me demande…

Et maintenant ?

CHAPITRE 41

Carter, Shorewood, deux jours après Mila

Dès que Mila a passé la porte, tout s'est effondré autour de moi. Je l'ai regardée partir et j'ai lâché prise, je me suis laissé sombrer dans les ténèbres qui m'habitent depuis toujours et qui n'attendaient qu'une chose : m'engloutir.

Tout serait tellement plus simple si j'en finissais.

Sans Mila, plus rien n'a de sens. Sans Mila, je ne suis plus rien.

Au fond de moi, je n'ai qu'une envie : aller la chercher et la ramener auprès de moi, mais je sais que ce n'est pas ce qu'elle veut… et ça fait encore plus mal.

Elle a besoin d'être loin de moi alors que je crève d'être loin d'elle. Je ne sais pas comment gérer son absence, je ne sais pas comment faire pour échapper au mal-être qui me paralyse.

– Carter ! Ouvre-moi.

La maison est plongée dans le noir. La porte est verrouillée, je suis allongé par terre, à l'endroit même où je me tenais lorsque Mila m'a quitté. Depuis son départ, j'ai été incapable de bouger, incapable de me reprendre en main. Je n'en ai pas envie de toute façon.

Je souffre tellement… Je me sens prisonnier de moi-même, de mon esprit qui, à chaque heure passée sans Mila, me pousse un peu plus au bord du précipice… jusqu'à penser à commettre l'irréparable.

– Carter !

Benjamin tambourine contre la porte. Je n'ai pas la force de me lever pour le laisser entrer, ni même d'ouvrir la bouche pour lui parler.

– Je vais défoncer la porte, Carter, je vais vraiment le faire.

Je ferme les yeux et me recroqueville encore un peu plus sur moi-même. Au point où j'en suis, je me fiche de ce que peut faire Ben. Je me fiche de tout.

J'entends alors un craquement sonore, ainsi qu'un bruit de verre éclaté. J'ouvre les yeux : mon meilleur ami a brisé une fenêtre du salon pour pouvoir entrer.

– Putain, Carter, qu'est-ce qui s'est passé ? s'écrie-t-il avant de me foncer dessus. Où est Mila ?

– Elle est partie.

– Quoi ?

– Partie. Juste… partie.

– Qu'est-ce que tu racontes, enfin ?

– Elle m'a quitté, dis-je, rassemblant le peu d'énergie qui me reste. Elle a dit qu'elle devait découvrir si elle m'aimait vraiment et qu'elle devait s'en aller pour ça.

– Non… impossible. Mila… elle t'aime, Carter, elle…

– Elle est partie, je répète en fermant à nouveau les yeux.

– Depuis quand ?

– Bientôt deux jours.

– Et tu… Carter, ne me dis pas que tu es resté là depuis tout ce temps ! Dis-moi que tu t'es nourri, au moins !

Cela ne sert à rien de répondre. Vu mon état, Benjamin se doute déjà de ce qu'il en est.

Il suffirait que je me laisse aller, que je lâche prise, et ma douleur disparaîtrait.

– Carter, arrête tes conneries.

Mila était la seule personne qui me maintenait en vie. Et maintenant ?

– Carter !

La gifle que m'assène Benjamin au visage me sonne pendant quelques secondes. Puis je sors enfin de ma transe et je croise son regard rongé par l'inquiétude.

– Je te préviens, je ne te laisserai pas couler sans rien faire, me dit-il. À partir de maintenant, c'est terminé. Tu vas te reprendre en main, retourner consulter des médecins et tu vas te soigner, c'est compris ?

– Je ne guérirai jamais, dis-je en massant ma joue.

– C'est ce que tu te racontes parce que tu n'as pas le courage d'essayer d'aller mieux. Mais tu n'en as pas marre de ça ? De souffrir en permanence ? Et Mila ? Tu vas la laisser dans l'idée que tu ne changeras jamais ?

– Elle pense déjà que je suis un cas désespéré.

– Arrête tes conneries, tu sais que c'est faux. Pour l'instant, elle est perdue et on ne peut pas le lui reprocher vu tout ce qu'elle a dû traverser. Mais elle t'aime, ça j'en suis sûr, et quand elle va le réaliser, tu veux qu'elle te voie dans cet état ? Tu es une loque, Carter, et il est clair que si tu ne fais rien, non seulement Mila ne reviendra jamais, mais en plus tu auras laissé la bipolarité gagner.

Je ferme les yeux une fois de plus tandis qu'une nouvelle vague de douleur balaye mon esprit. Benjamin se laisse tomber sur le sol à côté de moi.

– Souviens-toi comme tu la détestes, cette putain de maladie, m'encourage-t-il. Souviens-toi comme elle te pourrit la vie, comme elle te rend malheureux, comme elle te fait souffrir… comme elle a fait souffrir Mila.

Je gémis et plaque mes bras sur mon visage. Les mots de Ben sont si justes qu'ils me font mal.

– Souviens-toi de celui que tu étais et que tu peux encore redevenir. Tu as la possibilité de lutter contre ces pensées sombres qui t'assaillent. Tu as la possibilité d'aller mieux, de te construire une autre vie, et crois-moi, je ne te laisserai pas passer à côté de cette chance.

Mes mains tremblent et je réalise honteusement que des larmes sont en train de couler sur mon visage.

– Je suis tellement fatigué de tout ça, je murmure. Fatigué de me lever chaque jour et de redouter ma prochaine crise de folie, fatigué de voir tout en noir, fatigué de ne pas être capable d'offrir une vie normale à la femme que j'aime… Je suis même fatigué de me sentir fatigué. Je n'en peux plus, Ben.

– Je sais, répond-il. Tu t'es obligé à tenir seul pendant des années, mais il faut que tu te fasses aider, maintenant. Tu te dois d'essayer. Pour toi d'abord, mais aussi pour Mila… et pour Charlie. Parce qu'elle détesterait te voir comme ça.

Cette fois, c'en est trop. La souffrance explose dans mes muscles, sous ma peau, dans mon cœur. Des sanglots me secouent. Penser que ma petite sœur pourrait être déçue de celui que je suis aujourd'hui est la pire des tortures.

Je pousse un cri de rage et de douleur. Mon corps se courbe sous le poids des regrets. Benjamin m'attire contre lui tout en me laissant évacuer ma peine. Je crie de plus en plus fort, je tente de le repousser, de le frapper, aussi, mais il me tient fermement, bien décidé à ne pas me lâcher.

Plus tard, lorsque je commence à me calmer, je repense à tout ce qu'il m'a dit, aux derniers mots de Mila avant qu'elle me quitte et à ma Charlie, dans ses moments joyeux.

Ben a raison. Je me dois d'essayer.

– Je vais le faire, dis-je, la voix rauque. Je vais me soigner. Je vais aller mieux.

Pour elles…

CHAPITRE 42

Chicago, soixante-deux jours après Carter

– Pourriez-vous faire partir ce dossier au plus vite, s'il vous plaît, Mila ?

– Bien sûr.

Je contacte rapidement un coursier, puis je coche d'une croix rouge la case du jour sur mon calendrier.

Cela fait soixante-deux jours que je suis partie de Shorewood. Ces deux mois se sont écoulés avec une lenteur insupportable. Au début, j'étais tellement perdue sans Carter que j'ai plusieurs fois hésité à retourner auprès de lui. J'ai mobilisé toutes mes forces pour résister. Deux semaines après mon retour à Chicago, je pleurais chaque jour sans exception.

Il m'a fallu un mois pour sortir du choc post-traumatique de ma captivité et de ma rupture avec Carter.

Lentement, je reprends mes marques, étrangère dans une ville que j'ai toujours connue et aimée. Petit à petit, je redeviens une personne à part entière et plus l'ombre de mon bourreau. Pour distraire mon esprit toujours à Shorewood, j'ai décidé de chercher un emploi qui m'occuperait toute la journée et qui m'aiderait à ne plus penser. Désormais, je suis donc hôtesse d'accueil dans une jeune entreprise de design. Un job qui n'est pas ennuyeux, mais pas transcendant non plus. Ce n'est pas le plus important. Ce travail n'est que la béquille qui me maintient debout, ou à peu près.

Ma journée se termine et je quitte le bureau discrètement, comme chaque jour. Je ne cherche pas à faire connaissance avec mes collègues. Je passe les pauses déjeuner seule devant mon ordinateur malgré les invitations que je reçois parfois.

J'ai besoin de calme, de prendre du temps pour moi-même. J'étais bien plus sociable avant Carter…

Oh, Carter.

Je frotte discrètement ma poitrine. Comme chaque fois que je pense à lui, je ressens un vif pincement au cœur.

Je croyais que mon retour dans mon ancienne ville m'aiderait. Que me retrouver libre et indépendante à nouveau aurait l'effet d'un électrochoc sur moi et que cela me permettrait de déterminer rapidement où j'en suis dans mes sentiments… mais la seule chose que je sais au bout de deux mois, c'est que plus les jours passent, plus j'ai mal sans lui.

J'habite à l'hôtel depuis que je suis revenue à Chicago, incapable de me décider à chercher un appartement. J'ai l'impression que je ne me sentirai pas chez moi ailleurs que dans la maison que nous partagions avec Carter.

Le paysage me manque. Les arbres, la neige, la rivière…

Carter me manque…

Il est présent dans tous mes rêves. La plupart du temps, je revis des souvenirs, mais il m'arrive aussi de rêver à ce que pourraient être nos retrouvailles.

Si je m'écoutais, je retournerais immédiatement dans ses bras. Je sais qu'il me reprendrait, mais je ne peux pas encore faire ça. Il ne s'est passé que deux mois, c'est beaucoup trop tôt pour savoir si mes sentiments sont réels, si je suis bel et bien amoureuse de lui.

– Mila ?

Je me retourne alors que j'allais grimper dans un taxi. Henry, un mec de la compta, s'approche de moi en souriant. Je ne peux penser qu'à une chose.

Tu n'es pas Carter, ne m'approche pas.

– Tu t'en vas déjà ? demande-t-il.

– Oui, ma journée est terminée.

– Est-ce que ça te dirait d'aller prendre un verre ?

– Non merci, je suis fatiguée.

Je pose la main sur la poignée de la porte du taxi, mais Henry me retient par le bras.

– Ne me touche pas, j'éructe en me dégageant violemment.

Il me dévisage, son sourire se fige et il recule d'un pas.

– Excuse-moi, je ne voulais pas t'effrayer.

– Tu ne m'as pas fait peur, c'est juste que je n'accepte pas que des inconnus se permettent de me toucher.

Vu le regard qu'Henry me lance, il doit me prendre pour une vraie sauvage.

Oh, Carter, regarde-moi, regarde ce que tu as fait…

– Pas besoin d'être si agressive, réplique le comptable, piqué au vif.

– Laisse-moi tranquille, s'il te plaît.

Sur ce, je grimpe dans le taxi et rentre directement à mon hôtel. Mais le souvenir de cet échange ne parvient pas à quitter ma mémoire. Le rejet que j'ai opposé à mon collègue a été violent et instinctif, ce qui me permet de conclure que, premièrement, quoi qu'il m'arrive désormais, je ne serai plus jamais une victime, et que, deuxièmement, aucun autre homme que Carter n'aura mes faveurs dans l'immédiat.

Après un repas pris sur le pouce, mon esprit s'emballe et mes pensées fusent dans tous les sens. Aujourd'hui plus que les autres jours, le manque de Carter est déchirant… si déchirant qu'il me pousse à courir louer une voiture et à prendre la route… direction Shorewood. Je conduis pendant près de deux heures, impatiente de retrouver cette ville qui a désormais une place particulière dans mon cœur, mais terrifiée à l'idée de ce que je vais y faire.

Suis-je prête à faire face à Carter ?

Pas encore.

Que ressentirai-je si je l'aperçois ?

De la joie, de la tristesse, de l'angoisse.

Puis-je prendre le risque qu'il me voie et que cela fasse naître en lui de faux espoirs ?

Hors de question.

En entrant dans notre ancien quartier, je me surprends à rire et à pleurer à la fois. À l'intérieur, je suis en miettes, mais c'est comme si les morceaux étaient en train de s'emboîter à nouveau en moi.

Je roule dans les petites rues, j'aperçois la rivière entre certaines maisons, et je fonce droit *chez nous*.

Je me gare, mon cœur se met à tambouriner dans ma poitrine. Le pick-up noir que je connais si bien est ici, dans notre allée. Une lumière filtre par la fenêtre de la salle à manger.

Il est là.

Au cours des minutes qui suivent, mon cœur et ma raison se livrent une bataille sans merci, tous deux déterminés à me pousser à agir, mais pas de la même manière. Perdue, je reste derrière mon volant à fixer la maison et à imaginer ce que peut y faire Carter. Panique-t-il ? Prend-il soin de lui ? Se nourrit-il bien ? Est-il heureux ?

Je reste là, avec mes questions sans réponses, plus près de Carter que je ne l'ai été depuis deux mois, et pourtant encore bien trop loin.

CHAPITRE 43

Carter, Shorewood, cent vingt et un jours après Mila

– Le processus sera long, monsieur O'Connell. Vous devez nous faire confiance.

– Si ce n'était pas le cas, je ne serais pas là.

– Nous avons déjà abordé les risques de l'intervention, mais j'aimerais que nous en parlions à nouveau, dit la psychiatre. Je voudrais être certaine que vous en avez parfaitement conscience.

– Ce n'est pas nécessaire. Je suis prêt à signer les documents, je réponds, déterminé.

– Bien. Dans ce cas, attendez-moi ici, je reviens.

Elle quitte son bureau et je peux enfin bénéficier d'un peu de silence. Ces derniers mois, j'ai été pris dans un tourbillon de médecins, d'analyses, de rendez-vous. C'est épuisant, mais je suis décidé à poursuivre mes démarches.

Depuis le départ de Mila, je reprends ma vie en main.

Un pas après l'autre.

J'y vais lentement. La première chose que je dois faire, c'est me soigner. Il faut que je devienne un nouveau Carter… pour moi, pour me sentir mieux, mais surtout pour Mila. Pour que plus jamais je ne la terrifie et surtout pour qu'elle puisse décider de revenir vers moi.

– Nous pouvons vous faire admettre à la clinique dès demain, monsieur O'Connell, annonce la psychiatre en revenant dans son bureau.

– C'est parfait.

– Vous devrez continuer à venir à nos séances…

– Oui, oui, ne vous inquiétez pas, je sais ce qui m'attend. C'est simplement que j'ai hâte de redevenir moi-même.

La psy me sourit gentiment.

Après le rendez-vous, je rentre directement dans la maison que je m'obstine à considérer comme « la nôtre » – je ne peux m'empêcher d'y imaginer Mila à mes côtés – et j'entreprends de préparer quelques affaires en prévision de l'intervention qui m'attend demain.

Mes mains se mettent à trembler alors que je range des vêtements dans un petit sac de voyage.

Mila avait raison… Le traitement que je prenais contre ma bipolarité n'était plus efficace, et même si j'en ai un nouveau désormais, il faut que mon corps s'y adapte. J'ai moins de pensées sombres, d'accès de colère, mais je suis toujours aussi nerveux et anxieux, toujours aussi désespéré par *son* absence, toujours aussi dévoré par l'envie d'aller *la* rechercher pour la garder captive… de mes bras.

Une fois mon bagage terminé, je descends à la cuisine me préparer quelque chose. Même si l'idée de dîner seul me déprime, je me force tout de même à prendre le temps de concocter un repas aussi équilibré que possible. Je jette cependant des regards réguliers à la pendule.

Je sens mes mains trembler encore un peu plus, mais cette fois-ci ce n'est pas dû à l'angoisse. C'est de l'excitation, de l'impatience.

Elle va bientôt arriver. Comme tous les soirs depuis deux semaines. *Elle* sera bientôt là, près de moi.

Je débarrasse mon assiette en vitesse, puis j'éteins la lumière de la cuisine, ne laissant que celle du salon éclairer l'habitation, et je me tapis dans l'ombre près de la fenêtre.

Plus que dix minutes.

La première fois que j'ai remarqué la présence de Mila dans ma rue, c'est il y a un mois. J'étais sorti un instant chercher mon traitement que j'avais oublié dans ma boîte à gants, quand j'ai senti qu'on m'épiait. Si je suis doucement en train de changer, ma paranoïa, elle, ne m'a pas quitté. En relevant la tête, j'ai aperçu celle de Mila à travers le pare-brise d'une voiture. Elle s'est immédiatement cachée, si bien que je me suis persuadé d'avoir des hallucinations. Après être rentré dans la maison, je me suis toutefois empressé d'aller me poster près de la fenêtre de la cuisine, dans l'ombre, et après quelques instants, elle est réapparue. À cet instant, mon cœur a failli jaillir de ma poitrine. La voir, ici, devant cette maison… c'est tout ce que je voulais.

J'ai d'abord voulu foncer dehors pour aller la chercher… et puis, j'ai réalisé que ce geste pourrait tout faire capoter. Si Mila ne se manifestait pas, si elle n'entrait pas, ne cherchait pas à me voir, c'est qu'elle n'était pas encore prête. Je devais respecter ses limites même si cela me tuait de l'intérieur.

Plus que quatre minutes.

Au départ, elle venait entre deux et trois fois par semaine. Et puis il y a quelques jours, elle a commencé à venir chaque soir sans exception.

Je ne peux pas me permettre de trop espérer, mais bon sang, en mon for intérieur, je sens que sa présence ici est bon signe. Mila ne peut pas s'empêcher de revenir, elle est attirée par cet endroit et par moi comme un aimant. Elle est en train de doucement prendre sa décision et on dirait qu'elle sera en ma faveur.

Plus qu'une minute.

Mes mains tremblent si fort que je dois me concentrer sur mon souffle pour m'apaiser.

Enfin, la voiture arrive. Comme d'habitude, Mila se gare en face de la maison, de l'autre côté de la rue. Je grimpe sur le plan de travail de la cuisine, m'installe confortablement, puis je fais la même chose que tous les soirs : je *la* regarde. Je me délecte de sa vue, tout en m'efforçant de combattre mon irrépressible envie de sortir pour la toucher, la prendre dans mes bras… pour tenir sa main.

Une heure, c'est le temps qu'elle nous accorde lors de ses visites. À quoi pense-t-elle ? Contre qui se bat-elle ? Son cœur ou sa raison ?

Tout en la regardant, je ne peux m'empêcher de penser à ce qui m'attend demain. Comme pour toute intervention médicale qui demande une anesthésie générale, il y a des risques, notamment celui que je ne me réveille jamais…

Si demain doit être mon dernier jour sur Terre, je pourrai me consoler en me disant qu'au moins j'aurai vu *son* visage une dernière fois, et que j'emporterai avec moi tous mes souvenirs d'elle. Son odeur, sa voix, son visage, son rire, rare mais si doux…

Je sais que demain, grâce à elle, j'aurai la force de tout affronter.

CHAPITRE 44

Chicago, cent vingt-deux jours après Carter

– Est-ce que vous êtes sûre de prendre la bonne décision ?

– Certaine.

– Cela me semble si soudain. S'est-il passé quelque chose avec vos collègues ?

– Non, rien de tout cela. J'ai beaucoup apprécié l'expérience que j'ai acquise chez vous, mais je me suis rendu compte que j'ai envie d'autre chose, que ma vie est ailleurs. Je quitte Chicago.

– Oh, très bien. Dans ce cas je vous souhaite tout le meilleur pour la suite.

– Merci.

Je sors du bureau de mon désormais ex-patron, attrape le carton qui contient les quelques affaires qui m'appartenaient à mon travail, puis je quitte l'entreprise, le cœur léger.

Il m'aura fallu quelques mois pour comprendre que je ne pourrai plus jamais retrouver ma vie d'avant, peu importe à quel point j'essaye, peu importe la détermination que j'y mets. Je ne suis plus la même, et je sens que la bonne chose à faire, c'est de reprendre tout depuis le début et de me créer un nouvel avenir.

On dit que pour chaque grand changement, chaque blessure, chaque douleur, chaque peine, une leçon est à tirer. Il est possible que dans la grande majorité des cas, ce soit vrai, mais pas pour moi. On m'a imposé le changement, les blessures, les douleurs, les peines, alors que je ne les méritais pas. On m'a trahie et salie, alors que je n'avais rien fait pour déclencher un tel comportement de la part de Gabriella, d'Elliot… et de

Carter, a bien y réfléchir. Pour les uns, c'est mon argent qui les a poussés à agir comme ils l'ont fait, pour l'autre, c'est sa maladie, mais il m'apparaît clairement à cet instant précis que ce sont des excuses qu'ils se sont données pour justifier leurs actes. La vérité, c'est que je ne suis que leur victime, et il est important que je comprenne et que je n'oublie pas que, comme chacune des victimes dans ce monde, ce qui m'est arrivé n'était pas ma faute. Mon kidnapping restera sans aucun doute l'un des plus gros chocs de ma vie mais ce *n'était pas ma faute* !

Je suis parfaitement consciente du fait que j'ai changé, malgré moi. Une expérience traumatisante comme celle que j'ai vécue ne peut pas laisser indemne. Je ne serai plus jamais la même et je l'accepte… mais il est important que je me répète que tout ce qui m'est arrivé *n'était pas ma faute.*

Ce que nous, les victimes, méritons, c'est de vivre en paix avec nous-même.

En ce qui concerne Gabriella et Elliot, je ne pourrai jamais leur accorder mon pardon, ils n'en sont pas dignes. En ce qui concerne Carter… bon sang, même s'il s'est parfois un peu trop reposé sur sa maladie pour justifier son comportement, je sais qu'il m'aime profondément, qu'il a cherché à me protéger et que *jamais* il ne me trahirait.

Alors, il y aura toujours les pour et les contre, ceux qui pensent avoir le droit d'émettre un jugement sur une situation qu'il n'ont pas vécue et dont ils n'ont absolument aucune idée. Il y aura les bien pensants, les donneurs de leçon, les « moi à ta place… », mais je m'octroie le droit de n'écouter personne et de ne me référer qu'à ma conscience, à mon instinct et à mon cœur.

Et ce que je ressens au plus profond de moi, c'est que Carter mérite une seconde chance, tout autant que je mérite la paix et le bonheur.

De retour à l'hôtel, j'entreprends de faire mes bagages, même si je ne possède pas grand-chose. Je réalise en remplissant ma valise que, depuis le début, je savais au fond de moi que je ne resterais pas ici et que ce n'était pas la peine de m'installer ou de me chercher un appartement.

Depuis que je suis revenue à Chicago, Shorewood s'est chaque jour rappelé à moi. Cette ville possède désormais un pan de moi, le plus sombre et le plus terrifiant, mais aussi le plus important. Il y a quelque chose de magique dans ses paysages, dans son atmosphère. Et elle est la mienne désormais… ainsi que l'homme qui m'y attend.

Une sonnerie de téléphone retentit. En apercevant le nom de Benjamin inscrit sur l'écran, je m'empresse de répondre.

– Ben ?

– Comment vas-tu, Mila ?

Le lien que je garde avec Benjamin me fait du bien. Il me donne régulièrement des nouvelles de Carter, il me parle de sa vie avec Leah. Celle-ci renoue de plus en plus avec son frère, et je suis heureuse pour eux, même si j'aurais voulu le voir de mes propres yeux.

Raison de plus pour retourner là-bas.

– Bien. Vraiment bien, dis-je en souriant, pensant à la surprise qu'ils auront tous en me voyant revenir.

– Super…

Le ton de Ben me fait froncer les sourcils. D'autant qu'il embraye sur ces mots :

– Mila, j'ai quelque chose à te dire.

– Je t'écoute.

– Carter me tuera s'il apprend que je t'en ai parlé, mais je n'ai pas envie de garder ça pour moi.

Je panique immédiatement.

– Il est en danger ?

– Non, écoute-moi.

Je me laisse tomber sur le lit tandis que Benjamin m'explique :

– Depuis que tu es partie, Carter s'est lancé dans un vrai parcours du combattant. Il a rencontré toutes sortes de médecins, il a tout essayé pour se soigner. Tu le connais, quand il a quelque chose en tête, il n'a pas de limite.

– Qu'est-ce qu'il va faire, Ben ?

– Il a été admis dans une clinique aujourd'hui pour essayer un nouveau traitement. Ça s'appelle l'électroconvulsivothérapie.

En gros, ils vont l'endormir, lui mettre des électrodes au niveau des tempes et lui envoyer de l'électricité dans le cerveau.

Je porte ma main à ma bouche, horrifiée.

– Mon Dieu, mais ça va le tuer… Ben, il faut que tu l'en empêches !

– Impossible. À l'heure où je te parle, l'intervention a commencé.

– NON ! je hurle en me redressant. Pourquoi ne m'as-tu pas appelée avant ?

– Carter me l'avait interdit. Il est déterminé, Mila. Il m'a dit qu'il fait ça pour toi, pour que tu n'aies plus jamais à t'inquiéter en sa présence… pour que tu puisses à nouveau l'aimer.

Tout ça… pour moi ? Non, mon Dieu, non, ce n'est pas ce que je veux. Je préfère vivre avec la bipolarité de Carter plutôt que sans lui. Je ne lui ai jamais demandé de se mutiler. Dans mon esprit, si je suis partie, c'est parce que j'avais besoin d'une mise au point. Moi, pas lui. Je suis au clair avec le fait que sa maladie lui fait faire et dire des choses pour lesquelles il se déteste ensuite, et je ne lui en veux plus, parce que je ne sais que trop bien ce que c'est que de se sentir privé de sa liberté. J'aime Carter comme il est, et malgré la noirceur qui l'habite, je sais qu'il y a du bon en lui. Ce qu'il est en train de faire me conforte dans cette idée. Il veut changer, parce qu'il m'aime, parce qu'il est épuisé d'être cet homme rempli de rage, parce qu'il veut une autre vie… une vie avec moi.

– Je pars, j'annonce. Je serai là dans deux heures.

Ce sera trop tard, évidemment, mais je veux être auprès de Carter quoi qu'il arrive.

– Mila, il ne veut pas que…

– J'ai démissionné de mon travail il y a une heure à peine. J'étais en train de faire ma valise quand tu m'as appelée. Ma décision était déjà prise. C'est auprès de Carter qu'est ma vie.

Ben inspire profondément.

– Merci, Mila. T'es tellement… merde, t'es tout pour lui. Il ne s'en serait pas sorti sans toi. Fais aussi vite que tu le peux.

Je raccroche, fourre mes dernières affaires dans mon bagage, puis je fonce dans la voiture que j'ai achetée il y a peu, direction Shorewood.

Tout le long du trajet, dépassant largement les limitations de vitesse, je prie pour que Carter s'en sorte sans séquelles, pour que nous ayons droit à notre seconde chance.

Il le faut.

Benjamin m'envoie l'adresse de la clinique en chemin, et bientôt, je me gare sur le parking du centre médical. Je n'ai aucune idée de l'endroit où je dois aller ensuite, mais une chose est sûre, je vais trouver Carter.

– Bonjour, je bredouille à l'accueil. Je cherche… je cherche mon…

Les idées embrouillées, je me force à trouver la meilleure façon de définir Carter… jusqu'à ce qu'elle m'apparaisse clairement.

– Je cherche mon mari. Il est en train de subir une intervention et j'ai besoin de le voir immédiatement.

– Madame, calmez-vous. Quel est le nom de votre époux ?

Après avoir obtenu les renseignements, je fonce à l'étage indiqué et je cours à travers les couloirs, complètement paniquée.

– Madame, il est interdit de…

– Mon mari. Je cherche mon mari.

– Bien, me dit d'une voix posée la femme qui vient de m'arrêter. Comment s'appelle…

– Carter. Carter O'Connell. Il… c'est mon mari, dis-je avant de fondre en larmes.

Le regard du médecin s'écarquille légèrement. Elle pose sa main sur mon bras et m'entraîne dans un bureau.

– Je suis la psychiatre qui suit votre époux, m'apprend-elle avant de m'inviter à m'asseoir.

–Vraiment ? Comment va-t-il ? Aura-t-il des séquelles ?

– Respirez, madame O'Connell.

J'obéis. Je me sens sur le point de perdre pied.

– Bien, reprend la femme. L'intervention est terminée, elle s'est très bien passée et votre mari est en salle de réveil.

– Merci, mon Dieu, je soupire en me laissant aller dans le fauteuil. Quand est-ce que je pourrai le voir ?

– Nous attendons qu'il émerge totalement, mais cela ne devrait plus prendre beaucoup de temps. En attendant, j'aimerais que nous ayons une petite discussion toutes les deux, si cela ne vous dérange pas.

– À quel sujet ?

– Eh bien, le traitement qui vient d'être administré à votre époux n'est pas anodin. Nous avons de bonnes raisons de croire qu'il va fonctionner, mais Carter devra tout de même suivre à la lettre toutes mes indications et continuer de venir à nos séances une fois par semaine.

– Oui, d'accord, j'y veillerai.

– Bien. Votre mari m'a dit que vous étiez en froid en ce moment et que c'est sa faute, mais je suis heureuse que vous ayez pu venir pour le soutenir.

Sa faute ? Oh, Carter…

– Il vous a parlé de moi ? je lâche tout à coup. Pendant ses séances, je veux dire ?

– Je ne suis pas autorisée à vous le raconter. Ce que mes patients me révèlent est confidentiel.

– Oui, j'en ai conscience. C'est juste que… j'ai été absente ces quatre derniers mois. Et je n'étais pas au courant de ce que Carter prévoyait aujourd'hui. Je suis inquiète. Je veux juste que vous me rassuriez.

La psy se lève, fait le tour de son bureau et s'accroupit à ma hauteur.

– Vous êtes son sujet de discussion principal. N'ayez crainte. Peu importe ce qui vous éloigne aujourd'hui, je pense que vous arriverez à le surmonter. Le fait que vous soyez ici en est la preuve.

– Merci, je murmure.

Elle reçoit un message sur son téléphone et, souriante, elle m'annonce :

– Cette fois, il est bel et bien réveillé et alerte. Je vais vous accompagner auprès de lui.

Mon estomac se tord d'impatience tandis que je la suis à travers les couloirs. Elle m'amène jusqu'à une chambre ; je toque doucement puis j'entre.

Carter est allongé sur le lit. Il a un bandage autour de la tête, mais il semble alerte… et tranquille.

Lorsqu'il m'aperçoit, je sens que sa respiration se coupe. Je suis moi-même à bout de souffle.

– Mila… murmure-t-il.

– Carter, je hoquette avant de me précipiter sur lui.

Il m'ouvre ses bras et je m'y réfugie immédiatement. Il me serre contre lui tout en prenant une grande inspiration et je sais que, pour lui comme pour moi, la vie a retrouvé son sens.

– Que fais-tu là ? demande-t-il. Je… Oh, Benjamin t'a appelée, n'est-ce pas ?

– Tu n'aurais pas dû me cacher ce que tu prévoyais. J'avais le droit de savoir.

– Je ne voulais pas t'effrayer.

Il passe une main sur mon visage, me caresse tendrement, et je me perds dans son regard émeraude qui m'a tant manqué. Je glisse mes doigts dans ses cheveux châtains toujours aussi doux, puis je passe mon pouce sur son menton râpeux.

– Pourquoi ? je demande dans un souffle. Pourquoi avoir pris un tel risque ?

– Je te rendais triste et je voulais que ça change. Mila, tu es la personne la plus précieuse de mon univers. J'ai déjà perdu tellement de proches… je ne pouvais pas me résoudre à te laisser partir sans rien faire. Il fallait que je me batte pour toi.

Son regard se perd dans le mien alors qu'il ajoute :

– Je n'avais pas peur, tu sais. Tu m'avais quitté, j'étais déjà mort de toute façon.

– Ne dis pas ça.

– C'est la vérité. Je t'aime. Je suis un taré instable, mais je t'aime.

– Tu n'es pas taré.

Qu'il se dénigre me fait un mal de chien. Carter mérite qu'on prenne soin de lui et qu'on l'aime.

– Je ne partirai plus, lui dis-je. Je te le jure.

– J'avais prévu de venir te chercher. Après m'être remis sur pied, après m'être assuré que j'étais à nouveau stable. Je n'aurais pas accepté que tu t'éloignes pour toujours.

Je ferme les yeux un instant, puis je les rouvre lorsqu'il caresse mes paupières.

– J'ai essayé, je lui avoue. Je suis retournée à Chicago, j'ai tenté de reprendre ma vie, de recommencer comme avant, mais c'était trop dur. Tu n'étais pas là avec moi, j'étais perdue et désorientée sans toi. Mais je me suis accrochée, je me le devais. Et pourtant, si tu savais combien de fois j'ai voulu revenir auprès de toi…

– Qu'est-ce que tu essaies de me dire ?

Je caresse ses joues râpeuses et plonge mon regard dans le sien.

– Je t'aime, Carter. J'ai eu du mal à me l'avouer, du mal à *te* l'avouer, mais c'est la vérité. Je t'aime et je veux prendre soin de toi. Je serai toujours là pour toi et jamais plus je ne t'abandonnerai, jusqu'à la fin. Je veux que tu ailles mieux, pour toi d'abord et pour nous ensuite. Je veux un avenir avec toi mais je ne pourrai pas vivre enfermée entre quatre murs à devoir te demander la permission chaque fois que j'aurai envie de mettre un pied dehors. Est-ce que tu le comprends ?

J'attire son visage contre mon cou. Il enroule ses bras musclés autour de ma taille et dépose un baiser en dessous de mon oreille.

– Oui, je comprends. Je ne sais pas si le traitement soignera entièrement mon côté cinglé…

– Carter ! Tu n'es pas…

– Oui, excuse-moi.

Il embrasse mon front avant de reprendre.

– J'aurai toujours peur de te voir t'éloigner, j'aurai toujours peur qu'il t'arrive quelque chose ou que tu trouves mieux que moi ailleurs. Mais je vais faire des efforts. Je te le jure.

– Je le sais. Bon sang, bien sûr que je le sais. Tu fais de ton mieux et même si tu n'avais pas choisi de subir cette intervention aujourd'hui, je serais revenue vers toi et je t'aurais soutenu. C'est ce qu'une femme fait pour son mari.

– Oh, Mila…

La voix de Carter se brise, il me serre plus fort encore, enfouissant son nez dans mes cheveux.

– Comment as-tu su que tu m'aimais ? me demande-t-il. Tu es partie parce que tu doutais…

– J'ai réalisé que je ne veux pas d'un monde dans lequel tu ne serais pas. C'est aussi simple que ça.

Nous restons de longues minutes dans les bras l'un de l'autre. Cela pourrait durer des heures, cela ne me gênerait pas. Mais soudain, je sens quelque chose d'humide couler sur ma clavicule.

Mon Dieu.

Mes larmes affluent en réponse à celles de Carter.

– Mon cœur, je murmure.

Je redresse sa tête pour capter son regard. Il tente de cacher sa faiblesse mais je ne le laisse pas faire.

– C'est la première fois que tu m'appelles comme ça, fait-il remarquer.

Je prends sa main, que je pose sur ma poitrine.

– Tu l'es.

Il penche la tête pour capturer tendrement mes lèvres, puis m'annonce :

– Je vais le faire.

– Quoi donc ? je demande, perdue.

– Me battre contre mes démons. T'offrir l'amour que tu mérites. Je veux que tu sois fière de moi.

– Oh, Carter…

Je prends son visage en coupe et l'embrasse à mon tour. Je fais durer le baiser, savourant ses lèvres chaudes et sa langue douce. Puis, lorsque nous nous séparons, je lui affirme :

– Je suis déjà fière de toi.

Six mois plus tard...

CHAPITRE 45

Carter

Je m'adosse au mur du couloir et je pousse un long soupir. Mon rendez-vous avec le docteur Martins a été éprouvant, comme toujours. Cela fait six mois que j'ai commencé cette thérapie. Pendant tout ce temps, Mila a été exemplaire, d'une patience à toute épreuve. Elle ne m'a pas brusqué et a attendu que je sois prêt.

Je ferais tout pour elle, je marcherais sur des charbons ardents s'il le fallait.

Je ferme les yeux et le visage de Charlie s'impose à moi. C'est la première fois que je m'autorise à penser à elle sans me flageller.

J'ai mis des mois avant d'accepter de parler d'elle à la thérapeute. Devoir étaler toutes les saloperies de mon passé n'est pas facile. Ça a été une vraie torture de raconter cette nuit tragique. Les flashs de l'accident, les hurlements de Charlie, sa main froide que je tenais de toutes mes forces, les ambulances, le verdict… « Il n'y a plus rien à faire », a dit le salopard en blouse blanche. Je venais de tuer ma petite sœur.

Le docteur Martins m'a écouté, silencieuse, raconter l'horreur qu'est devenue ma vie depuis ce putain d'accident. Elle a souri chaque fois que j'ai évoqué Mila, encore et encore. Sa beauté, sa douceur, sa foi en moi, son intelligence… Je me suis bien gardé de raconter les circonstances de notre rencontre, en revanche. C'est quelque chose qui restera éternellement entre Mila et moi.

Je rouvre les yeux et quitte la clinique pour rejoindre ma voiture, dans laquelle elle m'attend. Je ne cesse de lui répéter que ce n'est pas la peine de m'accompagner, mais elle insiste toujours pour venir. Lorsque je lui ai demandé pourquoi elle y tenait tant, elle m'a répondu que c'était sa façon de me soutenir, même si elle ne pouvait pas assister à mes séances de thérapie. Je n'ai rien trouvé à rétorquer. Elle me fait du bien même lorsqu'elle n'est pas à côté de moi. Savoir qu'elle ne se trouve pas loin lorsque je suis avec ma psy me donne la force d'affronter mes ténèbres.

Lorsque j'entre dans la voiture et que je m'installe à côté d'elle, elle ferme son magazine et pose sa main sur la mienne. Elle ne prononce aucun mot, m'apportant juste le réconfort de sa présence.

Je démarre en silence. Il me faut toujours quelques minutes pour me remettre de mes séances.

– Tu m'as manqué, dit-elle finalement.

Je porte ses doigts à mes lèvres et dépose plusieurs baisers sur ses jointures.

Mon besoin d'elle n'a pas diminué. Aucun médecin, aucune thérapie au monde, aucun choc au cerveau ne pourra m'enlever mon besoin viscéral de la sentir près de moi ni mon amour pour elle. Parfois, j'ai encore envie de fermer toutes les issues de la maison afin de la garder juste pour moi, mais j'accepte maintenant avec plus de facilité qu'elle s'en aille seule pour quelques heures.

Trois semaines après son retour dans ma vie, elle a décidé de me tester et d'aller faire des courses. J'ai cru devenir dingue en l'attendant. Pendant deux heures, j'ai imaginé toute sortes de plans pour aller la récupérer, la ramener chez nous et l'enfermer dans la chambre avec moi. Lorsqu'elle est rentrée, je ressemblais à un alcoolo en manque. Je faisais les cent pas dans le salon, mes mains tremblaient, mon front gouttait de sueur… Elle a tout de suite remarqué mon état et m'a serré dans ses bras en me disant qu'elle était fière de moi. Je l'ai laissée faire et je me suis ensuite écroulé de soulagement avec elle sur le sol du salon.

Sans Mila, je serais probablement mort ou interné, à l'heure qu'il est.

– Où est-ce qu'on va ? veut-elle savoir lorsqu'elle remarque que je n'ai pas pris la route de la maison.

– J'ai besoin de faire quelque chose. Quelque chose que j'ai retardé pendant bien trop longtemps.

Mila n'insiste pas. Elle sait que je finirai par parler tôt ou tard mais qu'il me faut du temps.

Elle passe le trajet à tripoter les boutons de l'autoradio à la recherche d'une bonne chanson. Je la sens nerveuse. Après mes séances de thérapie, elle m'a vu plusieurs fois rentrer chez nous dans un sale état émotionnel, je comprends qu'elle puisse s'inquiéter à cet instant.

Je glisse une main dans ses cheveux et caresse sa pommette de mon pouce.

– Ça s'est bien passé, je lui affirme.

– Vraiment ?

– Oui. Ne t'en fais pas pour moi.

– Si je ne m'inquiétais pas pour toi, je ne serais pas dans cette voiture.

Elle pose sa tête contre mon épaule et je continue de lui caresser la joue. Après plus d'une heure de route, je me gare sur le bas-côté et coupe le moteur.

– Carter ?

– J'aimerais que tu viennes avec moi.

– Tu es sûr ?

– J'en ai besoin.

Elle descend de la voiture et glisse délicatement sa main dans la mienne. Je pousse la grille du cimetière et l'entraîne entre les tombes à la recherche de celle de ma petite sœur.

Je ne suis venu qu'une seule fois ici, le jour de l'enterrement. Je n'ai pas pu me résoudre à y retourner depuis. La souffrance, les remords, la honte m'empêchaient de sauter le pas. Mais je ne peux plus continuer comme ça.

J'entends Mila renifler, elle pleure déjà et je la serre contre moi.

Je trouve la pierre tombale et me fige devant la photo de ma sœur dans le petit médaillon incrusté dans la pierre.

– Elle avait quatorze ans, dis-je en m'agenouillant sur le sol dur et froid. Elle n'a rien connu, rien vécu.

Mila passe ses bras autour de moi et pose son front contre ma tempe.

– Aujourd'hui, elle devrait approcher de ses vingt ans, et je devrais devenir fou de la voir sortir avec des mecs. C'était mon rôle de la protéger, d'empêcher qu'il ne lui arrive malheur… Tu n'imagines pas ce que je donnerais pour la revoir.

– Je suis désolée…

– Elle me manque tellement.

– Je sais. Mais dis-toi que cela aurait pu arriver n'importe quand, avec n'importe qui d'autre au volant.

– Je l'ai compris. Je ne me pardonnerai jamais ce qui lui est arrivé, mais je dois arrêter de me détruire comme je le fais. Elle m'aimait et elle détesterait celui que je suis devenu.

– C'est faux ! Elle serait fière de toi, tout comme je le suis. Tu étais son frère. Elle voudrait que tu vives la vie qu'elle n'a pas eu le temps de mener.

J'inspire profondément, me préparant à révéler une pensée qui me fait honte.

– Parfois, je me demande ce qui serait arrivé si elle était toujours là. Si cette tragédie n'avait pas complètement modifié mon destin. Je n'aurais jamais été viré de chez moi, je ne me serais jamais retrouvé à casser la gueule à des types pour du fric, je n'aurais jamais eu à te kidnapper… et je ne t'aurais jamais rencontrée. Mais tu es la meilleure chose qui me soit arrivée et je ne t'échangerais pour rien au monde.

– Ne te torture pas l'esprit à te demander ce qui se serait passé « si ». Tu ne peux pas changer le passé, Carter, et le plus bel hommage que tu puisses rendre à ta sœur c'est de vivre heureux. Tu en as le droit.

Je me relève et passe une main dans mes cheveux.

– Je ne lui ai même pas apporté de fleurs, je soupire.

– Est-ce que tu veux qu'on aille en acheter ?

– Non, je… je lui en apporterai demain.

– Comme tu veux.

Quelques secondes passent dans le silence, au cours desquelles Mila me serre dans ses bras. Puis elle souffle :

– Elle te ressemble.

Je souris et hoche la tête. C'est vrai, et j'en étais très fier.

C'est en quittant le cimetière que je comprends que mon deuil débute réellement. Cela fait bientôt six ans que Charlie nous a quittés ; pendant tout ce temps, j'ai été guidé par la rage. Aujourd'hui, je commence doucement à accepter ce qui me semblait intolérable il y a encore quelques mois. Le chemin sera long, il sera même probablement éternel, mais je suis prêt, maintenant.

Ma femme et moi regagnons la voiture et je l'embrasse pour la remercier, d'être elle, et d'être là pour moi, tout simplement.

– Il y a encore une petite chose que j'aimerais faire avant de rentrer, lui dis-je.

– Je ne te lâche pas d'une semelle, répond-elle en se calant dans le siège.

– J'espère !

CHAPITRE 46

Carter s'arrête devant une maison chic et très bien entretenue dans un quartier huppé. Je comprends tout de suite que c'est celle de ses parents, et qu'il est venu pour exorciser ses démons.

Il reste de longues minutes à regarder devant lui sans bouger. Je ne peux pas imaginer ce qui se passe dans sa tête à cet instant.

Enfin, il se décide à descendre de voiture. Il est nerveux, comme s'il se dépêchait d'agir avant de changer d'avis. Il m'invite à le suivre avant de brusquement se retourner et me serrer contre lui.

– Ça va bien se passer, lui dis-je pour le rassurer. Je suis là.

Il capture mes lèvres ; je lui rends son baiser avec passion et ferveur. Nos langues se rencontrent, je m'accroche à ses épaules musclées d'une main et passe la seconde dans ses cheveux. Je fais mon maximum pour apaiser son anxiété.

Lorsque nous nous séparons, ses yeux sont brillants d'excitation et il me sourit en caressant ma bouche. Puis il soupire :

– Allons-y.

Je lui emboîte le pas en détaillant la maison et les alentours luxueux. Il sonne, et l'angoisse se propage à l'intérieur de mon corps. Je suis aussi tendue que lui, mais j'essaye de ne pas le montrer afin de ne pas l'inquiéter davantage.

La porte s'ouvre sur une petite femme, aux yeux verts identiques à ceux de Carter. Elle porte un pantalon d'été blanc, un chemisier rose pâle et des escarpins. Ses cheveux blonds coupés court lui vont à merveille. Elle est superbe ; malgré tout, son visage n'exprime rien. Ni joie, ni sympathie. La vue de son fils ne semble pas l'émouvoir, au contraire. Je me tends devant son regard noir.

Cette bonne femme fout la trouille.

– Bonjour, maman, la salue Carter.

– Qu'est-ce que tu fais là ?

Je n'arrive pas à croire que c'est la seule chose qu'elle est capable de dire à son enfant. Après tant d'années de silence, après l'avoir mis dehors sans un regard en arrière…

– Qu'est-ce que tu fais là ? répète-t-elle.

Elle me jette un coup d'œil, me balaye de la tête aux pieds puis reporte son attention sur Carter.

– Je viens de rendre visite à Charlie, dit-il.

Elle tressaille, et l'espace de quelques secondes, son visage s'adoucit. Puis elle se reprend et pose sur son fils des yeux remplis de rancœur. Mon cœur se serre douloureusement.

– Comment oses-tu ? siffle-t-elle, furieuse.

– Je ne suis pas venu ici pour créer un conflit, répond Carter. Je tenais juste à te dire que je suis désolé. Je n'en ai pas eu l'occasion il y a six ans… Charlotte me manque tous les jours et je comprends que papa et toi n'ayez plus eu envie de poser les yeux sur moi après ce qui s'est passé. Je ne t'en veux pas de m'avoir mis à la porte. À bien y réfléchir, c'est peut-être la meilleure chose qui me soit arrivée.

Carter serre ma main, fort. Je retiens mon souffle.

– Je te présente Mila. Mon épouse.

Madame O'Connell tressaille à nouveau et ses yeux cherchent immédiatement mon alliance.

– Je te pardonne, maman, poursuit Carter. J'espère que tu arriveras à me rendre la pareille, un jour. Notre porte vous sera toujours ouverte, à papa et toi, si vous avez envie de nous rendre visite. Et sinon… je te souhaite une belle vie.

Il esquisse un mince sourire. Sa mère reste muette. Il fait demi-tour et nous retournons jusqu'à la voiture.

Elle n'a pas cherché à le retenir, elle ne lui a pas adressé un mot, elle ne l'a pas invité à rentrer dans la maison de son enfance, elle l'a laissé sur le pas de la porte comme s'il était un étranger…

Des larmes me montent aux yeux. Mon cœur se brise. Carter semble serein en apparence, mais je sais que cette brève discussion lui a coûté.

Une flopée d'émotions tourbillonne en moi. Je ne peux pas rester sans rien faire.

Je lâche brusquement la main de mon mari, fais volte-face et remonte l'allée. Madame O'Connell est encore abasourdie, raide comme un piquet sur le seuil.

– Qu'est-ce qui ne tourne pas rond chez vous ?

Elle sort de sa transe et me jette un regard plein de mépris, puis lâche :

– Je vous demande pardon ?

– Votre fils, celui-là même que vous avez foutu à la porte de chez vous il y a près de six ans, se tient devant vous. Il vous présente ses excuses et vous ne dites rien ? Vous restez là à le regarder bêtement ?

– Mila, on rentre ! intervient Carter en agrippant mon poignet.

– Pour qui est-ce que vous vous prenez ? se rengorge sa mère. Comment osez-vous venir me faire la morale ?

– Il vient de vous le dire ! Je suis sa femme. Carter a peut-être la bonté de vous pardonner, mais pas moi ! Quel genre de mère rejette son fils ? Quel genre de mère continue de vivre sa vie sans savoir ce qu'il advient de son enfant ?

– Mila, stop !

– Vous n'avez aucune idée de ce que cette famille a enduré par sa faute ! s'écrie-t-elle. Je me demande tous les jours ce que serait devenue ma petite fille mais à cause de *lui*… je ne le saurai jamais.

– De *lui* ? Mais c'est votre fils, merde !

– Mila, tais-toi ! assène Carter.

– J'ai perdu ma petite fille. Il l'a tuée !

La haine s'empare de tout mon corps, je n'arrive plus à me contrôler.

– Charlotte aurait honte de vous.

Le visage de la mère de Carter se teinte de rouge. Je prépare déjà une autre réplique cinglante lorsque sa main s'abat violemment sur ma joue. Je halète de surprise. Mon mari jure et attrape le poignet de sa mère. Cette dernière, lorsqu'elle regarde son fils, semble horrifiée de son geste.

– Ne la touche plus jamais, articule-t-il, une colère sourde dans la voix. Je ne te le répéterai pas. Tu peux t'en prendre à moi autant que tu le souhaites, mais ne lève plus la main sur Mila. Le geste que tu viens d'avoir est impardonnable.

Il la relâche et prend ma main, bien décidé à nous faire quitter cet endroit. Je le retiens un instant. J'ai encore quelque chose à dire.

– Je ne peux qu'imaginer ce que vous avez enduré. Mais Charlotte n'est pas la seule que vous avez perdue. Carter aussi, et c'est entièrement votre faute. Je ne sais pas comment vous faites pour supporter votre reflet dans le miroir.

Cette fois, je laisse mon mari m'emmener loin de sa harpie de mère. À sa démarche, je sens qu'il est en colère et contrarié. Il ouvre la portière de la voiture, attend que je grimpe à l'intérieur et s'installe derrière le volant.

– Carter, je sais que tu es fâché mais je ne m'excuserai pas de ce que j'ai dit, j'annonce. J'en pensais chaque mot et elle devait les entendre.

– Je suis furieux, Mila.

– Contre moi ?

– Contre vous deux ! Je n'en reviens pas qu'elle ait osé te gifler et tu es allée beaucoup trop loin dans tes paroles.

– Je t'ai défendu, il était hors de question que je laisse cette femme t'ignorer alors que tu venais de t'excuser devant elle. Tu n'avais d'ailleurs aucune raison de le faire, c'était un accident.

– Je n'ai pas besoin que tu prennes ma défense, Mila. Je peux m'en sortir seul. Je ne voulais certainement pas que cette discussion se transforme en pugilat, j'avais seulement besoin d'extérioriser certaines choses et de surtout tourner la page.

– Eh bien, moi aussi j'ai eu besoin d'extérioriser, je réplique en croisant les bras sur ma poitrine.

Carter conduit pendant presque une heure sans dire un mot. Durant le trajet, je me masse discrètement la joue droite. Elle est brûlante.

Nous entrons dans une petite ville, un peu avant Shorewood, et mon mari se gare sur le parking d'un restaurant. Il coupe le moteur et se tourne vers moi.

– Tu as mal ? demande-t-il en caressant tendrement ma pommette.

– Ça va, je réponds.

– Mon cœur… tu n'en feras toujours qu'à ta tête, n'est-ce pas ?

Je me contente d'acquiescer. Il attire mon visage près de ses lèvres et embrasse ma joue à de nombreuses reprises.

– Je t'aime, je chuchote en entourant sa nuque de mes bras.

– C'est si bon de l'entendre.

Il continue de déposer des baisers sur ma peau rougie puis il descend sur ma mâchoire et enfouit la tête dans mon cou.

– Je sais que tu lui as dit que notre porte lui serait toujours ouverte, mais si cette… *femme* se pointe un jour chez nous, je peux t'assurer qu'elle devra platement s'excuser pour tout le mal qu'elle t'a fait, j'affirme. Je ne permettrai pas qu'elle vienne t'insulter dans notre maison.

– Je suis assez grand pour prendre soin de moi, tu sais ? Je n'ai pas besoin que tu montres les crocs.

– Je mords si on t'attaque, mets-toi ça en tête. Comment ta mère peut-elle être si haineuse ? C'est horrible, tu n'étais qu'un gosse et…

– Et c'est terminé. Arrête de t'énerver. En ce qui me concerne, c'est du passé, je ne veux plus y penser. Je veux me concentrer sur nous et là, maintenant, ce qui me préoccupe, c'est que l'on s'apprête à déjeuner dans un restaurant rempli de monde.

Je redresse la tête. C'est encore un problème que Carter s'évertue à régler : être avec moi au milieu d'une foule sans paniquer. Sa peur de me perdre, même si elle s'est légèrement apaisée depuis quelques mois, n'est jamais loin. Il a toujours l'impression que quelqu'un viendra m'arracher à lui. Il fait de son mieux mais il nous arrive parfois de devoir quitter précipitamment un lieu public parce qu'il juge qu'un autre homme m'accorde un peu trop d'attention. Dans ces moments-là, je préfère partir au lieu de risquer qu'il ne lui défonce le portrait. Je sais qu'il fait des efforts mais que son besoin de m'avoir constamment à ses côtés fait partie de lui.

Comme pour tout ce qui concerne Carter, j'apprends à composer avec.

– Si jamais un mec te regarde un peu trop ou qu'il essaye de t'approcher… gronde-t-il.

– Ce ne sera pas le cas.

– Aucun psy au monde ne me rendra moins fou de toi, ni moins égoïstement possessif, murmure-t-il contre ma peau.

– Je te prends comme tu es.

– Je sais que tu ne t'attendais pas à vivre une telle journée, mais j'avais besoin de faire ce périple.

– Je comprends, tu sais, et je suis extrêmement fière de toi.

Il esquisse un sourire puis prend ma lèvre entre ses dents et la mordille sensuellement. Puis il m'embrasse et me serre fort contre lui.

– Je suis prêt, maintenant, déclare-t-il.

Je penche la tête sur le côté, attendant qu'il continue. Ce qu'il fait aussitôt :

– Prêt à démarrer notre nouvelle vie. Je commettrai encore des erreurs, mais il faudra que tu me pardonnes et que tu me choisisses… à chaque fois.

– Je t'ai déjà choisi, Carter.

Il m'embrasse à nouveau, m'offrant un baiser à la fois tendre et fougueux.

Quatre ans plus tard...

ÉPILOGUE

Une douce caresse monte et descend le long de mon bras. Des lèvres parcourent ma clavicule, un souffle balaye ma peau.

Je reconnais ses mains robustes avant d'ouvrir les yeux.

Carter…

– Réveille-toi, marmotte.

– Hmpf… encore un peu…

Sa bouche repart à l'assaut de mon corps, qu'il connaît sur le bout des doigts.

– Je vais devoir t'obliger à te lever…

Son corps recouvre le mien tandis que ses baisers continuent de parsemer mon cou.

– Carter, c'est le week-end. Laisse-moi dormir.

– Regarde-moi.

– Tes yeux sont magnifiques, je le sais, je n'ai pas besoin de les voir.

– Mon cœur…

J'abdique et ouvre mes paupières lourdes de sommeil.

– Bonjour, je murmure en m'étirant.

Il remonte mon débardeur en satin et sa bouche se referme sur mon sein.

– Tu es toute douce et toute chaude, murmure-t-il, ce qui me fait frissonner.

Ses cheveux chatouillent mon menton, j'y passe ma main pour les dompter.

– Tu me réveilles pour assouvir une pulsion ? Pas très sympa quand on sait qu'hier je me suis déjà couchée très tard à cause de toi.

– Tu adores que je te tire du sommeil de cette manière, répond-il en poursuivant ses baisers sur mon ventre.

Je ne le contredis pas. Il a parfaitement raison.

Je lève mes hanches lorsqu'il passe ses pouces sous l'élastique de mon short de pyjama puis me le retire. Il me serre contre lui et se place à mon entrée.

– Dis-le !

Je gémis lorsqu'il entre en moi.

– Mila, dis-le.

– Je serai toujours à toi. Je serai toujours là.

– *Toujours*, répète-t-il.

Ses bras passent sous mon dos, me maintenant fermement. Je m'arc-boute.

– Il faudra que tu me le dises jusqu'à la fin de tes jours, décrète-t-il.

– Je le ferai.

Il m'embrasse avec passion alors qu'il commence à me faire l'amour. Mes mains se plaquent sur ses omoplates et je m'agrippe à lui de toutes mes forces. Je le laisse me montrer à quel point il m'aime, à quel point il a besoin de me sentir entièrement et exclusivement à lui.

Sa bouche s'attaque sensuellement à mon cou, laissant des traces humides de baisers sur son passage.

– Putain, Mila, gronde-t-il en agrippant plus fort ma hanche.

Je prends son visage entre mes mains pour le couvrir de baisers en accompagnant ses mouvements avec les miens. Il se redresse alors, s'agenouille entre mes jambes, agrippe mes cuisses et reprend ses va-et-vient de plus belle. Je rejette la tête en arrière en gémissant, il glisse son pouce sur mon intimité palpitante. Je halète.

– Tu ne peux pas imaginer ce que je ressens quand je te vois t'abandonner à moi de cette manière… soupire-t-il.

– Qu'est-ce que… tu ressens ?

– Tu le sais déjà. Je te possède et c'est ce que j'ai toujours voulu.

Je prends sa main qui s'active sur mon bouton de plaisir et la serre dans la mienne. Je griffe son avant-bras, ce qui lui arrache un râle. Il ne me faut que quelques secondes de plus pour atteindre le point de non-retour. Carter continue à bouger en moi et il s'allonge à nouveau contre mon corps, me cajolant, ralentissant la cadence pour rendre notre étreinte plus tendre. Il colle son front contre le mien, soude nos lèvres et explose en moi sans cesser de m'embrasser.

Il bouge encore un peu, lentement, sensuellement, puis s'arrête et rompt notre baiser.

– Joyeux quatre ans de vrai mariage, dit-il alors.

Je lui souris et caresse sa joue.

Ces dernières années, Carter a été un époux formidable. Quelques mois après le début de sa thérapie il m'a fait une demande de fiançailles, une vraie. Il s'est excusé pour la manière dont il s'y est pris la première fois et a décidé que nous ne serions véritablement unis que lorsque j'aurais dit « oui » vêtue de ma robe blanche, entourée de Ben et Leah comme témoins. Je ne pourrai jamais oublier son regard lorsqu'il a passé ma nouvelle alliance à mon doigt. Il savait que, cette fois, tout était vrai, rien n'était imposé.

– Joyeux anniversaire à toi aussi, je lui réponds. Je t'aime.

– C'est toujours bon de l'entendre.

Il dépose une myriade de baisers sur ma poitrine puis il se lève et me porte dans ses bras jusqu'à la douche. Après s'être rapidement lavé, il en sort avant moi, et je profite encore quelques instants de l'eau chaude.

Lorsque je descends à la cuisine, je découvre un bouquet d'hellébores qui trône au centre de la table remplie de nourriture. Lorsque je vois Carter tirer ma chaise, un sourire aux lèvres, je me fais la réflexion qu'il n'a plus rien à voir avec celui qu'il était au début. Bien sûr, il est parfois encore réticent à me voir partir seule pour quelques heures et il essaye souvent de me garder avec lui en utilisant des méthodes tout sauf fair-play. Mais il comprend. Il accepte que j'aie besoin de liberté, tout comme j'accepte qu'il ait besoin de nous couper du reste du monde de temps à autre.

Je voudrais prendre mon temps pour terminer mon petit déjeuner, mais il me presse de finir en me disant :

– On est en retard pour aller chez Ben et Leah.

– Carter, on a encore le temps.

– Elle nous attend et je n'aime pas la faire attendre.

Je lève les yeux au ciel et me dépêche de finir. Carter apporte déjà ma veste lorsque je recule ma chaise. Il embrasse le bout de mon nez après m'avoir aidée à m'habiller et nous grimpons dans notre 4 x 4 BMW, petit cadeau de mariage que je nous ai offert l'année dernière.

Le trajet jusque chez Ben et Leah ne prend pas plus d'une demi-heure. Ils ont acheté une maison près de Shorewood il y a quelques mois. Leur proximité a permis à Carter et sa sœur de renouer, même si cela n'a pas été facile. Les premiers temps, mon mari pensait qu'il portait malheur et que Leah risquait sa vie à passer du temps avec lui. La thérapie lui a fait beaucoup de bien mais le genre de traumatisme que Carter a vécu ne s'efface pas facilement. Une partie de lui ne cessera jamais de se flageller et, même si ça me brise le cœur, je le comprends.

Pourtant, il fait preuve d'une force et d'une détermination incroyable. Alors que les premiers mois de notre relation chaotique j'ai été le pilier qui le rassurait et lui évitait, du mieux que je le pouvais, de déraper, il est aujourd'hui devenu mon roc. J'ai une confiance aveugle en lui. Je me sens en sécurité à ses côtés, bien plus que je ne l'ai jamais été.

Nous nous garons derrière la New Beetle rouge de Leah, puis nous sortons de la voiture. Nous entendons des voix provenant de l'arrière du jardin, que nous rejoignons en faisant le tour de la maison. À peine Carter a-t-il posé un pied sur la pelouse qu'une petite voix aiguë pousse des cris de joie et qu'un nuage de cheveux châtains se jette dans ses bras.

– Papa !

– Bonjour, mon bébé.

Carter serre notre fille dans ses bras et lui embrasse le front une bonne dizaine de fois.

– Tu m'as manqué, dit-il en respirant ses cheveux.

– Toi aussi. Tonton Benjamin ronfle, il m'a réveillée tôt.

– Cafteuse ! Tonton Benjamin ne t'offrira plus de glace au dîner, intervient Ben en s'approchant.

– Maman !

Notre petit trésor saute des bras de son père pour se jeter dans les miens. Je la câline à mon tour et la couvre de baisers mouillés.

Quelques mois après notre visite chez la mère de Carter – que nous n'avons d'ailleurs plus revue depuis –, nous avons appris que j'attendais un enfant. Après le choc, la joie s'est emparée de nous. Je n'oublierai jamais les larmes d'émotion qui ont coulé sur le visage de Carter lorsqu'il a tenu notre fille dans ses bras pour la première fois, quelques minutes après mon accouchement. Il s'agissait sans conteste du plus beau jour de ma vie.

– Charlie, n'oublie pas ton petit sac à dos, s'écrie Leah, allongée sur son transat, encombrée par son gros ventre de femme enceinte de huit mois.

Charlie.

Dès que nous avons appris que nous attendions une fille, le prénom qu'elle porterait est apparu comme une évidence. C'est à cause de la mort de la sœur de Carter que sa vie a été mise sens dessus dessous et que sa route a croisé la mienne. D'une façon tragique, Charlie est la cause de notre histoire. Lui rendre hommage me semblait approprié et cela a rendu mon mari fou de joie.

Il adore notre fille, et il ne supporte pas de la laisser seule trop longtemps, pas plus que moi. J'ai dû le supplier pour que nous la confiions à Leah et Ben – qui ont besoin de s'entraîner avant l'arrivée de leur propre bébé – afin de nous permettre de passer une soirée en amoureux. Nous l'avions déjà laissée chez son oncle et sa tante quelques heures histoire d'avoir un peu de temps pour nous retrouver, mais jamais une nuit entière. Vu le visage rayonnant de notre fille, tout s'est très bien passé.

Enfin, pour elle. Les traits tirés de Carter racontent une tout autre histoire…

– Maman, tu m'écoutes ?

Charlie me tapote la joue de sa petite main pour attirer mon attention. Elle a grandi si vite… Elle vient d'avoir trois ans, je n'en reviens pas.

Ma fille. Mon amour.

– Bien sûr que je t'écoute. Tu as battu tonton Benjamin aux jeux vidéo. Mais il sait que maman ne veut pas te voir scotchée devant un écran.

– Relax, Mila. Je l'ai ensuite emmenée se dépenser. On a fait du foot. On leur montre ce que je t'ai appris hier soir, Charlie ?

Ma fille et son oncle se lancent alors dans une sorte de check, comprenant poignée de main et autres « high five ».

– Je t'avais dit que c'était une mauvaise idée, me dit Carter en ronchonnant.

Pourtant, je vois un sourire se dessiner sur ses lèvres lorsqu'il regarde notre Charlie. Elle est son sosie. Cheveux châtains, grands yeux verts, sourire charmeur… la copie conforme de son père. Carter me dit souvent que si, pour le physique, elle a tout pris de lui, en revanche, je lui ai transmis ma personnalité.

– Mila, je peux te parler une seconde ? me demande Ben.

– Bien sûr.

J'embrasse ma fille et la repose par terre. Elle court immédiatement dans les bras de son père pour lui raconter par le menu sa première nuit de « grande ».

– Tu as terminé l'argumentaire de vente du nouveau logiciel ? m'interroge Benjamin.

– Promis, je te l'apporte lundi.

– Super. La première entreprise est prospère, j'espère qu'il en sera de même pour l'autre.

Après avoir définitivement tiré un trait sur leurs affaires illégales, Ben et Carter ont décidé de reprendre là où ils s'étaient arrêtés des années auparavant. Ils ont créé leur entreprise de développement de logiciels informatiques, dans laquelle j'ai investi pour les aider à se lancer. Au départ, Carter a refusé que je participe financièrement à leur projet, clamant que c'était mon argent et que jamais il n'en profiterait personnellement. À force de discussions, il a fini par accepter, à condition que je travaille avec eux. J'ai accepté après m'être assurée que Ben était d'accord, mais surtout, que rejoindre l'entreprise de mon mari ne signifierait pas passer mes journées entières avec lui. J'avais besoin que cet emploi soit synonyme pour moi d'oxygène. Et c'est le cas. Mon rôle étant de démarcher les entreprises qui pourraient être intéressées par les logiciels que nous concevons, je suis bien plus souvent sur la route qu'au bureau. Mes études de commerce me servent, finalement.

Je suis heureuse de voir mon mari s'épanouir dans sa vie professionnelle. Aujourd'hui, C&B Holdings est une entreprise en pleine expansion. J'y travaille trois jours par semaine. Le reste du temps, je suis maman et cela me convient parfaitement.

– Tout va bien se passer, Ben, j'en suis certaine.

Mon désormais ami me surprend en m'étreignant dans une brève mais chaleureuse accolade.

– Merci. Je ne te l'ai jamais dit, mais merci d'avoir ramené mon meilleur pote. Il est à nouveau heureux et même si au départ votre histoire n'avait rien d'idyllique, je vous trouve parfaits ensemble à présent.

– De rien, je réponds, émue.

– Ôte tes sales pattes de ma femme.

Carter m'attire contre lui dans un geste possessif et lance un regard noir à Benjamin. Même après toutes ces années, il y a des choses qui ne changent pas…

– Finalement, je retire ce que j'ai dit. Tu as créé un monstre, me taquine Ben avant d'aller rejoindre Leah, qui chante une comptine avec notre fille.

– Putain ! s'exclame Carter une fois que son associé s'est éloigné. Il sait que je déteste ça, pourquoi est-ce qu'il le fait ?

– Son geste n'avait rien de déplacé et tu le sais.

– Je n'en ai rien à foutre. Si ce n'est pas moi, alors personne ne peut te toucher.

– Calme-toi.

Il continue de fusiller Ben du regard, mais il inspire profondément plusieurs fois d'affilée. Puis, une fois la pression redescendue, il me propose :

– On y va ? Charlie voudrait aller jouer près de la rivière.

J'acquiesce et nous rejoignons la petite troupe. Je papote quelques minutes avec Leah : la grossesse lui pèse énormément et elle a hâte d'arriver au terme. Ensuite, Charlie embrasse chaleureusement son oncle et sa tante puis demande que je la porte jusqu'à la voiture. Pendant le trajet jusqu'à la maison, elle n'arrête pas de chanter la nouvelle chanson qu'elle a apprise tout à l'heure. Arrivée chez nous, elle court jusqu'au bout de notre terrain, puis elle ouvre la barrière et s'enfonce dans les bois, Carter et moi sur les talons. Son rire d'enfant s'élève dans les airs.

C'est la plus belle mélodie qu'il m'ait été donné d'entendre…

Très vite, elle réquisitionne son père pour l'aider à faire un château avec les feuilles et les branches qu'elle trouve.

– Je sera la princesse, maman sera la reine et toi notre roi.

– Je serai, ma puce, pas je sera.

Charlie a son père en adoration. Lorsque celui-ci la reprend sur une faute de conjugaison, elle s'empresse de la corriger.

Les voir ainsi tous les deux me fait monter les larmes aux yeux.

Je m'installe au bord de la rivière, mon endroit préféré au monde désormais, et j'observe mon mari et ma fille quelques instants. Puis je mets les mains dans la poche de ma veste et en sors une lettre. Elle a été déposée il y a une semaine chez nous, sans timbre ; elle avait été envoyée à notre ancienne adresse, et les nouveaux locataires l'avaient fait suivre, ai-je appris en passant quelques coups de fil. J'ai immédiatement reconnu l'écriture.

Gabriella.

Depuis que j'ai découvert ce qu'elle m'a fait, ce qu'elle a manigancé, depuis que je l'ai laissée se faire embarquer par les flics, je n'ai plus eu de ses nouvelles. Découvrir qu'elle m'a écrit m'a flanqué la chair de poule. Aujourd'hui, j'ai une famille, une petite fille pour laquelle je donnerais ma vie. Il est hors de question que je laisse le danger s'approcher d'elle. Et je ne parle même pas de la réaction de Carter si je le mettais au courant de l'arrivée de cette lettre…

Je ne me suis toujours pas décidée à l'ouvrir mais la part curieuse en moi en meurt d'envie.

Je cède et déchire l'enveloppe. À l'intérieur, je trouve un petit morceau de papier.

Mila,

Je le sais, tu m'as rayée de ta vie. À juste titre. Les actes que j'ai commis sont impardonnables, je devrai vivre avec pour le restant de mes jours.

Mon temps en prison touche bientôt à sa fin. J'ai eu une remise de peine pour bonne conduite… vu ce que je t'ai fait, ça semble fou, non ?

Je serai bientôt libre mais je sais que je resterai éternellement emprisonnée. Tu me manques, les remords me rongent.

Aujourd'hui, je t'écris pour te dire que, dès qu'on me laissera partir, je m'en irai, pour de vrai cette fois. Je vais quitter la ville, et même le pays, sans doute.

Elliot doit encore purger trois ans. De toute façon, nous ne sommes plus ensemble.

J'aurais dû te choisir, toi, ma meilleure amie, plutôt que l'argent et lui. Je te demande pardon. J'espère que tu vivras la vie dont tu as toujours rêvé.

Je ne t'oublierai jamais.

Gaby.

J'inspire profondément et froisse la lettre dans mon poing. Toutes les excuses du monde ne répareront pas le mal que Gabriella m'a fait. Je ne pourrai jamais lui pardonner de m'avoir trahie, mais ses mots me font du bien. C'est comme si une page se tournait véritablement à cet instant.

Je suis heureuse. Je ne l'aurais jamais cru si on me l'avait dit il y a quatre ans, mais c'est la vérité. Je me sens libre et heureuse.

Je range la lettre dans ma poche alors que Carter quitte le chantier du château de princesse pour s'approcher de moi. Il s'installe derrière moi, m'attire entre ses jambes, me cale contre son torse et entoure ses bras protecteurs autour de ma taille. Je me repose volontiers contre lui et pose ma tempe contre la sienne.

– Elle est si belle, notre fille, dit-il.

– Je suis d'accord. Elle est magnifique.

Comme si elle nous avait entendus, Charlie relève la tête et nous sourit en agitant la main avant de déplacer une grosse branche, tirant sa petite langue pour accuser l'effort.

– Elle est parfaite, renchérit Carter. Je suis si heureux que vous soyez ma famille, toutes les deux.

– Et nous sommes très fières que tu sois la nôtre.

Il embrasse ma tempe, longtemps, tendrement, puis me murmure :

– Je t'aime à en crever, Mila.

Je ferme les yeux et inspire son odeur, qui se mélange avec le parfum de la nature.

Un pur délice pour mes sens.

Sa paume glisse dans la mienne, faisant se toucher nos alliances.

– Je ne la lâcherai jamais, cette main, tu sais. Quoi qu'il arrive, je la tiendrai toujours. Jusqu'à la fin…

Bien sûr qu'il ne me lâchera pas, tout comme je ne le laisserai jamais tomber. Peu importent les obstacles que nous rencontrerons à l'avenir : aujourd'hui, c'est lui et moi contre le reste du monde.

C'est lui et moi…

– Jusqu'à la fin.

REMERCIEMENTS

Le 18 mai 2015, j'écris le premier chapitre d'*Until the End*, qui s'appelle alors *Be mine*, et j'ose le partager sur Wattpad, je découvre vos réactions, un peu fébrile… Je ne m'attendais pas à ce que vous aimiez si vite et si fort Mila et Carter.

Until the End, je l'appelle mon petit ovni : parce qu'il ne ressemble ni à *My Escort Love*, ni à *Et puis soudain…*, parce que cette histoire n'est pas seulement de la New Romance©, de la *dark romance*, ni du thriller. C'est un mélange de tout ça en même temps. Chaque chapitre vous envoie d'une frontière à l'autre.

Quand j'ai proposé ce roman à mes éditeurs en 2017 (oui, il aura fallu du temps avant qu'il voie le jour mais *My Escort Love* et *Et puis soudain…* avaient leur chemin à faire), j'étais certaine que leur réponse ressemblerait à peu de choses près à ça : « c'est un grand non, on ne peut pas publier ça ! » Mais leur réaction a été toute autre : « c'est un grand oui ! On veut cette histoire. »

C'est pour cela que je tiens à remercier Fyctia et Hugo & Cie en premier, parce qu'ils ont cru immédiatement à *Until the End* alors que j'avais moi-même de gros doutes concernant ce roman.

Particulièrement Camille, qui était aussi excitée que moi à l'idée de travailler sur ce texte, qui l'a tout de suite aimé et qui a pris grand soin de mes deux personnages atypiques. Merci pour ta patience (presque légendaire). Travailler avec moi n'est pas toujours la plus reposante des choses. Tu mérites un gros bouquet d'hellébores.

Merci à A. *Always*.

Merci à toutes les personnes qui ont travaillé sur cette histoire : graphiste, correctrice, maquettiste, dans le seul but de l'embellir. Et à Célia, l'attachée de presse qui déchire !

Merci à ma famille et mon entourage, qui accepte et comprend que je consacre beaucoup de mon temps à des personnages imaginaires, que je ne sois pas toujours disponible, pas toujours encline à discuter, soit parce que je suis occupée à écrire dans ma tête, soit parce que je bloque sur un passage et que ça me contrarie beauuucoup !

Merci à toutes les bloggeuses qui prendront le temps de se pencher sur *Until the End*.

Enfin, merci à tous les amoureux de Carter et Mila qui les attendent depuis des années, merci à ceux qui me suivent depuis le tout premier jour et qui continuent de me faire confiance.

À bientôt dans un prochain roman.

N'hésitez pas à me suivre sur les réseaux sociaux ou, si le cœur vous en dit, à me contacter par mail pour me partager votre avis sur mes livres.

Instagram : @laurawild10
Facebook : Laura S. Wild
Twitter : @wildlsr

Mail : mywildworldlsr@gmail.com